"사귀다"

"사귀다"

미요나 장편 소설

c o n t e n t s

시작하는 글

비 올 거라던 기상예보가 엇나갔다. 눈이 온다. 눈과 크리스마스이브라는 조합은 운전자의 인내심을 테스트한다. 이런 날 굳이 누군가를 만나러 나가기에는 솔직히 귀찮았다. 취소를 해도 무례하지 않을 만큼의 시간적 여유가 있어 거리를 내다보던 진혁은 휴대폰을 집어 들었다. 안 받는다.

한동안 설계 도면을 붙잡고 있다 창밖을 확인하자 그새 눈이 쌓여 있었다.

"안 그치네."

다시 전화를 걸었지만 길게 울리던 발신음이 자동 응답기로 넘어갔다.

예상보다 더 혼잡한 도로에 승용차들이 가다가 멈추기를 반복하자 핸들을 두드리는 진혁의 손가락에서 옅은 짜증이 묻어났다.

주차를 하고서도 잠시간 생각에 잠긴 얼굴로 앉아 있다 시간을 확인하고서야 운전석을 벗어났다. 레스토랑으로 들어서는 진혁과 시선이 마주치자 영주가 반가운 얼굴로 손을 들어 보였다.

"차 많이 막히죠? 전 지하철 타고 왔어요. 이런 날에는 지하철 이 확실히 편해요."

터틀넥 스웨터가 잘 어울린다며 칭찬을 건넨 영주가 물었다.

"오기 전에 친구랑 잠시 만났거든요. 휴대폰 진동 모드로 돌려 놓고 핸드백에 넣어 두는 바람에 전화 온 거 미처 확인 못 했어 요. 할 얘기 있었어요?"

"오늘 약속 취소가 용건이었죠."

"급한 일 생겼어요?"

"도로 상태가 저 지경이라 다른 날 만나는 게 합리적일 거라 생각했습니다."

살짝 얼굴을 굳힌 영주가 믿지 않게 흘겨보았다. 실은 부재중 통화 목록에 뜬 진혁의 번호를 확인했지만 모른 척 덮었다. 왠지 약속을 미루는 게 아닐까 하는 예감이 들어서.

"겨우 그런 이유로 크리스마스이브에 절 바람맞히려고 했단 말 이에요? 나 여기 예약하느라 정말 힘들었다고요. 셰프 요리 맛보 고 나면 아까 통화 안 됐던 게 오히려 고마울걸요."

"그래요?"

진혁은 메뉴판을 짚어 가며 요리를 추천해 주는 영주를 관찰했 다. 지난 두 번의 만남에서처럼 오늘도 세련된 차림새였다. 패션 감각만큼이나 센스도 있고 성격도 모나지 않다. 흔히 말하는 스펙 역시 빠지지 않고. 대학 은사의 말에 의하면 어느 자리에서도 칭찬 들을 만한 신붓감이라고 했다.

대학을 졸업한 후로 여자를 만날 수 있는 자리가 드물었다. 남자들로만 구성된 건축사사무소에서 일하다 보니 사내 연애도 불가능했다. 그러니 선이든 소개팅이든 누군가의 소개를 통하지 않으면 만남 자체가 힘들었다. 운명적인 만남을 꿈꿀 만큼 어린 나이도, 그런 성격도 아니라 이런 인위적인 만남에 딱히 거부감은 없었다. 어떤 형태로 만나든 어차피 연애라는 건 매뉴얼이라도 있는 것처럼 늘 같은 패턴으로 흘러가니까. 연애 상대가 누가 되든 비슷한 과정을 거치다 결국엔 지루해진다. 지루해질 연애를 그럼에도 해 보려는 건 결혼과 아이를 그의 인생에서 배제하지 않았기 때문이다.

하지만.

'눈 좀 쌓이고, 사람들이 쏟아져 나온다는 이유 때문에 만나는 일이 귀찮아지는 사람과 결혼을 전제로 사귄다…….'

그러나 다른 여자를 사귄다고 해도 달라지는 건 없을 것 같았다. 일정 온도 이상으로는 끓어오르지 않는 자신은 어쩌면 적당한 사람과 적당한 연애를 하는 게 맞는 건지도 모르겠다. 진혁은 명치를 짓누르는 답답함을 풀어 보려는 듯 숨을 들이켰다.

연인들을 위해 한껏 꾸며 놓은 달달한 장식과 음악으로 가득 찬 공간을 벗어나자 조금 숨통이 트였다. 발레파킹 직원이 승용차를 가져오길 기다리며 담배를 꺼내던 진혁은 갑작스러운 웅성거림에 맞은편으로 고개를 돌렸다. 길 건너 영화관에서 사람들이 쏟아져 나오고 있었다.

무심히 쳐다보던 진혁의 시선이 한곳에 머물렀다. 사람들과 좀 떨어져 홀로 서 있는 여자. 대학생으로 보이는 여자는 혼자 왔는지 물끄러미 하늘을 올려 보다 코트에 달린 후드를 둘러쓰고는 총총걸음으로 건널목을 건너갔다.

"뭘 보고 있어요?"

진혁의 관심을 끄는 게 뭔가 싶어 눈길이 향한 곳을 찾던 영주가 재밌다는 표정을 지었다.

"요즘엔 뭐든 혼자서 하는 사람들이 많아졌다지만 크리스마스이브라 그런가, 유독 신기해 보이네요."

진혁의 입술 꼬리가 슬며시 올라갔다. 연인의 날이라고 칭해지는 오늘 같은 날 솜사탕만큼이나 달달한 로맨스 영화를 혼자 보러 가는 여자를 알고 있다. 그 여자에게 스치듯 처음 시선이 간 곳이 영화관이었다.

그날, 비가 왔었지. 아마도.

사귀다 1

서로 엇걸리어
지나가다

민정이 눈을 흘겼다.

"오랜만에 얼굴 보는 건데 좀 신나 해 주면 안 돼? 귀찮은데 억지로 앉아 있는 것처럼 보인단 말이야."

그러고는 작게 덧붙였다.

"자존심 상하게."

"귀찮은 게 아니라 피곤한 거야."

대꾸하는 진혁의 목소리에 희미하게 짜증이 묻어났다. 나 만나는 건 피곤하고 야구하는 건 안 피곤해? 민정은 혀끝까지 올라온 불평을 힘겹게 삼켰다. 작업량 많기로 소문난 건축과라 밤새는 일이 잦다는 걸 알고 있다. 공모전 준비 중이라 평소보다 더 정신없다는 것도. 피곤하다는 말이 사실이겠지만 그럼에도 서운했다.

다른 날도 아니고 밸런타인데이인데. 이벤트를 준비하기는커녕 전화하기 전까지 밸런타인데이라는 것조차 까맣게 모르고 있었으면서. 입 안에서 맴도는 불만을 억지로 넘겼지만 그래도 마음 상했다는 걸 보여 주고 싶어 민정은 토라진 표정을 지었다. 하지만 별 반응을 얻지는 못했다.

영화가 시작되자 진혁은 등받이 깊숙이 몸을 묻었다. 이대로 눈 좀 붙였으면 싶게 노곤했다.

극장 여기저기서 터져 나오는 감탄 소리에 얼핏 선잠이 들었던 진혁의 어깨가 움찔했다. 스크린을 가득 채운 프러포즈 장면에 부러움이 잔뜩 묻어나는 목소리로 민정이 속닥였다.

"프러포즈는 저렇게 무릎 꿇고 반지 주면서 정석으로 하는 게 젤 멋진 거 같아."

진혁은 별다른 대꾸 없이 저려 오는 다리를 쭉 펴고서 손목시계를 확인했다. 어둠 속에서 희미하게 보이는 숫자가 20분만 견디면 된다는 걸 알려 주고 있었다.

영화관에 들어설 때보다 빗줄기가 더 굵어졌다. 핸드백에 빗방울이 묻을세라 어깨를 움츠리던 민정이 진혁의 팔을 흔들었다.

"오빠, 저 여자 좀 봐 봐."

몇 걸음 떨어진 곳에서 우산을 펼쳐 드는 여자는 자그마한 체구에 귀여운 인상이지만 딱히 특별할 건 없었다. 무심히 고개를 돌리던 진혁은 이어지는 민정의 말에 다시금 여자에게로 눈길을 주었다.

"우리랑 같은 영화 봤거든. 근데 혼자 온 거 있지? 오늘 같은 날, 이런 영화를 보러. 특이하다고 해야 하나? 이상하다고 해야 하나? 난 혼자서는 영화관에 못 오겠던데."

여자에게서 눈을 떼지 않은 채 진혁이 중얼거렸다.

"넌 혼자서 아무것도 못 하잖아."

틀린 말도 아니었고, 민정의 단점 중 진혁을 가장 피곤하게 하는 부분이기도 했다. 하지만 굳이 하지 않아도 될 말이었다. 오늘처럼 피곤이 뇌를 잠식한 상태가 아니라면 하지 않았을 거다.

"왜 말을 그렇게 해? 나는 뭐든 오빠랑 같이하고 싶어서 그런 건데. 나 때문에 귀찮아? 내가 귀찮게 해?"

"가끔은."

대충 얼버무리는 대신 굳이 솔직하게 대답한 이유는 피곤함을 탓할 수만은 없는 그의 성격 때문이었다.

민정은 입술을 깨물었다. 여자 친구가 하는 행동들이 가끔은 귀찮다는 남자에게 방금 한 말을 따지고 드는 것 역시 귀찮아할 행동이라는 걸 모르지 않았다. 요즘 들어 거리가 느껴지는 진혁의 태도를 감지하지 못할 만큼 둔하지도 않고. 그래서 민정은 말꼬리를 잡는 대신 팔짱을 끼며 눈웃음 지었다.

"근데, 우리 뭐 먹지? 파스타 먹을까?"

영화를 봤으니 레스토랑이다. 마치 연인들이 따라야만 하는 데이트 매뉴얼이 정해져 있는 것처럼 영화관, 레스토랑, 카페를 순회한다. 진혁의 얼굴에 피곤함이 더해졌다.

햇살을 받은 벚꽃 꽃망울이 금방이라도 터질 듯 통통했다. 무감한 사람조차도 조금은 들뜨게 만드는 봄이다. 볕이 잘 드는 건축과 대학원 작업실은 봄에 물든 캠퍼스와는 무관한 풍경을 연출하고 있었다.

엄지손톱만큼 작은 가로등을 도로가에 고정한 정훈이 참았던 숨을 내쉬며 뒷목을 툭툭 두드렸다. 몇 시간째 모형을 붙들고 있었더니 눈이 시려 왔다.

"좀 쉬자. 출출한데 밥도 먹고. 나 공모전 끝나면 앓아누울 것 같다야."

아크릴의 단면에 사포질을 마무리한 진혁이 바람막이 점퍼를 챙겼다.

"자전거 타고 가자."

진혁의 말에 정훈은 최대한 불쌍한 표정을 지었다.

"그럴 힘 없어. 수면 부족이라 다리 풀렸단 말이야."

"대신 메뉴는 너 좋아하는 연탄 돼지갈비."

"……콜."

배고프고 기운 없다더니, 봄바람을 가르며 자전거를 타는 기분이 썩 괜찮았는지 돌아가는 길을 택했는데도 정훈은 식당에 도착할 때까지 콧노래를 흥얼거렸다.

점심시간을 넘겨서인지 식당은 빈자리가 더 많았다. 단일 메뉴라 의자에 엉덩이를 붙이자마자 반찬들이 나왔고 벌겋게 달아오른 연탄 위에 석쇠가 놓였다.

물수건으로 손을 닦던 진혁이 재밌다는 표정을 지었다. 창가에 앉은 여자. 여자는 밥을 먹고 있었다. 식당이니 밥 먹는 거야 당연하지만, 여자는 혼자였다. 고깃집에서 홀로 밥 먹는 여자는 지금껏 본 적이 없었다. 흥미롭다는 눈으로 쳐다보던 진혁이 중얼거렸다.

"귀엽네."

젓가락으로 콩나물 무침을 한 움큼 집던 정훈이 진혁이 보고 있는 방향으로 몸을 틀었다.

"그러네. 귀엽게 생겼다."

귀엽다는 뜻을 오해한 정훈이 맞장구를 치다 새삼 깨달은 듯 소란을 떨었다.

"일행이 화장실이라도 간 건가 했는데, 혼자잖아! 우와, 혼자서 고기 구워 먹는 여자 처음 본다. 고기 사랑하는 나도 그건 힘들던데. 인정."

그게 뭐라고 엄지까지 척 치켜세우던 정훈은 처음 보는 광경보다는 위를 채우는 일이 더 급한지 석쇠 위에 놓인 고기를 뒤집는데 열중했다.

깔끔한 얼굴선을 가진 여자를 쳐다보며 진혁은 생각에 잠겼다. 모르는 사람인데 낯설지 않았다. 어디선가 마주쳤던 거 같은데, 어디지. 타인의 얼굴을, 그것도 지극히 사적인 순간이라고 할 수 있는 밥 먹는 모습을 뚫어져라 쳐다보는 건 무례한 행동이라는 걸 알지만, 여자에게서 눈을 뗄 수 없었다.

"어디서 봤지?"

고기를 뒤집던 정훈이 힐끔 돌아보았다.

"저 여자애?"

"분명 본 것 같은데, 기억이 안 나."

"안 떠오르는 거 뭘 애쓰고 그래. 어쨌든 혼자 고깃집에 오는 거 보니까 혼자서 영화관이나 여행 가는 거쯤은 일도 아니겠다 싶긴 하다."

"아."

영화관이었다.

"영화도 혼자서 잘 보긴 하더라."

정훈의 눈이 호기심을 드러냈다.

"그래? 어떻게 마주친 사인데?"

"마주쳤다기보다는 밸런타인데이에 영화관 갔다가 혼자 왔길래 눈에 띄었어."

어지간히 놀란 정훈이 길게 휘파람을 불었다.

"밸런타인데이에 홀로 영화 보러 가는 여자의 심리는 대체 어떻게 받아들여야 하는 거지? 그런 거에 아예 무심한 성격인가, 아니면 남자 친구랑 헤어져서 자학하듯이 일부러 그런 날을 고른 건가? 어쨌든 여기서 밥 먹는 거 보니까 우리 학교 다니거나 이 근처 사는 것 같은데. 보기와는 달리 성격이 좀 특이한가 보다."

청바지와 후드 티 차림의 얼핏 평범한 여자의 외양을 보며 중얼거리던 정훈이 슬쩍 덧붙였다.

"그런데 너 민정 씨 계속 만나는 거야? 좀 안 맞는다고 하더니."

"생각 중."

무슨 생각 중이냐고 조금 더 물어볼까 하던 정훈은 어깨를 으쓱이고는 고기를 뒤집었다. 어쨌든 아직은 진행 중이라는 말이니 진혁을 소개해 달라고 끈덕지게 졸라 대는 동아리 후배 녀석에게는 위로의 학식이나 한번 쏴야겠다 싶었다.

학생 식당을 나오던 재희는 움찔 놀랐다. 누가 분무기로 장난이라도 치듯 얼굴에 물방울이 부서졌다. 고개를 들자 온통 파랗다. 말끔한 하늘에 눈이 부시도록 강렬한 해가 떠 있는데 비라니.

"반칙 아냐?"

손을 내밀자 안개 같은 물방울 몇 개가 손바닥을 간질이고는 증발해 버렸다. 이런 비를 뭐라고 하더라. 자국 하나 남기지 않고 사라져 버리는데, 비라고 불러도 되나.

"날씨 묘하네."

기차 타고 강원도로 훌쩍 떠나 버리고 싶은 기분을 다잡고 작업실을 향해 몇 걸음 걷다가 운동장에서 들려오는 익숙한 소리에 방향을 틀었다.

딱. 딱. 야구 배트로 공을 때리는 소리. 퍽. 퍽. 고무 타이어에 스윙 연습을 하는 소리도 들려왔다. 겨울과 여름에 눌려 점점 짧아지는 봄의 햇살이 마치 여름처럼 따가웠다. 그 속에서 유니폼을 입은 남자들이 뛰고 있었다. 똑같은 유니폼을 입고 야구 모자를 푹 눌러쓴 남자들은 누가 누군지 얼른 구분이 가지 않아 재희는 키가 큰 사람들부터 훑었다.

"어, 왜 마운드에 서 있지?"

분명 중견수라고 했는데. 마운드에 서서 포수와 사인을 주고받고 있는 투수를 실눈을 뜨고 살피던 재희가 머쓱한 표정을 지었다.

"아니었네."

한순간 착각했을 만큼 체격과 체형이 중현과 많이 닮은 사람이었다. 야구부원들이 연습하는 장면을 스치듯 몇 번 봤지만 중현만큼 큰 사람을 본 적은 없어서 착각했다.

야구광이라 수업 있을 때 말고는 잘 안 빠진다더니.

"약속이라도 있나?"

재희는 스탠드에 자리를 잡고서 스케치북과 연필을 꺼내 들었다. 종이를 몇 장 넘겨 야구 유니폼 디자인 시안을 펼쳤다. 중현이 부탁한 야구부 동아리의 새로운 유니폼 디자인 작업이었다. 졸업 작품전 준비만으로도 정신이 없었지만 중현의 부탁을 들어주고 싶어 알겠다고 했다. 밥 먹을 틈도 없다고 동동거리다가도 어떻게든 짜내다 보면 또 생기는 게 시간이라는 거니까.

그런데, '이거다!' 하는 디자인이 떠오르지 않아 2주가 넘게 미적거리고 있었다. 야구하는 모습을 구경하다 보면 뭔가 떠오르는 게 있지 않으려나.

재희는 4B 연필 꽁지를 잘근거리며 운동장을 휘젓고 다니는 야구부원들의 움직임을 눈으로 따라갔다. 죽어라 공을 던지고 또 그걸 이 악물고 받아 치는 남자들. 덩치 큰 남자들이 조그만 공하나를 쫓느라 숨을 헐떡이며 뛰는 모습은 아무리 봐도 이해가 가지 않는다. 안 그래도 더운데.

"어느 부분이 재밌는 거지?"

운동에는 전혀 취미가 없는 데다 야구 룰을 제대로 모르는 그녀로서는 공감대를 찾기 힘들었다. 유니폼에 야구공 패턴을 그려 넣어 보던 재희는 연필 꽁지로 입술을 톡톡 두드렸다. 야구하는 모습을 지켜본다고 해서 딱히 반짝이는 아이디어가 떠오르지는 않는구나. 중현이도 없고 햇살도 따가워지는데 일어날까.

변화구를 원하는 포수의 사인에 고개를 끄덕이고 팔을 들어 올리던 진혁이 동작을 멈췄다. 어서 던지라는 듯 손에 낀 글러브를 팡팡 치는 포수 뒤쪽에 정훈이 '혼자서도 잘해요'라고 별명을 붙인, 영화도 밥도 혼자 즐기던 여자가 앉아 있었다. 무슨 생각에 잠긴 건지 입에 문 연필을 까딱까딱하면서.

"미대생이었나."

중얼거린 진혁이 공을 던졌다. 쌩하니 날아간 공이 요란한 소리와 함께 포수의 글러브에 정확히 꽂혔다.

팡!

딴생각에 빠졌던 건지 멍하니 운동장 한편을 바라보던 여자가 흠칫 놀라며 마운드 쪽으로 고개를 돌렸다. 까만 4B 연필 꽁지를 입에 문 여자와 눈이 마주쳤다. 여자에게서 눈을 떼지 않은 채 진혁은 팔을 털었다.

여자의 눈이 한순간 커진다 싶더니 실눈을 떴다. 실눈이 반달이 되더니 입에 문 연필을 빼고 웃었다. 그러고는 작게 손을 흔들며 알은척을 해 왔다. 야구 모자 챙을 슬쩍 들어 올린 진혁이 중얼거렸다.

"나를 아나?"

마주 손을 흔들어 주기에는 인사를 나눈 기억이 전혀 없었다. 기억을 되짚으며 스탠드를 향해 한 걸음 내딛는 진혁의 뒤쪽에서 목소리가 들렸다.

"한재희! 음료수? 아이스크림?"

뒤를 돌아보자 과외비 받은 기념으로 음료수를 쏘겠다던 중현이 비닐봉지를 들고 뛰어오고 있었다. 재희라고 불린 여자의 목소리가 스탠드에서 들려왔다.

"아이스크림."

얼굴을 보는 건 세 번째지만 목소리를 듣는 건 처음이었다. 분명 눈이 마주쳤다고 느꼈는데. 눈꼬리를 접으며 웃어 준 상대는 진혁 자신이 아니라 중현이었나 보다. 하긴 모르는 사람에게 그런 눈웃음을 지을 리가. 아무도 눈치채지 못한 착각이지만 진혁은 조금 머쓱해져 이마를 긁적였다.

마운드 근처에 비닐봉지를 내려놓은 중현이 다들 와서 먹으라는 말을 던지고는 아이스크림콘 하나를 꺼내 들고서 스탠드로 뛰었다. 성큼성큼 두 계단씩 밟고 올라가는 중현을 지켜보는 진혁에게 포수 희철이 포카리 스웨트 페트병 하나를 휙 던져 주었다. 진혁이 반사적으로 손을 뻗었다.

"나이스 캐치."

희철이 장난스럽게 외쳤다. 글러브를 벗어 옆구리에 낀 진혁은 중현과 재희에게 눈길을 둔 채 이온 음료의 뚜껑을 땄다. 등을 보이고 선 중현이 아이스크림콘의 껍질을 벗기는 재희에게 장난을 걸고 있었다.

"하지 마."

재희는 머리카락을 잡아당기는 중현의 손등을 탁 쳤다. 어째 머리카락 가지고 장난치는 버릇은 유치원 때부터 변하지를 않는다.

"아야! 쪼그만 게 손은 무지 매워요."

엄살을 떤 중현이 궁금하다는 표정으로 물었다.

"어쩐 일이야? 야구 구경을 다 오고. 시합 때마다 응원 오라고 그렇게 졸라 대도 꿈쩍도 않더니. 오늘은 그냥 우리끼리 연습 경기 하는 거라 구경하기에는 덜 재밌을 텐데. 무슨 바람이 분 거야?"

"유니폼 디자인하는 데 도움이 될까 해서. 너도 잠깐 보고."

불쑥 중현이 얼굴을 들이밀었다.

"자, 실컷 봐."

눈앞에 바짝 다가온 장난스러운 얼굴을 손바닥으로 밀자 중현이 킥킥대며 웃었다.

"그래서 도움은 됐어?"

"아니."

스케치북을 흘끔 내려다본 중현이 디자인들 중 하나를 짚었다. 바지 라인에 상큼한 핑크색 줄무늬가 그려진 시안이었다.

"요거 괜찮네."

재희가 코웃음을 쳤다.

"빈말하지 마. 지난번에 보고 핑크색이 뭐냐, 우리가 여자 야구부냐, 해 놓고는. 핑크는 여자 색이라며."

민망한 기색도 없이 중현이 대꾸했다.

"그랬나? 근데 '핑크는 여자 친구들 색깔, 파랑은 남자 친구들 색깔이에요.' 라고 내 첫사랑 유치원 선생님이 그러셨다고. 첫사랑님의 말씀은 진리지. 그나저나 언제쯤 끝날 것 같아? 동아리 회장 형이 새 유니폼 나오면 고맙다고 한턱 거하게 쏜다던데."

"다음 주 금요일까지는 디자인 시안 넘겨주도록 해 볼게. 그리고 먹은 걸로 할 테니까 밥 안 사 줘도 된다고 전해 줘."

"너 낯가림쟁이라는 거 아는데, 고맙다고 밥 사 준다는 걸 거절할 필요는 없잖아. 그리고 나도 있잖아. 내 옆에 딱 달라붙어 있으면 되는데 무슨 걱정이야. 다들 좋은 사람들이라니까. 와라, 응?"

"됐어."

딱 잘라 거절한 재희가 아이스크림을 베어 물자 중현은 뻔히 답을 알면서도 입을 벌렸다.

"한 입만."

"싫어."

아이스크림 꽁다리까지 톡 털어 넣은 재희가 스케치북을 가방에 챙겨 넣었다.

"가려고? 온 김에 내 야구 실력 좀 구경해."

"재미없어."

"쌀쌀맞기는."

장난치듯 재희의 머리를 헝클어트린 중현이 싱그렇게 웃었다. 봄볕에 잘 그을린 피부가 건강하게 빛났다.

"너! 선크림 또 안 발랐지?"

"아차차."

아차차는 무슨. 몇 번이나 주의를 줬는데 또 이런다.

"선크림 잊지 말고. 모자도 꾹꾹 눌러쓰고. 얼굴 태우지 않게 조심하라고 그랬잖아. 새카맣게 탄 얼굴로 런웨이에 설 거야? 더구나 웨딩슈트인데, 너 정말 이럴래?"

웬만한 아마추어 모델보다 옷을 잘 소화해 내는 비율인 데다 무대 공포증과는 무관한 성격이라 졸업 작품전 때 모델로 서 달라고 부탁했었다. 더불어 그때까지는 절대 얼굴을 그을리지 말라는 당부도 했고. 그런데도 자외선 강한 봄볕에 신나게 피부를 태우고 있었다.

"얼굴 좀 까매진다고 이 인물이 어디 가겠어? 알았어, 알았어. 째려보지 마. 졸업 작품전 아직 한참 남았잖아. 지금부터 조심하면 되지. 봐, 모자 쓰잖아."

유니폼 바지 뒷주머니에 구겨 넣었던 야구 모자를 **빼내** 탁탁 모양을 잡은 중현이 눈썹 위까지 바짝 눌러썼다. 그러고는 씨익 웃었다. 레몬만큼이나 싱그러운 웃음이다.

"됐지?"

"못 말려."

도무지 미워할 수가 없다.

"갈게. 재미있게 놀아."

손을 흔든 재희가 계단을 오르자 중현은 운동장을 향해 날렵하게 뛰어내렸다. 남은 음료수를 찾아 비닐봉지를 뒤적이는 중현에게 진혁이 다가섰다.

"한재희, 여자 친구야?"

남아 있는 아이스티 레몬 맛과 복숭아 맛 중 어느 걸 마실까 고민하던 중현이 의아한 얼굴로 진혁을 쳐다보았다.

"선배, 재희 알아요? 어떻게요? 선배 안다는 얘기 못 들었는데?"

"네가 불렀잖아. 한재희라고."

"아, 그랬지. 여자 친구 아니고, 예전 이웃사촌이자 꼬꼬마 때부터 친구예요. 초등학교랑 중학교도 같이 다녔고요. 고등학교 때 제가 서울로 전학 오면서 한동안 못 보다가 대학은 또 동문이 됐죠. 친구라기보다는 가족 같은 관계라고 하는 게 더 맞으려나? 재희 녀석 일곱 살에 입학해서 실제로도 내가 오빠지만. 그래도 오빠라고는 절대 안 불러요. 같은 학년인 데다 친오빠도 아닌 사람한테 오빠라고 하는 거 간지럽다나. 선배도 봤죠, 귀엽게 생긴 거. 근데 생긴 거랑 달리 하는 짓은 영 퉁명스러워요. 그래서 놀려 먹는 재미가 있긴 하지만."

"그래?"

포수 희철이 연습 안 하냐며 소리를 지르자 진혁은 글러브를 꼈다. 단숨에 페트병 하나를 비운 중현도 글러브를 들고서 자기 자리로 재빨리 뛰어갔다. 희철이 글러브를 팡팡 치며 받아 줄 준비가 되었다는 신호를 보냈다.

약속 장소에 도착하고서도 민정은 카페 밖에서 머뭇거리고 있었다. 유리창 너머로 손목시계를 확인하는 진혁이 보였다. 더 늦지 않으려면 카페 문을 밀고 들어가야 하는데. 약속 시간 지키지 않는 거 질색하는 진혁인데. 그런데도 막연한 불안감이 구체적인 현실이 되어 버릴 것 같은 예감에 발이 떨어지지 않았다.

드물게도 진혁이 먼저 만나자며 연락을 해 왔다. 부풀었던 기분은 할 얘기가 있다는 진혁의 말을 듣고 한순간에 불안함으로 바뀌었다. 조심스레 물었다. 할 이야기라는 게 뭐냐고. 얼굴 보고 얘기하자는 대답에 심장이 쿵 내려앉았다. 그래서 이런저런 핑계를 대며 여러 번 약속을 미뤘었다.

휴대폰에 진혁의 이름이 뜨자 더 이상 미적거릴 수 없어 카페 안으로 들어갔다.

"늦어서 미안해. 많이 기다렸어? 아직 주문 안 했네. 뭐 마실까?"

긴장을 감추려다 보니 저도 모르게 목소리 톤이 높아졌다.

"넌?"

"카푸치노 마실래."

내내 걱정을 했던 것과는 달리 진혁은 평소와 다르지 않아 보였다. 괜히 예민하게 굴었던 건가 싶어 조금은 안심하며 카푸치노 거품을 맛보던 민정은 자신을 부르는 진혁의 목소리에 다시금 긴장했다.

"김민정."

"……응."

"그만 만나자."

민정의 낯빛이 한순간에 하얘졌다. 떨리는 손으로 머그잔을 내려놓은 민정이 어렵게 목소리를 뱉어 냈다.

"왜?"

"더 이상 만나고 싶은 생각이 없으니까."

민정은 떨리는 양손을 비틀 듯 움켜쥐었다.

"그러니까 왜. 왜 더 이상 만나고 싶지 않은 건데? 내가 뭐 실수했어? 내가 잘못한 거라도 있는 거야?"

"그래서 그만하자는 거 아니야. 계속 만나기에는 서로 잘 안 맞아. 또, 더 이상……."

흥분한 목소리가 진혁의 말을 잘랐다.

"뭐가 안 맞는데? 내가 다 맞춰 주잖아. 맞춰 주는데…… 오빠는 자기 작업이 최우선이고, 그다음이 취미 생활이고, 여자 친구인 나는! 시간 넘쳐 날 때에야 겨우 만나 주잖아. 그런데도 가끔 투덜거리기만 했지, 이거 해 달라 저거 해 달라 요구하지 않았어. 피곤한 스타일 질색이라기에 오빠 친구들 만난다고 할 때도 데려가 달라고 조르지 않았어. 내 친구들이 남자 친구한테서 받은 커플링, 100일 기념 선물 자랑할 때면 내가 얼마나 비참했는지 알아? 그런데도 나 오빠한테 크게 내색하지 않았어. 내가 그렇게까지 애썼는데 안 맞는다는 말이 나와? 어떻게 나한테 그만하자는 말을 할 수가 있어?"

"언제까지 맞춰 줄 생각이었는데?"

"뭐?"

"지금까지 나한테 다 맞췄다며? 그거 자연스러운 일도 아닐뿐더러 결국엔 한계가 오는 거잖아. 그리고 나한테 맞춰 주는 줄 몰랐어. 표현을 하지 않는데 내가 어떻게 알아. 나한테 맞추지 말고 네 성격대로 대하지 그랬어? 그랬다면 너도 덜 힘들었을 테고. 그럼 아마도 우리 둘 다 감정 낭비, 시간 낭비 하지 않고 좀 더 일찍 끝냈을 수도 있었겠지."

"그걸 말이라고 해? 좋아하니까 그런 거잖아! 좋아하지도 않는 남자한테 왜 날 맞추고 있었겠어?"

"아까 하려던 말 잘렸는데. 호감이 가서 시작했지만, 더 이상 너한테 그런 감정 없어. 그게 헤어지자고 하는 가장 큰 이유야."

민정의 눈에 눈물이 차올랐다.

"나는 이해가 안 돼. 무조건 다 맞춰 주는데도 안 맞는다 그러고. 별다른 일 없었는데 갑자기 더 이상 안 좋아한다 그러면. 내가 그걸 어떻게 받아들여야 하는데?"

"이해가 안 되는 게 아니라 안 하고 싶은 건 아니고? 갑작스럽다고 하기에는 우리 만나는 것도 뜸해졌고, 만나서도 즐겁지 않았던 때가 더 많았잖아?"

민정은 고집스럽게 고개를 저었다.

"자주 못 만난 건 오빠가 늘 바빴던 탓이잖아. 그리고 난 즐거웠어. 오빠 만나는 거 즐겁다고. 다른 이유가 있는 거지? 그런 거지? 혹시…… 여자 생긴 거야?"

더 이상은 만나고 싶은 마음이 없다는데, 그게 충분한 이유가 되지 않다니. 소모적인 대화에 진혁은 피곤해졌다.

"다른 여자가 생겼다고 해야만 헤어지자는 게 납득되겠어?"

"여자…… 있어?"

민정이 멍하니 되물었다. 다른 사람 생겼냐고 물은 건 그녀였지만 정말로 그럴 거라는 생각은 하지 않았다. 잔정도 없고 냉정한 부분도 많은 남자지만 흔히 말하는 양다리를 걸치는 짓을 할 사람은 아니었다. 그런 싸구려 짓거리를 하기에는 스스로에 대한 프라이드가 강한 사람이었다.

"오빠가 나 만나면서 동시에 다른 여자를 만나고 있었다고? 그걸 믿으라고?"

"만나는 사람 없어."

"싫어."

다른 여자 때문이 아니라는 걸 안 순간 민정은 단호하게 고개를 저었다.

"싫어. 안 헤어져. 난 납득 못 해."

납득하기 힘든 건 진혁이었다. 연애라는 건 두 사람이 하는 건데. 어느 한쪽이 사귀고 싶다고 시작할 수 있는 게 아니듯, 어느 한쪽이 헤어지자고 하면 그걸로 끝나는 관계다. 그런데도 싫다니. 억지로 붙들고 혼자서라도 좋아하겠다는 건 짝사랑이지. 그리고 짝사랑은 말 그대로 혼자 하는 거지 상대방 붙잡고 하는 게 아니다.

"안 헤어져? 그러면 나는 더 이상 그럴 마음 없는데도 너랑 계속 만나 줘야 돼? 언제까지? 네가 헤어지고 싶을 때까지? 나는 네 억지가 납득이 안 가는데? 그럼, 이렇게 말하면 알아듣겠어? 만나는 게 의무처럼 느껴지고, 만나면 지루해."

순간 말문이 막혀 버린 민정의 눈동자가 마구 흔들렸다. 정말 이대로 끝나는 건가. 머릿속에서 들끓는 말을 있는 대로 다 토해 내 버릴까. 이 고비를 무사히 넘긴다면 제자리로 돌아올 가망성이 있는 걸까. 되돌릴 수 없는 관계에 자존심 버려 가며 매달리기는 싫었다. 하지만 경솔한 감정 표출로 인해 이 남자를 영영 잃어버리는 짓 역시 하고 싶지 않았다.

떼쓰는 아이처럼 고집스럽던 민정이 그를 달래듯 말을 건넸다.

"오빠, 있잖아. 사귀다 보면 누구나 가끔은 지겹다고 느낄 때가 있어. 지겹고 권태롭다고 그때마다 헤어지면 남아 있는 커플은 드물 거야. 오빠 요즘 특히나 더 바쁘고 힘들었던 거 알아. 원래 피곤하면 모든 게 다 짜증 나고 거슬리는 법이잖아. 여유 생길 때까지 기다릴 테니까 그때 우리 다시 얘기해, 응?"

"지금 이 자리 이후로 만나는 일 없어. 번복하지 않아."

입술을 질근 깨무는 민정의 낯빛에 지금까지와는 달리 독기가 서렸다.

"……참 쉽게도 끊어 낸다. 나는 사기라도 당한 것처럼 억울하고 답답하고 미치겠는데, 오빠는 아무렇지도 않아? 헤어지자는 말 하면서 나한테 미안하지도 않아?"

"그만 만나자는 게 미안해야 할 일인 거였어?"

"그걸 말이라고 해!"

"내가 잘못을 저지른 것도 아닌데 왜 미안해야 하지? 감정이 없어진 게 잘못한 일은 아니잖아? 사귀게 된 게 고마운 일이 아니듯이, 헤어지는 것 역시 미안한 일이 아니야."

말문이 막혀 버린 민정이 흘러내리는 눈물을 손등으로 훑고 핸드백을 집어 들었다. 진혁에게 잘 보이려 애썼던 지난 시간들이 아깝고 억울해 미칠 것 같았다. 이렇게 끝나 버릴 관계라는 걸 알았다면 절대 그러지 않았을 거다.

"나는 내가 꽤 착하다고 생각했는데 아닌가 봐. 왜냐면 빈말로라도 잘 지내라는 소리가 안 나오거든. 그만하자는 말이 왜 미안하냐고 했지? 오빠한테 미치도록 좋아하는 여자가 생기길 빌어. 그래서 그 여자한테 헤어지자는 소리도 듣게 되길 빌어. 그럼 어쩌면 지금 내 마음이 어떨지 조금은 이해될 테니까. 아니다. 지극히 이성적이신 강진혁 씨는 그깟 연애가 좀 깨졌다고 마음 아플 사람이 아니지. 이럴 줄 알았으면……."

말을 하다 보니 더 울컥하는지 진혁을 노려보던 민정이 카페를 뛰쳐나갔다.

2

비 오는 날을 좋아한다. 비 오는 날에 자전거 타는 건 조금 더 좋아하고. 비가 오는지 아닌지 구분되지 않는 안개비 말고. 앞이 보이지도 않게 내리붓는 소낙비 말고. 지금처럼 툭툭툭 빗방울이 경쾌한 소리를 내며 창문을 두드리는 이런 날, 자전거를 타면 머릿속까지 씻기는 기분이다. 그래서 진혁은 창문에 매달린 빗방울을 구경하다 사물함에서 레인 점퍼를 꺼내 들고 자전거에 올라탔다. 취미 한번 요상하다는 정훈의 잔소리를 뒤로하고서.

자전거를 탈 때마다 즐겨 지나는 캠퍼스 뒷길로 접어든 진혁이 브레이크를 잡았다. 비가 와 인적이 드문 길에 커다란 우산 하나가 덩그러니 놓여 있었다.

겨자색 우산이 갑자기 사라락 옆으로 움직였다. 바람이 부는 것도 아닌데 우산이 저절로 날아갈 일은 없고. 우산에 발이라도 달렸나 했더니 우산 밑으로 진짜 발 두 개가 보였다. 정확히는 장화 한 쌍이. 장화와 우산이 도도도 옆으로 움직였다. 그리고 들리는 카메라 셔터 소리.

사진으로 남기고 싶을 만큼 귀여운 풍경이었다.

핸들에 팔꿈치를 얹고 잠깐 구경을 하던 진혁은 팔을 뻗어 기지개를 켜고서 다시금 핸들을 잡았다. 페달에 발을 얹어 막 출발하려는데, 우산이 벌떡 일어났다. 우산 속의 여자와 눈이 마주치는 순간 진혁은 급하게 브레이크를 잡았다. 우산 속 말간 얼굴, 한재희다.

카메라에 빗방울이 묻지 않도록 조심히 품 안에 끌어안은 재희는 의아한 표정으로 몇 걸음 떨어진 곳의 남자를 주시했다. 비 오는 날 레인 점퍼를 입고서 자전거를 끌고 나온 남자가 자신을 쳐다보고 있다. 그냥 눈이 마주친 건가 했는데 자신에게 붙박인 시선이 떠나질 않았다.

모르는 사람인데. 왜 안 가고 계속 쳐다보는 거지? 재희는 조심스레 눈동자만 굴려 주위를 살폈다. 비가 와서인지 인적이 없었다. 순간 재희는 긴장했다. 멀쩡하게 생긴 남자지만, 겉모습과 내용물이 늘 일치하는 건 아니니까.

비가 와서 그런가. 평소보다 더 말갛게 보이는 재희의 얼굴을 뚫어져라 쳐다보던 진혁의 눈동자가 우산 손잡이를 꽉 움켜쥔 손으로 향했다가 다시 올라와 눈을 맞췄다.

"강진혁. 김중현 야구부 동아리 선배."

재희의 몸에서 힘이 확 풀렸다.

"……안녕하세요."

자신은 처음 보는데 알은척을 해 오는 걸 보면 중현이와 같이 있는 모습을 봤나 보다. 그리고 보니 완전히 낯선 사람은 아닌 것도 같아서 살피듯 쳐다보던 재희가 긴가민가하며 물었다.

"혹시 포지션이 투수예요?"

"투수."

아, 역시. 재희가 작게 중얼거렸다. 아주 잠시 중현이라고 착각했던 그 사람이구나. 그때는 거리가 좀 멀기도 했고 야구 모자 챙때문에 콧등까지 그늘졌던 터라 눈이 보이지 않았는데. 눈매가 꽤 매서워 보이는 인상이다.

잘 모르는 사람과 쉽게 말을 나누는 성격이 아니다. 이만 가 보겠다는 뜻으로 머리를 살짝 까딱이고 진혁의 옆을 지나치려던 재희가 어어 하며 버둥거렸다. 놀라 뒤돌아보자 진혁이 우산 끝을 붙들고 있었다. 조심스레 힘을 주어 우산을 잡아 뺀 재희가 어색한 표정으로 물었다.

"왜 그러는 건데요?"

"구경 좀 하죠."

"뭘요?"

진혁이 우산을 가리켰다. 의아한 표정을 하던 재희가 쑥스러운 듯 윗입술을 깨물며 우산을 들어 올려 뒤로 살짝 젖혔다. 우산 안쪽 바탕이 온통 빗방울로 가득했다.

설마 우산 안쪽에도 빗방울이 맺힌 건가. 순간적으로 말도 안 되는 착각을 일으킬 만큼 사실적으로 그려진 물방울들을 유심히 감상하던 진혁이 검지로 우산을 툭툭 튕겼다.

재희가 왜 그러느냐는 표정을 짓자 진혁이 입꼬리를 올리며 설명했다.

"이렇게 치면 정말로 빗방울이 쏟아지나 싶었는데, 아니네요."

진짜처럼 보이도록 공들여 그렸는데 이런 소릴 들으니 반갑다. 재희는 눈을 접으며 웃었다.

"관심 없는 사람들은 여러 번 봐도 잘 모르던데. 혹시 그림 쪽 전공이세요?"

"건축."

"멋진 분야 공부하시네요."

우산 속 빗방울을 알아봐 준 게 고마워 몇 마디 나눴지만 잘 모르는 사람과 살갑게 대화를 이어 가는 건 좀 힘들다. 어색해서 발끝으로 땅을 톡톡 치던 재희가 그럼, 하고 말을 꺼냄과 동시에 진혁이 장화를 가리켰다.

"그것도 그렸어요?"

엄지손톱만 한 청개구리가 마치 미끄러지지 않으려는 듯 앞다리를 쭉 뻗어 장화를 움켜쥐고 있었다. 진혁과 함께 개구리를 내려다보던 재희가 감탄 어린 표정으로 고개를 들었다. 아주 작은 녀석인 데다 장화의 바탕색과 비슷해 몇 번을 보고서도 알아채지 못하는 사람이 많은데. 이 남자는 날카로운 눈매를 가진 사람답게 관찰력이 아주 뛰어난가 보다.

개구리가 그려진 오른쪽 장화를 탁 굴리며 재희가 웃었다. 어쩐지 개구리가 폴짝 뛰어오를 것만 같았다.

"네. 귀엽죠? 큰 개구리는 좀 징그러운데 요만한 녀석들이 팔짝거리는 건 귀여워요."

예쁘게 곡선을 그리는 입술에서 시선을 끌어 올린 진혁이 곱게 휘어진 눈을 바라보며 물었다.

"장화도 본인 작품?"

"방금 내가 그렸다고 대답했잖아요."

"다른 사람 작품을 응용한 건지 아님 한재희 씨 머리에서 나온 아이디어인지 궁금해서 물었어요."

디자인과 학생에게는 예민할 수밖에 없는 질문에 신경을 빼앗겨 진혁이 그녀의 이름을 알고 있다는 사실을 놓쳤다.

"눈을 넓혀야 하는 학생이니까 다양한 작품들을 많이 접하지만, 그렇다고 다른 사람 디자인을 따라 하지는 않아요."

자존심을 건드린 건가. 턱을 치켜든 채 뾰족하니 대답하는 모습이 꽤나 쌀쌀맞았다. 진혁의 눈에 웃음이 어렸다. 작품의 분위기가 늘 그것을 만든 사람을 투영하는 건 아니다. 그런데 재희가 들고 있는 우산과 신고 있는 장화는 그 주인만큼이나 귀엽고 눈이 갔다.

새초롬하게 굳은 얼굴이 어쩐지 더 건드려 보고 싶은 충동을 일으켰다. 핸들에 팔을 기댄 채 찬바람이 도는 자그만 얼굴을 바라보던 진혁이 손을 뻗었다. 저도 모르게 재희의 머리로 향하던 손이 방향을 틀어 핸들을 잡았다. 그러고는 페달을 굴렸다.

재희는 멀어져 가는 자전거를 멍하니 바라보았다. 바람이 들어가 붕 뜬 레인 점퍼가 자전거의 속도를 말해 주고 있었다. 자전거는 어느새 모퉁이를 돌아 사라졌다.

우산을 잡아채 사람을 세워 두더니 인사도 없이 휙 가 버린다. 이상한 사람이다.

재봉틀을 멈췄는데도 드르륵거리는 소리가 계속 들렸다. 하루 종일 재봉틀을 돌린 탓에 귓속이 울리는가 했더니 작업대 위에 올려놓은 휴대폰이 진동하고 있었다. 중현이라고 떠오른 이름에 재희의 얼굴 위로 반가움이 번졌다.

— 어디야?

중현은 평소보다 들뜬 목소리였다.

"작업실."

— 저녁 먹었어?

"아직."

— 나와. 밥 사 줄게.

"갑자기 왜?"

— 왜는. 그냥 밥 같이 먹자는 거지. 보고 싶으니까 빨리 나와라.

별다른 뜻 없이 설렁설렁 던져 오는 말인 걸 아는데도 가슴이 조금 살랑였다.

"하던 거 좀만 더 마무리하고. 어디서 만나?"

— '이모네' 알지? 여덟 시까지 거기로 와.

식당 앞 버스 정류장에서 기다리고 있던 중현이 재희를 보자마자 달려와 와락 끌어안았다.

"숨 막혀. 무슨 일 있어? 왜 이렇게 기분이 좋아?"

"오늘 연대랑 시합 있었거든. 8회까지 내내 고전하다가! 홈런으로 시원하게 역전했지. 오늘 누가 역전 홈런 쳤는지 물어봐봐."

"관심 없어."

"관심 없어도 있는 척 좀 못 하지? 가끔 애교도 좀 부려 봐라. 그럼 이 오빠가 마구마구 귀여워해 줄 테니까."

"오빠는 무슨."

코웃음을 치는 재희의 볼을 잡아당긴 중현이 브이를 그려 보였다. 그러고는 고른 이를 드러내며 씩 웃었다.

"이 몸이 홈런을 친 덕분에 2 대 1로 폼 나게 역전승했어. 멋지지?"

개구쟁이처럼 자랑을 하는 중현에게 이끌려 식당 안으로 들어서던 재희가 주춤 멈춰 섰다. 테이블 몇 개를 붙이고 앉아 왁자지껄 술잔을 주고받던 사람들이 손을 들어 열렬히 알은척을 해 왔다. 야구부원들이었다.

"동아리 사람들이랑 같이 먹는다는 말 안 했잖아."

"같이 안 먹는다는 말도 안 했는데?"

중현은 재희의 등을 부드럽게 떠밀었다.

"자취생이 공짜 밥 먹을 기회가 생겼으면 무조건 감사히 먹어야지."

"너 미워한다?"

"네, 네. 실컷 미워하세요."

잘 모르는 사람들 틈 속에서 밥 먹는 거, 굉장히 불편한 일이다. 낯가림하는 사람에게는 더더욱. 새 유니폼 멋지다며 인사를 던져 오는 동아리 사람들에게 고맙다는 말로 대답을 한 재희는 옆에 앉아 수저를 챙겨 주는 중현의 옆구리를 손가락으로 쿡 찔렀다.

"진짜 얄미워."

"고기 먹기 전에 시원한 맥주부터 할래?"

중현이 능청스럽게 맥주병을 들어 보였다.

하얀 맥주 거품에 입을 가져가던 재희의 눈이 동그래졌다. 비어 있던 맞은편 자리를 채우는 남자는 얼마 전 비 오는 날 마주쳤던 중현의 선배였다.

진혁에게 맥주를 따라 준 중현이 재희의 어깨를 감싸 안으며 소개했다.

"선배, 저번에 운동장에서 잠깐 봤었죠? 의디과 4학년 한재희예요. 인사해. 우리 동아리 강진혁 선배님."

"저번에 인사했어. 비 오는 날 우연히 마주쳐서."

재희의 말에 중현이 두 사람을 번갈아 보았다.

"아, 그랬어? 그런데 선배 요즘 자주 뵙네요. 한동안 동아리 활동 뜸해서 서운했는데."

"머리 식히는 데는 몸 움직이는 게 최고잖아."

"그 말은 요즘 스트레스 게이지가 최고치라는 뜻이군요. 제가 맛있게 맥주 따라 드릴 테니까 기운 충전 하세요."

싹싹한 태도로 동아리 부원들과 대화를 나누는 틈틈이 그녀가 좋아하는 반찬을 챙겨 주는 중현의 옆에서 재희는 묵묵히 밥을 먹었다.

남자들로만 이루어진 모임에 끼인 건 처음이라 여자들의 모임만큼이나 소란스럽고 수다스러운 분위기를 보며 재희는 좀 놀랐다. 남자들은 조금 더 과묵할 거라는 선입견을 갖고 있었다. 실력 차이가 나는 팀이라 당연히 질 줄 알았는데 역전승을 거둔 바람에 다들 흥분한 모양이었다.

보는 야구도 재미없는데 귀로 듣는 야구는 군대 얘기만큼이나 지루했다.

잘 익은 고기에 젓가락을 가져가던 재희는 진혁의 목소리에 눈을 들었다.

"야구 안 좋아해요?"

"네."

"그럼 야구 룰 잘 모르겠네요?"

"네."

눈을 내린 재희는 평소보다 빠른 속도로 밥공기를 비우고서 맛있게 잘 먹었다는 인사와 함께 백팩을 집어 들었다.

"갈게."

"왜? 좀 더 있지. 늦으면 집까지 데려다줄 테니까 같이 놀자."

중현이 손을 잡고서 어리광을 부리는 척하자 동아리 사람들 역시 더 있다 가라며 한 마디씩 덧붙였다. 함께 2차 가자는 말에 재희는 손사래를 쳤다.

"아뇨, 아뇨. 과제가 많아서 가 봐야 돼요."

중현이 배웅하겠다며 일어섰지만 배웅이라는 거창한 말과는 어울리지 않게 식당 문을 열면 바로 앞이 버스 정류장이었다. 밖으로 나오자마자 재희는 참았던 숨을 한꺼번에 터트렸다. 중현이 허리를 숙여 눈높이를 맞추며 물어 왔다.

"그렇게나 가시방석이었어? 진짜 좋은 사람들인데."

"좋은 사람들인 거랑 불편한 거랑은 다른 문제야. 체한 것 같아. 너 복수할 거야."

"아구, 무서워라."

부루퉁한 얼굴로 흘겨보는 재희의 머리를 쓰다듬며 장난스럽게 대꾸하던 중현이 조금 진지해진 목소리로 덧붙였다.

"이 낯가림쟁이를 어떡하면 좋아. 너 그러다 사회생활은 어떻게 하려고 그래. 조금씩이라도 적응하려고 해야 너도 편해지지."

"성격인데, 쉽게 고쳐지는 거 아니잖아. 그리고 불편해할 줄 알면서도 속여서 불러내는 건 무슨 심본데? 너 나한테 심술 난 거 있어?"

"내가 뭘 속여? 밥 사 준다고 했고, 밥 사 줬지. 보고 싶다고 했고, 그래서 지금 이렇게 보고 있잖아."

어깨를 바짝 끌어안은 중현이 빙글거리며 눈을 맞춰 왔다. 여차하면 코끝이 닿을 것 같았다. 재희는 검지로 중현의 이마를 밀었다.

"담배 냄새 나. 저리 가. 말이나 못 하면."

"내가 또 말을 좀 잘하지."

재희에게서 기어코 웃음을 끌어낸 중현이 버스 정류장 벤치에 앉아 다리를 길게 뻗었다. 그리고 재희의 어깨에 머리를 기대 왔다.

"취한다. 키 작은 애한테 기대려니 목 아프네. 등 좀 곧추세워 봐."

"내가 작은 게 아니라 네가 큰 거지. 똑바로 앉아. 무거워."

말과는 달리 재희는 등줄기를 펴서 앉은키를 조금 더 키웠다. 목덜미를 간질이는 숨결에 어쩐지 멋쩍어져 눈을 내려 신발을 바라보았다. 신발 끈에 끼운 크고 작은 진주알이 가로등 빛에 은은하게 빛나고 있었다.

그리 늦은 시각도 아닌데 버스가 떠난 지 얼마 안 됐는지 정류장이 한적했다. 소란스러움이 사라진 밤 분위기가 마음에 들어 재희는 눈을 감았다.

몸을 세운 중현이 나른하게 기지개를 켰다.

"아, 피곤하다. 몇 잔 안 마셨는데 금방 취하네. 너무 전력으로 뛰었나 봐."

"집에 가서 쉬지?"

"기분 좋게 피곤해. 오늘따라 술이 달달한데 좀 더 마셔야지."

엔진 소리에 고개를 빼고 버스 번호를 확인하던 중현이 문득 떠오른 듯 물었다.

"그 선배 잘생겼지?"

"누구?"

"누구, 라고 물을 정도면 네 기준에선 잘생긴 게 아닌 건가? 너 맞은편에 앉았던 강진혁 선배. 그 선배 보자마자 졸업 작품전 모델로 딱이라면서 아쉬워하겠다 싶었는데. 진작 알았으면 나보다 그 선배한테 부탁할 걸 하고 말야. 너도 봤잖아. 스타일 좋은 거."

객관적인 시각으로 보자면 잘생겼다고 할 수 있다. 하지만.

"내 취향은 아니야."

"왜?"

"눈매가 너무 날카로워 보여서. 그리고 그 선배 많이 불편해."

"오늘 같이 밥 먹은 거밖에 없는데, 조금도 아니고 많이씩이나 불편해? 너 선배랑 별말 한 것도 없었잖아. 참, 한 번 마주친 적 있다고 했지? 그때 무슨 일이라도 있었어?"

"딱히 그런 건 아니고."

비가 오던 날, 조금 당황스럽긴 했지만 '무슨 일'이라고 표현할 만큼은 아니었다. 밥 먹는 동안에도 진혁의 시선이 신경 쓰이기는 했다. 잘 모르는 사이에 왜 그렇게 뚫어져라 쳐다보는지 모르겠다. 아마 지금 신고 있는 스니커즈의 진주알들도 자신의 손길을 거쳤다는 걸 눈치챘을 거다. 신발에도 한동안 눈길이 머물렀던 걸 분명 느꼈으니까.

"구체적인 이유를 꼽기는 힘든데 그냥 그렇게 느껴지는 사람들 있잖아. 분위기라고 할까. 어쨌든 좀 불편하게 느껴지는 사람이야 나한텐."

"은근히 기분 좋은데?"

"뭐가?"

"진혁 선배 소개해 달라고 우리 과 여자애들한테 꽤 주기적으로 시달리고 있거든. 근데 넌 이런 반응 보이잖아."

재희가 동그래진 눈으로 중현을 쳐다봤다. 자존감 강한 중현이 이런 말을 하는 건 처음이었다.

"너, 그 선배한테 경쟁심 가지고 있었어?"

"머리 좋고, 잘생기고, 운동 신경 좋고, 인기 많고. 집안 배경도 든든하고. 같은 남자로서 동경하는 마음 조금에다 경쟁 심리도 있지. 당연한 거 아냐? 다행히 전공도 다르고 학번도 차이 나서 그렇게 많이는 아니지만."

"너도 머리 좋고 잘생기고 집안 좋잖아. 인기도 많고. 그리고 내 기준에는 네가 더 잘생겼어. 야구도, 난 잘 모르지만 너 맨날 야구 잘한다고 자랑했잖아. 오늘 홈런도 쳤다며?"

홈런을 쳤다지만 그래도 야구의 꽃은 투수고, 진혁 선배가 우리 동아리 사람들의 평균치를 훌쩍 넘는 투구 실력을 가졌다는 말은 굳이 하고 싶지 않았다. 늘 툴툴거리는 녀석이 웬일로 칭찬을 해 주니 그냥 즐기자 싶어 중현은 기분 좋은 웃음을 지으며 재희의 머리를 또 헝클어트렸다.

"이 녀석 남자 보는 눈이 있네. 게다가 좀 냉정하다는 평을 받는 선배에 비해 난 성격마저 좋지. 그리고 보니 내가 더 멋진 놈이잖아?"

손가락으로 브이를 만들어 보이는 중현에게 재희는 못 말린다며 고개를 흔들었다.

"그나저나 버스 참 안 온다."

한적한 정류장에 앉아 도란거리는 두 사람의 대화에 진혁이 입꼬리를 올렸다. 그 선배 불편하고 내 취향 아니야. 전화를 받기 위해 시끄러운 식당을 빠져나오자마자 듣게 된 자신에 대한 재희의 인상이었다.

3

사물함을 잠그던 재희는 문득 미간을 찌푸렸다. 천둥소리다. 쏴— 빗소리도 이어졌다. 밖을 보자 컴컴해진 하늘에서 세찬 빗줄기가 쏟아졌다. 번쩍 번개도 스쳐 갔다. 잠깐 지나갈 소나기가 아닌가 보다.

"일기예보 확인할걸."

요즘 들어 엉뚱한 예보만 내보내는 기상청이라 딱히 도움이 되지는 않았겠지만.

비가 생각보다 많이 온다. 어쩌지. 난감한 얼굴로 창밖을 바라보다가 신고 있던 메리제인을 벗고 슬리퍼로 바꿔 신었다. 사물함에 넣어 두고 비가 그치면 가져갈까 하는 생각이 잠깐 들었지만 구입한 지 며칠 되지도 않았던 수채화용 색연필 48색을 도둑맞았던 기억이 나자 도로 사물함을 닫았다. 대신 캔버스 천으로 만든 에코백에 구두를 담고 우산도 챙겨 들었다.

"그 메리제인 뭐야? 못 보던 거네. 새로 산 거니?"

놓고 가는 건 없나 작업대를 한 번 더 훑고 나가려는데 재봉실을 갈아 끼우던 희선이 불쑥 물어 왔다.

"어디서 샀어?"

차콜그레이 스웨이드에 리본과 진주로 장식된 6센티미터 굽의 메리제인. 빈티지한 청바지와는 전혀 어울리지 않을 것처럼 화려하고 여성스러운 디자인인데 묘하게 잘 어울려 오늘 재희가 신고 왔을 때부터 내내 눈이 가곤 했다. 대답을 재촉하듯 빤히 쳐다보던 희선이 재차 물었다.

"어디서 산 건데? 가르쳐 주기 싫은가 보다?"

가르쳐 주기 싫다. 자신이 열심히 발품 팔아 가며 찾아낸 솜씨 좋은 수제화 장인 아저씨를 쉽게 알려 주기는 솔직히 싫었다. 특히나 희선에게는.

1학년 때는 데면데면한 관계였다. 마주치면 "안녕." 하고서 지나치는 같은 과 여자애. 딱히 사이가 나쁠 일도 없었지만 사이좋을 이유도 없었던, 그저 좀 안 맞는 성격의 아이.

필요할 때만 다가와 알은척하며 원하는 것을 쏙쏙 빼내 가는 스타일이라는 걸 알게 된 건 2학년에 올라가서였다. 드러나게 지적당할 일을 하지는 않지만 미묘하게 신경 쓰이게 만드는 계산적인 아이. 그런 사람과 친해지고 싶지 않아 의식적으로 거리를 두었다. 원래 친하지 않았던 사이라 그다지 힘들 것도 없었다.

하지만 3학년 때다. 박희선이라는 아이를 싫어하게 된 건. 기말 과제 주제가 주어졌고, 늘 그랬듯 재희는 아이디어를 짜내는 일에 집중했다. 아이디어 스케치 하고, 스케치한 디자인과 가장 비슷한 원단과 부자재를 얻기 위해 동대문 원단 시장을 수시로 드나들고.

스케치북에 색연필로 그려진 디자인이 진짜 옷으로 변신하는, 몇 번을 경험해도 여전히 신기하고 벅찬 과정을 거쳐 과제를 제출했다. 그리고 A를 받았다. 희선은 A+.

희선의 학점이 더 높다는 사실보다 희선의 작업물이 자신의 것과 비슷하다는 사실에 충격을 받았다. 똑같냐고 물으면, 아니다. 전혀 다르냐고 하면 그것도 아니다. 분위기와 소소한 디테일이 서로의 작품을 떠올리게 했다. 교수님도 알아챘을 거다. 아이디어를 차용하고, 차용당했다는 걸.

하지만 디자인과에서는 종종 벌어지는 일인 데다 구체적인 증거를 제시하지 않는 한 누구의 디자인인지 밝혀내기 어렵다. 아마도 그래서 교수님도 모른 척 눈을 감았을 거다. 그리고 완성도가 조금 더 높은 희선에게 점수를 주었을 테고.

학점에 이의를 제기할 수 없었다. 내 것이라고 주장할 증거는 부족했고, 희선의 것이 완성도가 더 높다는 건 사실이었으니까. 새로운 걸 만들어 내는 건 어렵지만 남이 만들어 낸 것에 멋들어진 포장을 가하는 건 어렵지 않다.

남들은 몰라도 당사자인 그녀와 희선은 안다. 누가 누구의 것을 슬쩍했는지. 그런데도 태연스럽게 말을 걸어오는 희선이 미웠다.

눈을 마주치는 것조차 거북해 재희는 비스듬히 시선을 비껴 대답했다.

"내가 디자인하고 수제화 만드시는 분이 제작해 주셨어."

직접 디자인했다는 말에 희선의 눈에 시샘이 어렸다.

"어느 공방? 홍대 쪽?"

"그 정도는 네가 알아봐. 왜 네가 필요한 것을 늘 남한테서 얻어 가려고 해?"

야간작업을 하려고 남아 있던 몇몇 애들이 돌아봤다. 등 뒤로 희선의 매서운 시선과 빈정거림도 느껴졌다. 내일쯤에는 우리 두 사람의 대화가 퍼져 있을 것이다. 누군가는 자신을 못됐다고 할 거고, 누군가는 나라도 그랬을 거라고 하겠지. 상관없다.

상관은 없지만 맘은 좀 착잡했다.

"하필 오늘 비가 쏟아질 게 뭐야."

좋아하는 비조차 타박하고 싶어지는 기분이었다. 우산을 펼치고 현관 계단에 발을 내딛는 순간 발가락이 오므라들었다.

"발 시리다."

슬리퍼를 신은 맨발에 거침없이 내리꽂히는 빗방울이 차갑고 따끔했다. 빗방울이 스며들지 않도록 구두를 담은 에코백을 강아지 품듯 껴안고서 빗속으로 발을 내디뎠다.

빗물에 젖은 언덕길이 미끄러웠다. 자꾸만 발이 슬리퍼 앞으로 쏟아져 나와 우스꽝스럽다. 발끝에 힘을 주고 한 걸음 한 걸음 조심스레 내려가는데 갑자기 오른발이 허전했다. 뒤를 돌아보자 며칠 전부터 위태롭다 싶던 슬리퍼의 윗부분이 찢긴 채 덩그러니 놓여 있었다.

"가는 날이 장날이라더니."

오늘따라 날씨 확인도 안 해. 백팩도 안 가져와. 그나마 사물함에 슬리퍼와 우산이 있었으니 다행이지. 그런데 슬리퍼가 이 모양이 되어 버렸으니. 어떡하지. 과방에 돌아가면 빌려 신을 신발 하나쯤은 구할 수 있겠지만 지금 기분으로는 그러고 싶지 않았다.

재희는 더 이상 신을 수 없게 된 슬리퍼를 근처 쓰레기통에 버리고는 다시 언덕길을 내려갔다. 스포츠 용품점에서 구입한 슬리퍼는 굽이 낮은데도 불구하고 한쪽만 신고 걷기에는 영 불편했다.

왼쪽 슬리퍼마저 버리고 맨발이 되자 소름이 돋을 만큼 발이 시렸지만 걸음에 한층 속도가 붙었다. 집까지는 두 정거장인데 걸어갈까. 아니면 버스를 탈까. 버스를 타려니 이 시간에 한참을 기다려야 할 것 같고, 걸어가자니 인도의 청결 상태가 미덥지 않았다. 어떡하나. 정문을 향해 걸음을 재촉하면서 재희는 고민했다.

야간작업의 필수 요소인 야식을 뭘로 먹을까. 이렇게 비가 쏟아지는데 배달 주문을 하기에는 미안하고 나가서 먹기도 애매하다. 지겨워도 그냥 사발면으로 때울까. 고민하며 빗줄기를 가늠하던 정훈이 커다래진 눈을 하고서 창가에 달라붙었다.

"어?"

착착착. 아스팔트 길에 작은 물보라를 일으키며 빗속을 걸어오고 있었다. 우산은 쓰고 신발은 벗은 채로. 유리창을 타고 흐르는 빗줄기에 잘못 본 건 아닌가. 확인을 위해 창문을 열어젖히자 굵은 빗방울이 튀어 올랐다. 가로등 불빛에 드러난 얼굴을 실눈을 뜨고 확인한 정훈이 도로 창문을 닫고는 나직하니 휘파람을 불었다.

"진혁아."

진혁이 무심히 대답했다.

"왜."

"재미있는 거 있다. 와 봐."

시시껄렁한 것에도 신난다고 웃는 정훈이 녀석이라 진혁은 과제에서 손을 떼지 않은 채 물었다.

"뭔데?"

"'혼자서도 잘해요' 지나간다."

이 빗속에 용케도 알아봤다. 같은 학교 학생이 캠퍼스를 지나가는 게 눈을 빛낼 만큼 재미있나, 라는 생각을 하면서도 진혁은 일어났다.

"비 맞을까 봐 우산은 꼭 움켜쥐었거든. 그런데, 왜 맨발일까나?"

"맨발?"

"봐 봐."

키 큰 남자 둘이 창가에 바짝 붙어서 작은 인영을 구경했다. 정말이다. 진혁의 눈동자가 차박차박 물보라를 일으키는 자그마한 발을 따라갔다.

"진짜 재미있는 친구네. 왜 저러고 걷는 거지? 궁금해지잖아."

정훈의 말이 채 끝나기도 전에 낚아채듯 우산을 집은 진혁이 작업실을 나갔다. 복도를 울리는 발소리가 꽤 다급했다. 어리둥절

한 얼굴을 하고서 정훈이 중얼거렸다.

"뭔데? 이 상황은 뭐지?"

건물 밖으로 진혁이 뛰어나오자 정훈은 아예 창틀에 엉덩이를 걸치고 앉아 빗속의 두 사람을 구경했다.

갑자기 튀어나온 장신의 남자가 앞을 막아서자 움찔하던 재희가 반사적으로 뒷걸음질 쳤다.

"헉!"

그 바람에 맨발이 빗물에 미끈했다.

"어······."

휘청이는 재희를 진혁이 잡아챘다. 균형을 잡자마자 잡힌 팔을 빼낸 재희가 우산 속 남자가 진혁이라는 걸 알아보고서 까딱 고개를 숙였다.

"······안녕하세요."

인사를 받아 주는 대신 진혁은 한쪽 무릎을 구부려 앉았다. 그러고는 뚫어져라 재희의 발을 바라보았다.

커다란 남자가 그녀의 무릎 근처에 웅크린 모양새에 재희는 눈을 굴렸다. 아, 이 선배는 정말이지 사람 불편하게 하는 데 뭐 있다.

진혁의 우산에서 흘러내린 빗방울이 그녀의 발등 위로 떨어졌다가 또르르 발가락 사이로 굴러 내렸다. 살갗에 닿는 진혁의 눈길만큼이나 간지럽다. 잘 모르는 남자에게 맨발을 보여 주는 건 상당히 민망한 일이구나. 어색해서 꽉 오므린 발가락에 쥐가 날 것만 같았다.

중현의 동아리 선배라 재희는 애써 예의를 지키려고 했지만 그래도 목소리가 퉁명스럽게 나오는 건 어쩔 수 없었다.

"왜 그러는 건데요?"

진혁이 무릎을 펴고 일어섰다.

"진짜 맨발이었네."

"네?"

"맨발인지, 아니면 단화 위에 발가락을 그린 건지 궁금했어요."

"발가락을 그려요?"

그게 무슨 뚱딴지같은 말이냐는 재희의 표정에 진혁은 너라면 충분히 그럴 수 있다는 투로 대답했다.

"맨발이라고 착각할 '발가락 그린 신발'을 신고 있는 게 정말로 맨발인 것보다는 덜 놀라울 것 같은데요? 더구나 이런 날씨면."

듣고 보니 그런 것 같아 재희가 고개를 주억거렸다.

"왜 맨발이에요?"

재희는 어깨를 으쓱이고는 품에 안은 가방을 슬쩍 보여 줬다. 빗방울이 닿지 않을 만큼 아주 살짝만.

"구두 젖을까 봐요."

비 오면 신발 젖는 일쯤은 당연한 건데. 그것만으로는 납득할 만한 충분한 이유가 되지 않는다는 듯 진혁이 한쪽 눈썹을 추켜올렸다. 재희는 설명을 덧붙였다. 대체 왜 빗속에 서서 이 사람과 이런 얘기를 하고 있어야 하는지 의아해하면서.

"오늘 처음 신은 신발이고. 스웨이드 재질이라 젖으면 곤란하고. 무엇보다 제가 그린 디자인으로 구두를 주문 제작 한 건 처음이라 애착이 가고. 기대했던 것보다 더 예쁘고 편해서 아끼고 싶고. 슬리퍼는 오다 찢어져서 휴지통에 투척했고. 그래서 지금 맨발이고. 이게 이유예요."

이제 만족했냐는 표정으로 올려다보는 재희에게 진혁이 굵은 빗줄기를 눈짓하며 물었다.

"그러고서 집까지 걸어갈 계획이에요?"

중현이의 선배는 별걸 다 궁금해한다. 관찰력만 좋은 게 아니라 궁금증도 많은 사람인가 보다.

"걸어갈까 아니면 버스를 탈까 생각하면서 걷던 중인데 버스를 탈까 해요. 여긴 언덕길이라 빗물에 씻겨서 깨끗한 편이지만 인도는 안 그럴 테니까."

버스 정류장까지는 정문에서 조금 더 걸어가야 했다.

"신발, 빌려줘요? 사이즈 차이는 많이 나지만 맨발보다는 나을 텐데. 그리고 내 건 운동화라서 젖어도 상관없어요."

"아뇨."

냉큼 나오는 대답에 진혁이 가느스름해진 눈으로 다시금 물었다.

"자전거 태워 줄까요? 걸어갈까 했다니, 집 그다지 멀지 않은가 본데. 레인 점퍼 있으니까 소중하게 감싸 안은 그 구두도 젖지 않을 텐데."

"아뇨. 괜찮아요."

진혁이 고개를 비스듬히 기울이며 물었다.

"내가, 불편해요?"

좀 난처한 얼굴로 눈을 굴리던 재희가 대답했다.

"네."

진혁의 눈이 조금 커졌다. 알고 있는 사실이었지만 대놓고 그렇다고 말할 줄은 몰랐다.

"더러운 길바닥을 맨발로 걷는 걸 선택할 만큼 내가 불편해요?"

더러운 길바닥이라는 말에 재희는 발가락을 오므렸다. 앞 발바닥이 살짝 떴다. 마치 더러운 바닥에 최대한 덜 닿으려는 것처럼.

언덕길을 내려오는 내내 '비에 씻겨서 괜찮아, 집에 가서 바로 샤워할 거니까 괜찮아.'라고 주문을 걸듯 되뇌었는데. 이 사람의 말 한마디에 발바닥에 뭔가가 달라붙어 있을 것만 같은 기분이 들었다.

불편한데. 엄청 불편하긴 한데.

정문에서부터 버스 정류장까지의 그다지 멀지 않은 길을 걸어갈 일이 갑자기 막막해졌다.

"그럼…… 운동화 좀 빌려주시겠어요?"

진혁은 의외다 싶은 눈으로 재희를 봤다. 거절할 줄 알았다. 당신 정말 불편해, 라는 표정을 짓고 있으니까. 그런데도 부탁을 하는 걸 보면 미련스럽게 고집 피우는 타입은 아닌가 보다.

"기다릴래요, 공대 건물까지 같이 갈래요?"

둘 다 발 시린 건 마찬가지라 재희는 기다리는 걸 택했다. 뛰어가는 진혁을 바라보며 재희는 볼을 긁적였다. 도움을 받게 되니

대놓고 불편하다고 한 게 좀 미안해진다.

진혁이 발 앞에 놓아 준 운동화는 컸다. 엄청.

재희는 청바지에 발바닥을 슥슥 문지르고 발을 집어넣었다. 보송하던 운동화가 금세 물기를 머금었다.

"감사합니다. 잘 신고 깨끗하게 빨아서 돌려 드릴게요."

"번호 알려 줘요."

재희가 서둘러 말했다.

"중현이 통해서 돌려 드릴게요."

"한재희 씨한테 빌려주는 거니까 한재희 씨가 돌려줘요."

"어…… 네."

번호를 말한 재희는 진혁이 저장되었다는 듯 고개를 끄덕이자 감사합니다, 라는 인사말을 한 번 더 남기고 진혁의 곁을 지나쳐 정문을 향해 걸었다. 아직도 바라보고 있나. 어쩐지 뒤꿈치가 따끔따끔하다.

입술을 꼭 다문 재희는 걸음마다 벗겨지는 운동화를 질질 끌고 부지런히 걸었다.

"맨발로 걷는 이유가 뭐래?"

비에 젖은 우산을 접어 들고서 과방에 들어와 운동화를 집어 들고 도로 나갈 때까지 한껏 커다래진 눈을 하고서 지켜보던 정훈이라 당연히 이것저것 물어 올 줄 알았다.

재희가 했던 말을 전해 주자 정훈은 노골적으로 실망감을 드러냈다.

"에이, 너무 평범하네."

"무슨 대답을 기대했는데?"

"빗속에 자전거 타러 나가는 너처럼 비 오는 날 맨발로 걸어 다니는 게 취미라든가, 아님 듣는 사람은 도무지 이해 안 되는 이유가 있을 줄 알았지. 그나저나 넌 언제 '혼자서도 잘해요' 한테 신발 빌려줄 만큼 친해진 거야?"

"동아리 사람들이랑 같이 밥 한 끼 먹었어. 중현이 소꿉친구야. 영문과 김중현, 동아리 후배."

"아, 그 잘생기고 서글서글한 녀석? 그나저나 나 좀 놀랐다."

"뭐가. 야식 메뉴는 정했어?"

"족발 먹어야겠어. 오랜만에 고기 당긴다. 어때?"

이틀 전에 삼겹살 먹었는데 무슨 오랜만. 피식 웃으며 진혁은 "마음대로."라고 답했다.

"내가 먹고 싶은 걸로 정했으니 이 몸이 사 오지."

작업대에 자리를 잡으려는 진혁에게 정훈이 빙글거리며 좀 전에 했던 생각을 털어놓았다.

"근데, 나 좀 오해할 뻔했다? 우산 들고 튀어 나가 빗속에서 한참이나 붙잡고 말 시키더니 뽀송뽀송한 운동화까지 빌려주고. 맨발로 좀 걷는다고 앓아눕는 한겨울도 아닌데. 그런 호의를 베풀기에는 강진혁이 호의의 아이콘은 아니잖아? 너답지 않게 굴어서 설마 '혼자서도 잘해요' 한테 꽂힌 건가 했지. 그런데 중현이 친구라서 그런 거였네."

"한재희."

"응? 아, 이름이 한재희야?"

진혁이 눈짓으로 문을 가리켰다.

"내일도 학교 남을 거 아니면 후딱 야식 사 오지? 빨리 먹고 작업 끝내자. 연달아 야간작업하는 것도 지친다."

"밖에 나가 노닥거리다 온 사람이 할 소리는 아니지?"

정훈이 야식을 사러 나가자 진혁은 자신의 손바닥을 펴고서 크기를 가늠해 봤다. 비에 젖어 있던 하얀 발이 손바닥보다도 작았다.

4

손끝으로 툭 두드려 보니 벌써 단단하게 굳어 있다. 석고 마르는 속도가 새삼 놀랍다. 고등학생 때 이후로 정형외과 신세를 진 건 오랜만이라 좀 낯설고 재밌었다. 기분에 깁스 속 팔이 간지러운 것 같아 깁스 위를 긁적이는 싱거운 짓을 한 중현은 휴대폰을 꺼내 재희에게 메시지를 보냈다. 왼손만 사용하다 보니 몇 글자 아닌데도 평소보다 두 배쯤 시간이 들었다.

[학교 근처에서 택시 기다리는 중. 20분 내로 도착. 엄청 더워. 라임에이드 만들어 줘.]

작업하느라 못 본 건가. 답이 없다. 아까 병원에서 치료받으면서 일이 생겨 좀 늦는다는 메시지를 전송했을 때에는 [그래.]라는 심플한 답장을 보내왔는데.

"많이 놀라려나."

재희 특유의 놀라는 표정이 생각나 휴대폰을 보며 씩 웃던 중현은 자동차가 멈춰 서는 기색에 택시인가 싶어 고개를 들었다가 놀라움 반 반가움 반이 섞인 표정으로 벌떡 일어섰다. 운전대를 잡은 건 진혁이었다.

"선배, 차 끌고 오셨네요. 어디 가세요?"

"할머니 뵈러 가는 길. 목적지가 어디야? 가는 길이면 태워 주고."

"10분 안 되는 거린데. 사거리 외환은행 뒤 원룸촌이요."

타라는 손짓에 중현이 얼른 조수석에 앉았다.

"팔은 왜 그래?"

"배달 오토바이랑 부딪친 바람에 부러졌어요."

"어쩌다가?"

"조별 과제 때문에 애들 만난 뒤에 재희네 가려고 버스 기다리다가 갑자기 선크림 안 바른 게 생각나더라고요. 어차피 자주 까먹어서 오늘 꼭 안 발라도 되는데. 괜히 또 사고 싶어져서 편의점 쪽으로 뛰다가 골목에서 튀어나오는 오토바이를 미처 못 봤죠, 뭐."

"다른 데는 이상 없고?"

"괜찮대요. 오토바이랑 부딪쳤는데 뼈만 부러진 거니 운이 좋았어요. 팔이 이렇다 보니 버스 타기는 좀 귀찮아서 택시 기다리는 중이었는데. 선배 덕분에 편하게 갑니다."

진혁을 스윽 훑은 중현이 웃으며 농담을 던졌다.

"오늘 옷차림도 그렇고 차도 가져오시고, 데이트 있나 했어요.

할머니 뵈러 갈 때 늘 이렇게 차려입으세요?"

"할머니 생신이라서. 부모님은 먼저 출발하셨고, 난 동생들 픽업해서 합류하려고 어머니 차 빌린 거야. 가는 길에 사물함에 넣어 두었던 짐 챙겨 가려고 과방에 잠깐 들렀고."

고개를 끄덕이던 중현이 갑자기 떠오른 생각에 눈을 빛내며 살갑게 말을 건넸다.

"선배님."

"왜 갑자기 선배 '님'? 부탁할 거라도 있어?"

"예, 있어요. 선배, 많이 바쁘시죠?"

"바빠."

대학원 졸업을 앞둔 사람인데 당연히 그렇겠지. 설령 바쁘지 않다 해도 선배의 성격상 거절할 게 분명하지만, 그래도 말이라도 해 보자 싶어 중현은 운을 띄웠다.

"며칠 정도 도와주셨으면 하는 일이 있는데요. 연달아 며칠씩은 아니고, 또 그다지 어렵지도 않은 건데요."

"무슨 일이고 시간은 얼마나 잡아먹는 건지부터 얘기해 봐."

"제가 재희, 아 제 친구 한재희요. 그 녀석 졸업 작품전 할 때 웨딩슈트 모델 해 주기로 했거든요. 근데 보시다시피 팔이 이렇게 되어 버렸잖아요, 하하."

중현이 깁스한 팔을 들어 보였다.

"슈트는 이미 재단한 상태고, 오늘은 시침질한 게 맞나 입어 보기로 해서 재희랑 약속 잡은 거거든요. 선배랑 저랑 체형 비슷하니까 다른 모델 구한다고 시간 버리면서 애쓰는 거보다 선배님이 수고해 주시면 감사하겠는데. 선배 기억하시는지 모르겠는데, 예전에 저 선배 유니폼 한 번 빌려 입었거든요? 그때 보니까 선배 유니폼 저한테 잘 맞더라고요."

시침질된 옷 입고서 수정할 부분 확인하고. 완성품 한 번 더 입어 보고. 그러고는 런웨이 연습과 작품전 당일 무대에 서면 끝나는 거라고 설명을 마친 중현이 진혁을 바라봤다. 긍정적인 답변을 기대하지만 아마도 거절당할 거라는 눈빛으로.

"한재희는 다친 거 알아?"

"아직 몰라요. 가서 팔 보여 주게요."

"그럼, 이런 얘기는 당사자가 해야 하는 거 아닌가?"

"그렇죠. 근데 재희는 제가 잘 알거든요. 낯가림이 심해서 선배한테 먼저 부탁할 성격 아니에요. 그래서 재희한테 말하기 전에 선배한테 먼저 부탁드려 보는 거고요. 선배가 시간 내겠다고 하면 고마워할 거예요."

고마워할 거라는 중현의 장담에 진혁은 글쎄, 싶었다.

전화번호를 받은 다음 날, 연락을 하기도 전에 운동화를 돌려받았다. 한재희라는 여학생이 맡겼다며 과 동기에게서 쇼핑백을 전해 받았을 때 피식 웃음이 났다. 쇼핑백 안에는 잘 마른 깨끗한 운동화와 「감사했습니다. ―한재희」라고 적힌 군더더기 하나 없는 쪽지가 들어 있었다.

그런 한재희가 자신을 모델로 원할까. 만약 재희가 부탁해 온다면, 그땐 어떤 대답을 줄까.

시간이 없다지만 그 정도 시간도 못 낼 만큼은 아니다. 일상복이 아닌 의상을 입고서 시키는 대로 포즈를 취한다는 건 성격에 맞지 않지만, 사람들 앞에 서는 것에 특별한 거부감도 없다.

비 오는 날 처음 말을 나눴던 이후로 문득문득 떠올랐다. 우산 속 물방울이. 장화에 매달린 청개구리가. 그리고 그런 우산과 장화를 상상한 한재희가.

재희의 말간 얼굴과 퉁명스러운 말투, 그리고 딱 두 번 본 눈웃음도 생각났다. 경사진 언덕길에 모형 가로수를 꽂다가 언덕길을 자박자박 내려오던 작은 맨발이 눈앞에 어른거리는 바람에 작업을 멈췄다. 작업 중에 다른 생각을 떠올리게 만들어 버린 재희는 소나기처럼 기습적으로 찾아들고는 했다.

"재희가 좋다고 하면 선배, 해 주실래요?"

"한재희 생각부터 들어 보고."

거의 승낙이나 다름없는 말에 놀란 표정을 짓던 중현이 신난 얼굴로 휴대폰을 꺼냈다.

"재희한테 물어볼게요."

진혁은 원룸으로 들어서는 골목 어귀에 주차를 했다.

"잠깐 올라가서 얘기 나눌 정도의 시간은 있어."

"잘됐네요. 고맙습니다, 선배."

오간자(organza) 소재의 웨딩드레스 치맛자락에 진주 장식을 달고 있는 재희의 신경은 온통 바늘 끝에 쏠려 있었다. 은빛이 도는 진주알 구멍에 바늘을 꿰어 넣다 갑작스러운 벨소리에 움찔했다. 덕분에 진주 구멍 대신 손가락 끝에 바늘이 박혔다.

"아야."

옷감에 핏방울이 스며들세라 얼른 손가락을 입으로 가져가며 현관으로 걸어갔다. 문을 열고 중현에게 들어오라 손짓을 하다 뒤에 서 있는 진혁을 보고 눈이 커졌다.

왜 선배랑 같이 온 거냐고 눈짓으로 묻는 재희에게 중현은 오른팔을 불쑥 내밀었다.

"짠!"

팔을 감싼 석고 붕대가 새하얗다. 진혁 때문에 깁스한 팔을 미처 보지 못했던 재희가 뒤늦게 눈이 휘둥그레졌다.

"팔이…… 왜 이래?"

"부러졌어. 아까 늦는다고 메시지 보낸 거 이거 때문이었어. 병원 들렀다 왔거든."

"오늘 다친 거라고?"

"어."

"많이, 아파?"

"응. 아파 죽겠어. 막 욱신거려."

엄살을 떨던 중현이 재희의 표정에 당황했다. 조금만 더 하면 눈물이 차오르겠다.

"야, 별로 안 아파. 통증 거의 없어. 겨우 깁스한 걸로 심각해지지 마. 깁스한 사람 처음 보는 것처럼 왜 그래."

"아는 사람이 깁스한 거 처음 본단 말야."

재희는 활동적인 성격이 아니다. 게다가 남자 형제도 없어 뼈가 부러져 깁스를 하는 과격함 같은 거에는 익숙지 않았다.

가볍게 장난 좀 치려 한 건데. 예상했던 것보다 강한 반응에 중현은 살짝 당황했다. 걱정을 가득 담은 눈으로 올려다보는 게 많이 귀엽기도 하고. 엄마가 보면 처음엔 놀라다가 그 나이가 돼서도 뼈가 부러져서 오냐며 걱정스러운 잔소리와 함께 등짝 스매싱을 덤으로 얻었을 텐데.

"나 고등학교 때는 다리도 부러졌었는데, 뭐. 이 정도는 별것도 아냐. 너는 혼자 자라서 잘 모르겠지만, 남자들 웬만하면 깁스 경험 한두 번은 다 있어. 그렇죠, 선배?"

남자 형제가 셋인 집에서 자란 진혁이라 당연히 익숙했다.

"나도 깁스 두 번 했었어요."

진혁의 말에도 영 불안한 눈으로 중현의 팔을 바라보던 재희가 뒤늦게 생각이 난 듯 두 사람을 안으로 들였다.

"뭐 마실 거라도 드려요? 넌 뭐 마실래?"

"라임에이드 원한다고 메시지 보냈잖아?"

"못 봤어."

"라임에이드 만들어 줘. 선배도 맛보세요. 재희 잘 만들어요."

재희가 권하는 대로 소파에 앉은 진혁의 시선이 음료를 준비하는 재희와 그 옆에 붙어 선 중현에게 머물렀다.

탱글탱글한 초록색 라임을 반으로 쓱 자르며 재희가 물었다.

"근데, 어쩌다 그랬어? 야구하다 다친 거야?"

"그러기라도 했으면 덜 억울하지."

"그럼?"

아프다고 엄살 좀 떨었다고 그렇게나 놀란 표정을 지었는데 사실대로 말했다가는 속상하고 미안해서 진짜로 울어 버리는 건 아닌가 싶어 중현은 둘러댔다.

"휴대폰 보면서 걷다가 골목에서 나오던 오토바이를 미처 못 봤어."

"조심 좀 하지."

"그러게."

작은 공간 가득 새큼한 라임 향이 번졌다. 커다란 유리잔 하나를 진혁에게 건넨 중현이 자신의 몫을 단숨에 비워 버린 후 다시 잔을 내밀었다. 빈 잔을 채우며 재희가 물었다.

"근데 선배님하고는 어떻게 같이 온 거야?"

"택시 기다리는데 마침 선배가 지나가다 태워 줬어. 할 이야기 있는데. 우선은 사인부터 해 줘."

중현이 오른팔을 내밀었다.

"사인?"

"사인받는 게 깁스한 사람들의 로망이라는 거 몰라?"

"그게 무슨 로망이야."

"아님 똑, 하고 뼈 부러진 기념으로 미대생답게 멋진 그림 하나 그려 주든지."

'똑' 소리에 진저리를 친 재희는 중현을 흘겨보면서도 책상 위 연필꽂이에서 사인펜을 골라 들었다. 그러고는 중현이 싫어하는 달콤한 핑크색으로 개뼈다귀가 반으로 부러진 모양을 그려 넣고 말풍선 안에 '똑' 글자도 써 넣었다.

"심술궂기는."

습관처럼 재희의 머리를 쓰다듬은 중현이 이번엔 진혁에게 사인을 요구했다. 진혁이 이름을 적어 넣는 걸 쳐다보던 재희가 물었다.

"할 이야기라는 게 뭔데?"

"팔 이러고서 모델 설 수는 없잖아. 다른 모델 구하는 것도 쉽지 않을 텐데 선배님한테 부탁드리는 거 어때?"

동그래진 재희의 눈이 진혁을 향했다. 마주 바라보는 진혁의 시선은 지금껏 그랬듯 불편하고 버거웠다. 재희는 마음이 복잡해졌다.

중현의 팔을 본 순간 놀라고, 걱정이 됐다. 보기보다 아픈 건 아니라는 말에 안심이 되었고, 그러자 졸업 작품전은 어떡하나 하는 걱정이 들었다. 다친 사람을 두고 그런 생각을 떠올린 게 이기적인 것 같아 '미안해.' 라고 속말을 했다. 다쳤으면서도 자신을 챙기는 중현이 고마워 더 미안했다.

진혁은, 불편하다. 하지만 짧은 시간 안에 진혁보다 나은 모델을 구하기가 쉬울까. 실내화 속 발가락을 꼼지락거리던 재희가 물었다.

"해 주실 수 있으세요? 그래 주신다고 하면 최대한 시간 덜 잡아먹도록 속도 내 볼게요."

"언제, 뭐 해야 하는지 얘기해 봐요."

이미 중현에게서 들었지만 진혁은 다시 물었고, 재희는 중현과 비슷한 대답을 했다.

"그리고 오늘 일정은 웨딩슈트 시침질한 거 입어 보는 거였어요. 입어 보고 손볼 부분 체크해서 재봉할 수 있게요."

"오늘은 시간 여유가 없는데, 내일 어때요?"

"좋아요."

자기 집처럼 편한 자세로 소파에 앉아 두 사람의 대화를 듣고 있는 중현에게 고개를 돌린 진혁이 물었다.

"집에 갈 거면 지하철역까지 태워 줄까? 버스보다 지하철이 더 편하다고 했던 것 같은데."

"전 좀 더 있다 가려고요. 고맙습니다, 선배. 다음에 제가 술 살게요."

현관 앞에 서서 손을 흔드는 중현과 달리 재희는 건물 입구까지 따라 나왔다.

"저기, 선배님."

멋쩍은 표정으로 콧등을 문지른 재희가 말했다.

"모델 해 주시는 거 감사해요."

고개를 끄덕인 진혁은 중현이 쓰다듬어 약간 헝클어진 머리에서 눈길을 거두고 돌아섰다.

눅눅하고 후덥지근한 바람에 숨이 턱 막혔다. 환기하기 위해 열었던 창문을 닫고 에어컨을 켰다. 평소보다 온도를 낮춘 다음 또 뭘 해야 하나 주위를 둘러보았다. 부모님과 중현 외에는 아무도 들이지 않았던 공간이다. 그래서인지 진혁이 온다는 사실에 작업에 집중하지 못하고 중간중간 일어나 괜스레 정리한 걸 또 정리하고 있었다.

모든 게 낯설던 햇병아리 신입생 시절. 부모님과 함께 사는 사람들에게 자취하는 그녀가 얼마만큼 부러움의 대상이 되는지 몰랐다. 그리고 자신의 공간이 한순간에 과 동기들의 아지트로 변해버릴 줄도 당연히 몰랐었다. 경험을 한 뒤에야 깨달았다.

학교와 가까운 곳으로 집을 옮긴 뒤로는 과 동기들의 편의를 봐주지 않는다. 야박하다는 소리까지 들었지만 내 공간이 사라지는 것보다는 나았다.

소파에 쿠션 하나를 더 가져다 놓는데 메시지가 떴다.

[10분 늦어.]

"10분 늦는 건데 알려 주네."

겨우 10분이지만 미리 연락을 주는 게 맘에 든다. 존댓말을 써 주는 것도.

처음 보는데도 반말을 툭툭 던지던 남자 선배들 때문에 눈살을 찌푸린 경험이 있어 나이 차가 있는데도 존댓말을 써 주는 진혁의 매너가 맘에 들었다. 이제 반말을 하기로 했으니 존댓말을 써 줬었다고 과거형으로 말해야겠지만.

시간을 정하기 위해 통화를 하면서 반말하셔도 된다고 말을 꺼내자 진혁은 알겠다고 했다. 그리고는 '늦어요.'가 아니라 '늦어.'라고 보내온 메시지. 어쩌면 계속 존댓말을 하겠다고 하려나, 그렇게 짐작했었다. 그런데 예상이 빗나갔다. 풍기는 이미지만큼 차가울 거라는 짐작 역시 틀렸다.

냉랭한 인상과 분위기 때문에 선입견을 가졌었는데 배려가 익숙한 사람인가 보다, 진혁은. 운동화를 빌려준 것도 그렇고. 졸업 작품전도 도와주겠다는 걸 보면.

그렇지만, '냉정하다는 평가를 받는 선배'라고 중현이 얘기한 적이 있다. 어제 진혁이 돌아간 뒤, "내가 먼저 부탁하긴 했지만 그래도 선배가 선뜻 오케이 할 줄은 몰랐는데."라고도 했다.

그런 걸 보면 자신과 관련 없는 일에는 시간 낭비 하지 않는 성격일 거라는 짐작이 맞는 것 같다. 그럼에도 바쁜 시간을 쪼개 작품전을 도와주겠다는 걸 보면 생각보다 중현과 많이 친한 건가. 아직은 잘 모르겠다.

현관으로 들어서는 진혁의 티셔츠에서 열기가 번졌다. 햇빛 냄새가 날 것 같았다. 중현이 없어서 어제보다 조금 더 어색했다. 어색한 마음을 감춘 채 재희는 살짝 고개를 숙였다.

"안녕하세요."

진혁은 피식 웃었다. 처음 본 사람처럼 늘 "안녕하세요."다.

"엄청 덥죠? 시원한 거 드릴까요?"

"라임에이드 맛있던데."

라임을 짜낸 즙에다 차가운 물과 얼음을 첨가하며 재희가 대화를 시도했다. 무난한 날씨 얘기로.

"이번 여름은 유독 더운 데다 길 것 같아요."

"그러게. 여름 좋아하지만 계속 이러면 질릴 것 같아."

"여름이 좋아요?"

"싫은가 보네."

"땀나고 끈적거리잖아요. 운동을 안 좋아하는 이유 중 하나예요."

생각만으로도 싫은 듯 재희가 콧등을 찡그렸다.

"운동하는 것도 안 좋아하고, 얘기 듣는 것도 별로지만 구경하는 건 괜찮아? 지난번에 운동장에서 야구하는 거 구경하던데."

"그건 유니폼 디자인하는 데 도움 될까 해서였어요. 야구 룰도 모르는데 재밌을 리가 없잖아요. 알아도 재미있을 것 같지는 않지만."

"재밌어."

동의할 수 없다는 듯 아랫입술을 삐죽 내미는 재희에게 비스듬히 선 진혁이 청바지 뒷주머니에 한 손을 찌르며 확신 어린 어조로 덧붙였다.

"알면 재밌어. 운동장에서 야구부 동아리 사람들이 뛰는 거 말고 야구장 가서 직접 경기 본 적 있어?"

그럴 리가 있겠냐는 얼굴로 고개를 저었다.

"아뇨."

"아마추어들 연습 경기 보는 거랑 프로들이 뛰는 경기 관전하는 건 완전히 달라. 올스타전 직접 보고 나면 야구의 매력에 안 빠질 수가 없어. 룰도 간단해. 5분 안에 이해 가도록 설명해 줄 수도 있어."

재희가 풋 웃자 진혁이 문득 눈썹을 추켜올렸다.

"중현이가 하는 말이 생각나서요. 경기장에서 야구 관람 하면서 먹는 치킨과 맥주가 가장 맛있다면서 시즌 오픈 때마다 야구

보러 가자고 꼬시거든요. 중현이랑 선배님이 열렬하게 야구 응호하는 거 보면 뭔가 매력이 있긴 한가 봐요."

웃음기 어린 얼굴로 말을 하던 재희는 사람을 빤히 쳐다보는 진혁 특유의 버릇에 슬며시 시선을 내려 손에 든 유리잔을 조몰락거렸다. 대화할 때는 상대방의 눈을 보는 게 예의라고 배웠지만 이렇게 노골적으로 쳐다보면 역시나 민망하다.

"음, 에이드 한 잔 더 드릴까요?"

"할 것부터 먼저 하지."

"그래요."

드레스 셔츠와 바지를 들고 와 건넨 재희는 가벽 안쪽을 가리켰다.

"우선 드레스 셔츠랑 바지부터 갈아입어 주세요. 시침질만 한 거니까 조금 조심해서 입어 주셔야 해요. 전 저쪽에서 기다릴게요."

원룸의 3분의 1 지점에 설치된 책꽂이 형식의 긴 가벽이 잠자는 공간과 작업 공간을 분리하고 있었다. 재희는 침대 매트리스에 걸터앉아 초조하게 손끝을 잘근거렸다. 눈대중으로는 다시 재단을 해야 하거나 다른 모델을 찾지는 않아도 되겠다 싶게 중현과 비슷한 체형인데. 수선해야 할 부분이 많으려나.

"나와도 돼."

화이트 드레스 셔츠와 네이비 솔리드 바지를 입고 서 있는 진혁을 본 순간, 재희의 눈이 반짝였다.

"근사해요! 어제 선배님 옷차림 보고서 슈트가 잘 어울리는 스타일이겠다 싶긴 했는데. 정말 그렇네요. 기대 이상이에요."

예상치 못한 노골적인 칭찬에 진혁은 조금 놀랐다. 재희는 진혁의 주위를 찬찬히 돌며 덧붙였다.

"바짓단을 아주 조금 내려야 할 것 같은데. 그것만 제하면 크게 손볼 것 없겠어요. 웨딩드레스 입어 줄 모델이랑 선배님이랑 분위기가 잘 어울리겠어요."

작품전의 피날레는 당연히 웨딩드레스지만 신랑의 슈트가 드레스와 잘 어울리면 신부가 더 빛나는 법이다.

"재킷도 드릴게요."

하얀 시침실이 따닥따닥 박혀 있는 재킷을 받으려 진혁이 손을 내밀자 재희가 고개를 저었다.

"완성된 게 아니라서. 제가 입혀 드릴게요."

진혁의 등 뒤로 돌아가 재킷을 펼쳐 들었다. 소매에 팔을 끼우던 진혁이 한순간 어깨를 굳힌 것 같은 느낌에 재희가 걱정스레 물었다.

"왜요? 어디 걸리는 부분이라도 있어요?"

"그런 건 아니고."

"그럼요?"

"혼자서 옷 입는 법을 배운 뒤로 누군가가 옷 입는 걸 도와주는 건 처음이라 좀 이상해서."

그렇기도 하겠다 싶어 고개를 주억거린 재희가 어깨선이 잘 맞아떨어지는지, 겨드랑이 부분에 주름이 지는지 꼼꼼하게 체크했다. 그리고 진혁의 앞으로 돌아와 몇 걸음 뒤로 물러서서 전체적인 실루엣을 확인했다.

옷이라는 건 입는 사람에 따라 분위기가 달라진다. 처음 스케치북에 디자인을 하면서 상상했던 느낌과는 조금 달랐지만 솔직히 달라진 지금이 더 나았다.

"재킷은 이대로 작업하면 되겠어요. 잠깐만요."

입을 때 그랬던 것처럼 진혁의 뒤에 서서 벗는 걸 도와준 후 조심스레 보디 스탠드에 재킷을 걸어 놓고서 보타이를 들어 보였다. 보타이를 매는 경험은 결혼식 때가 처음인 경우가 일반적이지만 그래도 혹시나 싶어 물었다.

"보타이 맬 줄 아세요?"

"아니."

"음, 그럼 고개 좀 숙여 주실래요?"

진혁이 고개를 숙였다.

"조금만 더요."

그래도 좀 높다. 평균 키인데도, 진혁 앞에서는 엄청 작게 느껴진다. 발꿈치를 살짝 들까 했지만 그럼 모양 잡기가 어렵다.

"저기……."

"내가 앉을까?"

작업대를 가리키며 묻는 진혁에게 재희는 고개를 끄덕였다. 바지에 주름이 지지 않도록 조심스레 작업대 끝에 걸터앉은 진혁이 다리를 약간 벌렸다. 쑥스러운 기색을 애써 감춘 채 진혁에게로 다가선 재희가 그의 목에 타이를 걸었다. 손끝에 집중한 재희는 어색할 때면 늘 그러듯 입술을 잘근거렸다.

"아직도 내가 많이 불편해?"

재희의 볼이 살짝 달아올랐다.

"……뭐 그렇죠. 서로 잘 모르니까 어색한 게 당연하잖아요."

어색해서 평소보다 시간이 더 걸렸다. 세 번째 시도에서야 원하는 모양을 만들어 낸 재희가 냉큼 뒤로 물러나 거울을 가리켰다.

"어때요? 선배님한테는 이 모양이 더 어울려 보이는데."

진혁이 고개를 돌려 거울에 비친 보타이를 확인했다. 마치 소형 넥타이를 옆으로 묶어 놓은 듯한 모양새가 독특하다. 목에 커다란 리본을 매 주는 건 아닐까 걱정스러웠는데, 다행이다 싶었다.

"다시 풀어 드릴게요. 그리고 바지 길이만 조절하면 오늘 작업은 끝이에요."

손목에 핀 쿠션을 두른 재희가 진혁에게 일어서 달라고 부탁했다.

"길이 잡아서 시침핀 꽂을 거거든요. 편한 자세로 서 있어 주시면 돼요."

바닥에 무릎을 꿇고 앉아 바지 라인이 예뻐 보이는 선까지 단을 내렸다. 그러고는 시침핀을 꽂았다.

진혁의 시선이 핀 쿠션을 두른 가는 손목을 지나 시침핀 하나를 입에 문 입술에 닿았다. 입술 끝에 물고 있는 시침핀이 떨어지지 않도록 꼭 다물린 입술. 입술보다는 연하지만 조금 발간 볼. 그리고 볼을 간질이는 머리카락 몇 가닥. 질끈 하나로 동여맨 머리 끈을 풀어서 머리카락을 만져 보고 싶다. 어떤 느낌인지. 조금만 손을 내밀면 닿을 거다.

머리카락이 당겨지는 느낌에 재희가 눈을 들었다.

"실밥이 붙어 있어."

"그래요? 작업할 때면 늘 그래요."

여상하게 대답하며 손끝에 집중하는 재희의 머리 위에서 진혁의 목소리가 들렸다.

"궁금한 거 있는데."

손목 핀 쿠션에 꽂아 놓은 시침핀 하나를 빼 들며 재희가 진혁을 올려다봤다.

"선배님은 호기심이 많은가 봐요."

다시금 고개를 숙여 하던 일에 집중하며 말했다.

"듣고 있으니까 물어보세요."

"맨발로 걸어가던 날. 집에 어떻게 왔어?"

"그게 궁금했어요?"

되묻는 재희의 목소리에 웃음이 담겨 있었다.

"버스 탔어요."

"사람들이 쳐다봤겠네."

"그런 사람도 있었겠죠. 모르겠어요."

재희는 무심하게 어깨를 으쓱였다.

"사람들 시선에 신경 안 쓰는 성격이야?"

"쓰는 건 쓰고, 안 쓰는 건 안 쓰고. 굳이 구분하자면 중요하지 않은 일에 대해서는 가능한 신경 쓰지 않으려고 하는 편이에요.

절 모르는 사람들이 그저 잠깐 던지는 의미 없는 눈길인데, 의식해 봤자 나만 피곤하잖아요."

"영화관이랑 식당에 혼자 다니는 이유는?"

동그래진 눈을 보며 진혁이 웃었다.

"어쩌다 우연히 본 거니까 그렇게 놀란 눈 안 해도 돼. 혼자서 못 할 일들 아니지만 대부분은 안 그러잖아."

"음, 궁금해할 만큼 특별한 이유는 없는데. 뭐 볼까. 언제 볼까. 보기 전에 뭐 할까. 보고 나서 뭐 할까. 영화 한 편 보기 위해서 거쳐야 하는 그런 조율들이 난 좀 피곤해요. 그리고 늘 혼자 먹는 건 아니에요. 먹고 싶은 음식이 있는데 같이 먹을 사람이 없을 때만 그러지."

"그럼 중현이는?"

오른쪽 바짓단 맞추는 걸 끝낸 재희가 무릎걸음으로 왼쪽으로 옮겨 가며 무심히 되물었다.

"중현이가 뭐요?"

"중현이는 왜 혼자 좋아하는 건데?"

"!"

재희의 고개가 휙 들어 올려졌다.

재희가 내보이는 반응을 한 자락도 흘리지 않으려 주시하고 있던 진혁이 눈을 가늘게 떴다. 까만 눈동자가 당혹스러움을 담아 흔들린다.

그런 걸까. 희미한 의혹이 있었지만 확신은 없었다. 실력을 모르는 타자를 상대해야 할 때면 늘 정면 승부를 한다. 스트라이크

80

존을 노리고 던지는 직구는 위험 부담이 높은 대신 상대의 기량을 파악하기에 좋다.

중현에 대한 감정의 종류가 명확하게 파악되지 않았다. 옅은 의심은 가지만. 그래서 던졌다. 군더더기 하나 없는 직구를. 그랬더니 작은 얼굴이 고스란히 답을 보여 준다. 중현을 좋아한다는 걸. 그리고 그 사실을 중현은 모른다는 걸.

재희는 천천히 일어섰다. 바닥에 달라붙다시피 쪼그려 앉아 있던 탓인지 아님 진혁이 던져 온 질문 때문인지 다리가 흔들렸다. 진혁은 물었다. 중현을 좋아하냐가 아니라 왜 혼자 좋아하는 거냐고. 관찰력이 뛰어나고 눈치도 빠른 사람이라고 생각했지만 남의 감정까지 읽어 낼 줄은 몰랐다.

입을 열었던 재희가 다시 꼭 다물었다. 무슨 말을 해야 할지 찾지 못한 것처럼 입술을 달싹였다.

"어떻게 알았어요?"

한참 만에 나온 담담한 목소리와는 달리 달아오른 볼이 발갛다. 뺨을 붉힌 모습이 귀여웠지만 그게 자신 때문이 아니라는 사실이 거슬렸다.

"지금 알았어. 묻기 전까지는 그럴 가능성이 있지 않을까 짐작만 했지, 확신은 없었어."

두 사람이 함께 있는 모습을 본 첫인상은 유별난 관계구나, 였다. 가족 같은 소꿉친구라지만 이성 친구끼리 저렇게 스스럼없이 지내는 게 가능한지 의아했었다. 그러다 중현이 재희를 좋아하는 건가, 라는 생각을 했다. 그런 생각이 들 만큼 중현은 귀여운 여자 친구를 대하듯 재희를 세세하게 챙겼으니까.

재희의 공간이 익숙한 듯 소파에 파묻혀 라임에이드를 마시는 중현을 보며 그런 생각도 했었다. 팔 깁스를 한 꼴로 재희의 작품전을 걱정할 만큼 중현은 재희를 좋아하지만, 재희에게 중현이는 어릴 적부터 친한 친구일 뿐인 건가, 라고. 그런 착각을 할 만큼 다정한 중현과는 달리 재희는 덤덤했으니까.

하지만 곧 자신의 판단에 의문이 생겼다. 좋아한다면 고백할 성격이다, 중현은. 그런데 사귀지 않는다는 건 거절당한 건가. 고백을 거절당하고도 여전히 저런 관계를 유지하는 게 가능할까. 글쎄다. 자신의 기준으로는 불가능한 일이다.

그래서 시선을 돌렸다. 중현의 표현대로 퉁명스럽고 애교도 없는 것처럼 보이는 한재희에게로. 눈을 떼지 않고 집중했더니 의심이 가는 찰나들이 잡혔다.

재희는 언제나 사람의 눈을 본다. 빗속에서 처음 알은척을 한 그에게 "안녕하세요."라는 인사를 해 올 때도. 선배는 불편한 사람이라고 대답을 했을 때에도 재희의 말간 눈은 그를 향해 있었다. 그런데 중현이 머리를 헝클어트릴 때면 재희는 살며시 눈을 내린다. 그게 보인 순간부터 다른 것들도 보이기 시작했다. 어쩌면 놓쳤을지도 모를 지극히 작은 것들이.

"그래서 확신을 얻으려고, 선배님의 궁금증을 해소하고 싶어서 굳이 물었어요?"

목소리에 날이 섰다. 타인에게 마음을 읽히는 건 쑥스럽고 민망하다. 감정의 깊이와는 상관없이. 그리고 호기심 충족을 위해 자신의 감정이 언급되는 건 불쾌한 일이다.

"단순히 궁금증 해소하려고 남의 감정을 뒤적거리는 취미 없어. 나는 궁금했어. 중현이를 좋아하는 게 맞는지. 무슨 이유로 고백을 하지 않는 건지."

"그게 왜 궁금한데요?"

"한재희가 궁금하니까."

설마, 하는 낯빛으로 눈을 깜빡이던 재희가 물었다.

"궁금하다는 거…… 관심 있다는 소리예요?"

"있어. 관심. 사귀어 보고 싶을 만큼."

"어……."

조금도 예상하지 못했던 말이라 당황해 버렸다.

"그렇게 놀랄 일이야? 나는 관심도 없는 여자 빗속에 붙들고 서서 말 걸고, 신발 빌려주고 그러지 않아. 신발 돌려받는다는 핑계로 전화번호 묻지도 않고."

"그럼…… 작품전 도움 주는 것도 중현이 때문이 아니었어요?"

"이젠 대답 알잖아."

재희는 미간을 찌푸렸다. 몇 번이나 봤다고 사귀고 싶다는 말을 하는 거지? 신중해 보였는데, 아닌가? 도무지 감을 잡을 수 없는 사람이다.

"하지만 선배 나 잘 모르잖아요?"

"그래서 알고 싶다고."

재희는 고개를 저었다.

"이해가 안 돼요. 나는 선배가……."

아랫입술을 물었다 놓은 재희가 어색한 목소리로 말을 이었다.

"선배가 언급했던 것처럼 난 중현이 좋아해요."

"그래서?"

"네?"

"아직 내 질문에 답 안 했어. 중현이한테 고백하지 않는 이유가 뭐야? 사귀고 싶을 만큼 좋은 건 아니라서? 자존심 때문에?"

"선배가 상관할 일 아니에요."

"사귀고 싶다고 했잖아. 소꿉친구 짝사랑하는 것 때문에 시작도 해 보기 전에 그만두기에는 내 관심이 적지 않아."

"중현이 때문이 아니더라도 나는 선배님이랑 사귈 생각 없어요."

"이유는?"

금방 떠오르는 이유만도 여러 가지다. 잘 모르는 사람이고, 여전히 어색하고. 거기다 감정까지 읽혀 버려 더 불편해졌다. 그리고 무엇보다.

"선배님은 제 취향 아니에요."

진혁이 비스듬히 입술 꼬리를 올렸다. 취향 아니라는 건 이미 들어 알고 있는 사실이다. 그래도 얼굴을 마주하고서 듣는 기분이 그다지 즐겁지는 않았다.

"취향 아니라고 단정 짓기에는, 나 모르잖아."

"나 잘 모르면서 사귀고 싶다면서요. 잘 알아야만 취향 아니라고 말할 수 있는 건 아니잖아요."

살짝 얼굴을 굳힌 진혁이 턱 끝을 들었다. 내려다보는 시선 때문에 한결 차가워 보이는 표정으로 진혁이 물었다.

"어떤 점이 취향 아닌데?"

"취향에 반드시 이유가 있지는 않아요. 그리고 선배님과 이런 대화 불편해요. 선배님 불필요한 일에 시간 낭비 하는 거 싫어한다고 하셨죠? 저도 그래요. 전 중현이가 좋고, 선배님이랑 사귈 마음 없고. 그리고 무엇보다 지금 저한테 가장 중요한 건 졸업 작품전이에요."

이 선배와 계속 작업하는 건 무리일까. 사귀자는 제안을 거절했으니 더 이상 도와주지 않으려고 할까. 마음 한구석에서 그렇게까지 속 좁은 사람은 아닐 거라는 속삭임이 들렸지만, 모르겠다.

"지금은 졸업 작품전 준비하는 것만으로도 벅차고 힘들어서 선배님하고 이런 대화 하는 거 부담스러워요. 그러니 더 이상 언급하지 않았으면 좋겠어요. 안 그럼……."

재희는 입술을 잘근거렸다. 안 그럼 이제 그만하자고 하고픈데 그러기 싫었다. 슈트 입은 모습을 보고 났더니 놓치고 싶지 않았다.

"안 그럼?"

"선배가…… 런웨이에 서 주셨으면 좋겠어요. 그리고 더 이상 이런 대화 꺼내지 않으셨으면 좋겠어요."

한동안 가만히 쳐다보기만 하던 진혁이 고개를 끄덕였다.

"알겠어."

때때로 진혁은 재희를 놀라게 하는 부분이 있다. 자존심 강한 사람이라 그런가. 깔끔하게 받아들이는 진혁의 태도에 조금 놀랐고, 마음이 많이 놓였다.

　잠시 머뭇거리던 재희는 바짓단을 마무리 짓기 위해 진혁 앞에 쪼그리고 앉았다. 머리 위에 꽂히는 진혁의 시선을 의식하지 않으려 애써 뾰족한 시침핀 끝에 신경을 집중했다.

5

치여 죽을 것 같은 과제량과 그에 비례하는 알코올 섭취량을 꼽을 때 건축과는 늘 상위권을 달린다. 건축과의 위상에 한몫 단단히 하는 녀석이 정훈이었다.

전공 교수님이 참석한 술자리를 끝내고 나오자마자 우리끼리 2차 가자고 슬그머니 눈짓을 하는 정훈과 함께 진혁은 호프집으로 들어갔다.

학교 근처 술집은 어느 곳을 선택하든 한두 명 정도는 손을 들어 알은척을 해 온다. 역시나 두어 테이블에서 이름을 불러 왔다. 하지만 합석을 제안할 만큼 편한 사람들은 아니라서 두 사람은 가볍게 인사를 건네고는 테이블 하나에 앉았다.

방금 전까지 꽤 마셨는데도 정훈은 마치 오랜만인 것처럼 허겁지겁 맥주를 들이켰다.

"할 일 해치우고서 맘 편안히 들이켜는 술이 진정 꿀맛이다."

깨끗이 술잔을 비워 낸 정훈이 맥주를 추가했다.

"속도 조절해. 취하면 두고 간다."

"날도 더운데 바깥 잠 좀 잔다고 큰일 나겠어? 너한테 버려질 때 버려지더라도 오늘은 좀 마셔야겠다. 그동안 술 엄청 고팠단 말이다."

안주로 나온 탱글탱글한 소시지를 크게 한 입 베어 문 정훈이 물었다.

"그나저나 넌 여전히 생각 중?"

"음."

"난 결정."

"어디?"

"경석 선배 사무소. 일부러 찾아와서 같이 일해 보자며 살갑게 챙겨 주는 것도 고맙고. 또 선배 설계 스타일이나 작업 방향이 썩 괜찮은 것도 같아서."

나쁘지 않은 선택이다 싶어 진혁이 고개를 끄덕였다.

"잘됐네. 둘이 잘 맞잖아."

"야, 솔직히 맞는 건 너랑 더 잘 맞지. 그래서 말인데. 각자 몇 년 탄탄하게 경력 쌓은 다음에 우리 이름 단 건축사사무소 같이 내자."

"누가 잘 맞는다는데?"

"빼기는. 네 까칠한 성격 나만큼 포용해 주는 사람 또 없어. 있을 때 잘하란 말이지."

코웃음으로 대꾸하는 진혁에게 정훈이 말을 꺼냈다. 마치 비밀 얘기라도 하는 듯 슬쩍 상체를 숙여 다가오면서.

"나 이상한 얘기 들었는데."

"무슨 얘기?"

"의상디자인과 졸업 작품전 런웨이 연습하는 데서 너 본 것 같다는 얘기. 이 믿기지 않는 얘기가 설마 사실은 아닌 거지?"

진혁의 얼굴에서 답을 얻은 정훈이 휘파람을 불었다.

"혼자서도 잘해요?"

"한재희."

"알아. 근데 난 이름보다 내가 붙여 준 별명이 더 맘에 들어. 근데 말을 하면서도 믿기지가 않는다. 네가 런웨이에 서서 모델처럼 포즈를 잡는다니. 그런 재밌는 얘길 왜 안 해 줬어? 설마 쑥스러워서?"

진혁과 쑥스러움이라는 단어가 매치되지 않아 정훈은 자신이 말을 하면서도 믿기지 않는다는 표정이었다.

"근데 대체 언제부터 사귄 거야? 이러다 죽겠다 싶을 정도로 바빴는데 용케 연애할 틈 만들었네? 짜식, 그런 일이 있으면 이 형님한테 보고를 해야지."

사귄다는 말에 진혁이 비식 웃었다.

"왜 웃어?"

"취향, 아니라던데?"

무슨 말이냐는 듯 정훈이 눈을 껌뻑였다.

"강진혁은 한재희의 취향이 아니라고."

"……어?"

충격의 강도가 꽤나 셌는지 포크를 든 채 한동안 어리둥절한 얼굴을 하던 정훈이 웃음을 터트렸다. 목젖이 보이도록 웃어 젖히는 모습에 진혁이 비스듬히 입꼬리를 말아 올렸다.

"즐거워?"

"어. 무진장. 그나저나 여자한테 거절당한 기분이 어떠냐? 아니 그것보다 왜 취향이 아니래?"

"그냥."

"그냥?"

"이유 없이 좋은 사람이 있듯, 취향 아닌 거에도 꼭 이유가 있어야 하는 건 아니라던데."

살짝 미간을 찌푸린 진혁이 덧붙였다.

"불편한가 봐, 내가."

정훈이 과장된 동작으로 고개를 끄덕였다.

"네가 마냥 편한 성격은 아니긴 하지. 그래도 대놓고 취향 아니라며 거절하다니, 좀 놀랍다. 빙빙 돌려서 말하는 성격이 아닌가 보네. 그럼 어떤 남자가 취향이래? 그런 건 안 물어봤어?"

"김중현."

"아, 그 친구."

정훈이 충분히 이해 간다는 표정을 했다.

"서글서글하고 잘 웃고 잘 챙겨 주는 그런 남자 좋아하는구나. 다정한 남자 좋아하는 여자들 많지. 근데 취향이라면서 두 사람은 안 사귄대?"

중현에 대한 재희의 감정은 지극히 개인적인 영역이라 진혁은 대답 대신 그저 어깨를 으쓱였다.

"어쩌냐. 처음으로 먼저 사귀자고 했는데 취향 아니라고 거절당하고. 그래서 포기?"

"작품전에 집중하고 싶다기에 그때까지 기다리려고."

"기다리면 뭐, 취향이 바뀌기라도 한대?"

"그건 내 문제고."

"오, 열받았나 봐? 말이 까칠해. 그나저나 강진혁은 한재희에게 사귀자고 했는데 한재희는 김중현이 취향이라니. 너 앞으로 애좀 끓이겠다. 사람 취향 쉽게 안 변하는 거거든."

놀리듯 말을 던졌지만 더 이상 반응을 보이지 않는 진혁을 마치 처음 보는 사람처럼 응시하던 정훈이 맥주를 추가 주문 하기 위해 아르바이트생을 찾아 두리번거리다 중현과 눈이 마주쳤다. 손을 들어 알은척을 하는 정훈의 묘한 표정에 뒤를 돌아본 진혁이 잠깐의 침묵 끝에 먼저 입을 열었다.

"팔은 좀 괜찮아?"

"근질거리는 강도가 세지는 거 보니까 잘 붙고 있나 봐요."

싹싹한 말투로 대답한 중현이 창가 자리를 가리켰다.

"고등학교 동창 녀석들하고 한잔하는 중이어서요. 그럼 가 보겠습니다."

중현이 자리로 돌아가는 뒷모습을 지켜보며 침묵하던 정훈이 물었다.

"들었을까?"

진혁은 무심한 얼굴로 어깨를 으쓱였다.

"넌 또 왜 내리는 거야?"

"재희랑 좀 더 있다 가려고. 엄마 먼저 들어가요."

"재희 힘들었을 텐데 쉬게 놔두지."

"할 얘기 있어서 그래요."

너무 늦게 들어오지 말라는 말을 남긴 중현의 엄마는 태워다 주셔서 감사하다는 재희에게 다정히 손을 흔들고는 떠났다. 승용차가 골목길을 벗어날 때까지 지켜보던 재희가 중현을 올려다봤다.

"무슨 할 말?"

"일단 들어가자."

집 안에 들어서자마자 재희는 방전된 인형처럼 소파에 풀썩 몸을 던졌다. 등 뒤의 쿠션을 빼내 끌어안고서 머리를 기댔다.

"아, 피곤해."

"자고 싶어?"

쿠션에 턱을 댄 채 고개를 저었다.

"어제까지만 해도 작품전 끝나면 잠만 계속 자야지, 밥도 안 먹고 이틀 내내 잠만 자야지, 그랬었거든? 근데 너무 피곤해서인지 도리어 안 졸려."

"그래도 다 끝나서 후련하지?"

작품전을 끝내고 챙겨 온 의상과 소품들을 찬찬히 훑으며 재희는 고개를 저었다.

"준비하는 동안 너무 힘들어서 끝나면 나도 그럴 줄 알았어. 시원섭섭한 기분도 맞고, 기대했던 것보다 교수님 평가도 좋아서 뿌듯하기도 해. 근데 그렇기는 한데, 제일 많이 남는 감정은 후회야."

"더 이상 열심히 하기는 힘들 만큼 최선을 다했는데 무슨 후회?"

"너무 열심히 하려고만 했구나, 하는 후회."

"무슨 말이야?"

"너무 잘하려고만 애쓰다 보니까 여유가 없었나 봐. 눈앞에 놓인 것 말고 좀 더 큰 걸 볼 수 있는 여유 말이야. 끝나고 나니까 아, 왜 이런 디자인은 미처 생각 못 했을까. 아, 왜 이 원단이 아니라 저걸 썼을까. 그런 거. 하나하나 꼽다 보면 끝이 없지 뭐. 근데."

재희가 고개를 틀어 중현을 쳐다봤다.

"할 말이라는 게 뭐야? 어, 잠깐만."

휴대폰을 집어 든 재희가 엄마다, 라며 전화를 받았다.

"멀미 안 했어 엄마?"

— 아까 약 먹었잖아. 괜찮아. 지금 휴게소에 도착해서 잠깐 쉬고 있어.

"이왕 온 거 자고 가면 좋잖아. 오랜만에 만났는데."

— 아버지 내일 출근하시는데 아침 챙겨 드려야지.

재희는 비죽 입술을 내밀었다.

"아침 한 끼 정도는 아빠가 해 드시면 되지. 멀미하는 엄마가 꼭 당일로 왔다가 가야 해?"

— 그럼 보나 마나 라면 끓여 드실 텐데 엄마 맘이 편하겠니. 그리고 아버지는 너랑 더 있다 오라고 하셨어. 엄마가 마음 쓰여서 내려가는 거지.

"나보다 아빠가 더 좋지?"

삐진 척 툴툴댔지만, 서로를 아끼고 위하는 부모님을 보는 건 즐겁다.

— 너 결혼하고 나면 내 옆에 있어 줄 사람은 아버지밖에 없는데 당연하지. 부러우면 너도 남자 친구 사귀면 되잖아. 안 그래도 아버지가 우리 재희는 사귀는 사람이 없나, 물어보시더라.

잠깐 줘 봐, 라며 중현이 불쑥 끼어들어 휴대폰을 가져갔다.

"어머니, 저 중현이요."

— 아, 그래. 재희랑 같이 있구나. 어머니는?

"먼저 집에 가셨어요."

— 그래. 우리 재희 작품전에 와 줘서 고맙고, 터미널까지 배웅 와 준 것도 고마워. 너희 엄마한테도 늘 고마워.

"당연한 건데요 뭘. 어머니 오랜만에 봬서 엄청 반가웠어요."

— 나도 너 만나서 좋더라. 중현이는 갈수록 더 멋져지는 거 같아.

"어, 잠시만요 어머니."

중현이 휴대폰을 스피커 모드로 돌렸다.

"방금 그 말씀 다시 한 번 더 해 주세요. 재희도 듣게요."

맑은 웃음소리가 흘러나왔다.

— 우리 중현이는 갈수록 더 멋져지는 것 같아.

"감사해요. 다음에 또 봬요 어머니. 조심해서 들어가시고 아버님께도 안부 전해 주세요."

재희에게 휴대폰을 뺏기면서도 중현은 끝까지 할 말은 다 했다.

통화를 마친 재희가 쿠션을 끌어안은 채 소파 팔걸이에 비스듬히 기댔다.

"할 말 있다는 거 빨리하고 가. 나 잠 올 때까지 누워서 뒹굴뒹굴할 거야."

중현은 쿠션에 얼굴을 반쯤 묻고서 눈을 감은 재희를 바라보았다.

꼬꼬맹이 시절부터 재희는 가족이자 가장 친한 친구였다. 그리고 중학생 시절, 아주 잠깐 재희가 '여자 친구'라면 어떨까 하는 생각을 했었다. 하지만 새침데기 소녀 한재희는 사귀자라는 말을 꺼내 볼 엄두도 나지 않게 쌀쌀맞았고, 같이 영어 과외를 받던 애교 많은 옆 반 여자애가 중현의 첫사랑이 되었다.

입시라는 눈앞의 목표만을 보고 전력 질주 하던 고등학생 시절을 지나 대학에서 다시 재희를 만났을 때 중현은 여자 친구가 있었다. 그리고 두 번쯤 재희의 남자 친구를 본 적도 있었다. 기억하기로 재희의 연애는 늘 짧았다. 남자 친구 생겼구나 생각할 즈음엔 이미 헤어진 상태였으니까. 재희의 남자 친구를 마지막으로 본 게 언제더라.

피곤해서 오히려 잠이 안 온다더니. 저 자세로 진짜 잠들어 버리는 건 아닌가 싶게 속눈썹이 틈 하나 없이 꽉 붙어 있었다. 중현은 재희의 볼을 톡톡 건드렸다.

"야."

대답을 안 한다.

"재희야."

"……왜."

잠든 건 아닌가 보다.

"한재희야."

"할 말 없으면 빨리 가라니까."

"너, 나랑 사귈래?"

닫혀 있던 눈꺼풀이 천천히 올라가고 새까만 눈동자가 빤히 쳐다본다.

"대답 안 해?"

중현은 늘 장난을 쳐 온다. 때로는 꽤 짓궂다 싶을 만큼. 하지만 사귀자라는 말을 꺼낸 건 처음이다. 장난으로라도. 농담인지 진담인지 가늠하려는 듯 중현의 눈을 가만히 응시하던 재희가 대답 대신 되물었다.

"왜?"

"왜?"

"왜 갑자기 사귀자고 하는데?"

"너랑 하는 연애가 꽤 괜찮겠다는 생각을 했으니까."

"넌 모델처럼 키 크고 애교 많은 여자가 좋다며? 여자 친구도 다 늘씬하고 애교 많은 사람들이었잖아."

중현은 머쓱한 얼굴로 웃었다. 이상형이 어떠냐고 물으면 애교 많고 키 큰 여자요, 라고 대답했다. 실제로 예전 여자 친구들은 이상형과 비슷했었고.

"그거야 이상형이라는 건 단지 이상형일 뿐이라는 걸 몰랐으니까. 이상형이랑 사귄다고 다 좋으면 왜 헤어졌겠어."

능청스럽게 대꾸를 하면서도 중현은 내심 당황했다. 사귀자는 말에 새침데기 재희가 금세 그래, 라고 하지는 않을 거라 생각했다. 그래도 사귀자고 말하는데 불쑥 예전 여자 친구들을 들먹일 줄은 몰랐다. 자신이 취향이라면서. 뭐, 취향이라는 것과 좋아한다는 건 전혀 다른 문제이긴 하지만.

"이상형하고도 결국엔 헤어졌는데, 네 이상형과는 반대 지점에 있는 나랑은 더 빨리 헤어지지 않겠어?"

"그거야 사귀어 보지 않으면 모르는 일이잖아. 모델처럼 키가 크지도 않고, 애교도 없지만 그래도 나는 너랑 데이트가 하고 싶어. 내 이상형과는 다르게 키는 작지만 예쁘잖아, 너. 귀엽고. 애교라고는 내 새끼손톱만큼도 없지만 대신 넌 별거 아닌 걸로도 잘 토라지거나 피곤하게 하는 성격 아니잖아. 그리고."

중현이 좀 쑥스러운 웃음을 지으며 덧붙였다.

"굳이 따진다면 완전 갑자기는 아니다 뭐. 너 기억할지 모르겠지만, 우리 중3 때 나 너랑 사귀어 보고 싶었는데 네가 하도 새침을 떨어서 포기했었단 말이다. 이 한재희야."

이렇게까지 말했는데 반응이 없으니 많이 멋쩍다. 취향이기는 하지만 사귈 맘은 없는 건가.

"우리 잘 맞잖아. 나랑 사귀면 예전에 사귀었던 남친들하고 있었던 갈등 같은 건 전혀 없을 건데. 너 졸업 작품전에만 집중할 수 있도록 오늘까지 기다렸다가 말 꺼내는 내 배려심이 갸륵하지 않아?"

중현과 사귀면 갈등은 없을 거라는 말에 재희는 전적으로 동의했다. 그런 부분이 중현에게 좋아하는 마음을 가지게 만든 계기가 되었으니까.

재희에게는 멀티가 어려웠다. 음악 들으면서 공부하는 친구들을 보면 늘 신기했다. 어떻게 저게 가능하지? 남자 친구를 사귈 때도 그랬다. 작업을 하거나 데이트를 하거나. 둘 중 하나에만 집중이 가능했다.

중요한 과제가 주어지거나 공모전에 참가할 때는 작업에 우선순위를 둔다. 당연한 거라고 생각했는데, 당연한 게 아니었는지 나 만나는 것보다 작업이 더 중요하냐며 화를 내던 남자 친구들은 그만하자는 말을 하고 돌아서었다.

첫 번째 남자 친구가 그랬을 때에는 당황했고, 두 번째 같은 일이 반복되었을 때에는 문득 그런 생각이 들었다. 중현이처럼 이해심 많은 남자애랑 사귀면 좋겠다는. 그러다 중현이랑 사귀면 좋겠다, 라는 마음으로 변했다.

다정하고 유쾌하고, 자신을 잘 아는. 그래서 누구보다도 편한 중현이가 좋다. 하지만 좋다는 표현은 하지 않았다. 사귀다가 헤어지게 되면 친구 관계마저 불편해지는 건 아닐까, 라는 생각도 있었고. 이상형과는 많이 다른 자신과 사귈 마음이 없을 거라고 지레짐작했다.

그런데, 지금.

"재희야. 나랑 사귀기 싫어?"

중현이 한결 진중해진 목소리로 물어 왔다.

재희는 답했다.

"좋아."

"어?"

"여자 친구, 남자 친구 해 보자고."

마치 준비 땅 하고 달리기라도 하는 것처럼 이제부터 사귀자라고 말을 해 놓고 나니 어쩐지 어색했다. 어색해서 정적이 흘렀다. 서로 알고 지낸 후 처음으로 두 사람 사이에 생긴 침묵이었다. 적응력 뛰어난 중현이 먼저 입을 열었다.

"음, 그럼 우리 사귀는 기념으로 뽀뽀할래?"

"!"

볼이 발개진 재희가 안고 있던 쿠션을 집어 던졌다. 중현이 빙글거리며 여유롭게 잡아챘다.

"나이스 캐치!"

중현에게서 할 얘기가 있다는 메시지를 받았을 때, 진혁은 역시나, 하는 생각이 들었다. 중현과는 친하다고 표현할 수 있는 관계였다. 몸을 부딪치며 운동장을 뒹굴었고, 경기에서 이겼을 때는 글러브로 어깨를 툭 치며 기쁨을 나눴다. 같이 밥 먹고 술자리를 함께했다. 횟수를 세기 어려울 만큼.

전화번호를 외우지는 않지만 메시지와 통화를 나눈 것 역시 여러 번이다. 하지만 대화의 주제는 늘 '야구'였지 단 한 번도 '할 얘기'였던 적은 없었다.

진혁은 비어 있는 강의실에서 할 말이 있다는 중현과 마주했다. 어색한 듯 헛기침으로 목소리를 가다듬은 중현이 말을 꺼냈다.

"실은 선배님한테 얘기를 하는 게 맞는 건지, 그렇다면 어떤 식으로 말을 해야 하는 건지 고민했었는데요. 굳이 말을 해야 할 필요가 있나, 하는 생각도 들었지만 일단은 제 마음이 편하자고 말씀드릴게요."

"한재희."

"네?"

"한재희랑 사귀기로 했어?"

순간 중현의 눈이 커졌다.

"어, 네."

비스듬히 올라간 진혁의 입술 꼬리가 노골적으로 불쾌함을 드러냈다.

"운동 경기 즐기는 녀석이라 페어플레이가 뭔지 알 거라고 생각했었는데?"

"페어플레이하지 않은 적 없습니다만."

"페어플레이하지 않은 적 없다?"

진혁의 눈에 냉기가 담겼다.

"대답해 봐. 한재희가 아니라 네가 먼저 한재희한테 사귀자고 한 거지?"

"네."

"사귀자고 한 거 호프집에서 나랑 마주친 이후고."

"네."

"그럴 마음이 든 것도 그때부터였고."

"그건 좀 다른데요."

믿을 수 없다는 듯 진혁은 입술을 비틀었다.

"내가 정훈이랑 대화하는 거 듣지 못했어도, 그래도 한재희한 테 사귀자고 했을까? 지금껏 친구로만 지내던 한재희에게 갑자기 사귀자고 한 이유가 내가 한 말과는 무관해? 할 말이 있다고 찾 아왔으면 최소한 거짓말은 하지 말아야지."

얼굴을 굳힌 중현이 등줄기를 곧추세웠다.

"그날 선배가 하는 말 우연히 듣지 못했다면 재희한테 사귀자 는 말 못 꺼냈을 겁니다. 앞으로도 계속 그랬을지는 모르겠지만, 어쨌든 지금은요."

"그런데도 페어플레이했다?"

"우선, 일부러 들은 게 아니라 우연히 듣게 된 거고요. 선배의 말이 우리 두 사람의 관계를 되짚어 볼 기회가 된 것뿐이지 그 이 상의 의미는 없습니다. 그리고 재희랑 사귀는 건 어떨까 생각했던 게 이번이 처음은 아닙니다, 저."

중현은 기분 상했다는 걸 굳이 감추지 않은 채 덧붙였다.

"선배님이 믿든 안 믿든 간에 사실입니다. 솔직히 좀 불쾌한데요. 그렇게 물을 만큼 몇 년 동안이나 봐 온 제가 한심한 녀석이었습니까. 선배한테는?"

"졸업하고서도 연락하고 지낼 만한 후배라고 판단했고, 그렇게 생각한 녀석한테 뒤통수 맞은 것 같아서 기분 더러워."

중현의 볼에 미세하게 붉은 기운이 떠올랐다. 만약 반대 상황이었다면 자신 역시 뒤통수 맞았다고 생각했을지도 모른다. 그래서 진혁에게 조금 미안한 감정이 들어 굳이 찾아와 사귀게 됐다는 얘기를 먼저 꺼냈다. 뒤늦게 소문으로 접한다면 더 기분 상할 것 같다는 생각을 했으니까. 그래도 미안하기는 하지만, 잘못한 건 없었다.

"지금 상황을 정확히 표현하자면 제가 페어플레이를 하지 않은 게 아니라, 제가 운이 좋아서 기회를 놓치지 않고 잘 잡았던 거죠."

진혁은 주먹을 그러쥐었다. 이렇게 말문이 막혀 본 적은 처음이었다.

당당한 표정으로 반론하는 중현의 말이 틀리지 않았다. 하지만 단순히 녀석이 운이 좋았을 뿐이라고 수긍하기에는 잔뜩 뒤틀린 기분이었다. 녀석이 잽싸게 움켜잡은 운이 자신의 실수로 벌어진 결과라는 걸 알기에 더더욱.

진혁은 입매를 굳힌 채 말이 없었다. 진혁의 반응을 지켜보던 중현이 조심스레 숨을 내뱉었다. 자신도 모르게 긴장했나 보다.

"이제 가 봐도 됩니까?"

진혁은 침묵했고, 중현은 고개를 숙여 보이고는 돌아섰다. 진혁은 내내 움켜쥐고 있던 주먹을 풀었다. 기분이 더럽다.

시간을 확인한 재희는 작업대 위에 놓아둔 작은 선물 상자를 들고서 밖으로 나왔다. 약속 시간을 5분쯤 남겨 두고 집 앞 골목 입구에서 진혁을 기다렸다.

아직도 눈이 퉁퉁 부어 있는 느낌에 손등으로 눈을 비볐다. 그제, 중현이 돌아간 뒤 한동안 이런저런 생각들로 뒤척거렸다. 그러다 언제 잠이 들었는지 모르게 숙면을 취하다가 오늘 아침 눈을 떴다. 수면 시간 최고치를 찍었다. 배가 고프지 않았다면 하루쯤 더 자는 것도 가능했을 거다.

씻고, 밥 먹고 엄마와 중현과 통화를 했다. 그러고는 진혁에게 메시지를 보냈다. 드릴 게 있어서 잠깐 만났으면 한다는 메시지에 진혁은 [집 앞. 오후 7시.]라고 답장을 주었다.

골목길 가로등에 불이 켜졌다. 7시다. 그리고 엔진 소리가 들렸다. 승용차가 골목 입구에서 멈춰 섰다. 어디에 들렀다 온 건가 싶은 세미 정장 차림의 진혁이 내렸다.

"안녕하세요."

인사를 받아 주는 대신 진혁은 차체에 등을 기대고 서서 물끄러미 재희를 바라보았다.

늘 빤히 응시해 오는 사람이지만 오늘은 더 거북하다. 껄끄러운 대화를 나눴던 사람과 마주하는 건 정말이지 마음이 편치 않았다. 이 선배와 이런 식으로 만나는 것도 마지막이라는 것이 다행이다 싶었다.

재희는 들고 있던 상자를 내밀었다.

"넥타이예요."

진혁이 도와주겠다고 했을 때부터 시간 날 때마다 스케치했던 거다.

"선배님 이미지에 어울리는 걸로 디자인해 봤는데, 마음에 들지 모르겠어요. 작품전 무사히 마무리하는 거에만 신경 쓰느라 정신이 없어서 감사하다는 인사밖에 못 드렸어요. 도와주셔서 감사했고, 덕분에 칭찬 많이 들었어요."

왜 안 받는 거지. 재희는 팔을 조금 더 내밀었다.

천천히 손을 내밀어 깔끔하게 포장된 상자를 받아 든 진혁은 생각했다. 이번에도 메모가 들어 있을까, 라고. 그래 봤자 '감사했습니다. ―한재희' 라고 써 놨을 테지만.

"마음에 안 드시면 다른 분께 선물하셔도 괜찮아요."

"나한테 준 선물을 다른 사람에게 줘도 된다고? 직접 디자인한 선물을?"

"옷장 구석에서 잊히는 것보다는 누구라도 사용해 주는 게 낫죠. 물건은 사용하라고 만들어지는 거잖아요."

재희의 설명은 진혁의 아쉬움을 키웠다. 눈앞의 이 작은 여자애에 대해 알고 싶은 것들이 많았는데. 막 손끝이 닿으려고 하는 순간 빼앗겨 버린 기분이다. 일이 왜 이렇게 꼬였나 싶어 여전히 속이 뒤틀렸다.

중현이가 아니더라도 선배랑 사귀고 싶은 마음 없다던 재희의 단언처럼 어쩌면 자신의 실수가 아니었더라도 처음부터 이렇게 될 일이었는지 모른다. 한재희의 시선은 자신을 향해 있지 않았으니까.

손끝으로 상자를 툭 건드려 보던 진혁이 고개를 들었다.

"한재희가 궁금했어."

"……."

"한재희가 궁금해. 구두를 품에 안고 맨발로 빗물 위를 걷는 한재희. 장화에 개구리를 그려 넣는 한재희. 나한테 손끝이라도 닿을까 봐 시침핀 꽂으면서 잔뜩 긴장하던 한재희. 나는 취향 아니라는 한재희. 여자한테 차여서 자존심에 금 가는 게 뭔지 알게 해 준 한재희. 나를 이렇게 말 많은 놈으로 만들어 버리는 한재희."

별것 아닌 말들인데 이상하게도 얼굴이 달아오르는 기분이라 멋쩍어진 재희는 바닥에 신발을 슥슥 문질렀다.

"한재희와 하는 연애는 어떨까 궁금했었는데. 알 수가 없겠지?"

"그렇겠죠."

무심한 대꾸에 마음과는 달리 픽 웃음이 났다. 시작도 해 보기 전에 놓쳐 버려서 그런가. 아쉬움이 달라붙는다. 미련스럽게도.

어쩌면 한재희와 하는 연애는, 시간이 지날수록 좋았던 감정이 희석되고 결국은 지루해져 버리는 그런 뻔한 연애와는 다르지 않을까 하는 막연한 기대감이 있었다.

"잘 지내."

"선배도요."

인사를 하고 나서도 진혁은 움직일 기미를 보이지 않았다.

"음, 전 그만 올라갈게요."

시선이 버거워진 재희가 고개를 까닥이고는 돌아서려는 순간 손목이 잡혔다.

"선배?"

"그럴싸한 말로 꾸며 댔지만, 나한테 반칙한 거야."

반칙은 아니다. 타이밍이 맞았고 영리한 중현은 그 타이밍을 놓치지 않았을 뿐이다.

안다, 억지라는 거. 그런데 억지를 쓰고 싶게 만든다. 한재희는.

"무슨 말이에요?"

"나도 반칙을 하고 싶어."

무슨 뜻인지 알아듣지 못해 미간을 찌푸리는 재희의 저 작은 얼굴을 움켜쥐고 싶다. 그러고는 자신을 바라보게 만들고 싶다. 잘 몰라서 그렇지, 나도 꽤 괜찮은 놈인데. 왜 알려 줄 기회조차 주지 않는 거냐고. 한 번쯤 떼라는 걸 쓰고 싶다.

불편해요. 취향 아니에요. 사귈 마음 없어요. 미운 말만 하던 입술이지만 그래도 예뻐 보이는 이 입술을 맛보고 싶다. 당황한

재희를 굳은 얼굴로 내려다보던 진혁은 잡아챘던 것만큼이나 빠르게 손목을 놓아주고 돌아섰다. 그대로 잡고 있으면 정말로 반칙을 해 버릴 것만 같았다.

사귀다 2

서로 얼굴을
익히고
친하게 지내다

|

며칠 포근하더니 갑자기 춥다. 지독히도 더웠던 여름 날씨에 얼른 겨울이 오기를 바랐지만 가을도 없이 몰아닥친 겨울은 너무하다 싶을 정도로 추웠다. 칼날 같은 바람이 위협적인 소리를 내며 볼을 베고 지났다. 재희는 목도리를 끌어 올려 콧등까지 푹 파묻고는 종종걸음을 쳤다.

카페 문을 여는 순간 열기가 훅 쏟아졌다. 숨이 턱 막히도록 더운 바람이 반가웠다.

"살 것 같다."

생크림을 듬뿍 올린 핫초코를 들고 창가 자리에 앉았다. 목도리를 풀고 장갑을 벗어 발갛게 달아오른 양 볼을 지그시 눌렀다. 따끔거리는 느낌이 가실 때까지 기다리다 스푼을 집었다. 달달한 생크림에 답답했던 기분이 조금 달래지는 착각이 들었다.

건축사사무소에서 받아 온 자료를 꺼내 찬찬히 훑었다. 그녀가 그린 실내 인테리어 스케치와 건축사가 제시한 설계 도면과 견적. 디자인의 괴리만큼이나 견적서의 차이 역시 컸다. 도면에서 눈을 떼지 않은 채 엄지 손끝을 잘근거렸다. 어떡하나.

슈즈 굽이 카페 바닥에 부딪치는 소리가 경쾌했다. 나무 바닥을 울리며 빠르게 다가온 소리가 바로 앞에서 멈춰 서자 재희는 자료에서 눈을 들었다. 커다란 가죽 리본이 달린 미우미우(miumiu) 롱부츠가 시야에 들어왔다. 잘 관리된 부츠 상태를 보니 슈즈를 좋아하거나 깔끔한 성격인가 보다. 습관처럼 신발에 먼저 눈길을 주었던 재희가 시선을 올렸다. 화사한 미소를 가진 여자가 말을 건네 왔다.

"실례 좀 할게요."

"네."

"부츠, 어디서 구입하신 건지 알고 싶어서요."

"네?"

여자가 재희의 니하이 부츠를 가리켰다.

"조금 전 그쪽이 카페에 들어설 때부터 눈에 확 들어오더라고요. 제가 슈즈 홀릭이라 웬만한 브랜드는 다 아는데, 아무리 봐도 생소한 스타일의 디자인이라서요. 어디 거예요?"

미처 대답을 하기도 전에 여자가 눈웃음을 치며 살갑게 덧붙였다.

"알려 주는 거 별로죠? 알아요, 그 기분. 모처럼 맘에 드는 거 신고 나갔는데 나랑 똑같은 구두 신은 사람 있으면 얼른 집에 가서 바꿔 신고 싶잖아요. 그래서 취향 저격 신생 브랜드 발견하면 나만 알고 싶고. 하지만 이렇게 근사한 디자인 뽑아내는 브랜드가 어딘지 너무 궁금해서 데이트도 제대로 못 할 것 같거든요. 부탁이에요."

점심시간을 이용한 남편과의 짧은 데이트를 망치지 않게 해 달라며 상냥한 말투로 부탁하는 여자에게 재희는 미소를 지어 주었다.

"제 디자인이에요."

버건디색 입술이 동그라미를 그렸다. 눈꼬리 쪽에 섹시하게 붙인 속눈썹도 빠르게 팔랑였다.

"슈즈, 디자이너예요?"

"맞아요."

"멋지다!"

표정이 풍부한 사람이다.

"저, 잠깐 앉아도 될까요?"

친화력 역시나. 처음 보는 사람에게 선뜻 자리를 내어 주는 성격이 아니다. 하지만 자신의 디자인에 이런 반응을 보여 주면 경계심이 풀어진다. 맞은편 의자를 가리키자 여자는 냉큼 앉았다. 그러고는 손을 내밀었다.

"전 송은지예요."

"한재희입니다."

"반가워요, 재희 씨."

은지가 등을 틀어 카운터 쪽 테이블을 보며 말했다.

"잠깐만 기다려 줘."

재희는 달콤한 목소리를 따라갔다. 알았다고 손을 들어 보이는 남자와 재희의 시선이 스쳤다. 무감하게 고개를 돌린 재희와 달리 남자의 얼굴에 놀란 기색이 번졌다. 벌떡 일어난 남자가 두 사람의 테이블로 다가왔다.

"금방 간다니까, 왜?"

"인사하러 온 거야."

인상이 선해 보이는 남자가 반갑다는 표정으로 재희에게 말을 건넸다.

"진짜 오랜만이에요. 이렇게도 마주치는군요."

재희는 좀 당황했다. 오랜만이라는데, 전혀 모르는 사람이었다. 미술 전공자답게 시각적인 것에 예민해 이름은 잊어도 얼굴은 잘 기억하는 편인데. 큰 키에 덧니가 귀여운 눈앞의 남자를 만난 기억이 없다. 직장 생활 할 때 마주쳤던 거래처 사람인가. 설마. 일 때문에 스쳤던 사람을 이렇게 반가워할 리가. 재희는 미안한 웃음을 지었다.

"죄송해요. 누구신지 생각이 잘 안 나요."

"아!"

재희의 반응에 정훈은 아차 하는 표정을 지었다.

"혼자서……."

정훈은 급히 말을 돌렸다. 눈을 마주친 순간 떠올랐던 '혼자서도 잘해요'라고 부를 뻔했다. 하지만, 이름이 떠오르지 않았다.

"혼자서 있기 심심한데 저도 합석해도 될까요? 여기 송은지 씨 남편이자 진혁이 친구인 이정훈입니다."

진혁의 이름에 재희의 눈이 커졌다.

"전 몇 번 본 적 있거든요. 대학 때요. 그래서 서로 인사 나눈 적 없다는 걸 깜빡하고서 혼자 반가워했네요. 기억, 나시죠? 강진혁이라고 졸업 작품전 때……."

"기억해요, 강진혁 선배님."

"와, 이런 인연이!"

눈을 빛내며 두 사람을 번갈아 보던 은지가 얼른 일어섰다. 그러고서는 자신들의 테이블로 가서 음료를 챙겨 온 뒤 의자를 끌어 재희에게로 바짝 다가앉았다.

"나 궁금한 거 엄청 많아요. 회사에 소속된 디자이너예요?"

"얼마 전까지 패션 디자인 쪽 직장 다녔었고, 지금은 슈즈 숍 오픈 준비하고 있어요."

"부럽다. 나도 어릴 때는 패션 디자이너가 꿈이었던 적 있어요. 그림에는 도통 소질 없어서 포기했지만. 오픈은 언제예요?"

"3월 마지막 주쯤으로 계획하고 있어요."

"재희 씨 부츠, 정말이지 완벽하게 내 취향이에요."

두 사람의 대화에 귀를 열어 놓고서 테이블 위 도면에 슬쩍 눈길을 주고 있던 정훈이 고개를 주억거렸다. 재희 씨. 맞다. 기억났다. 한재희.

"머릿속으로만 상상해 오던 걸 실제로 보게 된 기분이랄까. 뭔지, 알죠? 나한테 슈즈 숍 오픈 정보 꼭 알려 줘요. 아, 우리 전화번호 교환해요. 진작 알았으면 재희 씨한테 웨딩슈즈 부탁할 수 있었을 텐데. 아쉬워라. 재희 씨는 좋겠어요. 자기가 디자인한 웨딩슈즈 신고 결혼할 수 있잖아요. 미혼, 맞죠?"

반지가 없는 손을 보며 은지가 물었다. 그렇다고 대답하는 재희에게 정훈이 아까부터 눈길이 가던 테이블 위의 도면을 가리켰다.

"인테리어는 여기서 작업 맡은 건가요?"

견적서 위에 찍힌 건축사사무소 이름을 손가락으로 쓸며 재희는 살짝 한숨을 내쉬었다.

"방금 상담한 곳인데, 제 의뢰서대로 진행하는 건 불가능하다는 답변을 들었어요."

그래서 이쪽에서 마주친 거구나. 정훈은 고개를 주억거렸다.

"이유가 뭐라던가요?"

"제가 원하는 디자인이 지나치게 까다롭고 손이 많이 가는 작업이라고요. 자재도 흔히 사용하는 것들이 아니고. 그에 비하면 예산은 타이트하고. 건축사사무소 세 군데에 의뢰했는데 모두 비슷한 말을 하는 걸 보면 디자인을 변경하지 않고서는 무리인가 봐요. 하지만 설계사분이 제시하신 수정된 디자인은 마음에 들지 않아서 아직 결정을 못 내리고 있어요."

"제가 좀 봐도 될까요?"

의아하게 바라보는 재희에게 정훈은 친근한 미소를 지어 보였다.

"오지랖 넓게 왜 이러나 싶죠?"

정훈은 명함을 건네며 설명했다.

"제가 진혁이랑 친구이자 같은 과 출신이거든요. 지금은 건축사사무소 함께 운영하고 있고요."

「움 건축사사무소. 팀장 이정훈.」

군더더기 없는 깔끔한 명함을 받아 들고 잠시 생각하던 재희가 스케치를 건넸다. 공사를 진행할 현장 사진과 견적서도 함께.

자료를 훑어보는 정훈이 눈을 빛냈다. 왜 건축사사무소들이 퇴짜를 놓았는지 알겠다. 손이 많이 가는 작업들이었다. 손이 많이 간다는 건 시간이 오래 걸린다는 뜻이고, 시간은 곧 돈인데 당연히 이 예산으로는 힘들었다. 재희가 원하는 대로 진행하기에는 견적이 지나치게 나올 테고.

그렇지만 이대로 접어 버리기에는 아까운, 아이디어가 반짝이는 스케치였다. 완성해 놓으면 확실히 눈길 끌겠는데. 잠깐 진혁을 떠올린 정훈이 재희에게 도면을 돌려주며 제안했다.

"우리한테도 의뢰 한번 해 보겠어요?"

놀란 눈으로 재희가 되물었다.

"제가 원하는 이 인테리어 그대로 의뢰를 하라고요?"

다들 안 된다고 했는데, 왜. 이유를 물어 오는 눈빛에 정훈이 답했다.

"현장 답사를 해 봐야 정확한 견적과 작업 방향이 서겠지만, 견적 때문에 이대로 접어 버리기에는 재희 씨 아이디어가 아까워서요. 대신 이 자료들은 저한테 잠시 빌려주세요. 좀 더 자세히 검토하게요."

정훈이 장난스러운 표정을 지으며 덧붙였다.

"의뢰인 없어서 망해 가는 곳인가. 왜 다른 곳에서는 거절하는 작업을 굳이 검토해 보려고 하나. 대학 선배라고 접근해서 사기 치려는 건가. 의심스럽죠? 우리 사무소, 덩치는 크지 않아도 실력 있는 사람들 집합소예요."

정훈은 카페 두 곳과 비스트로 한 곳의 상호와 주소를 알려 주며 덧붙였다.

"우리 작업 스타일이 어떤지 직접 확인해 보고 맡겨 볼 만하다 싶으면 연락 주세요."

재희에게는 거절할 이유가 없는 제안이었다.

"그럴게요."

회의실이 비기를 기다리던 정훈은 막내가 문을 닫고 나가자 챙겨 두었던 자료를 진혁에게 내밀었다.

"이거 한번 봐 봐."

공사를 시행할 현장을 찍은 사진들과 실내 인테리어 스케치 몇 장. 그리고 깔끔하게 정리한 자재 목록과 예상 공사 금액까지 빠르게 훑어 내려간 진혁이 물었다.

"누군데?"

"응?"

"의뢰인 누구냐고."

"아는 사람."

"아는 사람인 걸 누가 몰라? 다른 데서는 까일 게 **빤한** 걸 너한테 들이밀 만큼 가까운 사이냐고 묻는 거잖아."

의자 등받이에 몸을 묻은 진혁은 의뢰인이 직접 그렸다는 스케치를 들고 꼼꼼하게 살폈다. 수채화용 색연필로 그린 실내 스케치는 전체적인 인테리어 분위기만이 아니라 조명등과 창틀 페인트 색상 그리고 서랍에 사용할 손잡이까지 상세하게 묘사되어 있었다. 원하는 자재에 대한 목록도 빈틈이 없었다. 마지막 장에 덧붙여진 메모에 진혁의 얼굴에 놀랍다는 빛이 스쳤다. 타협 가능한 부분과 절대 양보할 수 없는 부분의 세부 사항이 첨부되어 있었다.

이런 의뢰서는 처음이다. 완벽주의 성향에다 취향이 확고한 스타일의 사람이라는 걸 그림 한 장으로 파악할 수 있었다. 스스로의 취향을 몰라 수시로 설계를 변경하는 건축주도 난감하지만, 이런 의뢰인도 피곤하다. 까다로운 의뢰인이라고 생각하면서도 진혁은 스케치에서 눈을 떼지 않았다. 까다로운 요구 사항만큼이나 눈길을 사로잡는 인테리어였다. 이런 아이디어를 내는 걸 보면 미술 전공자인가.

"누구냐니까?"

"한재희 씨."

진혁이 스케치에서 눈을 뗐다. 정훈은 고개를 끄덕였다.

"'그' 한재희 씨."

잠시 아무런 반응을 보이지 않던 진혁이 갑자기 픽 웃었다.

"왜?"

지난 크리스마스이브에는 한재희가 떠오르더니 오늘은 정훈이 한재희를 의뢰인이라며 내민다.

"그냥 좀 웃겨서."

묘한 표정을 지은 채 진혁은 손에 든 스케치북을 다시금 살폈다. 돌출 간판에 〈플래퍼(flapper)〉라고 적혀 있었다. 그림에서 눈을 떼지 않은 채 물었다.

"어떻게 만난 거야?"

"우연히."

"우연히, 어디서?"

"카페에서."

"그런데 왜 한재희가 너한테 작업을 맡겨? 너 모르잖아?"

"안 그래도 반가워서 알은척했더니 누구시냐 그래서 당황했다."

정훈은 슈즈 홀릭 와이프 덕분에 재희와 인사하게 된 상황을 설명하고는 말을 이었다.

"까다롭고 신경 많이 쓰이는 작업이기는 해. 공사 비용만 보면 거의 무료 봉사기도 하고."

"'거의'가 아니라 무료 봉사 맞아."

"뭐 그렇지. 그런데 일단, 경비는 제쳐 두고 인테리어 스케치만 봐 봐. 너도 욕심나지? 그래서 스케치북 손에서 못 놓고 있는 거잖아. 요대로 작업 들어가면 꽤 근사한 물건 나올 거야. 만들어만 놓으면 인테리어 예쁜 매장으로 입소문 충분히 날 테고, 그러면 공사 비용에서 손해 보는 것 이상으로 광고 효과 뽑아낼 수 있잖

아. 난 솔직히 이 디자인 버리기 아깝거든? 몇 군데 상담했는데 거절당했다더라고."

"당연하지."

돈 안 되지. 까다롭지. 이걸 받아 온 정훈이 도리어 별난 거다. 별난 안목을 가진 덕분에 남들이 놓치는 걸 뽑아 오는 재주도 있지만.

"어차피 할 마음 있어서 받아 온 걸 거 아냐. 하고 싶으면 해."

"혹시 불편하면, 나 혼자 진행할게. 어차피 규모도 작아서 우리 둘 다 덤빌 필요도 없으니까."

"내가 왜 불편한데?"

스케치에서 눈을 든 진혁이 물어 오자 정훈은 순간적으로 말문이 막혔다. 사실 재희에게 제안하기 전에 아주 짧은 시간 고민했었다. 진혁이 어떤 반응을 보일지 몰라서. 그럼에도 〈움〉에서 만들어 내고 싶은 작업물이었고 그래서 한재희를 잡았다.

재희는 대학 시절 한순간 스치듯 지나간 사람이었다. 거기다 7년이라는 시간도 흘렀다. 무엇보다 감정과 일을 뒤섞는 성격이 아니다. 강진혁은. 더구나 현재 진행형도 아닌 학창 시절의 추억을 가지고. 하지만 한재희와 관련되었을 때의 진혁은 예측 불가다. 그래서 설마 하면서도 물었다. 불편하냐고. 불편하다면, 자신이 맡으면 되니까.

"아니면 다행이고."

"언제부터 진행할 예정인데?"

정훈이 콧등을 긁적였다.

"우리 쪽만 오케이 한다고 되는 게 아니라, 재희 씨가 연락해 와야지."

"무슨 말이야?"

"일단 검토해 보겠다고 자료만 가져온 거야. 자료 받아 오면서 우리가 작업했던 곳들 재희 씨한테 알려 줬어. 보고 우리 작업 스타일 마음에 들면 전화 달라고. 그러니 연락 오기를 기다려야지 뭐."

디자인을 변경하거나 예산액을 왕창 올리지 않는 한 공사를 맡 겠다는 건축사는 없을 거다. 그런데 먼저 호의를 베풀고도 선택당 하기를 기다려야 한단다. 기가 막힌다는 눈으로 정훈을 쳐다보던 진혁이 피식 웃어 버렸다.

상가 주택의 신축 공사를 맡긴 건축주와의 만남을 위해 날짜 조율을 하고서 통화를 끝낸 진혁은 작업대 위에 놓인 탁상용 캘 린더를 확인했다. 17일. 재희가 정훈의 명함을 받아 간 지 3일이 지났다. 결정을 내리기에 3일이라는 시간은 긴 건가, 짧은 건가.

자료를 돌려 달라고 하지 않은 걸 보면 고민 중인 거겠지. 아니 면 자신들의 작업물을 아직 보러 가지 않았거나.

"기다리게 만드네, 한재희."

모르지. 이미 〈움〉의 작업물을 확인했지만 취향이 아니라서 연 락을 망설이고 있는지도. 다른 곳에서는 디자인 수정하라며 거절하고. 받아 준다는 곳의 작업물은 마음에 들지 않고. 그래서 결정을 못 내리는.

"그건 그것대로 별론데."

진혁의 손가락이 캘린더를 툭 쳤다. 생각보다 힘이 실렸던 건지 캘린더가 풀썩 넘어가 버렸다.

생각에 잠겨 있던 진혁은 의자 바퀴가 요란하게 끌리는 소리에 고개를 들었다. 파티션 너머로 벌떡 일어선 정훈과 눈이 마주쳤다. 휴대폰을 가리키며 입 모양으로 '재희 씨'라고 알려 주는 정훈의 표정이 들떠 있었다.

"우리 실력 제대로 보여 주기도 전에 거절당한 건 아닌가 싶어서 은근 마음 상할 뻔했습니다, 저."

— 홈페이지 제작에 차질이 생겨서 시간이 좀 걸렸어요. 예상치 못한 일들이 종종 일어나네요. 죄송해요. 연락이 너무 늦었나요?

"전혀요."

— 말씀하셨던 곳들 방문했는데, 카페들도 좋았지만 전 비스트로 분위기가 가장 마음에 들었어요.

비스트로라는 말에 정훈이 힐긋 진혁을 쳐다봤다. 정훈에게서 눈을 떼지 않고 있던 진혁이 왜, 라는 표정으로 눈짓을 하자 정훈은 아무것도 아니라는 듯 고개를 저었다. 카페는 자신이, 비스트로는 진혁이 설계를 맡아 진행한 곳이다.

"거기 음료랑 음식들이 맛있다는 입소문 덕분에 늘 사람들로

붐비죠. 덕분에 우리도 광고 효과 톡톡히 보고 있고요. 재희 씨 슈즈 숍도 그렇게 될 거라 기대 중이에요."

— 저도 그러길 바라요. 그런데 제가 원하는 인테리어대로 작업하는 게 정말 가능한가요?

"소소한 부분들은 조율을 해야겠지만, 말씀드렸듯이 저희 쪽은 재희 씨 아이디어가 마음에 들기 때문에 최대한 맞출 생각입니다."

— 그럼 구체적인 작업 일정 상의하고 싶은데. 제가 사무실로 갈까요? 주소 보니까 지난번 그 카페에서 멀지 않은 곳이던데요.

"시간 절약되게 현장에서 만나죠. 전기 배선처럼 사진만으로는 확인 불가능한 것들은 어차피 현장 점검 해야 하니까요."

주소를 받아 적은 정훈이 통화를 마치고는 진혁의 자리로 다가갔다. 그러고는 탁상 캘린더를 집어 들어 18이라고 적힌 곳에 포스트잇을 턱 붙였다.

「율곡로 3길. 오전 9시.」

진혁이 올려다보자 정훈이 조금 전 들떴던 목소리와는 달리 덤덤한 어조로 덧붙였다.

"내일 내 스케줄 알려 주는 거야. 돈도 안 되는 작업 물어 왔으니 신혼이고 뭐고 토요일도 열심히 뛰어야지. 너, 내일 시간 되지?"

"왜?"

"네 작업 스타일이 재희 씨 취향이라니까 마음 있으면 동행하라고."

미세하게 커진 눈을 하고서 진혁이 물었다.

"재희가 그래?"

"내가 작업한 카페보다 네가 만든 비스트로가 더 취향이라고 그러던데?"

진혁의 시선이 캘린더에 붙은 노란 포스트잇에 머물렀다.

2

문을 열자 진혁이 있었다. 같이 올 줄 몰랐다. 그러기에는 공사 규모가 크지 않아서. 터틀넥 스웨터에 코트를 입은 진혁은 성인 남자의 모습을 하고 있었다. 대학 때에도 그를 성인이라고 생각했다. 물론 재희 자신도. 하지만 지난번 정훈과의 마주침 후로 새삼 생각나 꺼내 봤던 졸업 작품전 자료에서의 진혁은 이랬었나, 고개를 갸웃거릴 만큼 어려 보였다.

지금의 그녀와 두 살 차이밖에 나지 않는데도 스물일곱의 진혁은 캠퍼스라는 테두리 안에 머무는 학생들 특유의 분위기를 풍기고 있었다. 풋풋하고 순수한, 그래서 싱그러운. '어른'이라고 생각했던 그녀 역시 솜털이 보송한 볼을 하고 있었다.

이제는 어른이 되었다. 좀 어색하고 불편할 수도 있는 두 사람의 짧았던 마주침을 마치 그런 일이 있었냐는 듯 표현하지 않는 게 가능해진 그런 어른.

선배에게는 내가 어떻게 보일까. 재희는 문득 든 생각에 조금 웃었다. 그리고 인사를 건넸다.

"안녕하세요."

기억처럼 버겁다 느껴질 정도로 눈을 빤히 쳐다보며, 기억보다 좀 더 묵직해진 목소리로 진혁이 대답했다.

"오랜만이야."

"그러네요."

침묵이 찾아들었다. 잘 지냈냐는 예의상의 인사 외에는 딱히 나눌 말이 없는 사이였다. 두 사람 모두 관심 없는 형식적인 말을 늘어놓는 성격이 아니었다.

재희는 입 속 볼살을 물었다. 차가운 인상, 날카로운 눈매로 가만히 응시하는 진혁 때문에 새삼 대학 시절로 돌아간 듯한 기분이 들었다.

정훈의 목소리가 두 사람의 침묵 사이로 파고들었다.

"주차장이 살짝 머네요. 소형 트럭 한 대 지나갈 정도로 길도 좀 좁고. 그래도 골목길이 예쁘장해서 산책하기에는 좋겠는데요?"

속으로 안도의 숨을 내쉰 재희가 얼른 정훈에게로 고개를 돌리고는 맞장구를 쳤다.

"맞아요. 소소한 불편함을 감수할 만큼 예쁜 구석이 많은 동네더라고요. 들어오세요."

재희는 뒤로 비켜서며 문을 활짝 열었다. 막 이사를 떠난 것처럼 횅한 공간은 단독 주택의 일반 층고보다 좀 더 높았다. 매장으로 리모델링해도 답답하지 않을 만큼.

"커피라도 한잔 드릴까요? 아님 현장부터 둘러보실래요?"

두 사람을 번갈아 바라보며 재희가 물어 오자 정훈이 어떡할래, 라는 눈으로 진혁을 쳐다봤다.

"할 일 먼저 하지."

"그럴까."

집 구조를 확인하며 사진을 찍고 메모를 하고. 진중한 목소리로 간혹 뭔가를 상의하는 진혁의 동선을 재희의 눈이 가만히 뒤따랐다. 잘 모르는 분야지만, 잘 모르는데도 신뢰를 가지게 만들만큼 진혁은 군더더기 없이 할 일을 짚어 나가고 있었다.

두 남자가 다가오자 창턱에 걸터앉아 있던 재희가 일어났다. 뎅구는 의자 하나 없는 텅 빈 공간에 눈길을 던진 진혁이 재희에게 제안했다.

"작업 일정에 대해서 의논하지. 오는 길에 카페 있던데."

"거긴 좀 소란스러워요. 커피는 좀 덜 맛있지만 위로 올라가요."

세 사람은 외부 계단을 통해 옥상으로 올랐다. 정훈이 휘둥그레진 눈으로 휘파람을 불었다.

"여긴 옥탑방의 단점은 줄이고 장점은 최대한 살린 공간인데요? 사실 좀 전에 현장 확인 하면서 보기 드물게 질 좋은 자재로 정직하게 지은 집이구나 감탄했거든요. 마감재는 그럴싸해도 막상 뜯어보면 날림 공사 한 곳들이 대부분인 게 현실이라서요. 옥

탐방도 기존에 봐 왔던 곳들과는 다를 거라고 짐작하긴 했지만 이 정도일 줄이야. 100년은 충분히 견딜 이 튼튼한 건물을 지은 건축주가 누군지 궁금해지는데요?"

"아버지 친구분이세요. 아내분 건강 때문에 지방으로 내려가시면서 제가 사용할 수 있도록 배려해 주셨고요."

"오픈하기 전부터 도움받고. 재희 씨 운이 좋으시네요."

"저도 그렇게 생각해요."

깔끔하게 페인트칠된 거실 벽면의 색상과 간접조명등 같은 소품들이 재희의 취향을 말해 주고 있었다. 직업적인 시선으로 공간을 스캔하던 진혁의 눈길이 재희에게로 가닿았다. 커피를 내리던 재희가 문득 뒤를 돌았다. 마치 시선을 느낀 것처럼. 눈이 마주치자 옅게 미소 짓는다. 진혁은 눈썹을 치켜들었다. 어색할 때는 입술을 질겅이거나 시선을 비끼던 기억이 새삼 떠올랐다. 웃음이 많아진 건가. 버릇이 바뀐 건가. 그도 아니면 미소 지어 줄 만큼은 반가운 건가.

빈 커피 잔을 옆으로 치운 진혁이 설계 도면과 재희의 스케치를 테이블 위에 펼쳤다.

"계약 결정 하기 전에 먼저 몇 가지 수정했으면 하는 부분부터 검토하지."

'일반적으로 바닥은 이런 방법으로…….'

'대부분은 이 자재로…….'

디자인 수정을 요구하던 건축사들의 말이 떠올라 재희는 한숨을 삼켰다.

"역시나 이대로는 무리인 거죠?"

담담한 말투에 묻어나는 실망에 진혁은 슬며시 입꼬리를 올렸다.

"내가 제시하는 수정안을 보고 그래도 싫다면 본인 취향대로 가야지. 최종 결정은 결국 의뢰인 몫이니까."

두 남자를 번갈아 바라보며 재희가 조금 전부터 의아해하던 부분을 물었다.

"그런데 선배가 맡는 건가요? 아니면 두 분이서 같이 작업하시는 거예요?"

"내 작업 스타일이 취향이라며?"

"……아, 비스트로가 선배 작품이었어요?"

"응."

연필을 쥔 진혁의 손이 종이 위에서 분주히 움직였다. 도면을 그려 나가는 손동작을 좇는 재희에게 정훈이 기운을 북돋듯 말했다.

"가끔 스케치를 해 오는 사람들도 있지만, 재희 씨만큼 명확하게 의사 표현 해 준 의뢰인은 처음이에요. 저희 입장에서는 스스로가 어떤 스타일을 원하는지 잘 몰라서 설계 도면 나올 때마다 끊임없이 생각 바꾸는 의뢰인들이 제일 힘들고 난감하거든요. 건축주들이 재희 씨처럼만 해 주면 시간 절약, 경비 절약에다 의견 충돌이 발생할 일도 확 줄어들 텐데 말이죠."

"자기 스타일이 지나치게 확고해도 작업하기 힘들지. 타협 불가일 때는 작업 자체가 무산되니까."

정훈이 눈을 굴리고는 걱정하지 말라는 듯 고개를 흔들며 웃어 보였다. 마주 웃어 주는 재희의 시선을 진혁의 목소리가 붙들었다.

"여기. 이런 방법은 어때?"

큰 방 벽을 터서 확장한 거실은 슈즈 전시와 판매 공간으로. 중간 방은 작업실 겸 맞춤 제작을 원하는 고객들을 위한 상담실. 그리고 작은 방과 그다지 쓸 일이 없는 부엌에는 구두가 담긴 상자들을 보관할 예정이었다. 그런데 진혁은 마지막 공간을 지워 버렸다.

"작은 방 공간이 협소해서 부츠 넣은 상자 몇 개만 들어차도 복잡한 데다 안쪽에 있는 상자 빼낼 때도 매번 번거로워. 부엌 쪽은 가벽 세워서 어수선한 걸 가린다지만, 번거롭기는 마찬가지고."

진혁은 연필 선 몇 개로 거실과 큰 방 벽면을 서랍장으로 바꿔 놓았다.

"이런 식으로 수납공간을 만들면 공간 활용도도 높아지고 보기에도 깔끔하니까."

바닥부터 천장까지 모두 책으로 가득한, 그래서 레일에 걸쳐 놓은 사다리를 타고 올라가 책을 꺼내야 하는 그런 책장처럼. 벽면을 꽉 채운 서랍장의 손잡이를 당기면 그 속에서 슈즈가 나온다. 벽면을 일정한 리듬으로 나눈 서랍 칸은 기능과 동시에 장식 효과를 주고 있었다.

진혁은 서랍 칸에 손잡이를 그려 넣으며 슬쩍 재희에게 눈길을 던졌다. 벽면 서랍장이 마음에 드는지 팔이 스칠 만큼 바짝 의자를 당겨 앉은 재희는 수정되는 도면을 바라보며 엄지를 잘근거리고 있었다.

연필을 손에 쥐었을 때는 연필 꽁지를. 손에 아무것도 없을 때는 엄지손가락 끝을 잘근거린다. 뭔가 생각 중이거나 집중했을 때 나오는 재희의 버릇이라고 기억하고 있다. 오랜만에 보는 모습에 진혁의 얼굴에 얼핏 웃음이 흘렀다.

"이런 건 생각도 못 했어요. 전문가는 확실히 다르네요."

눈꼬리까지 접으며 웃는다. 마음에 드는 주제를 얘기할 때면 쉽사리 미소 지어 주는 것 역시 변하지 않았다. 어색해서 웃음을 지우게 될 때까지 가만히 눈을 맞추던 진혁이 연필 끝으로 창문을 짚었다.

"이렇게 좁고 기다란 창문 스타일이 보기엔 예쁘지만. 슈즈 숍에는 이런 식으로."

연필 선이 창문의 길이를 살짝 줄이고 폭을 넓혔다.

"자연광이 많이 들어오는 게 고객들이 구두 색상 확인하는 데 도움이 돼. 전체적인 분위기와도 더 어울리고."

"음."

변경된 창문으로 햇살이 쏟아져 들어오는 광경을 상상해 보던 재희가 진혁의 손에서 연필을 받아 들었다. 그러고는 설명과 동시에 선을 그려 나갔다.

"그럼 대신에 창문을 여닫이 말고, 위에서 내리게 만들었으면 좋겠어요. 선배가 작업한 그 비스트로 창문같이요. 이렇게. 그리고."

생각을 정리하며 재희는 손에 든 연필 꽁지를 입으로 가져갔다. 톡톡 입술을 두드리다가 연필 끝을 살짝 물었다.

"서랍장 손잡이는 도기 재질로 통일했으면 좋겠어요. 크기와 색상이 달라져도 산만한 느낌 없도록."

원하는 손잡이 스타일을 여백에 그려 넣는 재희의 입술에서 눈길을 거둔 진혁이 고개를 까딱였다.

"괜찮은 아이디어네. 내가 제시하는 수정안은 여기까지. 나머지는 이대로 진행해도 나는 좋은데. 어때?"

"제가 상상했던 이미지보다 훨씬 더 맘에 들어요. 솔직히 이렇게까지는 기대 안 했어요."

"완공된 분위기는 스케치랑은 좀 다르게 나올 수도 있어."

"알아요. 그 정도는. 슈즈 디자인도 비슷하니까."

수정된 설계안을 집어 든 재희는 다시금 꼼꼼하게 들여다봤다. 진혁과의 대화 내내 느낀 거지만 다른 어떤 건축사도 진혁만큼 자신의 말에 귀를 기울여 준 사람이 없었다. 아니. 미처 타협을 하기도 전에 안 된다며 고개를 저었다. 그리고 이렇게 마음을 사로잡는 아이디어를 제안해 준 사람도 없었고. 아까 정훈이 말한 대로 정말로 운이 좋았다.

재희의 얼굴에서 눈을 떼지 않고 있던 진혁이 물었다.

"마음에 안 드는 부분은 어디야?"

재희는 고개를 저었다.

"없어요."

"그런데 여긴 왜 그래?"

진혁의 손가락이 찌푸려진 미간을 가리켰다.

"고민이 많았는데, 운 좋게 선배님들을 만나 도움을 받게 돼서 감사해요. 제 인테리어 아이디어가 작업해 볼 만하다는 거 하나만 보고 배려해 주시는 거잖아요. 선배님들이 기대하시는 만큼 좋은 결과가 나올까, 좀 걱정이 돼서요."

"부실한 자재 사용해서 손해 메꿀까 봐 걱정하는 건 아니고?"

재희가 풋 웃었다.

"그런 걱정 안 해요."

"뭘 믿고?"

"선배에 대해 잘 모르지만, 솔직하고 정직한 사람이라는 건 알겠으니까요."

"거짓말 잘해. 필요하면."

진중한 표정에 진담인지 농담인지 구분이 안 돼 정훈을 쳐다보자 묘한 눈빛으로 두 사람을 지켜보고 있던 그가 난 모르겠다는 표정으로 양손을 들어 보였다.

"다행이야."

재희의 눈길이 다시금 진혁에게로 향했다.

"뭐가요?"

"의견 교환이 불가능할 만큼 까다롭지 않아서."

조금 새침해진 표정으로 재희가 입술을 물었다 놓았다.

"다른 건축가분들도 선배처럼 제 의견에 귀 기울여 주고, 또 납득 가능한 수정안을 제시했으면 저도 막무가내로 고집 피우진 않았을 거예요. 전문가 의견에 귀 닫고 있을 만큼 고집스럽진 않아요."

자기 스타일이 지나치게 확고해도 작업하기 힘들다고 했던 말이 마음에 남았었나. 타협 불가 할 만큼 고집불통은 아니라는 투덜거림처럼 들려 진혁의 입술이 비스듬히 기울었다.

추가해야 할 것. 변경해야 할 것. 오픈 전까지 마무리 지어야할 목록을 체크하던 재희는 아래층에서 들려오는 소음에 귀를 기울였다. 해머와 드릴이 내는 진동에 발밑이 울리는 것 같은 착각이 들었다. 리모델링의 시작은 앙상한 벽면만 남기고 모두 철거하는 작업부터였다.

"하긴 하는구나."

계약서에 사인을 하고서도 실감이 나지 않았는데. 아침 일찍부터 집 앞에 세워진 트럭을 보고서야 '아, 정말 시작되는구나.' 라는 생각이 새삼 들었다.

"이걸로 해야겠다."

여러 재질의 종이를 손끝으로 만져 보고 햇빛에 비춰 본 후 명함지를 결정한 재희가 문득 중얼거렸다.

"선배, 대단하네."

〈움〉을 운영한 지 햇수로 3년 차라고 했다. 공동 투자를 했고, 같이 팀장이라는 직함을 달고 있지만 투자 지분율이 좀 더 많은 진혁이 실질적인 대표라고도 했다. 그렇다는 건 최종 책임은 진혁의 몫이라는 거다.

아마 계속 월급을 받는 직장인으로 지냈다면 진혁을 지금과 같은 시각으로 보지 않았을지도 모른다. 창업의 어려움은 듣던 것보다 세 배쯤 더했다.

연필 끝을 물고 생각에 잠겨 있던 재희는 알람 소리에 시간을 확인했다. 11시. 남들보다 일찍 작업을 시작한 사람들의 점심 식사 역시 남들보다 이르다. 재빨리 일어나 준비한 봉투를 들고 내려갔다. 이런 거쯤은 충분히 챙길 수 있는 나이인데도 마치 아이한테 일러 주듯 전화를 해 온 엄마와의 대화가 생각나 웃음 지었다.

하지만 현장감독은 손을 내저으며 봉투를 거절했다.

"우리 밥값은 사무소에서 챙겨 주니까 따로 안 주셔도 됩니다. 모르셨나 보네."

"들었어요. 이거 보태서 더 맛있는 거 드세요."

"이거, 참. 아까 새참도 맛나는 걸로 챙겨 주시더니. 미안해서 어쩌나."

함박웃음으로 식사비를 받아 든 현장감독이 기운 내서 공사 더 잘하겠다는 말을 남기고는 인부들을 데리고 나갔다.

기존의 마감재가 뜯겨 나간 벽면은 회색 속살을 드러내고 있었다. 쓸쓸하게 느껴지는 공간을 휘둘러보는데 툭 하고 문이 열렸다.

눈으로 빠르게 진행 상황을 체크한 진혁이 물었다.

"점심은?"

"좀 전에 다들 식사하러 가셨어요."

"한재희 씨 점심 먹었냐고."

"이제 먹어야죠."

"같이 먹지. 난 혼자 식당 가는 거 별로라서."

"……집에서 간단하게 먹을 생각이었어요. 괜찮아요?"

"얻어먹는 데 이것저것 따질 만큼 까다롭지는 않아."

그다지 믿기지 않는다는 표정으로 쳐다본 재희는 집 안으로 들어서자 앞치마부터 걸쳤다. 손님에게 혼자서 먹는 수준의 간단한 밥상을 내놓기는 마음에 걸렸다.

거실 소파 등받이에 외투를 걸쳐 놓은 진혁이 입을 열었다.

"오랜만이야."

냉장고에서 밑반찬을 꺼내던 재희가 고개를 돌려 벽에 비스듬히 기대선 진혁을 물끄러미 쳐다봤다.

"오랜만이라고."

"인사는 지난번에 했던 걸로 기억하는데요?"

"이런 식으로 만나게 될 거라고는 생각도 못 했어."

"그러게요."

"어때?"

"뭐가요?"

"나는 다시 만나서 반가웠는데. 한재희는 어떠냐고."

반가웠다는 표현에 재희의 눈이 살짝 커졌다.

"좀, 이라고 하기에는 많이 놀랐어요. 세상이 좁다는 말을 이럴 때 쓰는구나 싶기도 했고."

"내가 물었던 건 그게 아닌데. 반갑지는 않았나 봐?"

"안 반갑지는 않았어요."

이래야 한재희지. 대학 때의 한재희를 다시 보는 것 같아 눈에 웃음을 담은 진혁이 물었다.

"뭐 도와줘?"

약간 놀란 표정을 짓던 재희가 수저를 챙겨 달라고 부탁했다.

"서랍에 있어요."

진혁이 보온병에 담긴 보리차를 따르고 수저를 놓는 동안 재희는 양념된 고기를 볶았다. 식탁에 앉은 진혁의 시선이 재게 몸을 놀리는 재희를 좇았다. 재희가 두루치기를 담은 접시를 가져오자 진혁은 밑반찬이 담긴 그릇들을 살짝 밀어 공간을 만들었다.

앞치마를 벗은 재희가 진혁의 맞은편에 앉았다.

"입맛에 맞을진 모르겠지만, 맛있게 드세요."

"잘 먹을게."

진혁은 식욕을 자극하는 냄새와 색감이 맛과 직결되는 것이 아니라는 걸 어머니의 음식으로 익히 알고 있었다. 그래서 별다른 기대 없이 두루치기에 젓가락을 가져갔다.

"요리 잘하는데?"

"그래요?"

"요리 잘한다는 말 별로 못 들어 본 것 같은 반응이네."

부모님과 중현에게 듣긴 했다. 하지만 부모님은 맛없어도 칭찬해 주실 분들이고, 중현은 자기보다 잘하면 칭찬하는 성격이라서 무심히 흘렸었다.

"그런 소리 들을 만큼 다른 사람한테 요리해 준 적이 드물어서요. 회사 다닐 때는 집밥 먹어 본 기억이 거의 없을 만큼 주로 외식했거든요. 요즘은 회사 다닐 때보다 머리는 더 복잡한데 시간은 되고. 그래서 해 먹어요. 선배도 봤겠지만 밖에서 먹기에는 이 부근에 메뉴들이 다양하지 않잖아요."

식사 자리에서는 대화를 많이 하지 않는 편인지 이런저런 말을 걸어오던 것과는 달리 진혁은 묵묵히 밥 먹는 행위에 집중하고 있었다. 재희는 두 그릇째 밥을 비우는 진혁을 바라보며 살짝 고개를 갸웃했다.

사회생활을 하면서 힘든 자리를 많이 겪어서인가. 아님 몰랐던 진혁의 모습들을 조금 보게 된 덕분인가. 불편하다고 기억하는 사람과의 식사 자리가 생각보다는 불편하지가 않았다.

3

며칠 사이에 눈에 익은 골목길로 접어든 진혁은 리모델링 공사 현장에서 조금 떨어진 곳에 차를 세웠다. 자전거 끌고 다니기에 적합한 골목길이라 주차할 곳을 찾기가 조금 불편했다. 하지만 그럼에도 매일 들르고 있었다.

〈움〉은 설계와 더불어 시공도 맡는다. 하지만 신축 공사도 아닌데 진혁 자신이 매일 들러 작업을 체크할 필요는 없었다. 사무소를 차리기 전부터 알고 지낸 현장감독도 처음엔 이상하다 싶은 얼굴을 하더니 의뢰인이 대학 후배라는 설명에 그제야 알겠다는 듯 고개를 주억거렸다.

그런 현장감독도 오늘은 어쩐 일이냐는 표정으로 쳐다볼지도 모른다. 오늘 진행될 매장 벽면에 서랍장을 짜 맞추는 작업은 굳이 감독이 필요 없는, 오롯이 목수가 담당할 몫이기 때문이다. 하지만, 가장 포인트가 되는 곳인 데다 재희가 가장 기대를 하는 곳이라 신경이 쓰였다.

대학 후배. 차에서 내려 얕게 경사진 길을 오르며 진혁은 생각에 잠긴 얼굴로 대학 후배라는 단어를 곱씹었다. 스물아홉 살의 한재희는 어떤 모습일지 궁금했다. 재희의 〈플래퍼〉를 직접 작업하고픈 마음도 있었다. 그래서 정훈과 동행했고, 궁금증은 풀렸다. 작업 역시 순조롭게 진행 중이라 조만간 마무리될 거다. 그러면. 그 뒤에는.

습관적으로 걸음을 옮기며 생각에 빠져 있던 진혁은 사람들의 말소리에 눈을 들었다. 소형 트럭에 달라붙은 작업자들이 분주하게 움직이고 있었다. 재단된 목재를 트럭에서 내리는 인부들에게 가볍게 고개를 숙여 인사한 뒤 매장으로 들어서려던 진혁은 유리창 너머로 보이는 장면에 멈춰 섰다.

벽지로 마감한 매장 귀퉁이에 재희가 서 있었다. 그가 알기로 재희는, 이른 아침 인부들이 도착하면 인사를 하고는 옥탑으로 올라가 새참 때가 되면 내려온다. 그리고 작업이 끝날 무렵 다시 내려와 수고했다는 인사를 한다. 처음 공사를 시작한 후로 단 한 번도 작업하는 동안 내려와 있던 적이 없었는데. 오늘 작업이 꽤나 궁금한가 보다.

한동안 지켜보던 진혁은 재희와 눈이 마주치자 매장 안으로 들어갔다. 남들은 열심히 일하고 있는데 혼자서 가만히 있으려니 멋쩍고 어색했던 재희는 진혁을 보자 반가워 살짝 웃어 보였다.

"왔어요?"

진혁은 실눈을 하고서 쳐다봤다. 언제나 "안녕하세요."로 시작하던 인사말이 "왔어요."로 바뀌었다. 마치 '여기'라고 자리를 정해 주듯, 예의 바르지만 거리감이 느껴지는 태도로 늘 "안녕하세요."라고 했었는데. 공사를 시작한 지 열흘 만에 생긴 변화였다.

진혁은 대답을 알면서도 물었다.

"오늘 무슨 날이야?"

"왜요?"

"나와 있기에."

"서랍장 짜 맞추는 거 구경하려고요."

벽면 크기에 맞춰 미리 재단해 온 목재를 길이별로 구분 지어 정리하는 목수의 움직임을 주시하는 재희의 눈이 잔뜩 기대를 품고 있었다.

"어지간히 마음에 들었나 봐?"

"말했잖아요. 선배가 제안한 디자인 중에서 가장 좋다고. 실제로 짜 맞춰지면 어떤 분위기가 날지 정말 궁금해요."

열기가 담긴 목소리에 진혁은 고개를 조금 기울이고서 재희를 관찰하듯 쳐다봤다. 재희의 두 눈은 긴 나무판이 고정될 위치를 벽면에 표시하는 목수의 손에 붙박여 있었다. 한동안 나란히 붙어선 채 곁눈으로 재희를 응시하던 진혁이 물었다.

"관심 없는 거에는 눈길조차 안 주는 성격이지?"

왜 그런 걸 묻나 하는 눈빛으로 쳐다보는 재희에게 진혁은 손가락으로 천장부터 벽면까지 훑듯이 가리켰다.

"전기 배선 교체하는 거부터 마감 공사 진행될 때까지 공사가 차질 없는지만 물었지 지켜본 적도 관심 보인 적도 없잖아."

"그거야 지켜본다고 해도 내가 알 수 있는 부분이 아니었으니까요. 그리고 관심 없는 거에 관심 안 보이는 건 누구나 그러지 않아요? 선배는 안 그래요?"

"누구나 그런 면이 있기는 하지. 그럼에도 묻는 건 보편적인 기준치에 비해 유독 그래 보여서고."

잠깐 생각하던 재희가 다시금 맞은편 목수의 움직임을 지켜보며 대답했다.

"아마도 그런 것 같아요. 그런데 오늘 작업이 제일 기대되는 거라서 지켜보는 건 맞지만, 지금까지 공사 진행을 지켜보지 않은 건 관심이 없어서만은 아니었어요. 현장에서 얼쩡거리면 작업하는 데 방해될 것 같다는 이유도 있었고 또."

고개를 돌려 진혁을 올려다보자 계속 지켜보고 있었던 건지 곧장 눈이 마주쳤다.

"선배가 맡아서 해 주니까 굳이 확인하러 들락거리지 않아도 되겠다 싶은 믿음이 있었어요."

실질적으로 작업자들에게 지시를 내리고 일을 진행시키는 건 현장감독이었다. 하지만 특별히 뭔가를 해서가 아니라 진혁이 작업의 진행 과정을 체크하고 있다는 것만으로도 신뢰를 주었다.

"스케치 수정안 제안해 줄 때도 생각했지만, 선배 아주 재능 많은 사람인 것 같아요. 하나를 제대로 하는 것도 힘든데, 선배는 설계만이 아니라 사무소 운영까지 잘하고 있잖아요……."

조금 망설이다 덧붙인 "부러워요."라는 말은 시멘트 벽을 뚫는 드릴 소리에 감겨들었다. 좀 더 대화를 나누고 싶었던 진혁은 재희에게로 기울였던 몸을 바로 세웠다. 벽면을 가로지르는 기다란 목재를 집어 든 목수의 작업이 시작되었다. 목공 작업은 대화를 나누려면 목청을 높여야 할 만큼의 소음이 동반되었다.

텅 빈 벽면에 나무 선반들이 하나씩 생겨났다. 선반들 중간중간 세워진 나무판들이 서랍이 들어갈 칸을 만들었다. 막연히 짐작했던 것보다 빠른 작업 속도에 재희는 내심 놀랐다. 벽면 치수에 맞춰 정확히 재단을 해 왔겠지만, 실제 작업에 들어가다 보면 여러 가지 변수가 생기는 경우도 있는데 아직까지는 예상치 못했던 문제로 작업이 늦어지거나 변경되는 일이 없었다.

진혁은 예상 가능한 모든 오차 범위를 치밀하게 계산한 뒤 시공에 들어갔다. 보이는 것과 달리 로맨틱한 감성의 작업물도 만들어 낸다 싶었는데, 작업을 완성해 나가는 과정은 보이는 것처럼 냉철했다. 작업을 해 나가는 방식도, 작업자들을 대하는 태도 역시도 배울 것이 많은 선배다. 7년이라는 시간 동안 멋진 어른으로 성장한 진혁이 부럽고 아주 커 보였다. 가능하다면 선후배 관계를 이어 나갔으면 싶지만. 욕심일 거다. 공사가 끝나면 더 이상 볼 이유가 없을 만큼 접점이 없는 두 사람이라는 게 재희는 조금 아쉬웠다.

서랍이 조립되는 과정을 눈으로 보면서도 잠깐 딴생각에 잠겨 있던 재희가 얼른 시계를 봤다. 새참 시간이다.

"전 올라가서……"

준비해 놓은 간식거리를 가지고 오겠다고 하려던 재희는 위이잉 울리는 드릴 소리에 입을 다물었다. 대신 진혁의 팔을 조심스레 잡았다. 처음으로 닿는 재희의 손길에 진혁은 조금 놀란 눈을 했다. 재희가 얼굴을 들자 진혁이 머리를 기울였다.

용건을 말해 오는 재희의 목소리에 주변 소음이 흐려졌다. 조금 웃어 보이고는 조심스럽게 현장을 헤쳐 나가는 재희의 뒷모습을 좇아가는 진혁의 눈동자가 또다시 생각에 잠겨 들었다.

야근과 밤샘이 잦은 곳이라 이 시간에 〈움〉이 비는 건 일요일뿐이다. 그것도 '바쁘지 않은'이라는 조건이 붙는 일요일에. 이런 날에도 혼자 나와 작업을 하는 경우가 드물지 않지만 다른 때와는 달리 진혁은 회의실 테이블에 발을 올려놓은 채 생각에 빠져 있었다. 비 오는 풍경에 눈을 둔 채. 손에 연필을 쥐고 있다는 게 문득 생각났다는 듯 가끔씩 빙글 돌리면서.

방음이 잘된 곳이지만 가만히 귀 기울이면 빗방울이 유리창을 간질이는 소리가 들린다. 정말로 들리는 게 아니라 기분 탓일지도 모르지만.

유리를 타고 흐르는 투명한 빗물을 한동안 바라보던 진혁은 손안의 연필을 물끄러미 내려다보았다.

까맣고 반질반질한 연필의 몸통을 더듬어 올라가던 손끝이 연필 꽁지에 다다랐다. 가만가만 쓰다듬으면 느껴지는 아주 얕은 요철.

불빛에서는 조금 더 선명하게 드러나는 희미한 잇자국. 이런 자국을 남긴 한재희.

진혁은 머릿속을 떠도는 질문들을 한곳으로 모았다. 그리고 그 질문들에 예상 가능한 모든 답변들을 대입해 보았다. 어떤 대답이 나와도 결론은 하나로 모아지고 있었다.

한참을 연필 꽁지를 바라보며 생각에 잠겨 있던 진혁이 스스로에게 답변을 주듯 고개를 까딱인 후 재킷을 챙겨 들고 회의실을 나왔다. 자신의 작업대를 지나칠 때에는 들고 있던 연필을 연필꽂이에 툭 던져 넣었다.

비 온다. 봄비다. 이름처럼 예쁘게 내리는 빗줄기를 바라보다 책장으로 걸어가 손가락으로 제목들을 주욱 스치듯 훑었다. 재희의 손가락이 멈춘 건 '용의자 X의 헌신'. 전자레인지에 데운 볶음밥을 식탁 위에 놓고서 책을 펼쳤다. 책에서 눈을 떼지 않은 채 습관적으로 숟가락질을 했다. 밥 먹으면서 책 읽기. 혹은 책 읽으면서 밥 먹기. 어떻게 표현하든 엄마가 봤으면 또 잔소리를 했을 그녀의 좋지 않은 습관 중 하나다.

마지막 남은 밥을 삼키는 순간 인터폰이 울렸다. 택배 받을 게 하나 있었지만 오늘 온다는 메시지는 없었는데. 9시를 넘긴 시간에 더구나 일요일에도 배송을 하나.

"누구세요?"

— 강진혁.

이제는 익숙해진 목소리다. 하지만 이 시간에는 처음 듣는다.

진혁은 딱히 정해진 시간 없이 불규칙적으로 공사 현장을 들러 진행 상황을 체크했다. 그녀가 내린 모닝커피를 함께 마신 적도 있고 첫날 그랬던 것처럼 점심 무렵에 들러 같이 밥을 먹기도 했다. 하지만 이렇게 늦은 시간에 오는 건 처음이다. 게다가 이틀 전 공사가 끝나 더 이상 들를 이유도 없는데.

집 안으로 들어선 진혁의 모습에 문을 열어 놓고 기다리던 재희의 눈이 커졌다. 늘 그랬듯 깔끔한 옷차림인데 머리가 살짝 촉촉했다. 타월을 권하기에는 애매할 만큼 조금.

"사람 세워 두고 무슨 생각 해?"

"비옷 입고 자전거 타다 온 건가, 하는 생각이요. 그러기에는 빗방울이 몇 개밖에 안 매달려 있지만."

대학 때의 모습을 기억하는 말에 진혁의 눈매가 부드러워졌다.

"예전부터 느끼던 건데 선배 옷 입는 안목이 있어요. 특히나."

구두를 가리키며 덧붙였다.

"옷에 맞는 남자 신발 고르는 거 은근히 쉽지 않거든요. 그런데, 어쩐 일이에요?"

식탁 쪽을 쳐다본 진혁이 대답 대신 되물었다.

"밥 먹던 중이야? 나도 아직인데. 좀 나눠 줘."

이 시간에 남의 집에 불쑥 찾아와서 밥 달라는 진혁은 이미 신발을 벗고 거실에 발을 들이고 있었다. 이 선배 덕분에 큰 문제 하나가 잘 해결되었는데 겨우 밥 한 끼로 매정하게 굴 생각은 없었다.

"이 시간까지 안 먹었어요? 어디서 오는 길인데요?"

"사무실."

"일요일인데도 늦게까지 일할 만큼 바쁜가 봐요?"

"생각할 게 있어서. 왜 이 시간에 먹어?"

"공사하는 내내 신경 쓰느라 피곤했나 봐요. 그래서 오늘은 늦잠도 자고 계속 게으름 부리는 중이에요. 근데 전자레인지에 데운 볶음밥밖에 없는데. 괜찮아요?"

"밥투정 안 한다고 했잖아. 내가 그렇게 까다롭게 보여?"

접시에 볶음밥을 담아 전자레인지에 돌리며 재희가 대답했다.

"편한 인상은 아니죠. 그리고."

재희가 장난스럽게 덧붙였다.

"사실 인상만 그런 건 아니지 않아요?"

"일에만 까다로워. 음식 가지고는 안 그래."

진혁이 식탁 위에 놓인 책을 집었다.

"나쁜 습관 있네."

"알아요."

"이런 장르가 취향이야?"

"그림이랑 음악은 취향이 있는데, 책은 그때그때 내키는 대로 읽는 편이라 딱히 취향이라고 할 건 없어요. 그냥 오늘은 그게 읽어 보고 싶었어요. 물김치도 먹어요?"

"응."

진혁이 크게 숨을 내쉬었다.

"왜 한숨이에요?"

"냄새가 근사해서."

새콤하게 맛이 든 물김치와 보리차가 담긴 물컵을 진혁의 앞에 놓아 준 뒤 재희는 책을 챙겨 들었다. 소파에 자리를 잡으려던 재희가 "한재희."라고 부르는 소리에 돌아보았다.

"왜요?"

진혁은 맞은편의 식탁 의자를 가리켰다.

"혼자 밥 먹는 거 안 좋아한다고 했잖아. 이쪽으로 와서 읽어."

빤히 쳐다보던 재희가 말했다.

"선배 좀 뻔뻔한 면이 있네요."

어이없어하는 말투와는 달리 재희는 식탁으로 와서 앉았다. 마주하고 앉아 팔랑팔랑 종이를 넘기는 재희를 지켜보던 진혁이 물었다.

"여러 번 볼 만큼 재밌어?"

"이거요? 산 건지, 받은 건지 기억이 안 나지만 지금 처음 읽는 거예요."

진혁이 눈짓으로 책을 가리켰다.

"그런데 왜 읽다 말고 뒷부분을 뒤적여?"

"끝이 궁금해서요."

"추리 소설이잖아."

"그러니까 끝이 알고 싶은 거죠."

예상과는 다른 스토리인지 빠르게 뒷장을 넘기던 재희가 흠, 하는 표정을 지었다.

"결말 알고 나면 김빠지잖아. 스릴과 반전이 추리 소설의 묘미 아니야?"

책에서 눈을 든 재희가 어깨를 으쓱였다.

"스토리 다 알고 읽어도 재미있는 건 여전히 재미있고. 결말이 어떨지 모른 채 처음부터 찬찬히 읽어 나가도 재미없는 건 재미없죠. 앞부분이 재밌을수록 결말이 더 궁금해져서 마지막 장부터 펼쳐 보게 돼요. 이런 쪽으로는 좀 참을성이 없어요. 왜 그런 눈으로 봐요?"

"대학 때 모습 생각나서."

"대학 때 내가 어땠는데요."

"독특했잖아."

뭐가. 재희는 동의할 수 없다는 얼굴로 눈을 굴렸다.

"나 말고도 이런 습관 가진 사람들 꽤 많아요."

"나는, 처음 봐."

진혁은 숟가락질 몇 번 만에 깨끗하게 비운 그릇들을 개수대로 옮겼다. 소매를 걷고 물을 틀더니 뽀드득 소리가 나도록 그릇들을 닦기 시작했다. 고개를 뒤로 돌려 진혁의 움직임을 따라간 재희가 책을 덮고서 옆으로 돌아앉아 진혁이 설거지하는 모습을 물끄러미 바라보았다. 진혁이 고개를 틀었다.

"왜?"

"설거지하는 모습이 어설프지 않다 싶어서요."

"그게 왜?"

"집안일은 전혀 안 할 것 같아 보이니까요."

재희가 설마 하는 말투로 덧붙였다.

"선배 의외로 요리 같은 거도 잘하는 거 아니에요?"

진혁은 대답 대신 개수대 물기까지 말끔하게 닦은 뒤 재희를 마주 보았다. 싱크대에 기대선 진혁이 말했다.

"캠핑 좋아해서 간단한 요리는 익숙하게 해. 잘해."

팔짱을 낀 채 눈을 맞추고서 뒤늦은 대답을 하는 진혁을 올려다보며 재희는 좀 의아한 얼굴을 했다. 뭐 대단한 사실을 알려 주는 것도 아닌데 표정이 진지했다.

"궁금해?"

"뭐가요?"

"나한테 궁금한 것들이 생겼냐고."

궁금한 것들, 생겼다. 궁금증들이 뾰족하게 움을 텄다. 표정에서 답을 읽은 진혁의 입꼬리가 비스듬히 올라갔다.

"그거 알아?"

"뭐요?"

"지금까지 나한테 뭐 물어본 적 없는 거. 일에 관련된 거 말고는. 나에 대한 건 뭐 하나 관심 가지거나 궁금해한 적 없었어. 소소한 것 하나도. 단 한 번도. 본인은 자각하지도 못했겠지만."

"그랬어요?"

무심하리만치 담담한 말투다. 진혁의 웃음이 조금 더 깊어졌다. 강진혁 자존심 뭉개는 건 한재희 특기가 아닐까 싶다.

"한재희."

"듣고 있어요."

"나는, 여전히 취향이 아니야?"

무슨 말인지 모를 수가 없었다. 명치 부분이 살짝 조여 왔다.

재희는 볼 안쪽 살을 지그시 물었다.

"시간이 지나면서 선호하는 디자인 스타일이 바뀌었다고 했잖아. 전공도 패션에서 슈즈로 변경했고. 그럼 나는? 바뀐 것들이 많음에도 불구하고 강진혁은 여전히 한재희의 취향이 아니야?"

그러려고 노력하거나 딱히 원한 게 아닌데도 자연스레 변하는 것들이 있다. 시간이 지나고 나니 그렇게 되어 있었다. 입맛이 그랬고, 음악 취향이 그랬다. 하지만, 연애 상대로는 다정하고 따뜻하고 웃음에 인색하지 않은 남자가 여전히 더 끌린다. 눈앞의 이 남자처럼 빈틈없고 이성적인 타입보다는.

입술을 잘근거리던 재희가 작게 말했다.

"거짓말은 싫죠?"

"거짓말하래도 안 하는 성격, 아니었어?"

"취향은 아니에요."

"취향 아닌 남자와 연애해 보는 거 어때?"

재희의 눈이 커지자 진혁은 도리어 이해 가지 않는다는 표정을 지었다.

"왜 놀라? 짐작 못 했어? 이 시간에 내가 왜 온 거라고 생각해? 한재희 둔한 사람 아니잖아."

팔을 뻗으면 닿을 거리에서 뚫어져라 내려다보는 진혁의 눈길이 버겁다. 재희는 조심스레 의자에서 일어나 식탁 옆에 섰다. 두어 걸음쯤 떨어진 거리. 한결 대등해진 눈높이다.

"뭐 물어봐도 돼요?"

"뭐든."

"설마, 대학 때 가졌던 감정 지금껏 갖고 있던 건 아니죠?"

"설마."

재희는 웃었다. 단호한 부정이 진혁에 대한 신뢰를 높여 주었다.

"그럴 만한 사이 아니었잖아, 우리. 설령 그랬다 하더라도 이미 끝나 버린 관계 되씹으면서 미련 두는 성격 아니야."

덧붙여지는 담백한 설명에 재희는 고개를 끄덕였다. 연애하자고 손 내미는 순간에서조차 달달한 거짓말들로 포장하지 않는 솔직한 성격이 맘에 든다. 거짓말 잘한다더니 아니네.

둔하지 않다. 오히려 예민하다는 소리를 듣는 편이다. 그런데도 진혁이 사귀자는 말을 해 올 거라는 생각은 한 번도 해 보지 않았다.

"선배. 나 중현이랑 사귀었어요."

팔짱을 풀고서 청바지 주머니에 손을 찔러 넣는 진혁의 눈매가 미세하게 날카로워졌다.

"기억력 나쁘지 않아. 되짚어 주지 않아도 돼."

"그리고 중현이는 여전히 친구예요. 런던에서 유학 중이라 얼굴 보는 건 힘들지만 서로 소식 주고받아요. 한국 들어오면 만나기도 해요."

친구 관계를 유지할 거라고는 예상치 못했다. 진혁은 눈동자에 담긴 감정을 드러내지 않으려 눈을 내렸다. 연애를 해 보자는 결론을 내리기 전 머릿속으로 던졌던 질문들.

'중현이랑 얼마 동안 사귀었어?'

'얼마만큼 좋아했어?'

그리고…….

'잤어?'

묻고 싶었던 말이지만 묻어 버렸다. 한재희라면 솔직하게 대답해 줄 거고, 어쩌면 그 대답들이 자신을 힘들게 할지도 몰라서. 그리고 어떤 답을 준다고 해도, 한재희와 사귀어 보고 싶다는 마음은 여전할 거라서.

그렇게 결론을 내리고서 재희를 찾아온 진혁이 지금 알고 싶은 건 한 가지였다.

"좋아하는 마음, 남았어?"

"아뇨. 친구예요. 좋아서 두근거리는 마음은 하나도 없는 그냥 친구요."

"만약 나한테도 그런 여자 친구가 있다면, 어떻게 할 거야?"

"나 선배랑 사귀겠다는 얘기 안 했는데 왜 그런 걸 물어요."

"사귀자는 내 말에 아무런 관심 없었다면, 지금 같은 대화 시작도 안 했을 거잖아. 안 그래?"

재희는 인정했다.

"맞아요. 선배가 궁금하고 선배한테 관심이 가요. 그리고 선배 물음에 답하자면, 나는 내가 받아들일 수 없는 관계나 생각들을 다른 사람한테 요구하지 않아요. 그래서 선배한테도 나랑 중현이 같은 관계의 친구가 있다고 해도 괜찮아요."

재희가 조금 웃으며 덧붙였다.

"그런데, 그런 친구 있어요? 좀 놀랍다. 선배는 여자랑은 친구도 안 할 사람처럼 보였거든요."

"없어."

그때껏 싱크대에 비스듬히 기대섰던 진혁이 몸을 세웠다.

"그래서 대답은?"

대답은 이미 들은 거나 마찬가지였지만 재희의 입으로 직접 듣고 싶었다.

"대답하기 전에 할 말 있는데."

"쉬우면 한재희가 아니지. 또 뭐?"

"나는 선배처럼 여러 가지를 동시에 잘해 내는 능력도 없고, 선택을 해야 한다면 연애보다는 일이에요. 연애 상대로 나라는 사람은 그다지 괜찮은 여자가 아닐 거예요."

"내 우선순위 역시 절대적으로 일이야. 연애를 하자는 거지 연애만 하자는 건 아니야."

"슈즈 숍 오픈하는 날부터는 지금보다 더 정신없을 거예요. 영화관 가고, 레스토랑에서 식사하고. 남들처럼 그런 여유로운 데이트는 하기 힘들지도 몰라요."

"그런 거 원래 취미 없어."

"약속 취소하는 일도 잦을 수 있어요."

"나도 마찬가지야."

달콤한 말은 하나도 없는데 말을 주고받을수록 심장이 빠르게 뛴다. 재희는 심호흡을 하고서 단언하듯 말했다.

"선배 내 취향은 아니지만."

진혁이 가늘게 눈을 떴다.

"한 번만 더 얘기하면 각인되겠어."

냉랭한 말투와는 달리 입술 끝이 슬쩍 올라가 있다.

"그래도 한번 사귀어 보고 싶어졌어요."

입술을 한 번 잘근거린 재희가 손을 내밀었다. 관심 가고 호감이 있지만, 매력 있다고 느끼지만, 아직 좋아하는 남자는 아닌 진혁에게.

진혁이 작은 손을 내려다보며 이게 무슨 의미냐는 얼굴로 눈썹을 치켜들었다.

"해 봐요, 연애."

구두 계약을 하는 것도 아니고, 연애를 하자면서 악수라니. 재희의 손을 맞잡은 진혁이 어깨가 들썩이도록 웃었다. 웃음기가 남은 얼굴로 재희를 가만히 바라보자 작은 손이 손안에서 꼼지락거렸다. 그런 시선은 버겁다는 듯이. 그러니 놔 달라는 듯이.

손아귀의 힘을 슬쩍 풀자 슬그머니 빠져나간다. 진혁은 놓아주는 듯하다 손끝이 떨어지는 순간, 확 잡아채 당겼다. 휙 딸려 오는 작은 몸을 와락 품었다. 놀란 재희의 소리가 진혁의 입 안으로 사라졌다. 궁금했었다. 훔치고 싶었다. 반칙을 해 버리면서까지 맛보고 싶었던 입술을 이제야 가지게 된 진혁은 가빠진 재희의 호흡마저 놓치지 않으려 집요했다.

4

눈을 뜨면 커피부터 만든다. 커피 메이커의 버튼을 누른 후 간단한 물 세수로 잠을 깬다. 그러고는 그사이 내려진 뜨거운 커피를 마시며 다이어리를 펼쳐 하루 일정을 체크한다. 미처 떨어내지 못한 잠기운에 반쯤 감은 눈으로도 똑같은 커피 맛을 낼 수 있을 만큼 몸에 익은 습관이다.

알람을 끄고 침대에서 내려온 재희는 느릿한 걸음으로 부엌으로 향했다. 지난밤 뒤척이느라 수면 시간이 짧았던 탓에 좀 부었나 보다. 오늘따라 눈이 안 떠진다. 냉장고에서 커피 가루가 담긴 유리병을 꺼내고 종이 필터를 집어 들 때 메시지가 도착했다고 울렸다.

[커피 기다리는 중. 15분 후 도착.]

커피를 사 가지고 온다는 진혁의 메시지에 반쯤 감겨 있던 재희의 눈이 커다래졌다. 속눈썹이 무겁도록 끈질기게 달라붙어 있던 잠기운이 단숨에 날아갔다. 이 시간에 올 줄은 몰랐다. 연애해 봤을 텐데. 이제 막 일어난 민낯을 보이는 거 부끄럽다고 말해 준 여자 친구들이 없었나.

유리병을 도로 냉장고에 넣고는 서둘러 세안부터 했다.

민낯을 보였었다. 대학 때는. 하지만 대학 선배 강진혁에게는 아무렇지 않던 일이 남자 친구 강진혁에게는 조금 신경 쓰였다.

[1층에서 기다릴게요.]

얼른 메시지를 보내고는 달리듯 계단을 내려갔다.

겨우 15분밖에 없다고 생각했는데, 서두른 덕분에 5분이나 시간이 남았다.

진혁을 기다리며 매장 가운데에 배치한 테이블 위에 걸터앉았다. 그러고는 자연스레 눈앞의 벽면을 바라봤다. 요 며칠간 그래 왔듯.

맞은편 벽면을 가득 채운 서랍장. 크기가 제각각인 빈티지 올리브그린 서랍장들을 리듬을 타듯 훑어 내려가던 눈길이 중간중간 박혀 있는 겨자색과 빛바랜 오렌지색에 잠깐씩 머물렀다.

머릿속의 상상을 연필로 그려 내는 건 생각만큼 쉬운 작업이 아니다. 내 머릿속에 든 아이디어인데도, 잡힐 듯 눈앞에 또렷하게 이미지가 떠오르는데도, 막상 스케치로 옮기면 이게 아닌데, 싶을 때가 많다.

가끔은 내가 상상해 낸 게 맞나 싶을 정도로 뿌듯한 디자인들도 나온다. 하지만 그런 디자인들도 완성품으로 제작되었을 때에는 실망스러울 때가 드물지 않았다.

그런데 진혁이 제안하고 그녀의 의견이 더해져 완성된 눈앞의 서랍장은 완벽하게 마음에 찼다. 어디 하나 눈에 들지 않는 곳이 없을 만큼.

지금은 비어 있는 저 서랍장들이 며칠 뒤에는 그녀의 슈즈들로 채워질 거다. 그리고 주인을 만나 하나씩 비워질 테고. 빈 곳들은 새로운 슈즈들로 다시금 가득 차겠지. 그래야 할 텐데.

재희는 반 고흐의 '꽃 피는 아몬드 나무'를 처음 만났을 때 그 예쁜 색감에서 눈을 떼지 못하고 한참을 서 있었던 것처럼 진혁의 작품에 홀린 듯 빠져들었다. 넓은 벽면에 목수들이 나무판으로 서랍 칸을 짜 넣은 후로 이곳은 그녀가 가장 좋아하는 공간이 되었다.

처음 진혁의 손끝에서 그려지던 모노톤의 벽 서랍장을 눈으로 따라가던 그때부터, 연필로 스케치된 서랍장이 색을 입는 과정을 거쳐 결 고운 나무판들로 짜 맞춰지는 공정까지. 하나도 빠짐없이 지켜봤다. 감탄과 동경 그리고 조금의 질투심을 품고서.

선배는, 나보다 다섯 살밖에 안 많은데. 나는 5년 뒤 선배가 가진 자신감과 여유를 가지고서 능력을 발휘하고 있을까. 그런 재능과 용기가 내게도 있을까. 나도 빙빙 돌아오는 일이 없었다면 지금보다 더 빨리 내 길을 시작하지 않았을까.

재희는 머리를 저었다. 혹시나, 만약에, 어쩌면……. 답을 알 수는 없고 마음만 상하게 되는 그런 질문들은 더 이상 하지 않기로 했는데. 아주 오랜만에 질투가 날 만큼 능력 있는 사람을 만났더니 새삼스레 쓸모없는 생각이 튀어 오른다.

재능이 많아 질투심을 일으키는 사람을 남자 친구로 만나게 된 건 좋은 일일까, 아닐까. 모르겠다. 그래도 한 번쯤 연애를 해 보고 싶어지는 매력을 가진 사람이다. 2주라는 짧은 시간 동안 봐 온 강진혁 선배는.

커피 두 잔이 담긴 캐리어를 들고 〈플래퍼〉로 걸어오던 진혁이 멈춰 섰다.

어젯밤 비에 닦여 유독 더 투명해 보이는 유리창 너머로 재희가 보인다. 테이블에 걸터앉아 정면을 응시한 채 가끔 발을 까닥이고 있다. 그럴 때마다 구두 굽에 박힌 커다란 진주알들이 빛을 반사했다. 반짝하고.

사각 철제 프레임으로 둘러진 유리 속에 재희가 들어가 있는 듯한 착각을 일으킨다. 진짜가 아니라 그림이 아닐까 싶은. 그런 마음을 읽기라도 한 듯 재희의 발이 까닥 움직인다.

연애를 해 보고 싶었는데 놓쳐 버렸다. 처음부터 자신을 쳐다보지 않은 여자. 그리고 후배의 여자가 되어 버린 여자. 잊었다.

완전히 잊었다고 생각했는데. 불쑥 떠오르게 만드는 순간들이 생겨났다. 주변 어른들의 소개로 여자를 마주하게 될 때. 연애가 결혼을 전제로 한 의무처럼 느껴질 때. 그럴 때면 자연스럽게 파고드는 기습적인 물음. 한재희와 하는 연애는 다르지 않았을까. 한재희라면 시간이 흘러도 식지 않는 그런 연애가 가능하지 않았을까.

절대 그 답을 알 수 없을 거라고 생각했는데. 눈앞에 한재희가 있다. 자신과 연애를 시작하기로 한, 자신을 기다리는 한재희가.

재희에게 연애를 걸면서도 어떤 답변을 줄지 예측하지 못했다. 기억하던 것보다 조금 더 자주 미소 짓고 조금 더 상냥했지만, 난감한 문제에 부딪힌 그녀에게 호의를 베푼 대학 선배에 대한 감사함 때문일지도 모른다고 생각했었다. 쌀쌀하고 퉁명스러웠던 여대생 한재희는 그때도 예의 바르기는 했었으니까.

그래서 마음을 졸였고. 눈웃음을 지으며 손을 내미는 모습에, 꼭 잡힌 손을 빼내는 꼼지락거림에 가슴속에서 뭔가 꿈틀했다. 그리고 마음이 가는 대로 굴어 버렸다.

어쩌면 재희와의 연애도 시간이 지나면 설렘도 두근거림도 사라지는 그런 연애가 될지도 모른다. 그렇지 않을 거라는 막연한 기대감만 있을 뿐. 알 수 없다. 그래서 해 보고 싶었다. 미련을 남기지 않기 위해서.

그리고 이제 막 시작되었을 뿐인 연애는 기대했던 것보다 더 설레었다. 출근길을 앞당겨서 보러 오게 만들 만큼.

사람 없는 미술관 벤치에 앉아 그림 감상을 하는 듯한 재희를 담고 싶어 한동안 서 있던 진혁이 문을 밀고 들어섰다.

재희가 고개를 돌려 자신을 바라본다. 아침 햇살에 눈이 부신 듯 가늘게 눈을 떴다가 웃는다. 눈웃음이, 조금 올라간 입술 선이 예뻐서 진혁은 멈춰 서 버렸다.

재희는 커피 향이 먼저 맡아졌다. 그래서 고개를 돌렸더니 진혁이 있었다. 클라이언트를 만나나. 관공서에 들어갈 일이 있나.

슈트 차림이다. 슈트가 유독 멋지게 어울리는 남자라는 건 알고 있었지만 햇살을 등지고 선 진혁은 계속 보고 있어도 좋을 만큼 근사했다.

"왜 가만 서 있어요?"

커피 식으면 맛없는데 왜 안 들어오는 거지, 싶던 재희는 알겠다는 듯 새치름해진 얼굴로 턱을 치켜들었다.

"뒤늦게 미안한가 봐요."

표정만큼이나 새침한 말투에 진혁의 눈길이 재희의 입술로 내려갔다. 말간 햇살 아래에서 보는 입술이 어젯밤보다 더 달콤해 보였다. 또 머금고 싶을 만큼.

"미안하다고, 해?"

키스보다는 충동과는 멀어 보이는 진혁이라서 더 놀랐었다. 재희는 말을 골랐다.

"나는 연애하기로 결정할 만큼 선배한테 관심이 가고 호감도 있어요. 하지만 그런……."

떠오르는 기억에 볼이 조금 달아올랐다. 재희는 입술을 잘근 물었다 놓았다.

"그런 식의 키스를 할 만큼 좋아하는 감정은 없어요. 아직은."

"알겠어."

계속 그 이야기를 하다가는 수습하기 어려울 만큼 빨개질 것만 같아 재희는 얼른 손을 내밀었다.

"맛있는 커피네요. 이 근방에서는 여기가 젤 입맛에 맞아요."

컵 하나를 건네준 진혁이 테이블에 걸터앉았다. 재희와는 손

두 개쯤 놓일 공간을 사이에 두고서.

펌프스를 담을 맨 위 칸부터 부츠가 담길 아래 칸까지 찬찬히 훑고 지나올 만큼의 시간 동안 두 사람은 나란히 앉아 말없이 자신들의 합작품을 감상하며 커피를 마셨다. 유리창을 투과한 봄 햇살이 도기 재질의 서랍장 손잡이를 어루만졌다.

"조명이랑 창도 그렇지만 서랍장이 특히나 마음에 들어요. 비스트로가 선배가 만든 공간이라는 게 이제 이해돼요. 정훈 선배님이 작업하신 카페들도 좋았지만, 빛의 움직임이나 공간 활용도에서는 선배 작업 스타일이 더 취향이에요. 예쁘기만 한 인테리어가 아니라 실사용자를 배려한 디자인을 추구하는 작업 스타일이라는 걸 알겠더라고요."

얼핏 보면 좋아 보이는 것들이 있다. 하지만 고개를 숙여 자세히 들여다보면 볼수록 아닌 것들이 있다. 디자인이 그렇고, 사람이 그렇다. 진혁의 디자인은 자세히 볼수록, 사용할수록 아, 하는 감탄을 하게 된다. 강진혁이라는 사람도 그럴까.

"다행이네. 작업 스타일이라도 취향이라니."

"그러게요."

장난스러운 말투로 맞장구를 치며 고개를 돌렸던 재희는 진혁과 눈이 마주쳤다. 웃음기가 담긴 진혁의 눈매는 평소보다 차가움이 한결 옅었다.

대학 시절 진혁이 웃는 걸 본 기억이 없다. 날 선 인상에 어울리게 웃음이 인색한 선배구나 싶었다. 그래서 진혁의 미소를 처음 봤을 때 좀 놀랐었다. 의외로 잘 어울려서.

인테리어 디자인 수정을 위해 그녀의 부엌 테이블에 앉아 머리를 맞대고 의견을 조율하던 날. 자신에 대해 선입견을 가진 것 같아 그렇게까지 고집불통은 아니라고 변명 아닌 변명을 했다. 그때 진혁의 눈에 웃음이 스치는 걸 봤다. 날카롭고 서늘한 눈이라고만 생각했기 때문인지 그 속에 담긴 웃음기가 인상에 남았었다. 그리고 가끔씩 따뜻함이 눈에 깃든다는 걸 알게 되었다.

보기 시작하니 보였다. 그러면서 그런 생각도 했다. 어쩌면 대학 때의 선배가 웃지 않은 게 아니라 자신이 기억하지 못하는 건 아닐까 하고.

진혁의 작품을 바라보며 재희가 문득 말했다.

"공사 기간 동안 선배가 여러 가지 생각하게 만들었어요."

말이 없지만 자신에게로 향해 있는 진혁의 시선이 느껴졌다. 설계 도면대로 탈 없이 시공이 마감될 수 있도록 자신보다 경험과 연배가 많은 현장 작업자들을 이끌어 나가는 진혁을 지켜보면서 실력 있는 사람 특유의 자신감과 여유라는 건 저런 거구나, 했다. 부러웠고, 존경심 비슷한 감정도 생겨났다. 넓은 등을 가진 진혁이 아주 커 보였다.

"나도 선배처럼 내 일을 잘해 내야지. 작은 거 놓치지 않는 섬세함과 큰 걸 볼 줄 아는 안목을 가져야지. 새삼 마음먹게 되더라고요. 선배 보면서 자극받고 배워요."

"의욕이 넘치는 건 좋지만 필요 이상으로 잘하려고 애쓰지는 않도록 균형 잡는 것도 중요해. 안 그럼 좋아서 시작한 일에 짓눌려 버리기도 하거든."

"네. 그래서 의식적으로라도 여유 있는 마음을 가지려 해요."

열심과 미련함은 가끔은 닮아서 착각할 때가 있다. 현명함이 빠진 무조건적인 열심은 때로는 미련함이 되기도 한다.

"일주일에 하루는 쉬기로 정한 것도 그래서고요. 욕심 부리지 않고, 내가 좋아하고 잘하는 것들을 잘해 내고 싶어요. 오랫동안요."

진혁은 미소를 지었다. 예쁘다, 생각도.

"다 잘할 수는 없지. 그럴 필요도 없고."

"맞아요. 좋아하는 걸 잘하는 것도 쉽지 않은데, 안 좋아하는 걸 잘하기는 더 어렵죠. 그래서 내 슈즈 디자인 목록에 웨지 힐은 없어요. 난 웨지 힐이 예뻐 보인 적 없거든요."

"웨지 힐?"

재희는 허공에다 웨지 힐을 그렸다. 말을 한다면 길어지거나 정확히 이해 가지 않을 것들이 간단한 선 몇 개로 해결된다.

들고 있던 커피를 한 모금 마신 재희가 문득 떠오른 듯 물었다.

"근데 이 시간에 벌써 출근이에요? 일이 많은가 봐요."

"그렇기도 하고. 가져가는 돈 제일 많은 사람이 일도 제일 많이 해야지."

"그건 그렇죠. 근데 다음에는 최소한 30분 전에는 미리 연락 주고 와요. 세수만 하고 내려왔단 말이에요."

에센스와 수분 크림에다 틴트만 겨우 발랐다. 진혁의 눈이 머리에서부터 눈, 볼을 거쳐 입술에 머무나 보다. 간질거린다. 입술을 안으로 말고 싶은 마음을 꾹 누르며 재희는 신발 끝을 뚫어져라 바라봤다. 달랑거리는 그녀의 발 옆으로 바닥을 짚은 구두가 보였다.

"아침에는 좀 붓는 타입인가 봐."

흘겨보는 눈이 무섭다. 새끼 고양이가 발톱을 세운 것만큼이나. 입술 끝이 자꾸만 올라가려는 걸 애써 누르며 진혁은 담담하니 덧붙였다.

"귀여운데 왜."

"……."

좋은지 민망한지 미운지 모르겠다. 어떻게 반응해야 할지 모르겠는데 진혁이 무심한 어조로 지나가듯 물어 왔다.

"그런데, 내가 좋기는 해?"

무슨 말이냐고 물어보는 얼굴에 진혁이 커피 컵을 입으로 가져가며 설명을 더했다.

"그런 식으로 키스할 만큼 좋아하는 건 아니라며? 그건 좋아하는 마음이 있기는 하다는 말이잖아. 얼마만큼이야?"

재희는 슬며시 눈을 내렸다. 슬쩍 곁눈질을 하자 진혁의 손이 시야에 들어왔다. 테이블 끝을 짚고 있는 오른손이.

재희는 들고 있던 커피 컵을 오른손으로 바꿔 들었다. 그러고는 손가락으로 진혁의 새끼손가락을 조금 들어 올렸다 놨다. 툭. 손가락이 나무 테이블에 닿는 소리가 들리는 것 같다.

진혁의 눈길이 그녀의 얼굴에서 미끄러져 손가락에 닿는 게 느껴졌다. 재희는 새끼손가락을 그랬던 것처럼 약지도 건드렸다. 툭.

그러고는 진혁의 손가락 사이로 손끝을 미끄러트려 조심스레 감싸 쥐었다.

작은 손이 그의 손가락 두개를 꼭 쥐어 왔다. 손가락이 쥐어졌는데 심장 한끝이 움찔해 왔다.

네 번째와 다섯 번째 손가락을 재희에게 내어 준 채 진혁은 커피를 마셨다.

손가락 두 개만큼은 많은 건가, 적은 건가.

식어서 미지근해져 버린 아메리카노를 마시는 입술 끝이 슬쩍 올라가 있었다.

출근길에 커피를 들고 오는 진혁과 모닝커피를 마시는 일로 하루를 시작할 때가 있다. 일주일에 세 번쯤. 부지런한 진혁 덕분에 재희의 기상 시간이 조금 당겨졌다.

늦게라도 같이 저녁을 먹을 수 있는 날은 식사 시간을 늦춘다. 저녁과 야식 그 중간쯤으로. 덕분에 살이 찌지는 않을까 하는 걱정이 살짝 들 때가 있다. 그런 소소한 것들 외에 연애를 한다고 일상이 크게 달라진 건 없었다. 크게 달라질 만한 연애를 할 시간적 여유가 없었다.

〈플래퍼〉에 'Closed'가 걸리는 매주 월요일에는 제작을 의뢰한 슈즈의 진행 상태를 체크하거나, 가죽 원단과 부자재를 구입하거나, 시장 조사를 나가거나 한다. 매장이 열려 있을 때만큼이나 바쁘게 보내지만 대신 정해진 시간이 없으니 조율할 수 있다. 진혁이 시간을 빼는 게 가능한 월요일에는 정상적이라고 할 수 있는 시간에 저녁을 함께 한다. 오늘처럼.

문을 열어 주자마자 진혁이 쓰러지듯 어깨를 안아 왔다.

"피곤하다."

목덜미를 간질이는 숨결에 저도 모르게 움찔했다. 재희의 손에 들려 있던 패션 잡지가 살짝 구겨졌다. 진혁은 가끔, 불쑥이라고 할 수밖에 없을 만큼 무방비 상태일 때 아무렇지 않게 스킨십을 해 올 때가 있다. 지금처럼. 애인 사이의 스킨십이라고 하기에는 그다지 은밀하지는 않은, 하지만 자연스럽게 받아들이기에는 아직은 어색한.

"무거워요."

어색함을 감추려 튀어나온 목소리가 퉁명스러웠다.

"일에 지친 사람한테 동정심 좀 발휘하지?"

고개를 돌려 투덜대는 진혁의 입술이 목에 닿을 것 같아 재희는 어깨를 움츠렸다.

"선배가 얼마나 무거운데. 찌그러질 것 같다고요."

"매정하네."

눈높이에서 한참이나 아래에 있는 어깨에 기대느라 잔뜩 구부렸던 허리를 펴며 진혁이 웃었다.

"화덕 피자 주문했어요. 선배 입맛에도 맞을 거예요."

"아무거나 줘도 다 먹어 치울 수 있을 것 같은 기분이야."

먹성 좋은 진혁 덕분에 많을까 싶었던 피자가 말끔하게 사라졌다. 까망베르 치즈의 느끼함을 가시려 후식으로 뭘 먹을까 찾아보던 재희가 그녀의 사진첩을 보고 있는 진혁에게 물었다.

"지루하지 않아요?"

쳐다보는 진혁에게 설명하듯 덧붙였다.

"이렇게 있는 거 지루하지 않냐고요."

진혁의 눈이 흔들렸다.

"지루해?"

"난 아닌데, 선배가 지루한 건 아닌가 싶어서요. 나랑 달리 활동적인 사람이잖아요. 실내에서만 있는 거 답답하지 않나 물은 거예요."

서로를 잘 모른다. 그래서 모닝커피를 마시며, 밥을 먹으며, 궁금증들을 풀어 간다. 야구와 비 오는 날 자전거를 타는 거 말고도 캠핑과 등산처럼 몸 쓰는 걸 즐긴다는 걸 알게 되었다.

대학 입학 전까지 설악산이 그렇게 멀지 않은 곳에서 지낸 그녀가 단 한 번도 설악산에 오르지 않았다는 사실에 놀라던 진혁은 다음에 가까운 곳으로 등산 가자는 말을 했다. 재희는 약속을 하는 대신 슬그머니 말을 돌렸다.

소피아 코폴라의 '마리 앙투아네트' 처럼 의상과 데코가 화려한 영화를 즐기고, 재즈와 R&B를 듣고, 패션 잡지와 책을 뒤적이고. 쇼핑을 제외하고는 재희의 취미는 모두 실내에서 가능한 것들이다. 진혁과 유일하게 공유하는 취미는 여행. 하지만 그건 시간 부족으로 패스.

그래서 지금까지의 데이트 장소는 그녀의 옥탑방 혹은 슈즈 숍이었다. 겨우 계단 몇 개를 오르내리며 하는 연애. 진혁은 답답하지 않으려나.

"안 지루해."

남들 다 하는 것조차 못 하는 연애 패턴인데, 그저 얼굴 보고 대화하는 것밖에 없는데도 지루하지가 않았다.

"재밌어, 난."

너는. 물어 오는 눈빛에 재희는 "나도 괜찮아요."라고 답했다.

잠깐 생각에 잠겨 있던 진혁이 유치원 모자를 쓰고서 심통이 난 듯 팔짱을 끼고 있는 재희의 사진을 덮고 일어섰다.

"나갔다 오자."

"이 시간에? 어딜요?"

"같이 하고 싶은 거 생각났어."

"그럼 커피 마시고 가요. 피자 맛있는데 좀 느끼했어요."

"옅게 타 줄게."

의상디자인과 건축. 야간작업과 밤샘이 일상인 전공을 공부한 탓에 늦은 시간의 카페인 섭취가 익숙했다.

"맛있어?"

이 시간에 나가서 뭘 하고 싶다는 걸까. 창틀에 걸터앉아 바깥 풍경을 바라보던 재희가 고개를 주억거렸다.

"원래 남이 해 주면 다 맛있는 법이죠."

"남?"

진혁이 시비 걸듯 발로 재희의 발가락을 툭 건드렸다.

"다시 말해 봐."

장난을 걸어오는 것 같은 몸짓에 덩달아 장난을 치고 싶어졌다.

"음…… 다른 사람?"

진혁이 커피 잔을 내려놓고는 창틀에 양손을 짚었다. 팔 안에 가둬 놓고는 "다시."라고 말해 오는 진혁의 눈이 진지해 보인다. 입술을 잘근거리던 재희가 선심을 쓰듯 말했다.

"선배님이 해 줘서 더 맛있어요."

하얀 이에 짓눌린 탓에 살짝 부풀은 입술을 만지고 싶다. 맛보고 싶다.

말없이 쳐다보는 진혁을 오해한 재희가 살짝 입을 벌렸다. 뭐야, 선배도 아니고 선배님이라고 해 줬는데. 설마.

"……오빠를 원하는 건 아니죠?"

친오빠도, 가까운 사촌 오빠도 없어 오빠라는 호칭은 어색하다. 멋쩍고 쑥스럽다. 그래서 대학 때도 남자 선배들에게 '선배'라는 호칭만 썼었다. 그런데, 그런 간지러운 건 전혀 원하지 않을 것 같은 사람이 설마.

미간을 찌푸리며 재희가 물어 오자 진혁은 가늘게 눈을 떴다.

예쁜 원피스를 입은 통통하고 귀여운 뺨을 가진 여자아이들에게 '오빠'라고 불리는 친구 녀석들이 부러웠던 적이 있었다. 덩치 큰 남동생만 둘이나 가진 탓이다. 하지만 그런 마음은 사춘기가 끝나면서 사라졌다. 재희에게 오빠라고 불리고 싶은 마음은 없었다. '남'이라는 말이 거슬렸을 뿐. 하지만 질색하는 표정이 있는 줄도 몰랐던 장난기를 부추겼다.

"내가 오빠 맞잖아."

"오빠는, 같은 부모에게서 태어나거나 일가친척 중에서 나보다 나이 많은 남자를 칭하는 말이죠."

별거 아닌 호칭 하나 가지고 재희와 말장난을 하는 이 순간이 뱃속이 간질거리게 좋아서 자꾸만 딴지를 걸고 싶어진다.

"자기보다 나이 더 많은 남자를 정답게 부르는 말이기도 하지. 우리 정답게 부를 사이 정도는 되지 않아?"

"……."

반박할 말이 떠오르지 않아 좀 욱한다. 그래도 오빠는 싫은데.

"싫다는 거 강요할 수는 없지. 그대로 선배라고 불러. 대신 호칭 건은 내가 양보하는 거니까 공평하게 내가 원하는 데이트하자. 시간 내서."

"어떤 데이트요?"

"등산."

재희가 슬그머니 시선을 비끼며 딴청을 피웠다.

"초보자도 금방 오를 수 있는 산으로. 공평한 한재희 씨는 어느 걸 원해?"

공평하다는 말이 걸렸나. 미간을 찌푸린 채 '오빠'와 '등산'을 저울질하는 재희가 귀엽다.

"……등산 가요."

원하는 걸 얻었다는 듯 고개를 끄덕이는 진혁을 실눈을 뜨고 살피며 재희가 의심스레 물었다.

"오빠라는 소리 듣고 싶었던 거 아니죠?"

"응."

재희는 눈을 굴렸다.

"아무래도 정훈 선배님의 말을 제대로 들을 걸 그랬어요."

"그 녀석이 뭐라고 했는데?"

슈즈 숍 오픈 날, 첫 번째로 고객 등록을 하는 와이프 은지의 옆에서 정훈이 일도 연애도 잘되길 바란다는 축하 인사와 함께 덧붙였다. 그때는 경고인지 몰랐던 말을.

"정신 바짝 차리고 있어야지 어, 하는 사이에 선배한테 휘둘려 버릴 거라던데요. 정신 차렸을 때는 이미 게임 끝나 버린 상태니까 조심하라고. 건축가이기도 하지만 사업하는 사람이라고. 아버님 닮아서 사업가 기질도 많다고. 그래서 정훈 선배님도 선배한테 자주 말려들어 간다고요."

"몽상가인 그 녀석 말 다 들어줬으면 진작에 망했을 거야. 가자."

볼을 부풀린 그녀의 손을 잡고서 산책하듯 굽이진 골목길을 한동안 빠져나가던 진혁이 도착한 곳에서는 딱딱 낯설지 않은 소리가 들렸다.

대학 졸업 후로 유니폼을 입고 운동장을 뛸 여유를 찾기 어려웠다. 그래서 가끔 실내 야구장에 들른다. 스트레스 해소도 되지만 야구 자체를 즐긴다. 기와를 얹은 집들을 쉽게 볼 수 있는 이동네에는 아직도 초록색 그물망으로 둘러쳐진 낡은 실내 야구장이 있었다. 재희의 집으로 가는 길에 발견하고서 새삼 대학 때가 떠올라 반가웠다.

딱! 배트에 맞은 공이 포물선을 그리며 날아올랐다. 재희의 고개가 공을 따라갔다.

산책하듯 걸어올 만한 거리인데, 이런 곳에 실내 야구장이 있는 줄 몰랐다. 이 시간에 야구 배트를 휘두르는 남자들이 이렇게나 많은 줄도 당연히 몰랐었다.

재희가 재차 확인을 하듯 물었다.

"야구, 하자고요? 나 야구 배트 들어 본 적 한 번도 없어요."

"그러니까 해 보자고. 공 날아오면 휘두르면 돼. 쉬워."

재희는 눈을 굴렸다. 잘하는 사람에겐 뭐든 쉽지.

헛스윙을 하고서 발을 구르는 남자를 눈짓으로 가리키며 혹시라도 들을세라 속닥였다.

"그렇게 간단한 건 아닌가 본데요."

"간단해. 내가 도와줄게."

이 남자가 자신 없어 할 때가 있으려나.

"운동은 별로예요."

요령 피우며 어떻게든 빠져나가려는 아이 같은 태도에 진혁은 안 놔주겠다는 듯 손가락을 미끄르트려 깍지를 꼈다.

"운동은 땀나고 힘들어서 싫다며. 이건 땀 한 방울 안 나고, 힘들지도 않아."

이쯤에서 뭔가 대꾸를 해 올 줄 알았는데 잠잠하다. 진혁이 고개를 내려 바라보자 재희가 감탄스러운 듯 중얼거렸다.

"기억력 진짜 좋은가 봐요."

운동을 즐기지 않는 이유를 설명한 기억이 없는데도 아는 걸 보면 대학 때 얘기한 적이 있나 보다. 그걸, 기억한다고?

"그렇다고 했잖아. 우리 차례야."

계단을 밟고 올라 빈 공간의 철창문을 열고 들어서자 갑자기 심장이 울렁였다. 날아오는 공에 맞을 것 같다.

어떻게 잡는 건지 폼을 보여 준 진혁이 배트를 건넸다. 그러고는 기계를 조절해 공이 날아오는 속도를 줄였다.

"공 날아오는 거 잘 보고 있다가 이때다 싶으면 휘둘러."

"말하는 대로 다 되면 홈런도 치죠."

배트도 무겁고, 공이 날아오는 건 무섭고. 그래도 이왕 온 거 해 보자 싶어 재희는 야무지게 배트를 움켜쥐었다.

절대 안 할 것처럼 투덜거리더니. 어설픈 폼에 진혁은 입꼬리가 자꾸만 올라가려 해 기침하는 척 손등으로 입을 가렸다. 지금 웃어 버리면 정말로 삐져 버릴지도.

날개라도 달렸나. 쉭 소리와 함께 공이 미치도록 빠르게 떨어졌다. 재희는 질끈 눈을 감아 버렸다. 공이 눈앞을 스치며 내는 위협적인 소리에 무릎이 후들거렸다.

"눈 감고서도 맞히는 건 프로 선수들도 불가능해."

얄밉다. 쌀쌀맞은 눈으로 째려보던 재희가 배트를 밑으로 내렸다.

"공에 맞아서 응급실 실려 가면 어쩌려고 이 위험한 걸 하자는 건데요."

"맞을 것 같으면 막아 줄 테니까 겁먹지 말고 때려. 그리고 눈 감는 거보다 뜨는 게 공에 맞을 확률이 줄어들지 않겠어?"

냉정한 답변에 노려보자 그러든 말든 끝까지 배트를 쥐게 할 건지 진혁은 다시금 공이 날아오는 속도를 조절했다.

"가장 느린 속도로 맞췄으니까 눈만 뜨고 있으면 맞히는 거 가능해. 해 봐."

미처 폼을 잡기도 전에 공이 휙 날아들었다.

"이러는 게 어딨어."

사람이 준비할 시간 정도는 줘야지. 기계도 반칙하나. 약 오른다. 이쯤 되면 딱 한 번만이라도 맞히고 싶은 오기가 생긴다. 마음 같아서는 팔짱을 낀 오만한 자세로 지켜보는 진혁에게 보란 듯이 홈런을 쳐 버리고 싶었다.

저 멀리 머신에서 훅 하고 공이 튀어나왔다. 이를 악물고 배트를 휘둘렀다. 두 뼘쯤 배트를 피해 간 야구공이 뒤쪽 벽에 턱 하고 박히더니 바닥으로 굴렀다. 데굴.

해도 안 되는 게 있다. 어떻게든 잘해 내고 싶은 일도 아니고. 무엇보다 팔이 떨려서 더 이상 못 하겠다.

"그만할래요."

"잠깐만."

얼른 웃음기를 지운 진혁이 등 뒤로 다가와 재희의 손을 감싸 쥐고는 자세를 바로잡아 주었다. 품 안에 들어온 작은 몸이 바짝 경직된 게 느껴졌다.

"긴장 풀어."

속삭여 오는 진혁과 볼이 닿을 듯 말 듯 했다. 솜털이 바짝 설 만큼 진혁이 의식되었다.

"지금."

진혁의 품에 온전히 안겨 버린 자세에 적응하기도 전에 배트를 잡은 팔이 휙 움직였다. 딱! 경쾌한 소리와 함께 공이 그물을 뚫을 듯 직선으로 뻗어 나간다.

"와!"

재희는 입을 벌렸다. 공이 맞는 순간 배트를 잡은 손이 울렸다. 이 기분에 배트를 휘두르는 건가 보다.

"봤죠, 선배?"

진혁이 타격을 한 거나 마찬가진데도 저도 모르게 흥분한 재희는 뒤돌아서며 낮게 외쳤다. 말끝이 진혁의 입술 위에서 뭉개졌다. 입술이 쓸리듯 맞닿은 걸 깨달은 순간 재희의 눈이 커졌다. 굽혔던 허리를 천천히 펴는 진혁을 따라 동그래진 눈을 한 재희의 고개가 들렸다. 한순간 주위의 소음이 사라지는 듯한 착각이 들었다. 서로에게서 눈을 떼지 못하는 두 사람 뒤로 쌩하니 날아온 공이 바닥으로 툭 떨어졌다. 그 소리에 문득 정신이 든 것처럼 눈을 깜빡이는 재희에게 진혁이 짓궂게 물었다.

"입 맞추고 싶을 만큼 좋아진 거야?"

대답 대신 재희는 얼른 등을 돌렸다.

"또 온다. 집중해."

다시금 배팅 자세를 잡아 주며 진혁이 웃음이 묻어나는 목소리로 속삭였다.

딱. 배트에 맞고 튕겨 나가는 소리가 경쾌했다. 몸을 관통하는 전율이 홈런을 쳐서인지 진혁 때문인지 순간 헷갈렸다.

열 번. 동전을 넣으면 배트를 휘두를 기회가 열 번이다. 안 맞을 때는 지나치게 많다 싶던 횟수가 맞으니 또 벌써 끝이야 싶다. 잘 맞으니까 좀 재밌다.

"더 할까?"

"아뇨. 더 하고 싶어요?"

대답으로 왔던 길을 손을 잡고서 되짚어 걸었다. 혼자서야 언제든 할 수 있는 거다.

"처음 야구 배트 잡아 본 소감이 어때?"

"나름 색다른 경험이었어요."

"재밌었지?"

"생각보다는요."

"프로 야구 개막했는데. 야구장 갈까?"

"뭐…… 그 정도는 아니에요."

진혁은 피식 웃었다. 이상한 버릇이 생길 것 같다. 재희에게 쌀쌀맞게 거절당할 때마다 이상하게도 웃음이 난다.

5

부모님의 생활 패턴에 맞춰 평소보다 일찍 잠자리에 들었더니 잠이 오지 않았다. 몸은 피곤한데도. 재희는 살며시 옆으로 고개를 돌렸다. 조심스러운 움직임이었는데 잠든 줄 알았던 엄마가 말을 걸어왔다.

"늘 혼자서 자다 옆에 누가 있으니 신경 쓰이지? 엄마는 안방에 가서 잘까?"

"엄마가 아빠한테 가고 싶나 보네?"

"얘는. 아니야."

수줍음 많은 엄마는 여전히 소녀 같다.

"힘드니까 자주 오지 말라고 해야 하는데. 그래도 딸이랑 같이 자니까 너무 좋다."

엄마의 한마디에 피곤이 녹았다.

"고속버스로 3시간도 안 걸리는데 뭐가 힘들다고 엄마는."

"그래도 한 달에 한 번씩 꼬박꼬박 오는 게 쉬운 일이 아니지. 가까이 살면 이것저것 챙겨 줄 텐데. 끼니 거르는 건 아니지? 사먹지만 말고 하루에 한 끼 정도는 해 먹어. 먹고 싶은 거 있으면 엄마가 보내 줄게."

기승전, 밥. 대학 입학과 함께 서울에서 자취를 시작했을 때부터 어떤 얘기를 해도 결국엔 밥 잘 챙겨 먹으라는 말로 끝난다.

"잘 챙겨 먹어요. 요리 잘한다는 말도 들을 만큼 밥도 자주 해먹고."

빈말 안 하는 진혁이 맛있다고 해 주니 잘하는 거 맞겠지.

"우리 재희는 손재주가 좋아서 잘하는 게 많지. 혼자 살면서 밥 해 먹는 거 쉽지 않은데 기특하네. 너 갈 때 새로 담근 김치랑 밑반찬 챙겨 주려고 했더니 아버지가 무거운데 택배로 보내 주라고, 먼 길 가는 애 힘들게 짐 보태지 말라고 하시더라. 입 무거운 양반이 딸 얘기만 나오면 말씀이 많아지신다. 이거 챙겨 줘라, 저 것도 신경 써라. 너 온다고 며칠 전부터 어찌나 잔소리를 하는지."

잔소리 많아지는 아버지를 타박하는 목소리가 아니라 그래서 즐겁다는 듯이 들렸다. 재희는 몸을 틀고 모로 누워 엄마를 바라보았다. 달빛에 희미하게 보이는 엄마는 애틋하다. 엄마와 딸은 친구가 된다는 걸 시간이 지날수록 실감하고 있다.

"오픈 날 가서 직접 눈으로 확인하고 나니까 안심이 된다고 하시더라. 찾아와 축하해 주는 사람도 많고, 매장도 너다운 분위기가 난다고. 걱정이 많았는데 괜한 걱정이었다면서 말이야. 당신만 아니었으면 우리 재희 더 넓은 세상에서 맘껏 날개를 폈을 거라면서 그동안 자책 많이 하셨거든."

조심스럽게 덧붙여지는 말에 재희는 입술을 깨물었다.

"당신 때문에 유학 생활 잘하고 있던 애가 공부 접어야 했다고. 너한테 면목이 없다면서 속상해하는 모습 볼 때마다 내 맘도 참 안 좋았는데. 너 혼자 힘으로 원하던 일을 시작한 게 대견하고 고맙고 그러신가 봐."

"그게 왜 나 혼자 힘이야. 아빠 친구분이 선뜻 공간 내주시지 않았다면 힘들었지. 그리고 귀국 결정은 내 선택이었지 엄마 아빠 때문이 아니라고 했잖아요."

"하지만 우리만 아니었다면 네가 원하던 일 더 일찍 시작했을 수도 있었겠지."

재희는 이불 위를 더듬어 엄마의 손을 잡았다. 도드라진 핏줄과 주름이 만져졌다.

"그걸 어떻게 알아. 거기서 공부 마쳤다고 더 행복했을 거라는 확신을 어떻게 해? 누구도 답을 알 수 없는 물음들로 마음 상하지 말아요. 그때는 그게 최선이라고 생각했고, 내 결정에 후회 없어. 지금의 나는 즐거워요. 그리고 엄마."

"응."

"아빠한테 이제 죄책감 같은 거 그만 버리라고 하세요. 친구라고 믿었던 사람한테 사기당한 게 아빠 탓은 아니잖아요. 오랜 우정을 미끼로 사기를 친 그 사람이 악한 거지. 아빠는 피해자야.

피해자이면서 책임감까지 안고 살아야 한다면 너무 불공평하잖아."

"그래. 불공평하지."

나직한 한숨이 담긴 목소리에 재희는 입술을 물었다. 부모님에게서 미안함이 전해져 올 때면 묻어 버린 분노가 새삼 고개를 들었다. 사라지지 않은 분노가 또 한 번 상처를 남겼다.

소도시의 중학교라는 울타리 안에서 평생을 보낸 아버지. 해맑은 아이들에게 둘러싸인 삶을 살아왔기 때문인지, 워낙에 성정이 그런 건지. 누구를 만나든 단점보다는 장점을 먼저 찾는 아버지는 늘 사람에게서 희망을 보고 믿음을 가졌다. 그리고 그런 아버지는 사업체와 가족을 동시에 잃게 생겨 죽고 싶다며 찾아온 오랜 친구에게 퇴직금을 빌려주었다. 금방 돌려주겠다는 약속을 준 친구는 돈과 함께 사라졌다.

딸의 유학 자금을 위해 퇴직금의 반은 현금으로, 나머지 반은 연금으로 신청했던 아버지는 딸의 미래를 사기당했다. 돈과 우정을 잃고 건강까지 해치게 된 아버지와는 달리 부도를 내고 야반도주를 한 아버지의 친구는 지금 동남아 어딘가에서 편하게 살고 있다 했던가.

간혹 뉴스로나 접하던 남의 일이 자신에게 닥치면 왜 나한테, 라는 억울함부터 든다. 지구 반대편에서 들려온 울음 섞인 엄마의 목소리에 재희는 실감이 나지 않았다. 믿었던 사람에게 마음을 밟혀 병까지 얻어 버린 아버지와 그런 아버지를 지켜보며 처음으로 자신의 무능함을 탓하게 된 엄마. 유학 생활을 접고 부모님 곁으로 돌아오기로 결정하기까지 그리 긴 시간이 필요하지 않았다.

오랜 친구가 속였다는 것에, 그로 인해 딸의 꿈이 깨져 버렸다는 것에 마음에 멍이 들어 버린 아버지. 아무런 도움이 되어 주지 못한다는 자책감에 한없이 작아지던 엄마. 그리고 어디서부터 어떻게 일을 수습해야 하는지 그저 막막하기만 하던 어렸던 그녀.

암흑 같던 상황에서 숨을 쉬게 만들어 준 건 그녀의 취업이었다. 취업난 속에서도 누구나 인정해 주는 학벌과 탄탄한 포트폴리오 덕분에 대기업에서 디자이너로 다시 시작할 수 있었다.

경제적인 도움보다 더 필요한 건 부모님의 곁에 그녀가 있다는 위로였다. 그래서 야근으로 지친 몸을 이끌고 악착같이 속초행 버스를 탔다. 버스 터미널까지 마중 나온 엄마에게 온 힘을 다해 환한 웃음을 지었다. 부모님이 기댈 수 있게, 안심할 수 있게.

시간과 함께 가족들의 삶은 조금씩 제자리를 찾아갔다. 그럼에도 한참 동안 아버지는 힘들어하셨다. 불편해진 한쪽 다리와 팔보다 다친 마음이 회복되는 데 더 시간이 걸렸다.

뒤늦게 소식을 전해 들은 아버지의 친구들, 제자들이 도움을 주었다. 〈플래퍼〉를 열 수 있게 공간을 허락해 준 아버지의 친구처럼. 늘 도움을 주던 입장에서 처음으로 도움받는 입장이 되었을 때, 진정 어린 도움을 받아들이는 법도 배웠다. 하지만 가족들의 삶이 다시금 안정을 찾은 건 누구보다도 묵묵히 자신의 자리에서 버텨 내 준 엄마가 있었기 때문이라고 재희는 믿었다.

"가족 같던 친구를 믿은 게 죄는 아닐 텐데. 무슨 부귀영화를 누리겠다고 긴 세월 알아 온 친구마저 배신을 하는 건지. 그런 짓을 할 만큼 돈이 그리 좋은지. 이 나이를 먹고서도 나는 아직도 잘 모르겠다."

한숨을 쉬다 오랜만에 얼굴 보는 딸에게 마음 아픈 얘기를 꺼낸 게 미안해져 얼른 말을 돌렸다.

"하고 싶은 일 하면서 사는 것도 근사하지만 엄마는 우리 재희한테 얼른 남자 친구가 생겼으면 좋겠어. 오롯이 네 편이 되어 주는 사람이 있으면 안심이 되겠어, 엄마는."

잠깐 망설이다 덧붙이는 말에 재희의 눈이 커졌다.

"아버지는 중현이랑 헤어진 게 아쉬운가 봐."

"그게 언제 적 일인데. 아직도 그러세요?"

"예전부터 아버지가 중현이 좀 이뻐하셨니. 똘똘하고 싹싹한 녀석이라고. 지금도 아까운 사윗감 놓쳤다는 마음 여전하시고. 너희 둘 서로 잘 아는 데다 성격도 맞아서 결혼하면 잘 살 것 같다 싶은 마음, 엄마도 있었어."

서른을 앞둔 딸이 걱정스러운가. 한 번도 드러내지 않았던 속내를 가만히 내보인다.

중현이와는 다툰 기억이 없을 만큼 서로를 잘 알고, 잘 맞았다. 하지만 잘 맞는다는 것만으로는 연애를 지속시키기에 충분한 힘이 되지 못했다.

"엄마 근데 나도 몰랐는데. 서로 잘 아니까 편한데, 편하니까 오히려 연애하는 느낌이 안 나더라고요."

졸업 후 취업을 했다. 명함에 박힌 '디자이너'라는 근사한 직함과는 달리 외국 유명 브랜드를 카피하고 짜깁기하는 선배 디자이너들을 보면서, 그리고 그런 선배들의 뒤치다꺼리를 하는 그녀 자신을 보면서 행복하지 않았다. 그래서 유학을 결정했다. 진짜 디자이너가 되고 싶어서.

중현은 편안한 남자 친구였다. 굳이 설명하지 않아도 알아서 배려해 주고 이해해 주는. 손을 잡으면 포근하고, 입을 맞추면 간질거렸다. 만나면 반갑고 좋았다. 하지만 일에 치여 만나지 못해도 속상하거나 보고 싶어 잠 못 든 적은 없었다. 어쩌면 오랫동안 친구였던 탓도 있을 거고 성격 때문인지도 모른다.

장거리 연애를 할 자신이 없었다. 그럴 만큼의 열정도 없었고. 그래서 "나 밀라노 가서 공부 더 하고 싶어."라고 했고, 조금 당황하던 중현은 "그래. 그것도 괜찮은 선택인 것 같다."라고 답을 했다.

그때 알았다. 두 사람은 비슷한 온도로 연애를 하고 있었다는 걸. 성격만 잘 맞는 게 아니라 연애 온도까지 똑같았다는 걸.

"중현이랑 나는 친구가 어울려요. 그래서 헤어지고 나서도 친구로 잘 지내잖아요."

어지럽도록 열정에 휘말린 적이 없어 헤어짐에 가슴앓이 역시 없었다. 부모님과는 달리 재희는 중현과의 연애도 연애의 결과도 후회하지 않았다. 해 보지 않았다면 아쉬움으로 남았을 테니까.

"중현이는 잘 산다지? 외국에 있으니 전보다 소식 듣기 어렵네."

"여름 방학 때 잠깐 들어온대요. 여자 친구랑 같이. 그리고 나도 사귀는 사람 있어요."

"있어?"

반색하는 엄마의 목소리가 옆방의 아버지를 깨울 만큼 높아 재희는 웃었다.

"어떤 사람인데? 언제부터 사귄 거니? 진지한 사이야?"

시작하기로 한 연애에 진지하지 않은 관계가 있을까. 하지만 엄마가 말하는 진지한 관계가 뭘 말하는지 알기에 재희는 도리어 가벼운 말투로 읊었다.

"이름은 강진혁. 우리 대학 건축과 대학원 졸업했고. 건축사사무소 운영. 나이는 서른넷. 키 183. 신발 사이즈 280. 발 엄청 크지, 엄마."

"그러네."

"취미는 야구, 자전거, 등산, 캠핑. 굉장히 재능 있고, 성실하고, 패션 감각 좋고. 잘생겼고. 목소리는 더 좋고."

엄마가 보면 눈매가 차갑네, 라고 할 인상이지만 잘생긴 건 맞으니까. 말을 하다 보니 장점이 참 많은 사람이구나, 선배는.

"또 뭐 궁금한 거 있어요?"

"서른넷이면 집에서 결혼 재촉 많이 받겠네. 그런데 왜 사귀는 사람 있다는 얘기 안 했어? 얘기할 만큼 아직 가까운 건 아니야?"

뭐라고 답해야 할까. 진혁과의 관계는 결혼을 생각하기에는 한참 이르다. 게다가 결혼은 연애의 과정에서 자연스레 따라오는 것이지 연애의 목적은 아니다. 하지만 이런 말을 하면 엄마에게 걱정을 안기겠지. 그리고 엄마와의 대화가 도돌이표가 되어 버릴 주제는 때로 접어 두는 게 낫기도 하다.

"서로 알아 가는 중이라서 앞으로 어떤 관계가 될지 아직 잘 모르겠어. 그리고 지금은 내 일이 먼저라서 결혼은 아직 중요하게 안 다가와요. 선배도 일을 우선으로 두는 사람이라 그런 쪽에서 둘 다 마음이 맞고."

"두 사람 다 혼기 꽉 찬 나인데. 그런 여유로운 말이 나오니?"

"엄마. 나 이제 스물아홉이야. 연애만 하고 살아도 될 만큼 지극히 사랑스러운 나이."

"그래. 우리 때랑은 다르지. 반짝반짝 예쁜 나이야. 하지만, 스물아홉에서 머무니? 좀 있으면 서른이고. 이제 막 서른 된 것 같은데 어느새 마흔 돼 버리는 게 나이야. 내가 이만큼 먹었구나 싶으면 저만큼 앞서 있는 게 나이라는 녀석이라고."

오랜만의 잔소리에 웃었다. 셋밖에 없는 가족이 서로를 꽉 껴안고서 상처를 회복해 갈 때 가장 그리웠던 게 엄마의 잔소리였다.

"엄마, 나 청개구리 같은 구석 있는 거 알지? 자꾸 결혼하라고 그러면 평생 엄마 옆에서 같이 살아 버릴 거야."

스물아홉과 서른. 그저 나이 한 살이 더해지는 것뿐인데 주위의 반응은 그렇지가 않았다.

"남자가 자기 일을 잘하는 건 좋지만 너무 일에만 매달려도 여자가 외로운데. 너한테 잘해 주니? 다정한 성품이야?"

목소리에서 잠이 묻어나는데도 엄마는 내일이면 떠날 딸과 얘기가 하고 싶은지 또 물어 왔다.

진혁은 다정한 성품인가. 진혁이 여자와 있는 모습을 본 적이

거의 없어 잘 모르겠다. 정훈의 와이프인 은지와 〈플래퍼〉 아르바이트생을 대하던 태도를 곰곰이 떠올려 봤다.

"바쁜 와중에도 나한테 잘해 줘요. 나한테는 다정해요."

"같이 사진 찍은 건 없니? 어떤 사람인가 궁금하네."

이 얘기를 해야 하나 말아야 하나. 만약 선배와 헤어지게 되면 엄마한테 괜한 걱정만 주는 걸 텐데. 그래도 선배와의 끝을 벌써 상상해 보고 싶지는 않았다.

"엄마도 선배 본 적 있는데. 나 졸업 작품전 때 웨딩슈트 입었던, 중현이 대신 모델 해 줬다고 했던 선배. 기억나요? 그 사람이야."

"그랬구나. 오래돼서 얼굴은 잘 안 떠올라도 참 훤칠하다 싶었던 기억은 있는데. 이렇게 인연이 될 거였나 보다."

중얼거리던 엄마가 갑자기 벌떡 일어나 앉자 재희는 한숨을 삼켰다. 이럴 줄 알았다.

"그 사람 중현이 선배라고 하지 않았니? 중현이가 선배한테 부탁한 덕분에 모델 문제 해결됐다고. 그랬었지?"

"맞아."

"그럼 혹시…… 너랑 중현이 사귀었던 것도 아는 거니?"

"알아."

"재희야."

재희는 엄마의 손을 끌어 다시 옆에 눕게 했다.

"괜한 걱정이야, 엄마."

"넌 왜 이렇게 순진하니. 예전에 남자 친구가 있었다는 걸 아는 거랑 그 남자 친구가 누구인지 아는 거랑은 아주 많이 다른 거야. 더구나 선후배 관계인데. 좋을 때는 상관없다고 넘겨도 나중에 그게 다툼이 될 수도 있어."

"다툼 삼을 거라면 처음부터 시작하자고도 안 할 성격이에요. 지금 문제 삼지 않은 걸 나중에 문제로 만드는 그런 사람 아니야."

사람 일은 장담하는 게 아니라지만, 진혁은 그렇지 않을 거라는 믿음을 주는 사람이다.

한참을 침묵하다 "그럼 다행이고."라며 작게 중얼거리는 엄마의 손을 토닥였다.

"그나저나 그렇게 인물 좋고 능력 있으면 여자들한테 관심받을 텐데. 혹여나 한눈팔거나 사람 관계 가볍게 여기는 사람은 아니지? 여자는 적당히 애교도 부리고 그래야 예쁨받는데. 엄마 닮아서 걱정이야."

"그런 일로 속 썩은 적 없는 엄마가 그렇게 말하니까 별로 귀에 안 들어오네. 아니면 설마 내가 모르는 일이라도 있었던 거예요?"

"얘는. 네 아버지가 어디 그럴 분이야?"

곱게 눈을 흘기는 게 어둠 속에서도 보여 재희는 웃음을 깨물었다.

"여자라고는 세상에 나 하나밖에 없는 것처럼 평생 한결같은 분이셔. 삼대독자한테 시집와서는 늦은 나이에 너 하나 낳고 더 이상 아이를 못 가지는데도 옆 한 번 돌아보지 않으셨어. 네 할머니가 다른 데서라도 아들 낳아 와야 한다고 돌아가시는 날까지 그러셨는데, 그때마다 내 맘 다독여 줬고. 다른 여자 때문에 내가 울게 만들지 않은 것만으로도 나는 네 아버지가 너무 고맙고 그래."

"별게 다 고맙대. 그래서 퇴직금 사기 당했을 때도 아버지 원망 한 번 안 했던 거예요?"

"원망스러운 마음이야 좀 있었지. 그래도 저러다 영영 몸 못 추스르는 건 아닌가 하는 걱정이 더 커서 원망은 금방 사라지더라. 넌 엄마보고 촌스럽다고 할지 몰라도, 엄마는 아버지한테 아들 못 안겨 드린 게 아직도 미안하고 마음 아프고 그래. 아들한테 공놀이도 가르쳐 주고, 목욕탕에서 등도 밀어 주고…… 아들이 있었으면 같이 할 수 있는 일들을 하나도 못 해 봤잖아."

재희는 가만히 머리카락을 쓰다듬어 오는 손길에 눈을 감았다.

"난 딸이랑 온갖 것 다 하는데. 지금도 봐. 너랑 나란히 누워서 도란도란 얘기하다가 한방에서 잠들고. 엄마는 네가 내 딸이라서 너무 좋아."

"나 살갑지 않아서 딸이 아니라 아들 키우는 것 같다고 하더니."

엄마의 목소리에 물기가 느껴져 재희는 부러 더 퉁명스럽게 굴었다.

"솔직히 내 딸이지만 네가 애교가 좀 없긴 하지. 그래도 요즘엔 예전보다 잘 웃고 해서 보기 좋아."

그야 노력하니까. 노력에다 시간이 더해지니 습관이 되었다.

"엄마한테 하듯 아버지한테도 좀 살갑게 굴면 좋잖아. 산책할 때 팔짱도 좀 끼고."

"엄마가 있는데 내가 뭐 하러."

아버지와 나란히 걸음을 맞추지만 손을 잡고 다니는 건 쑥스러워하던 엄마는 거동이 불편해진 아버지의 팔을 끼고 부축을 했다. 건강을 회복한 지금도 엄마는 팔짱을 낀다. 힘들었던 지난 일이 남긴 긍정적인 점이라고 해야 하나.

"그래도 딸이 직접 디자인해서 만들어 준 옷이랑 구두 신고 다니는 사람은 엄마 아빠밖에 없을걸?"

"하긴. 지난번 정미네 아들 결혼식에 네가 만든 구두 신고 갔더니 다들 예쁘다면서 얼마나 탐을 내던지. 아직도 예쁜 게 눈에 들어오고 욕심나는 걸 보면 나이를 먹어도 여자는 여자인가 싶더라."

"예쁜 거 좋아하는 거랑 나이랑 무슨 상관이야. 곱고 예쁜 거 보면 탐나는 거야 누구나 마찬가지지. 나이 때문에 이런 거 입어도 되나, 그런 생각 하지 말아요. 예쁘다 싶은 거 입고, 신고. 하고 싶은 것도 마음껏 하고. 그렇게 지내요, 엄마."

"그래."

재희의 목소리에도 잠기운이 스며들었다. 머리를 만져 주는 엄마의 손길 역시 조금씩 느려졌다.

진혁을 발견한 재희가 멈춰 섰다. 손목시계를 확인하는 진혁의 미간이 희미하게 찌푸려져 있었다. 이만큼의 거리에서 마치 타인을 대하듯 이런 식으로 진혁을 바라보는 건 처음인 것 같다.

무표정할 때에는 저런 분위기구나. 확실히 인상만으로 평한다면 선뜻 다가서기 힘든 사람으로 보인다.

빠르게 승객들을 훑어 나가던 진혁이 눈이 마주치자 슬쩍 입술 꼬리를 올렸다. 마주 웃어 주는 대신 재희는 물끄러미 진혁을 응시했다. 자신을 발견하고서도 움직임이 없는 재희를 보며 진혁이 의아한 얼굴을 하고서 다가왔다.

[잘 도착했어?]

어제 받았던 메시지다.

[몇 시 출발?]

오늘 아침 일어나니 도착해 있던 메시지다.

시간을 알려 준 터라 혹시나 터미널로 마중을 오려나, 하고 짐작했다. 그래서 사람들 속에 서 있는 진혁을 보는 게 그다지 놀랍지는 않았다. 하지만, 옅게 웃어 주는 진혁과 눈이 마주친 순간 생각보다 많이 반가워서 놀라 버렸다. 이틀 만에 보는 진혁에게 마음이 뛰었다.

바쁜 여행객들이 툭툭 어깨를 치고 지나는데도 가만히 있는 재희의 앞에 마주 선 진혁이 손을 잡아끌었다. 재희는 자신을 잡은 손을 물끄러미 내려다봤다.

"무슨 생각 하느라 멍해. 다치게."

재희의 손을 단단히 잡은 채 사람들 틈을 빠져나가 주차한 곳으로 걸어가던 진혁은 작게 들리는 목소리에 고개를 돌렸다.

"선배 손이 마음에 들어요."

처음엔 모양새가 마음에 들었는데, 지금은 따뜻하고 굳게 잡아
주는 손이라서 좋다.

진혁의 눈에 미소가 스쳤다. 뜬금없는 소리지만 듣기 좋았다.
짜증을 억누르며 뚫고 왔던 차량의 홍수를 또 한 번 겪어야 한다
는 사실이 아무렇지 않을 만큼.

깍지를 꼈던 손을 풀기 싫어 한 손으로만 운전대를 잡았다가
"집중해요."라고 한 소리 들었다. 꼼지락거리며 빠져나간 손의 온
기가 아쉬워 한숨을 내쉬었다.

조금씩 차가 밀리는 전방을 주시하며 진혁이 물었다.

"재미있게 지냈어?"

"응, 좋았어요."

"하나밖에 없는 예쁜 딸이라 부모님이 많이 사랑해 주셨겠네."

재희는 고개를 주억거렸다.

"사랑받았어요. 선배는 동생이 몇 명이에요?"

진혁이 슥 쳐다봤다.

"형이나 누나는 왜 빼?"

"선배는 큰형 같은 느낌이 나거든요. 이것도 내 선입견이에
요?"

"남동생만 둘."

"우리 엄마가 부러워하겠다."

진혁의 눈에 웃음이 담겼다.

"우리 어머니는 막내 낳고 우셨어. 연년생 아들 둘 뒤로 딸이

갖고 싶어서 애쓰셨는데 또 아들이라고. 막내여서인지 아니면 어머니 태교 때문이었는지 막내가 싹싹하고 다정한 성격이야. 형들과는 달리. 덕분에 어머니랑 잘 맞지."

"그럼 선배는요?"

"가치관이나 성격이 아버지를 닮았어. 외모도 그렇고. 아무래도 닮은 사람이 좀 편하지."

닮았다는 선배의 아버지는 미래의 선배를 짐작하게 할까. 핸들을 잡은 진혁의 옆모습을 가만히 바라보던 재희가 말했다.

"난 엄마가 좋았어요. 늘. 아버지를 존경하고 좋아하지만 엄마랑은 다른 것 같아. 아버지가 들으면 서운하시겠지만 난 세상에서 엄마가 젤 좋았고, 지금도 그래요."

엄마가 젤 좋았다는, 엄마보다 더 좋아한 사람은 없었다는 말에 진혁의 입술이 기분 좋은 곡선을 그렸다.

"아들만 셋인 집은 분위기가 어때요? 언제나 시끌벅적해요?"

"어릴 때야 그랬지만 지금은 서로 바빠서 따로 시간 잡지 않으면 얼굴 보는 것도 힘들어."

"동생들하고 사이좋아요?"

"응."

"부럽다. 형제자매 많은 사람들 보면 재미있게 보여서 늘 부러웠어요."

"부모님하고도 재미있게 보냈다며. 뭐 했어?"

"엄마가 해 주는 밥 먹고, 얘기하고. 아버지가 가꾸시는 나무들도 구경하고 그랬죠."

"그쪽에 비 왔던데. 바다는 못 봤겠네."

속초 날씨를 확인했었나. 재희는 진혁에게로 고개를 돌렸다. 잘 빠지지 않는 차량 행렬이 답답한지 손가락으로 핸들을 톡톡 치고 있었다.

"부모님이랑 재래시장 다녀오는 차 안에서 본 게 다예요. 난 비 오는 날 바닷가 산책하는 거 좋은데 부모님은 전혀 아니시거든요. 선배 양양 가 봤어요? 낙산 해변."

"대학 때 친구들이랑. 그다지 인상적인 곳은 아니던데."

"여름에 갔죠? 사람 많을 때."

신호를 받은 진혁이 속도를 올리며 그렇다고 대답했다.

"비 오거나 눈 쌓여서 적막할 때는 분위기가 아주 달라요. 해변 따라 긴 모래밭 혼자서 밟는 느낌도 좋지만 그네에 앉아서 바다 바라보는 기분은 정말 근사하거든요. 내가 본 놀이터 중에 가장 로맨틱한 곳이에요. 언제 같이 가 봐요."

파란 하늘과 그보다 조금 더 짙은 바다와 하얀 눈에 덮인 모래밭. 모래밭이 끝나는 곳에 덩그마니 놓인 그네 하나. 그리고 거기에 앉은 재희. 눈앞에 그려지는 풍경만큼이나 같이 가자는 말이 마음에 든다.

"아버님은 어떤 나무 가꾸셔?"

"과일나무. 몇 년 전에 예전 살던 집을 팔고 이사했는데, 집 옆에 작은 밭이 있거든요. 복숭아, 사과, 포도, 감. 골고루 있어요. 번갈아 가며 꽃 피고 과일 달려 있는 모습 보면 아버지가 정성 들이시는 거 이해 갈 만큼 예뻐요."

"아버님이 과수원 운영 하셔?"

재희가 웃었다.

"과수원처럼 거창한 건 아니고. 우리 세 가족 맛볼 양 정도 되는 미니 과일 정원이에요. 아버지 우리 중학교 교감 선생님이셨어요. 정년퇴직하셔서 이제는 학생들 대신 나무들을 가꾸시죠."

"사춘기 소녀 한재희는 어땠어?"

양 갈래로 땋은 머리와 교복이 예뻤던 사진 속 재희는 단정하고 새침한 모범생 같은 분위기였는데. 보이는 것처럼 그랬을까.

"교감 선생님 딸이 왜 저래, 라는 소리 들을까 봐 다른 애들보다 좀 더 조심했던 거 말고는 그냥 평범한 여학생이었어요. 왜 웃어요?"

"평범했다는 게 상상이 안 가서."

재희는 눈을 굴렸다. 선입견을 가진다는 건 이런 건가 보다.

"나도 선배에 대한 선입견이 있었지만, 선배는 진짜 나랑은 다른 한재희를 보는 것 같아. 난 학창 시절 내내 한결같이 모범생이었어요. 늘 반장이었다고요."

"성적 좋다고 모범생인 건 아니지. 내 짐작에는 엉뚱한 짓 많이 했을 것 같은데? 혼내기에는 어쩐지 애매한, 그래서 선생님들 속 더 뒤집어 놓는 그런 엉뚱한 행동들. 아니야?"

"엉뚱한 짓으로 사람 시선 끄는 건 중현이었죠."

전방을 주시한 진혁의 눈이 날카로워졌다. 진혁은 의식적으로 눈매를 풀었다.

말을 해 놓고 아차, 싶어 재희는 눈을 돌려 진혁을 살폈다. 어릴 적 추억 속에 중현이 없던 시절이 드물다. 그래서 저도 모르게 나왔다. 좀 전과 다를 것 없는 표정에 살짝 긴장했던 마음이 놓였다. 엄마와의 대화 때문인지 중현의 이름을 언급했다는 게 조금 신경 쓰였다.

"선배의 학창 시절은 어땠어요?"

"어땠을 거 같은데?"

"선배는 남중, 남고, 공대 출신 남자들 하면 떠오르는 스테레오 타입과는 좀 달라서 잘 상상이 안 가요."

"그런 타입이라는 건 뭐야?"

"좀 쑥맥 같고, 자기 분야 외에는 관심 없고. 그래서 세상 물정도 잘 모를 것 같은? 근데 선배는 작업 방식 보면서 역시 이과구나 싶었는데, 사무소 운영 하는 거나 옷 센스 보면 경영 쪽 느낌도 있거든요."

정체된 구간을 벗어나자 차가 좀 더 속도를 냈다.

"사내 녀석들 바글거리는 학교에서 공부 말고 특별히 할 거 없었어. 우르르 몰려다니거나 싸움질에 취미 있던 것도 아니고. 공부하다 스트레스받으면 야구하고 그러다 좀 식으면 공부하고 그랬지."

승용차가 익숙한 골목길로 들어섰다. 매장 뒤쪽이라 아침나절인데도 인적이 뜸하다.

"잠깐 커피라도 마시고 갈래요?"

"지금 출발해야 약속에 안 늦어."

"선배."

시계를 보던 진혁이 눈을 들었다.

"연애할 때 다정한 스타일이에요?"

나한테는 다정하다고 엄마한테 말했는데. 연애 상대에게는 늘 다정해지는 타입인가.

"내가, 다정해?"

성격에 대해 이런저런 평을 들었지만 그중에 다정하다는 말은 없었다.

"되묻는 거 보니까 아닌가 봐요?"

"대답 안 했어. 내가 다정하냐고, 한재희한테."

재희는 고개를 끄덕였다. 약속 시간 철저히 지키는 사람이, 길거리에서 시간 버리는 거 싫어서 교통 체증 피해서 약속 잡는다는 사람이, 고속버스 터미널로 마중을 나왔다. 이 시간에. 먼 곳을 오랫동안 다녀온 것도 아닌데. 약속 때문에 다시 사무실로 가 봐야 한다면서도.

"다행이네. 이제 가 봐야 돼."

재희는 차에서 내리는 대신 물었다.

"안 물어봐요? 지금은 얼마만큼 좋아졌는지?"

어떤 대답을 주려고 저런 질문을 해 오나. 손이 마음에 든다고 했으니 손을 잡아 주려나. 한 손이 아니라 선심 써서 양손 다. 별다른 기대 없이 진혁이 물었다.

"얼마큼 좋은데?"

재희가 얼굴을 가져왔다. 숨결이 섞일 만큼 가까워진 순간 페도라 챙이 진혁의 이마를 툭 건드렸다. 진혁은 재희에게서 눈을 떼지 않은 채 챙을 위로 올려 주었다. 한 뼘도 채 되지 않는 거리에서 진혁의 시선을 받아 내는 게 버거워 눈을 감고서 입을 맞췄다. 꾹 누른 입술을 떼지 않은 채 조심스레 진혁의 목을 감았다. 멈춘 숨을 참기가 어려울 때쯤 재희가 감았던 팔을 풀며 속삭였다.

"이만큼 좋아요."

중현의 이름이 무심히 흘러나온 뒤로 마음에 가시 하나가 돋았었다. 자신은 스틸 컷 같은 사진 몇 조각으로밖에 알 수 없는 재희의 어린 시절을 고스란히 공유한 중현을 향한 질투라는 가시가. 알고 시작했다. 그래서 재희가 눈치채지 못하게 서둘러 가시를 눌렀다. 그런데 재희의 입술이 닿는 순간 녹아 버렸다.

진혁은 멀어지려는 재희를 잡아챘다. 당황해 벌어진 입술을 깨물고 빨았다. 한껏 젖혀진 고개에 모자가 바닥으로 떨어졌다. 나직한 진혁의 신음이 재희의 입 안으로 흘러들어 갔다.

"나는 이만큼……"

진혁의 거친 호흡이 발갛게 부풀어 오른 입술 위로 쏟아졌다.

"이만큼보다 더 좋아."

6

연달아 컬렉션을 말아먹어 대체 무슨 일이 일어난 거야, 싶던 구찌(Gucci)가 아주 오랜만에 선방을 했다. 핸드백 쪽은 여전히 눈이 가지 않았지만, 슈즈와 의상 쪽은 실물을 확인해 보고 싶은 욕구를 불러일으켰다.

일상적인 옷차림에도 어울리겠다 싶은 디자인 중에서는 빨간 체리를 얹어 놓은 연하늘색 펌프스와 커다란 진주 한 알이 장식된 4.5센티미터 굽의 검정 에나멜이 가장 눈에 들어왔다. '과감한데?' 라는 생각이 들 만큼 커다란 원색 리본이 달린 블라우스와 원피스도 한 번쯤 입어 보고 싶게 환상적이었다. 구찌(Gucci)를 둘러보고 나온 재희는 좀 더 취향에 가까운 미우미우(miumiu)로 향했다.

면세점과 백화점 그리고 안목 있기로 소문난 몇몇 편집숍을 들러 신상품들을 돌아보고 나오자 점심때가 훌쩍 지나 있었다. 카페에 들어가 샌드위치와 음료로 간단히 허기를 달랜 후, 시장 조사를 하는 동안 떠올랐던 아이디어들을 스케치했다. 어떤 때는 원피스 한 벌이, 어떤 때는 핸드백이, 또 어떤 때는 패션과는 전혀 상관없는 엉뚱한 것들이 상상력을 자극한다.

카페를 나오자 오후 5시였다. 5월 중순의 오후 거리는 끈적하고 후덥지근했다. 벌써 이렇게 덥다니. 이러다 작년처럼 폭염으로 꽉 채워진 여름을 보내는 건 아닌가 두려워지는 날씨였다. 재희는 목에 감았던 시폰 스카프를 정리해 핸드백 손잡이에 가볍게 묶었다. 이러니 좀 덜 덥다.

"그럼 강원도로 피신 가야지."

여름휴가는 부모님 집에서 시원한 수박을 쪼개 먹으며 보내면 되겠다. 진혁은 휴가 계획을 어떻게 잡으려나. 며칠이나 시간을 낼 수 있으려나. 이른 더위 때문에 여름휴가로까지 생각이 뻗어 나갔다. 재희는 잠시 망설이다 진혁에게 메시지를 보냈다.

[잠깐 통화돼요? 특별한 일 아니니까 바쁘면 지금 답장 안 줘도 돼요.]

클라이언트와의 상담 때문에 메시지를 보낸 지 한 시간쯤 후에 연락이 온 적도 있어 기대하지 않았는데 예상과는 달리 진혁은 금방 전화를 걸어 왔다.

— 응, 선배.

"어디야?"

─ 시장 조사 나왔다가 이제 집에 들어가는 길이에요.

"특별한 일 아니면 무슨 일인데? 용건 없이 전화하는 사람 아니잖아."

─ 음, 용건이야 있죠.

"뭐?"

─ 목소리가 듣고 싶었어요. 그게 용건이에요.

잠시 멈칫하던 진혁의 눈꼬리에 주름이 잡혔다. 재희는 전화 통화를 즐겨 하지 않는다. 둘이 있을 때는 말을 잘하면서도 전화 통화는 언제나 용건이 있을 때, 그것도 늘 간단하게 필요한 말만 전한다. 일하는 데 방해하고 싶지 않다면서. 그래서 대부분은 그가 먼저 연락을 취하게 된다.

그런 재희가 목소리가 듣고 싶다는 이유만으로 먼저 전화 통화를 원해 왔다.

"얼굴은 안 보고 싶어?"

─ 보여 줄래요?

"애인한테 그 정도는 해 줘야지."

피식, 바람 소리가 귀를 간질였다. 진혁의 미소가 조금 더 깊어졌다. 전화 한 통에 목덜미까지 차올랐던 피로가 한순간에 사라졌다.

─ 뭐 사 갈까요? 간식 같은 거 먹을 시간 있어요? 직원분들 뭐 좋아해요?

"그냥 와. 커피랑 음료수도 넘쳐 나고. 각자 알아서 챙겨 먹는 분위기라 신경 안 써도 돼."

— 나 그럼 정말로 그냥 가는데?

"와."

통화를 마친 진혁은 오늘까지 마무리 지어야 하는 작업 분량과 시간을 가늠해 봤다. 지금부터 집중해서 바짝 하면 한 시간 반이면 끝낼 수 있을 것 같은데. 재희는 30분 정도 걸린다고 했다. 그럼 한 시간 정도 재희가 기다려 준다면 함께 퇴근할 수 있겠다. 제도대 앞에 선 진혁은 목표를 세우면 늘 그래 왔듯 눈앞의 것에 몰입했다.

사람이 온 줄도 모르고 무섭게 몰두한 진혁을 조용히 지켜보던 재희는 그녀의 방문을 알리려는 정훈에게 고개를 저어 보였다. 그러고는 휴대폰으로 재빨리 메시지를 작성해 정훈에게 내밀었다.

[휴게실, 어디예요? 선배 일 끝날 때까지 기다릴게요.]

조금 놀란 눈빛으로 바라보던 정훈이 회의실로 안내하고서는 장난기 어린 얼굴로 겁을 주듯 말했다.

"그러다 저녁도 굶고 기다려야 할지 몰라요."

"한 시간만 기다려 볼게요."

재희는 들고 온 작약 한 묶음과 사탕 한 통을 회의실 테이블에 올려놓고는 정훈에게 쇼핑백을 건넸다.

"뭘 가져오나 고민하다가 초콜릿 사 왔어요. 초콜릿이 머리 쓸 때 도움 된다고 하잖아요."

여자한테 초콜릿을 선물로 받아 본 건 '밸런타인데이'를 제하고는 처음이라 정훈이 재밌다는 얼굴로 받아 들었다.

"다 같이 잘 먹을게요. 저 안쪽에 탕비실 있으니까 편하게 사용해요. 그럼 나도 할 일 하러 갑니다."

좋아하는 일을 하기 때문인지 외부인의 방문에도 집중력이 흐트러지는 사람이 없었다. 회의실 창문으로 사무실 직원들을 죽 둘러보던 재희의 눈길이 진혁의 등에 닿았다. 소매를 걷어 올린 와이셔츠의 등 부분이 좀 젖어 보였다. 오른팔이 제도판 위를 신중하게 지나자 견갑골의 움직임이 도드라졌다. 재희는 옆으로 몇 걸음 옮겼다. 등만 보이던 진혁이 이제 옆얼굴을 보여 준다.

뭔가 생각대로 안 되는 건가. 아님 집중할 때는 저런 표정을 짓나. 미간에 주름을 잡은 진혁의 턱이 단단히 굳어 있었다. 진혁과 연애를 시작하지 않았다면 알지 못했을 모습이다. 가까이하기 어려운 사람이라고 계속 착각했을 만큼 날카로운 모습이기도 하다.

갈아입을 옷이 있으려나. 깔끔한 사람이 저 옷 입고 집에 가려면 거슬릴 텐데. 잠깐 나가서 사 갖고 올까, 생각하던 재희는 자리에서 일어난 정훈이 진혁에게 다가가 말을 걸며 회의실을 가리키자 당황해 버렸다. 뭐야. 한 시간 정도는 기다릴 수 있다고 했는데.

휙 고개를 돌리는 진혁과 눈이 마주치자 재희는 눈웃음을 지으며 살짝 손을 흔들었다. 눈을 접으며 웃어 주던 진혁이 놀란 듯 커다랗게 눈을 떴다. 진혁이 저렇게 놀라는 표정은 처음이다.

재빠른 걸음으로 회의실 문을 여는 진혁에게 재희는 양손 검지를 머리 옆에 가져가며 뿔났다는 시늉을 했다.

"얼굴 보여 준다며 오라더니 30분이 넘게 등만 보여 주고 말이야."

"……."

농담을 하는데도 대꾸는커녕 찌푸려진 미간을 풀지 않아 재희는 좀 당황했다.

목선을 지나 매끄러운 어깨로 내려가서 잠깐 머물렀던 진혁의 시선이 다시 올라와 재희와 눈을 맞췄다. 갑자기 커다랗게 숨을 내쉰 진혁이 머리를 긁어 올렸다. 그러고는 테이블에 걸터앉아 손을 내밀었다. 몇 걸음 걸어와 한 손을 맡긴 재희가 살짝 눈을 흘겼다.

"작업 방해 받아서 화난 줄 알고 놀랐단 말이에요."

"그런 걸로 화 안 내."

"나한테 화내지 말아요. 엄청 무서울 것 같아."

"화 안 나게 하면 되지."

"어떨 때 화나는데요?"

자유로운 진혁의 왼손이 재희의 왼쪽 어깨에 슬쩍 닿았다.

"글쎄. 한재희한테 화내는 일이 있을까."

"난 선배한테 화난 적 있는데."

"언제?"

"내가 지쳐서 탈진할 것 같다고 했는데도 억지로 산 정상까지 질질 끌고 갔을 때요."

약간 긴장한 채 듣던 진혁이 웃음을 터트렸다.

선선해 등산하기에 좋았던 2주 전 아침. 청계산 입구에서부터 한숨을 쉬며 툴툴거리더니 그래도 재희는 한 발 한 발 착실하게 올랐다. 그러다 "여긴 케이블카 없어요?", "대체 가만히 있는 산은 왜 오르락내리락하면서 괴롭히는 건데요.", "만약 선배가 산이라면 사람들이 들락날락하는 게 좋겠어요?" 몇 번 투덜대더니 그마저도 힘든지 입을 꾹 다물어 버린 재희의 손을 잡고서 이끌었다. 쉬다 걷다를 반복하면서 기어코 정상까지 올랐다. 산 정상에 올라선 기분이 어떤 건지 알려 주고 싶었다.

정상에 올라 한참이나 가쁜 숨을 고르던 재희는 땀에 젖어 이마에 달라붙은 머리카락을 손등으로 넘기며 발갛게 상기된 볼로 요구했다. "이제 내려가요." 노려보는 눈동자만큼이나 쌀쌀맞은 말투였다. 그러고는 덧붙였다. 약속대로 등산했으니까 이제, 절대로, 평생, 다시는 산에 안 오르겠다고. 그게 귀여워서 또 웃었다가 냉기가 흐르는 눈초리를 경험했다.

"갑자기 내 목소리가 듣고 싶었어?"

재희가 어깨를 으쓱였다. 진혁의 손가락이 오른쪽 어깨를 슬며시 스치고 지났다. '어라?' 잠시 생각하는 눈길로 진혁의 손가락을 따라가던 재희의 얼굴에 장난기가 스쳤다.

"왜 웃어?"

"그냥요."

재희는 시침을 뗐다.

"이거 선물이에요."

재희는 잡히지 않은 쪽 손을 뻗어 사탕 통을 집어 건넸다. 혹시나 싶었는데 역시나 진혁의 손가락이 어깨에 닿았다.

"선배 볼 때마다 사탕 물고 있거나 사탕 향 나더라고요. 이거 맛있대요. 난 사탕보다 초콜릿 쪽이라 잘 모르겠지만."

묘한 눈빛으로 사탕 통을 쳐다본 진혁이 꽃을 눈짓했다. 꽃봉오리가 막 벌어지기 시작한, 꽃잎이 빼곡하게 겹쳐진 연분홍빛 꽃묶음이 탐스러웠다.

"설마 저것도 내 선물?"

"작약은 내 거. 식탁에 꽂으려고요. 마음에 들어요? 줄까요?"

"한재희."

"왜요, 강진혁 씨."

"애교 부려 봐."

잘못 들었나 싶어 재희가 눈을 깜빡였다.

"애교 좀 부려 보라고."

"뭐예요, 갑자기."

"이왕 예쁜 짓 하는 거 인심 좀 써 봐."

목소리 듣고 싶다고 통화를 원하더니 사무실까지 찾아왔다. 색색깔 예쁜 사탕까지 들고서.

"애교 많은 여자가 좋아요?"

"누가 그래? 한재희식 애교가 보고 싶다는 거잖아. 예쁜 짓 하면 일 금방 마무리하고 맛있는 저녁 사 줄게."

"경험상 얘기하는 건데, 직원들한테는 일 시켜 놓고 혼자 딴짓하는 상사 정말이지 밉상스러워요. 빨리 가서 일 마저 해요."

"난 그냥 상사가 아니라 사장이라 괜찮아. 그리고 여기서 내가 일 제일 많이 해."

"……한 번도 말문 막힌 적 없죠?"

"아마도. 직원들만 일하게 하고 노닥거리는 거 안 좋다며. 얼른."

그냥 애교도 모르겠는데. 한재희식 애교는 또 뭐야. 눈을 굴리던 재희는 눈동자에 깃든 장난기를 들킬까 봐 입 안 볼살을 지그시 깨물며 진혁을 똑바로 쳐다봤다. 의아한 눈빛을 한 진혁이 왜, 라고 묻듯 한쪽 눈썹을 추켜올렸다.

재희는 진혁의 손에 잡혀 있던 손을 빼내고는 어깨 지점에 걸쳐져 있던 옷자락을 슥 내렸다. 쇄골이 보이는 네크라인의 오프숄더가 어깨 곡선을 완전히 드러낸 진짜 오프 숄더 블라우스로 변했다. 회의실 창으로 쏟아지는 초여름 햇살이 뽀얀 맨살에 고스란히 닿았다. 당황한 진혁이 누가 볼세라 얼른 옷자락을 위로 끌어 올렸다.

재희의 웃음이 터졌다.

"아까부터 이 옷이 신경 쓰였던 거죠? 그래서 나랑 말하는 중에 계속 어깨 만지는 척하면서 슬쩍슬쩍 끌어 올렸잖아요."

"……."

처음으로 말문이 막혀 버렸다. 목덜미에서 어깨로 이어지는 선과 반듯한 쇄골이 예쁜데. 만지고 싶을 만큼 예쁘기는 한데. 아침부터 이 모습으로 돌아다녔을 거란 생각이 들자 거슬렸다. 그래서 눈치채지 못하게 옷자락을 조금씩 끌어 올렸다.

"이건 어깨에 걸치는 거라 일반 오프 숄더보다 많이 드러나지도 않는 건데. 이 정도도 마음에 안 들어서 골난 표정을 지었던 거예요? 선배 보기보다 의외로 고지식한 면 있는 거 아니에요?"

놀리는 재미가 이런 건가 보다. 재희는 달콤하게 미소 지으며 핸드백에 감아 놓았던 스카프를 풀었다. 그러고는 목에 걸쳤다. 날개처럼 얇은 천이 드러난 어깨를 반쯤 가려 주었다.

"이러면 선배 맘에 들 만큼 예쁜 짓이려나?"

"……."

마음이 들켜 버려 좀 멋쩍고. 선심 쓰는 듯한 말투가 귀엽고. 눈웃음에 녹아 버릴 것 같고. 이 여자를 어떡할까.

〈플래퍼〉는 두 가지 특징을 가지고 운영된다. 하나는 디자인마다 일정 수량만 제작된다는 것. 또 하나는 원하는 디자인으로 맞춤 제작이 가능하다는 것. 고객이 신고픈 신발의 디자인을 그리면, 재희는 제작이 가능하도록 기능적인 측면을 담당한다. 필요한 경우 디자인의 수정을 조언하며.

첫 만남에서 스스로를 슈즈 홀릭이라고 말하던 은지가 생일 자축 선물을 하고 싶다며 흰 종이를 내밀었다. 종이에는 발가락까지 세심하게 표현된 샌들이 그려져 있었다.

"이런 샌들을 갖고 싶어요."

순간 재희는 웃음이 터질까 봐 입술에 힘을 주었다. 패션에 관심이 많으면서도 왜 미대를 포기했는지 이해가 가는 그림이었다. 아이처럼 그려 놓은 성인의 그림이 귀여웠다. 재희는 은지의 그림 샌들을 옆에 놓고 연필을 꺼내 스케치북에 선을 그었다.

"이런 스타일을 원한다는 거죠?"

엄마 구두를 몰래 신어 보는 여자아이가 그렸을 것 같은 샌들이 우아한 곡선을 가진 9센티미터 힐의 샌들로 변신했다.

"그래요, 이거! 아, 재희 씨는 정말 내 머릿속을 읽는 능력이 있는 거 같아."

"이걸 그대로 뽑으면 실망할지도 몰라요. 실물로 보는 버클이랑 진주의 반짝임은 그림에서보다 두 배쯤 더하거든요. 발등에 이렇게 큰 장식 버클이 있는데 힐에도 진주를 가득 박으면 과해져요. 버클은 이대로 가고, 힐은 변경하는 게 나아요."

"하지만 난 샌들은 화사하고 우아한 느낌이 좋은데. 날도 더운데 샌들까지 우중충하면 한층 더워 보이잖아요."

그렇긴 하지. 재희는 스케치에서 눈을 떼지 않은 채 물었다.

"힐에 진주를 꼭 넣고 싶어요?"

"꼭. 그러니 재희 씨가 방법 찾아 줘요."

은지가 선물로 가져온 마카롱만큼이나 달콤하게 웃었다.

진주. 얼마만 한 크기의 녀석을 어디에 넣어 줘야 어울리려나. 연필 끝으로 입술을 톡톡 치며 생각에 빠져 있던 재희가 샌들 옆에 커다랗게 힐만 확대해 그리기 시작했다.

"음, 이런 건 어때요?"

신발 밑창과 힐이 접착되는 부분의 3분의 1쯤을 파내 버리고 그 안에 큼지막한 진주 한 알을 그려 넣었다. 마치 진주알이 허공에 뜬 신발 밑창을 지탱하고 있다는 착각을 주었다. 스케치북을 돌려 은지가 볼 수 있게 했다. 눈을 빛내며 꼼꼼히 확인하던 은지가 갑자기 한숨을 내쉬었다.

"아, 난 왜 이런 재능이 없을까요? 나도 재희 씨처럼 내가 좋아하는 슈즈들로 가득한 슈즈 숍 갖고 싶은데 말이죠. 꼰대 같은 상사랑 회식 갈 때마다 머릿속으로 사표 열두 번은 더 써요."

무슨 마음인지 모르지 않아 재희는 미소 지었다. 직장 생활을 할 때보다 고민해야 할 일들은 더 많았지만, 지금이 더 행복했다. 재희는 스케치북을 당겨 와 빈 공간에 똑같은 디자인의 샌들을 그린 후 앞창 부분을 도톰하게 높였다.

"근데 은지 씨, 이런 플랫폼은 싫어요? 은지 씨가 원하는 디자인은 오래 걸으면 발 아플 텐데. 밑창을 이렇게 15밀리미터만 더 줘도 착용감이 훨씬 나아져요. 원래 디자인보다는 아주 살짝 캐주얼해지겠지만요."

은지가 눈을 동그랗게 떴다.

"예쁜데, 불편한 게 문제예요?"

"네?"

"발이 편한 신발을 원하면 운동화를 신어야죠. 이렇게 예쁜데, 발 좀 불편한 것 정도는 당연히 참아야죠. 하이힐 신고 달리기할 것도 아니고. 예쁘지도 않은 게 불편하기까지 하면 용서가 안 되지만 예쁘면 그 정도는 당연히 감수해야 하는 거 아니에요?"

예쁘면서도 착용감 좋은 하이힐은 절대로 존재할 수 없다고 단정 짓는 말투가 재밌어 재희는 웃었다. 우아함과 편안함은 양립되기 어렵다. 슈즈의 세계에서는. 예쁘면서 착용감 좋은 하이힐을 만들어 내는 건 슈즈 디자이너의 이상이지만 두 마리 토끼를 다 잡는 건 요행이라는 게 현실이다.

"예쁜 게 우선순위라는 거에는 나도 동의해요."

아름다움을 위해서는 기꺼이 아픔을 참겠다는 은지의 단호한 선언에 재희는 반쯤만 동의했다. 미(美)를 추구한다는 핑계로 착화감을 무시해 버리는 건 슈즈 디자이너로서 직무 유기니까.

힐이 일정 높이 이상을 넘어가게 되면 자연히 고통이 뒤따른다. 앞창이 두툼하게 들어가고 힐도 튼실한 플랫폼 슈즈가 아닌 이상. 그래서 재희는 아주 예쁘지만 오래 걷기에는 조금 힘든 정도로 타협을 한다. 갖고 싶을 만큼 아름답고, 오래 걸어도 최대한 덜 불편한 신발을 만든다는 모토를 가지고 디자인한다.

"색 넣어 볼게요."

붓 끝에 물을 적셔 진주알을 채색하는 재희의 신중한 얼굴을 지켜보던 은지가 눈을 내려 원피스를 감상했다. 샤넬라인의 하얀 원피스는 팔꿈치 위 5센티미터쯤에서 소매 선이 끝난다. 아무런 장식도 없고, 흰색 외에는 다른 색감 하나 없는데도 눈을 끌었다.

"재희 씨는 옷을 참 잘 입어요. 어디서 이런 옷을 발견했나 싶게 예쁜 걸 고르기도 하지만, 특히나 자기한테 잘 어울리는 게 뭔지 아는 것 같아. 전공도 의상이었고, 패션 디자이너로 근무했다면서 왜 슈즈만 해요? 재희 씨 옷 스타일 보면 패션이랑 같이 해도 괜찮을 것 같은데."

재희는 붓 끝에 검은색을 묻히며 설명했다.

"이태리에서 패션 공부 할 때 슈즈 쪽으로 더 관심이 가서 슈즈 디자인으로 변경했어요. 다시 한국 와서는 패션 디자이너로 일하기도 했지만. 둘 다 해 보는 건 어떨까 잠깐 생각도 했었는데, 그러기에는 난 멀티가 안 되거든요. 대학 때는 뭐든 다 잘하고 싶고, 그럴 수 있을 것 같았는데, 막상 해 보니까 잘 안 되더라고요. 그래서 둘 중 더 좋아하는 슈즈를 선택했어요."

"멀티가 안 되는 것보다는 완벽을 추구하는 성격 아니에요?"

"멀티도 안 되고, 완벽주의 성향도 좀 있고. 둘 다겠죠."

샌들 옆에 슈즈 제작자에게 전해 줄 내용들을 메모하는 재희를 지켜보던 은지가 말했다.

"처음에 나, 전시된 슈즈마다 그 옆에 사용된 소재랑 관리법까지 붙어 있는 거 보고 좀 놀랐어요. 미술관에 걸린 그림 옆에 수채화인지, 파스텔화인지, 세세하게 적힌 거 보는 그런 기분 들었거든요. 실질적으로 도움도 되고 사람들 눈길도 끌고. 좋은 아이디어인 것 같아요."

"질 좋은 소재로 솜씨 뛰어난 장인분이 만든 거라 오래 잘 신었으면 해서요."

"난 하고 싶은 거, 관심 있는 거 다 조금씩 건드려 보는 스타일이거든요. 하다가 지루해지면 대충 끝내 버리고. 슈즈 홀릭이라는 거 빼고는 재희 씨 나랑 거의 반대되는 성격인 것 같아. 그런데 재희 씨, 그럼 연애할 때는 어떡해요?"

20밀리미터라고 진주알의 크기를 적어 넣던 재희가 무슨 말인가 싶어 고개를 들었다.

"일과 연애. 그것도 나름 멀티가 되어야 하는 거잖아요."

재희는 고개를 주억거렸다. 연애도 하고 일도 하는 건 누구나 다 할 수 있는 거지만, 둘 다 잘하는 건 쉽지 않다.

"뭐든 동시에 잘하는 건 어렵죠. 그래서 순위를 매겨요. 첫 번째는 일이랑 부모님, 두 번째는 연애."

연애 상대보다 일을 먼저 꼽는 재희를 보며 은지는 웃었다. 불같은 연애 안 해 봤나 보다. 한창 콩깍지가 꼈을 때는 일은 물론이고 둘도 없는 베프마저 연락 두절로 만들어 버리는 게 연애인데. 아님 달콤하고 로맨틱한 디자인을 만들어 내는 것과는 달리 진혁처럼 이성적인 성격인 건가. 은지는 웃음 띤 얼굴로 어깨를 으쓱였다.

"뭐 어쨌든 진혁 씨랑 잘 맞으면 된 거죠."

그렇죠, 라고 대꾸한 재희가 물기가 채 마르지 않은 스케치북을 은지에게 보였다.

"완성품은 거의 이런 느낌일 거예요. 이대로 진행할까요?"

"좋아요. 근데 재희 씨 오늘 진혁 씨랑 데이트한다고 더 예쁘게 신경 썼나 봐요. 원피스 어디서 구입했어요?"

"제가 디자인했어요. 오랜만에 재봉틀 꺼내 볼까 했는데, 시간 내기가 어려워서 디자인만 하고서 재봉은 맡겼고요."

은지가 좀 망설이다 미안한 듯한 미소를 지으며 부탁해 왔다.

"나 그 원피스랑 똑같은 거 한 장 만들어 주면 안 될까요? 디자인만 해 주면 나머지는 내가 알아서 할게요."

패턴이 있으니 한 장 더 만드는 거야 별로 어려운 일은 아니다. 바쁘지만, 가까운 지인들에게 〈플래퍼〉를 소개해 주는 건 물론,

SNS로 홍보까지 해 주는 은지한테 그 정도 쯤도 못 낼 만큼은 아니었다. 하지만 키가 크고 도회적인 분위기의 은지에게 이 디자인을 그대로 사용한다면 딱히 어울릴 것 같지 않은데.

재희의 침묵을 오해한 은지가 애교 어린 말투로 덧붙였다.

"지난번 구매했던 하늘색 펌프스랑 잘 어울릴 것 같은데. 안 될까요? 당장 갖고 싶다는 게 아니라 재희 씨 시간 날 때 해 주면 되는데. 힘들까요?"

재희는 스케치북을 넘겨 그녀가 입고 있는 원피스를 그렸다. 그러고는 색연필로 소매 끝, 가슴 라인, 마지막으로 허리선에 띠를 두르듯 색을 넣었다. 브이 라인으로 파인 가슴 선에는 작은 진주알들로 장식한 큼직한 리본도 달았다.

"은지 씨한테는 이런 분위기가 더 어울릴 것 같은데. 어때요?"

은지의 얼굴에 화사한 웃음이 번졌다.

"어머, 당연히 마음에 들죠. 고마워요, 재희 씨."

고맙다는 말을 한 은지가 재빨리 휴대폰과 핸드백을 챙겨 일어 났다.

"그럼 두 분 데이트 잘하세요. 재희 씨 계속 잡고 있다고 진혁 씨한테 미움받을라."

은지의 말에 놀라 고개를 돌리자 열린 문 너머로 진혁이 보였다. 팔짱을 끼고서 테이블 위에 놓인 펌프스를 구경하고 있었다.

"언제 왔어요?"

은지에게 살짝 고개를 끄덕여 인사를 한 진혁이 5분 전, 이라고 답하고는 문 앞까지 은지를 배웅하는 재희의 곁에 섰다. 진혁은 궁금한 눈빛으로 슬쩍 은지의 손에 들린 박스를 쳐다보았다. 지난번과 비슷한 구두가 들어 있으려나. 어디가 다르다고 굳이 짚어 주지 않으면 잘 모르겠다 싶을 만큼 닮은 구두를 사 모으는 여자들의 심리를 이해하기 어렵다. 혼자만의 생각이 아니었는지 은지가 탐내던 구두 한 켤레를 보며 정훈이 "신고 있는 거랑 비슷한데."라고 했다가 "안 비슷해요."라고 항변하는 두 여자의 눈총을 받아야 했다. 색상과 모양에 나름 민감한 직업을 가진 자신들에게 비슷해 보일 정도면 웬만한 남자들 눈에는 똑같아 보이겠다는 생각이 스쳤다.

"예쁘게 잘 신을게요."

'Open'을 'Closed'로 돌리는 재희를 지켜보던 진혁이 슬쩍 허리를 숙여 귓가에 속삭이듯 말했다.

"떼쓰면 들어주는 성격이었어?"

원피스를 만들어 주기로 한 걸 놀리는 건지 정말 궁금해하는 건지 모를 말투다.

"몰랐네. 나도 떼 좀 쓸 걸 그랬어."

재희의 눈이 동그래졌다.

"떼쓰고 싶은 게 있었어요?"

묻던 재희가 장난기 어린 목소리로 덧붙였다.

"써 봐요. 들어준다는 약속은 못 하지만."

어릴 때 떼쓰는 모습도 상상이 안 가는 남자가 어떤 식으로 떼를 써 올까. 눈을 반짝이며 재촉하는 재희를 진혁은 가만히 내려다봤다.

'중현이랑 친구 그만해. 아니, 애초에 남자 놈들이랑은 친구라는 걸 하지 마.'

머릿속을 울리는 말을 소리로 옮길 수가 없었다. 중현이와 여전히 친구라는 말에 그 정도는 충분히 받아들일 수 있다는 듯 넘겨 버렸다. 중현이와의 우정을 이해 못 하겠다고 하는 순간 그럼 선배랑 사귈 수 없어요, 라는 답을 줄 것 같아서. 궁금증과 호기심만 가진 대학 선배 강진혁 말고 소꿉친구이자 여전히 베스트 프렌드라는 중현을 선택할 것만 같아서.

중현이랑 친구 그만해. 이렇게 말하면 지금은 넌 어떤 답을 줄까.

"말해 보라니까요."

"내가 애야? 떼쓰게."

재희는 눈을 굴렸다.

"먼저 말 꺼내 놓고는. 아, 나 선배한테 줄 거 있어요."

구두 굽을 울리며 작업실로 들어가는 재희의 원피스 자락이 곧게 뻗은 종아리 위에서 살랑였다. 재희가 눈을 빛내며 상자를 들고 나왔다.

"선배한테 어울리겠다 싶은 디자인이 떠올라서 한번 그려 봤는데. 다 그리고 나니까 생각보다 더 마음에 들어서 제작 부탁 드렸거든요. 열어 봐요."

상자를 열자 모카신이 새 가죽 냄새를 풍기며 얌전히 놓여 있었다.

"마음에 안 들면 굳이 신지 않아도 되니까, 그냥 두지 말고 사이즈 맞는 사람한테 선물로 줘요. 신발장 구석에 덩그마니 놓여 잊히는 것보다는 누구라도 신는 게 나으니까."

예전에 직접 디자인한 넥타이를 주면서도 비슷한 말을 하더니. 작품관은 변하지 않았나 보다. 진혁이 갑자기 떠오른 궁금증을 물었다.

"나한테 줬던 넥타이 기억해?"

"물론이죠. 내가 디자인한 건데."

"넥타이 행방 안 궁금해?"

"궁금해한 적 없었는데, 그렇게 물으니까 궁금해지네. 넥타이의 현재 소재지는 어딘데요?"

감사 선물이라기보다 실연 기념물처럼 느껴지던 넥타이는 받은 그날 한 번 열어 보고는 상자에 도로 담았다. 자신이 사용하는 것도 타인에게 주는 것도 내키지 않아 그대로 방치했는데 정훈에게서 재희의 얘기를 들은 날 몇 년 만에 다시 열어 보았다. 넥타이 사이에 껴 있는 메모 한 장. 그동안 알고 있던 한재희는 그저 딱 한마디 '감사했습니다.'라고 써 놓을 거라 생각했다. 그래서 메모를 읽었을 때에는 좀 놀랐다.

「졸업 작품전 준비 때문에 예민하게 굴었던 적이 있을지도 모르겠어요. 그랬다면 죄송합니다. 선배 덕분에 큰 도움이 됐어요. 정말 감사했습니다. 졸업 축하드려요. —한재희」

"내 옷장."

"그거 7년이나 지난 거라 지금 매기에는 힘들 텐데. 넥타이가 은근 유행 타잖아요."

218

진혁의 손에 들린 구두 상자를 다시 가져가며 재희는 1인용 소
파를 가리켰다.

"앉아 봐요. 편한지 착용해 봐야죠."

신고 온 스니커즈를 벗고 재희가 가지런히 놓아 주는 모카신에
발을 집어넣었다. 부드러운 가죽이 발등을 감쌌다. 모카신은 편안
함을 강점으로 내세우는 디자인이라 당연히 착용감이 좋을 수밖
에 없다. 설사 그렇지 않다 해도 한재희가 디자인한 건데 불편하
게 느껴질 리가.

"일어서 봐요."

일어나 내려다보는 재희는 더 작아 보인다. 작고 귀여운 것이
취향이 될 줄은 몰랐다.

"선배는 발등이 넓지 않고 날렵해서 신발이 예쁘게 나와."

진혁은 그의 발 앞에 쪼그리고 앉은 재희의 머리카락을 만지작
거렸다.

"머리 부스스해져요."

"눈대중만으로 정확하게 사이즈 잡아냈네?"

"발 사이즈 아니까 맞는 거지. 눈대중만으로는 힘들어요. 졸업
작품전 때랑 발 사이즈 달라진 것도 아닌데."

"내 신발 사이즈 기억하고 있었어?"

"그때 자료들 다 간직하고 있으니까요."

같은 곳을 향한 시선이 늘 같은 것을 담는 건 아니다. 같은 추
억을 공유했다고 같은 느낌으로 기억되는 것도 아니다. 짧았던 마
주침을 하나도 놓치지 않고 다 떠올리는 자신이 드문 케이스겠지.

그래도 기억을 하는 게 아니라 기록이 있었기 때문이라는 재희의 말에 좀 서운해진다. 운동화까지 빌려줬었는데 말이지.

"그런데."

진혁의 눈에 짓궂은 빛이 어렸다.

"좀, 뜬금없네."

"뭐가요?"

"아무 날도 아닌데 선물을 받았어. 근데 그게 또 신발이야. 설마 애인 사이에 신발 선물은 금기라는 얘기 들어 본 적 없는 건 아닐 텐데 말이지, 슈즈 디자이너가."

속설 같은 건 귓등으로도 안 들을 것 같은 사람이 이런 말을 하네. 재희가 재미있다는 표정을 하고서 되물었다.

"설마 그런 말 믿는 거 아니죠?"

당연히 안 믿는다.

"그런 건 아니지만. 이거 신고 이 남자가 다른 여자한테 가 버리면 어떡하나, 그런 걱정 같은 건 조금도 안 드나 궁금하기는 해."

재희는 고개를 숙인 채 뒤꿈치 여유분을 살피고, 발볼이 편한지 눌러 보며 대답했다.

"그런 걱정 안 해요. 사람 감정이라는 게 마음대로 되는 것도 아니고. 걱정한다고 일어날 일이 안 일어나는 것도 아닌데. 만약에 다른 사람을 더 좋아하게 되면 그 사람한테로 가는 게 맞잖아요. 더 좋아하는 사람이 생겼는데도 더 이상 좋아하지 않는 사람과 연애를 계속할 수는 없는 거니까."

깔끔한 대답에 진혁의 한쪽 입꼬리가 비스듬히 올라갔다. 이런 대답을 줄 거라고 짐작했다.

맞는 말인데. 좋아하는 감정이 없어지면 헤어지는 게 당연하다고 생각해 왔는데. 막상 재희의 입에서 흘러나오는 말은 수긍하기 싫어진다.

질투심 유발을 위해 도발하거나 밀당이라도 하는 거라면 낫겠다. 하지만 늘 순도 백 퍼센트 진심만 말하는 한재희가 그럴 리 없지. 남의 감정을 가지고 저울질하고 간을 보는 성격이었다면 지금처럼 좋아지지도 않았을 테고.

눈이 마주치면 눈웃음을 짓고, 때로는 먼저 입을 맞춰 온다. 이만큼 좋아한다고 솔직하게 표현해 오는 재희인데도 여전히 불안했다. 재희를 안게 되면 이 불안이 덜어질까. 겨우 그런 걸로 안심이 될까. 만약 재희에게 더 좋아하는 남자가 생기면, 그래서 헤어지게 된다면 재희는 중현이와 그런 것처럼 자신에게도 좋은 선후배로 지내자고 말해 올까. 불안해서, 안심이 되지 않아 자꾸만 생각이 비약한다.

가만히 신발을 보고 있던 재희가 갑자기 고개를 들었다. 여전히 진혁의 발치에 쪼그려 앉은 채 그를 올려다보며 입술을 열었다.

"근데 선배…… 그러려면 이 모카신은 나한테 돌려주고 가요. 내가 만든 거니까."

달콤한 눈웃음과 달리 새침한 말투다. 정말로 신발 때문에 하는 말인지도 모르겠다. 한재희는 그러고도 남지. 하지만 마치 그

러지 말라는 것 같아서, 다른 여자는 눈에 담지 말라는 말 같아서
진혁은 눈꼬리를 접었다.

"신발이 아까워서 못 그러겠어. 나한테 이렇게나 잘 맞는 건
처음이라서."

7

비스트로는 기억하던 것과는 조금 다른 분위기였다. 소품 몇 개로 계절을 느끼게 하는 센스가 맘에 들어 유심히 살피던 재희는 알코올을 뺀 모히또 두 잔을 주문했다.

"네, 모히또 두 잔이요. 알겠습니다."

미소에 어울리는 상큼한 목소리로 주문을 받은 남자가 신선한 라임의 즙을 짜냈다. 동작 하나하나에 즐거움이 묻어났다. 자신의 일을 최선을 다해 즐기는 사람은 보는 사람까지 기분 좋게 만든다.

모히또가 맛있는 곳인가 보다. 빈 라임 껍질이 늘어났다. 덕분에 비스트로 가득 새큼한 향이 넘쳤다. 분주히 음료를 준비하면서도 실내를 스윽 훑으며 손님들을 살피던 남자가 눈이 마주치자 눈웃음을 지었다. 마주 미소 짓던 재희는 손가락이 툭 볼을 건드리는 감촉에 고개를 들었다.

"주차 잘했어요?"

"왜 아무한테나 웃어 줘."

진혁답지 않은 시비에 재희는 미소를 머금고서 고개를 저었다. 앞치마를 두른 남자가 유리잔 두 개를 올린 쟁반을 들고 테이블로 왔다. 좀 전보다 한층 환한 웃음을 지으며.

"우와. 기다리던 일행이 우리 형이었어요?"

그냥 형도 아니고 우리 형이라는 말에 놀라 진혁을 쳐다보자 "막내."라고 대답했다. 동생이라 인테리어를 맡았던 거구나, 싶던 재희는 친동생을 '아무한테나'라고 칭한 건가 싶어 슬쩍 웃었다.

"한재희예요. 반갑습니다."

"넵! 강우윤입니다."

앞치마에 손바닥을 싹싹 문지른 우윤이 손을 내밀었다.

"잘 부탁드려요."

맞잡은 남자의 손에서 새큼한 라임 향이 전해져 왔다. 신기했다. 형제가 이렇게도 안 닮을 수가 있구나. 막내는 어머니 닮아 외모도 성격도 많이 다르다는 말을 듣긴 했지만, 형제라고 말 안 해 줬으면 짐작도 못 할 만큼이다.

"형이랑 안 닮았죠?"

"네. 선배가 얘기했지만 이렇게나 다를 줄은 몰랐어요."

선배, 라는 말에 우윤의 얼굴에 호기심이 어렸다.

"주문받아. 배고프다."

"넵!"

앞치마 주머니에서 메모지와 펜을 꺼내는 우윤에게 재희는 가장 자신 있는 메뉴를 추천해 달라고 부탁했다.

"지난번에 시저 샐러드는 먹어 봤으니까 그건 제하고요."

"왔었어요? 언제?"

"2월에요. 여기 인테리어가 어떤가, 〈움〉 실력을 보러요."

재희가 장난스러운 눈으로 진혁을 봤다가 다시금 우윤에게로 고개를 돌렸다.

"그때 시저 샐러드랑 미니 차우더가 맛있어서 또 오고 싶었는데 시간이 잘 안 났어요."

"나 없을 때 왔나 보다. 아님 내가 기억했을 텐데."

믿을 수 없는 소리에 재희가 의아한 얼굴을 했다.

"손님들을 다 기억해요?"

"예쁜 손님은요."

풋 웃음이 터졌다. 성격은 더 다르구나.

"주문."

"넵! 그럼 계절 메뉴로 밀고 있는 새 메뉴와 저희 가게 스테디셀러로 준비하겠습니다."

장난스럽게 거수경례까지 해 보인 우윤이 오픈형 주방으로 들어가 셰프로 보이는 남자에게 두 사람이 앉아 있는 쪽을 가리키며 뭐라고 말을 하더니 바지런하게 움직였다.

"동생 유쾌하네요."

"그래서 어머니가 예뻐하시지. 딸 같은 아들이라고."

진혁이 테이블 위로 한 손을 올렸다. 손바닥이 보이도록 올려

놓더니 검지로 테이블을 툭 쳤다. 뭔가를 요구하는 듯.

"어떡하라고요?"

"잡으라고."

물방울이 맺힌 유리잔 속의 모히또를 비우는 동안 손안에 들어온 작은 손을 만지작거리던 진혁이 손끝으로 재희의 엄지를 가만히 쓸었다. 손톱 아래 굳은살이 만져졌다. 생각을 할 때면 이로 깨무는 곳이다. 별거 아닌 습관도 오래되면 이렇게 흔적을 남긴다.

굳은살을 쓰다듬던 손가락이 재희의 손가락 사이를 파고들며 깍지를 꼈다. 맞물린 손가락보다 더 강한 시선으로 재희의 눈을 붙잡았다. 시간이 멈춘 듯 주위의 소음이 사라졌다.

두툼한 스테이크가 담긴 접시를 테이블에 내려놓은 우윤이 진혁을 물끄러미 쳐다봤다.

"왜?"

형이 음식 나오는 거 기다리는 동안 애인 손 잡고 있는 사람인 줄은 몰랐어, 라고 답할 수 없어서 우윤은 고개를 저었다.

"아냐."

우윤은 다정한 말투로 재희에게 맛있게 드시라는 말을 하고는 자신을 부르는 옆 테이블로 이동했다.

재희가 자신의 몫을 반쯤 비웠을 때 진혁의 휴대폰이 울렸다. 지금껏 데이트 시간이 출근 전 이른 아침이거나 일 끝난 늦은 밤이었던 터라 진혁이 휴대폰을 확인할 일은 거의 없었다. 하지만 4주 일정으로 지방 출장이 잡힌 탓인지 이곳까지 오는 도중에도 몇 번 전화가 울렸었다.

발신자를 확인한 진혁이 일어났다.

"잠깐만."

밖으로 나가 통화를 하는 진혁의 뒷모습을 바라보던 재희는 테이블을 노크하는 소리에 고개를 들었다. 같이 미소 짓게 만드는 분위기의 우윤이 의자를 가리키며 "잠깐 앉아도 될까요?"라고 물어 왔다. 큰형의 여자 친구가 궁금한가 보다 싶어 재희는 고개를 끄덕였다.

의자를 돌려 등받이에 팔을 걸친 우윤이 고갯짓으로 진혁을 가리켰다.

"데이트하다 내버려 두고. 매너 꽝이죠? 우리 큰형 지독한 워커 홀릭인데. 이러다 차이는 거 아닌지 모르겠어요."

목소리만큼이나 창밖 '우리 큰형'을 바라보는 눈에 애정이 담겨 있었다. 홍보는 게 아니라는 걸 아는데도 재희는 괜히 변명을 해 주고 싶어졌다. 변명만은 아니기도 했다.

"자기 일 열정적으로 잘해 내는 남자 매력 있어요. 난 선배가 일에 몰두하는 거 좋아요. 우윤 씨도 자기 일 즐기는 것 같은데요? 아까 모히또 만드는 모습도 그래서 눈을 끌던 건데."

이런 대답을 할 줄 몰랐는지 살짝 눈을 키웠던 우윤이 씨익 웃었다.

"에이, 난 또 내가 잘생겨서 쳐다보는 줄 알았는데."

"잘생기기도 했고요."

"형이랑 나, 누가 더 잘생겼어요?"

우윤은 보편적인 시각에서 잘생겼다. 진혁은, 취향을 타는 타입이다.

"우윤 씨가요."

장난기 가득한 얼굴로 대답을 기다리던 우윤이 눈을 깜빡였다.

"와…… 나 잘 안 놀라는데. 방금 진짜 놀랐어요."

우윤이 의기양양한 표정으로 스스로를 가리켰다.

"수재라던 형들이랑은 달리 공부는 못했지만, 그래도 우리 삼형제 중에 내가 제일 잘생기고 성격도 가장 좋다는 평을 듣죠."

엄지를 치켜세우는 우윤에게 재희가 물었다.

"그럼 두 번째로 성격 좋은 사람은 누구예요?"

"큰형이요. 큰형은 성격이 좋다기보다는 멋있죠. 멋있어요, 우리 큰형. 재희 씨도 알고 있겠지만. 우리 중에서, 아니 우리 가족 통틀어서 가장 성격 안 좋은 사람은 둘째 형이에요. 시니컬한 표정이랑 말투 때문에 성격 안 좋아 보이는데, 실제로는……."

궁금증을 유발하듯 뜸을 들이며 목소리를 낮추자 재희는 저도 모르게 우윤에게로 몸을 기울였다.

"실제로는, 더해요."

"더해요?"

"큰형은 감정에 휘둘리는 편이 아니라서 좀 냉정하게 느껴지잖아요. 그래서 차가울 거라고 선입견 가지는 사람들이 많은데, 아는 사람들은 다 알죠. 뼛속까지 냉정하고 인정머리 없는 건 둘째 형이라는 걸. 근데 말이에요, 재희 씨. 나 궁금한 거 있는데. 물어봐도 될까요?"

말해 보라는 듯 쳐다보는 재희에게 우윤이 자신의 추측을 늘어놓았다.

"형을 '선배'라고 불렀잖아요. 그렇다는 건 대학 때 알게 된 사이인 거죠? 그런데 어떻게요? 형 건축과 여자 후배 몇 안 되고 졸업 앨범에서 재희 씨 못 봤으니까 과 선배는 아닐 거고. 형이 동아리 활동한 거는 야구부밖에 없었는데. 혹시, 야구부였어요?"

자신이 야구부 유니폼을 입고 운동장을 뛰는 모습을 그려 본 재희가 풋 웃었다.

"의상디자인 전공인데 선배가 졸업 작품전 도와줬어요. 몇 달 전 인테리어 작업 때문에 우연히 선배한테 연이 닿았던 거고요."

"아……."

의상디자인. 졸업 작품전. 두 단어에 우윤의 눈이 휘둥그레졌다. 형들이 다닌 대학은 캠퍼스 넓기로 소문난 곳이지만, 세 다리 쯤 건너면 아는 사람들이 있기 마련인 좁은 세상이기도 했다. 덕분에 큰형이 의디과 졸업 작품전 런웨이에 섰던 소식이 도서관에 붙어살던 법대생 둘째 형에게까지 전해졌다.

'뭐야, 답지 않게. 여자 친구 때문에 그런 거까지 해 주는 성격인 줄은 몰랐네.'

놀림과 놀람이 섞인 말을 걸었던 둘째 형은 아무런 반응을 얻지 못했다. 여자 친구 소개 안 해 주냐는 말에도 큰형은 그저 흘 깃 쳐다본 게 다였다. 그래서 둘째 형과 둘이서 별별 추측을 해 보다 시간이 지나자 자연히 잊혔다.

우윤은 큰형의 여자 친구를 새삼 유심히 바라보았다. 진혁의 자리에 놓인, 식어 가는 스테이크 조각을 쳐다본 재희의 시선이 진혁에게로 건너갔다. 우윤의 고개가 따라갔다.

생각보다 통화가 길다. 문제가 생긴 건가. 담배가 생각나는지 엄지로 입술을 문지르는 얼굴에 짜증이 묻어났다. 미간을 찌푸린 신경질적인 모습이 섹시해 보일 수도 있구나. 문득 드는 생각에 조금 웃던 재희는 머리를 쓸어 넘기며 안쪽으로 고개를 돌리던 진혁과 눈이 마주쳤다. 순간 날카롭던 눈매가 부드럽게 휘며 눈웃음을 짓자 재희는 입술을 물었다. 마음이 뛰었다.

답답하면 담배 피우지. 안 가져왔나. 밖에서 피우기에는 장소가 애매한가. 금연 구역이 늘어나서 선배 좀 힘들겠네. 흡연량 높은 사람답지 않게 담배 냄새가 잘 안 나는 걸 보면 정말 깔끔한 타입이다. 스쳐 가는 생각 끝에 재희는 갑자기 깨달은 얼굴로 아, 작게 내뱉었다. 우윤에게 물었다.

"선배는 달달한 거 안 즐기죠?"

"큰형은 담백하고 깔끔한 맛 좋아해요. 그래서 후식도 과일은 좀 먹는데 케이크류는 전혀 손 안 대고요."

"사탕도 안 먹죠?"

우윤이 눈을 크게 뜨고서 되물었다.

"형이요? 형이 사탕도 먹어요?"

"그냥 궁금해서 물었어요."

문을 밀고 들어온 진혁이 맞은편에 앉을 때까지 가만히 지켜보던 재희는 하고픈 말을 삼켰다.

"일 안 하고 계속 노닥거리네. 나도 수혁이처럼 이자 받아?"

우윤이 벌떡 일어났다.

"에이, 그런 건 둘째 형 같은 사람이나 하는 거지. 재희 씨 심심할까 봐 잠깐 앉았던 거야."

"종일 혼자 있어도 안 심심해하는 사람이야. 일해."

"넵!"

진혁의 표정을 살피던 재희가 물었다.

"문제 생긴 거예요?"

"지금 가 봐야 하는 건 아니야."

식사를 마저 끝내고, 우윤이 특별히 신경 썼다는 후식을 먹고. 그리고 진혁이 그녀의 집 앞에 차를 세울 때까지 할 말을 정리하던 재희가 심호흡을 했다.

"왜 한숨이야?"

"선배는 담배 냄새가 안 나요."

뜬금없는 소리에 차 키를 빼던 진혁이 고개를 돌렸다.

"옷에서는 가끔 희미하게 느껴질 때가 있는데, 담배 피우는 사람이라고 얘기 안 하면 모를 만큼 안 나."

"갑자기 무슨 얘기야? 담배, 끊어?"

"사탕 안 좋아하죠?"

대답 대신 진혁은 무슨 말을 하려는 건지 감을 잡지 못한 얼굴로 재희에게서 눈을 떼지 않았다.

"기억을 더듬어 봤어요. 같이 인테리어 디자인 의논할 때는 담배 냄새가 옅게 맡아졌었거든요. 그런데 어느 날부터 담배 말고 달달한 냄새가 나더라고요. 단거는 안 즐기는 거 같은데 사탕만 예외인가 싶었죠. 그런데 아까 비스트로 밖에서 통화하는 선배 보면서 갑자기 생각이 나는 거야. 공사 시작하고 얼마 안 됐을 때, 작업하시던 분이 담배 물었는데 연기가 눈에 들어와서 나도 모르게 눈을 찌푸렸거든요."

기억한다. 실내에서는 금연을 원칙으로 하는데도 작업하다 보면 어느새 담배를 피우는 사람이 하나둘 생긴다. 현장 확인차 들렀다 담배를 든 작업자와 옆에 있던 재희를 보고서 다시금 주의를 주었었다.

"선배한테서 사탕 향이 난 게 그때부터였어. 맞죠?"

"그래서?"

"선배가 나 때문에 하는 노력이 얼마만큼인지 감이 안 잡혀요."

"알아듣게 말해."

"원래 그렇다고 생각했던 선배의 모습이 실은 노력하는 거였다는 거. 그리고 그 노력이 내가 느낀 것 말고도 더 많이 있을 거라는 생각이 들었어요."

짧은 원피스를 입은 게 신경 쓰이면서도 안 그런 척하는 진혁이 귀엽다. 작업량이 절대적으로 더 많으면서도 데이트 시간을 자신에게 맞추려 애쓰는 진혁이 고맙다. 담배 냄새 지우려 싫어하는 사탕 물고서 자신을 만나러 오는 이 남자가 좋다. 하지만, 그런 것뿐만이 아니라면. 노력하는 게 그런 소소한 것들만이 아니라면.

"그게 왜. 내가 하고 싶어서 하는 거야. 억지로 노력하는 게 아니라, 너한테 맞추려고 하는 게 아니라, 원해서 하는 거야. 그게 왜?"

"선배. 사실은 나랑 중현이 관계 이해 안 되죠? 그런데도 아무렇지 않은 듯 넘긴 거죠?"

표정을 지운 진혁은 차가워 보인다.

"나는 괜찮다고 했고, 그랬으면 된 거잖아."

입술을 물었다 놓은 재희가 말했다.

"중현이 방학이라 한국 들어온대요. 만나기로 했어요."

진혁은 자신의 눈동자가 흔들렸다는 걸 느꼈다. 굳어진 표정을 수습하기 어려웠다. 그리고 재희에게 감정을 고스란히 읽혔다는 걸 알았다.

"거봐. 싫잖아요. 그런데 왜 별거 아닌 것처럼 넘겼어요? 왜 계속 친구로 지내도 괜찮다고 했어요?"

진혁이 입꼬리를 비틀었다.

"그랬으면 너, 나랑 시작도 안 했을 거잖아. 안 그래?"

"……."

아마도 그랬을 거다. 그때의 강진혁은 오랜 친구인 중현이보다 중요하지 않았던 사람이니까.

"한재희. 뭐가 문제야? 뭐가 됐든 내가 하고 싶어서 해. '노력'이 아니라, 하고 싶어서 하는 거라고."

"나는 눈치 있고 싶지만, 눈치 보고 싶지는 않아요."

미간을 찌푸린 진혁이 머리를 긁어 올렸다.

"설명해."

"남자 친구였던 사람이랑 친구로 지내는 거 이해해 주는 사람 많이 없다는 거 알아요. 남들이 어떤 생각을 하든 상관없어요. 그 사람들이랑 연애하는 거 아니니까. 무엇보다 당사자인 선배는 괜찮다고 했으니까. 그런데 사실은 괜찮지 않았던 거잖아. 선배가 나 때문에 나도 모르는 노력들을 한다는 걸 알게 됐는데. 그럼 나도 이만큼은 해야 하는 거 아닐까. 그런 생각 하게 되잖아요. 실은 괜찮지 않은 것들이 많은데 괜찮은 척하는 건가 싶어 눈치 보는 마음이 생기잖아."

무의식적으로 중현의 이름을 언급했던 이후로 조심하게 되었다. 엄마의 걱정을 들은 후라서 그런 것도 있었다. 하지만 무엇보다 사귈수록 진혁은, 자기 여자가 옛 남자 친구와 우정 관계인 것을 용납할 수 있는 사람이 아닐 것 같다는 확신이 들었다.

"눈치 보지 마. 노력하지 마. 지금껏 그래 왔던 것처럼 넌 그냥 한재희로 있어. 너 하고 싶은 대로 해."

"하지만, 선배는."

"노력 아니라고 했어. 그리고 설령 그렇다 해도, 나한테 노력하지 말라고 요구하지 마. 그거, 월권이야."

재희는 입술을 깨물었다. 왜 대화가 이렇게 흘러 버렸을까.

모카신이 생각보다 더 잘 어울렸다. 인테리어만큼이나 맛있는 곳에서 데이트를 했다. 더불어 유쾌한 막내 동생 우윤도 만났다. 그리고 무엇보다, 내일 아침 일찍 지방으로 내려가는 진혁이라 당분간 함께 모닝커피를 마시며 얘기를 나누는 시간을 가지기 힘들다. 이런 식으로 보내기는 싫었는데.

처음부터 솔직했다면 이런 대화는 필요 없었을 텐데. 하지만 솔직했다면 아마도 진혁의 말대로 시작조차 없었을 관계가 됐을지도 모른다.

재희에게서 눈을 뗀 진혁이 인적이 끊어진 어두운 골목길을 뚫어져라 노려보며 물었다.

"이거만 대답해 봐. 내가, 부모님 다음으로는 좋아? 그 정도는 돼?"

"그만큼은 좋아요."

"그럼 됐어."

뭐라고 말을 하려 입을 달싹이던 재희가 차 문을 열었다.

"출장 잘 다녀와요."

한 발을 차 밖으로 내딛는 순간 팔이 잡혔다.

"왜 그냥 가?"

한동안 품 안에 재희를 꽉 끌어안고 있던 진혁이 입술을 머리에 묻었다.

"갔다 올게."

조금 웃어 보인 진혁이 떠났다.

계단을 밟고 올라와 방문을 열던 수혁이 발코니 쪽으로 고개를 돌렸다. 잘못 본 건가 싶어 눈을 좁혀 어두운 공간을 응시하는 순간 빨갛게 달아오른 담배 끝에서 흰 연기가 피어올랐다.

"불도 안 켜고 앉아서 뭐 해?"

"이 시간에 볼 줄 몰랐는데."

"나야말로. 엄청 솔직하고 예쁜 애인은 어디 두고 여기 있는 건데?"

진혁이 픽 웃었다.

"막내가 그래?"

"그렇다던데. 큰형바라기라 형 여자 친구라면 다 예쁘다고 그럴 녀석이니 별로 신용은 안 가지만."

진혁이 입꼬리를 올렸다.

"엄청 솔직하고 엄청 예쁜 거 맞아."

"그런 여친 놔두고 왜 여기 있냐고. 내일 내려가면 한 달 가까이 거기 머문다며. 왜? 싸우기라도 했어?"

"올려다보기 힘들다. 와서 앉든지."

별 대꾸 없이 돌아섰던 수혁이 테이블에 맥주를 내려놓으며 진혁의 맞은편에 털썩 앉았다. 캔 하나를 건네는 수혁에게 진혁은 고개를 저었다.

"내일 새벽에 출발이야."

어깨를 으쓱인 수혁이 캔을 따자 칙 소리와 함께 뽀얀 김이 올랐다. 마시기도 전에 갈증이 해소될 만큼 청량한 소리였다. 더운 밤에는 시원한 맥주가 진리다. 꿀꺽이며 입 한 번 떼지 않고 캔 하나를 비운 수혁이 새로이 캔을 따며 진혁에게 물었다.

"어떻게 사귀게 된 거야? 우윤이 말로는 대학 후배라던데. '그' 의디과."

붙어 앉아 있더니 별걸 다 물어봤나 보다.

"몇 달 전에 우연히 마주쳤고. 내가 사귀자고 했고. 그래서 사귀고 있고. 지금은 여기까지."

"대학 때는 왜 못 사귄 건데?"

진혁이 못마땅하다는 표정으로 물었다.

"내 연애를 왜 알고 싶은데?"

"성격에 안 맞는 뻘짓까지 하면서 도와준 여자랑 하지 못했던 연애를 어떻게 지금은 하고 있나 심히 궁금해져서."

"예전에는 나한테 관심 없었고, 지금은 나를 좋아하고."

담배를 끈 진혁이 수혁에게로 몸을 틀었다.

"뭐 하나만 묻자."

맥주 캔을 깔끔히 비운 수혁이 뭐, 하는 표정으로 쳐다봤다.

"이성 친구 있어? 말 그대로 친구로 지내는."

"친, 구?"

빈정거리는 어조가 답을 말해 주고 있어 진혁은 다시 물었다.

"사귀던 여자들 중에 연락하고 지내는 사람은?"

대답 대신 턱을 괴고 진혁을 빤히 쳐다보던 수혁이 비스듬히 입꼬리를 올렸다.

"술은 내가 마셨는데 헛소리는 형이 하는 거 보니까 답 나오네."

"대답이나 해 봐."

"그러는 형은, 여자인 친구가 있고?"

"넌 나랑 다르니까 묻잖아."

"남녀 공학 출신이라서? 아니면 형이랑은 가치관이 다를 것 같아서?"

"둘 다."

"여자랑 친구 먹는 귀여운 짓은 우리 막내나 하는 거지. 그리고 사랑이 밥 먹여 주는 줄 아는 막내도 헤어진 여친이랑 친구로 지낸다는 낭만적인 헛소리는 안 할걸, 아마."

낭만적인 헛소리라는 말에 동감하면서도 진혁은 굳이 변명 비슷한 설명을 덧붙였다.

"가족처럼 지내던 소꿉친구와 잠깐 연애하다 헤어진 경우라면. 다시 친구로 돌아가는 것도 가능할 수 있잖아."

미친. '아는 오빠'도 무슨 개소린가 싶은데. 어지간히 빠졌다 싶어 수혁은 비식거렸다. 입술 한쪽만 올려 웃는 버릇 때문에 더 빈정거리는 것처럼 보이는 얼굴을 하고서 진혁을 쳐다봤다.

여자한테 빠진 사람이 어디까지 비이성적으로 변할 수 있는지 주위에서 종종 봤다. 여자 때문에 공금횡령에 가족까지 팽개치는 '이성적이었던' 사람들의 사건을 다룬 적도 있고.

이성적인 사람들이 비이성적인 행동을 할 때의 공통적인 반응은 말리는 강도가 높아질수록 방어벽도 끝 간 데 없이 올라간다는 거다. 청개구리처럼. 옛날 옛적 인간이랑 청개구리 사이에 무슨 일이 있었는지 심히 궁금해진다.

진혁에게서 이런 소리를 듣게 되는 날이 올 줄이야.

"가족이면 가족이고 친구면 친구지. 가족 같은 친구는 뭐야? 그런 족보 안 키워 봐서 모르겠어. 그리고 그러다 연애 감정 생기면 다시 애인으로 돌아가고? 도돌이표야?"

"그럴 일은 없을 거야."

사람 일을 어떻게 알아서. 입술 끝까지 올라왔던 말을 수혁은 맥주와 함께 넘겼다. 내일 아침 일찍부터 집 떠나는 사람한테 굳이 걱정 안길 만큼 비틀리지는 않았다. 게다가 걱정을 더해 주지 않아도 이미 속 뒤집어져 있을 텐데.

"솔직하다며. 밀당 하느라 그러는 건 아니고? 형도 구여친이랑 친구처럼 지내도 괜찮으냐고 해 보지?"

"자기가 못 받아들이는 거 상대방한테 요구하는 성격 아니야."

디케 나셨네. 공평의 여신이야 뭐야. 수혁은 테이블에 놓인 담뱃갑에서 담배 한 개비를 꺼내 불을 붙이며 고개를 흔들었다. 애먹이는 여자와의 연애라. 대학 때도 이상한 짓 하게 만들더니 지금도 속 썩이는 걸 보면 내내 고생이겠다 싶었다.

"그렇게나 예뻐?"

입술 끝에 담배를 물고 놀리듯 묻던 수혁이 "하긴 예쁘겠지."라며 자문자답했다. 그러니 성격에 안 맞게 자기 여자가 옛 남자와 친구놀이 하는 짓도 참아 주고 있는 거겠지. 이쯤 되자 수혁은 정말로 궁금해졌다.

"뭐가 예쁜 건데?"

"한재희랑은 연애가 신나."

수혁이 픽 바람 빠진 소리를 냈다.

"처음엔 다들 신나지. 그게 뭐 별거라고."

"사귀기 시작했을 때보다 지금이 더 좋고 더 신나. 알면 알수록 빠져들게 만드는 구석이 많은 여자야. 조금 전까지 보고 왔는데도 또 보고 싶을 만큼 좋아."

"그렇게 좋은 여자 불안해서 어떻게 두고 내려가려고? 게다가 남자인 친구도 있는 사람을."

칼날같이 매서운 눈초리에 수혁은 빙긋이 웃어 보였다.

"내가 감시해 줘?"

무슨 헛소리냐는 얼굴로 쳐다보는 진혁에게 수혁은 입꼬리를 끌어 올렸다. 그러고는 농담인 듯 진담인 듯 말했다.

"다른 놈이 채 갈까 불안하면 사람 하나 붙여 준다고."

"다른 놈이 채 갈까 불안해한 적 없어. 네 말대로 막내도 이해 못 할 관계를 용납할 남자가 어디 있다고. 그러니 그렇게 예쁜 데도 낚아채 간 놈이 없었던 거겠지."

"그럼 뭐가 불안한 건데?"

얼마만큼 좋은지 정확히 표현하는 재희라 자신을 좋아하는 마음의 크기를 알고 있었다. 하지만 중현을 좋아했던 감정의 깊이가 얼마만큼이었는지 몰라서 불안했었다. 세 번째 자리를 차지한 지금은, 더 이상의 불안함은 없다. 그저 욕심이 날 뿐이다. 한재희에게 첫 번째가 되고 싶은 욕심. 한재희가 중현과 더 이상 만나지 않았으면 하는 욕심.

한재희 때문에 자존심은 다 버렸다고 생각했는데. 중현이랑은 다시는 만나지 마, 라는 말은 차마 자존심 때문에 나오지 않았다.

"안 불안해."

세상에서 부모님보다 더 좋은 사람은 없었다는 재희가 부모님 다음으로 좋아하는 사람이라는데. 손가락 두 개만큼에서 세상에서 세 번째로 좋아하는 사람이 되었으니 김중현 때문에 속 좀 비틀려도 충분히 참을 만하다.

8

밖이 어둡다. 협탁 위에 올려놓은 휴대폰을 집어 들지 않아도 깊은 새벽이라는 걸 알 수 있을 만큼. 눈을 감고 다시 잠을 청해 보려던 진혁이 일어났다. 애쓸수록 달아나는 게 잠이라 차라리 지금 움직이는 게 효율적이다. 이 시간에는 통영까지 얼마나 걸리려나.

집 안에 드리운 고요를 흔들지 않도록 조용히 이동한 진혁은 시동을 걸었다.

엔진을 멈추고 가로등 빛을 받아 평소보다 노르스름한 색을 띠고 있는 〈플래퍼〉를 응시했다. 비틀어 짜내면 잠깐이라도 보러 올 시간이 생기겠지만, 얼마나 자주 올라올 수 있을지는 모르겠다. 그러니 얼굴 한 번 더 보고 가자, 라는 생각을 하는 순간 이미 핸들을 돌리고 있었다.

차체에 기대 담배를 꺼내 물던 진혁은 옥상으로 오르는 계단을 바라보다 현관 키를 눌렀다. 대문 현관처럼 옥탑방에도 그가 교체했던 도어록이 설치되어 있다. 번호를 알고 있으니 손가락 몇 번만 움직이면 된다. 잠시 문 앞에서 고민하다 몇 걸음 옆으로 옮겼다.

5시. 조금만 더 재우고 깨우자 싶어 옥상 난간에 걸터앉았다. 사선으로 비껴 보이는 침실 창문에 커튼이 드리워져 있었다. 새벽 기운이 내려앉은 주택가가 고요하다. 서울 중심지에 소리도 빛도 잠이 드는 이런 곳이 있다는 게 놀랍다. 창문을 주시한 채 진혁은 담배를 물었다.

그럴 때가 있다. 숙면 중 문득 눈이 떠지는 밤. 그런 날 밖을 보면 영락없이 밤눈이나 밤비가 내려앉고 있었다. 별다른 기척도 없이 세상 속으로 조용조용 스며드는 광경에 눈을 뺏긴 채 한동안 창문 앞에 서 있다 다시 잠에 든다.

딱히 빗소리가 들리는 것도 아니고 습한 기운이 느껴지지도 않았지만 눈이 떠졌다. 새벽이 시작되고도 한참 뒤에야 침대에 누웠던 탓에 머리가 무거웠다. 어제 그렇게 진혁을 떠나보낸 후 재희는 냉정하려 애썼다. 속이 상해 몇 번이나 울컥했지만 마음을 가라앉히고 생각을 했다.

중현이 사귀자고 말했을 때, 중현이를 좋아하면서도 '그래.' 라는 대답 대신 '왜?' 라고 이유를 먼저 물었던 것처럼. 진혁이 연애해 보자고 했을 때, 중현이와 사귀었던 사실을 언급했던 것처럼.

감정의 문제도 늘 머리로 먼저 되짚은 후 답을 내는 그녀답게 재희는 진혁과의 대화를 머릿속으로 되풀이했다.

아무리 여러 번 되돌려도, 다른 관점에서 보려고 애를 써 봐도 도착점은 하나였다. 여유 있고, 자신감 넘치는. 그래서 좋아진 자존감 높은 진혁 선배가 자신으로 인해 신경 쓰고 불안해하고 있었다. 중현과의 관계 때문에.

잠깐 동안 사귀긴 했지만, 그때도 지금도 중현이는 친구이자 가족이라는 의미가 더 큰데. 가장 힘들었던 시기에 의지가 되어 주었는데. 무엇보다 선배가 너무 좋아져서 다른 남자를 좋아할 일은 이제 없을 텐데.

이렇게 설명을 하면 진혁은 알겠다는 대답을 주겠지. 그런 관계라면 이해한다는 말을 할지도 모른다. 그런 후 이번에는 감정을 들키지 않도록 더 노력하겠지. 아마도.

머리로 이해 안 되는 걸 마음이 용납하기는 불가능하다. 머리로 이해되는 것이라고 다 용납되는 것도 아니다. 노력을 한다는 말에는, 애를 써도 받아들이기 어렵다는 뜻이 이미 내포되어 있는 건지도.

"싫은 건 어떻게 해도 싫은 거지."

재희는 관자놀이를 꾹 눌렀다. 약을 먹었는데도 둔통이 여전히 남아 있었다. 어젯밤 진혁이 떠난 뒤로 내내 이 상태다. 우리는 다툰 건가. 언성을 높이거나 얼굴을 붉히지는 않았다. 진혁은 가기 전 안아 주었다. 하지만 이런 생각을 하고 있다는 건, 다퉜다는 거겠지. 불편한 감정이 체기처럼 가슴에 얹혀 있다.

커튼 자락 사이로 빛이 스며들지 않는 걸 보니 아직 이른 새벽인가 보다.

"깼으려나."

5시 10분. 부지런한 사람에게도 아직은 이른 시간이다. 모닝커피를 마실 시간쯤 전화를 해 봐야겠다. 휴대폰을 옆에 두고 베개속으로 얼굴을 파묻은 재희가 다시금 눈을 떴다. 잠이, 안 온다. 맨발로 나무 바닥 위를 소리 없이 밟았다. 어둠이 깊으니 달이 보이겠지.

창문을 열었다. 귀 기울이면 별이 반짝이는 소리도 들릴 만큼 조용한 공간에 희미하게 담배 냄새가 맡아졌다. 이 새벽에 자신처럼 깨어 버린 이웃이 있나 무심히 생각하던 재희의 눈이 한 줄기 흰 연기를 따라갔다. 놀라 커진 눈이 가만히 응시하는 진혁의 시선과 마주쳤다.

옥상 난간에 걸터앉은 진혁의 손끝에서 담배 연기가 피어올랐다. 난간을 짚은 손가락 사이에서 담배가 점점 재로 변해 가는 동안 진혁은 미동도 없이 그저 재희를 바라만 보고 있었다.

홀로 타들어 가던 담배 열기가 뜨겁게 느껴질 즈음 담배를 끈 진혁이 일어섰다.

가까워지는 진혁을 보며 왜 지금 여기에, 라는 의문 대신 반가워서 재희는 코끝이 시큰해졌다.

진혁은 열린 창문 하나를 사이에 두고 마주 선 재희를 가만히 내려다봤다. 맨발인 재희는 평소보다 한층 작아 보인다. 한 팔로도 달랑 들어 올릴 수 있겠다 싶을 만큼 아담한 체구의 여자가 눈짓 하나로, 말 한마디로 자신을 흔든다.

"작네."

이 작은 여자로 인해 질투가 어떤 맛을 가진 감정인지 알게 되었다. 자신이 질투심 많은 성격이라는 것도 알게 해 주었다.

예상치 못한 방문만큼이나 뚱딴지같은 말에 재희는 새치름한 얼굴로 턱을 치켜들었다.

"선배랑 달리 난 맨발이니까요."

진혁은 가슴이 간질거렸다. 가끔 이런 모습을 볼 때면 대학 시절로 돌아간 기분이 들었다. 란제리 차림이라는 게 신경 쓰이면서도 안 그런 척하는 새침이 깨물어 주고 싶도록 예쁘다. 작다는 말 뜻을 설명해 주는 대신 진혁은 창틀에 어깨를 기대 비스듬히 서서는 팔짱을 꼈다.

"갑자기 창문이 열려서 놀랐어."

"나도 놀랐어요. 언제 온 거예요?"

"조금 전. 왜 벌써 일어났어?"

"그냥 잠이 깰 때가 있어요. 선배는 이 시간에 어쩐 일이에요."

"보고 싶어서."

밤새 명치를 누르고 있던 단단한 덩어리가 말 한마디에 녹아 버린다. 입 속 볼살을 지그시 깨물던 재희가 속닥였다.

"그럼 깨우지."

"안 깨웠는데도 이렇게 보잖아."

보고 싶어서 왔다고 하더니 진혁은 그저 물끄러미 쳐다만 본다. 눈 안에 담아 가고 싶다는 듯.

눈동자에서 전해지는 짙은 감정에 재희는 입술을 잘근거렸다. 그래도 두근거림이 멈추지 않아 발가락을 오므렸다. 잔뜩 힘을 준 발가락이 차가운 나무 바닥에 꾹 눌렸다.

침묵이 달빛처럼 고였다. 이 고요를 깨기 싫어 망설이던 재희가 속삭임처럼 말을 건넸다.

"커피 내릴게요. 들어와요."

모닝커피라기에는 많이 이르지만 눈뜨면 커피부터 마신다. 그건 진혁도 마찬가지다. 몸을 틀던 재희는 진혁의 물음에 고개를 돌렸다.

"담배 냄새, 별로지?"

어젯밤 대화가 떠올라 조심스럽게 눈을 깜빡이다 솔직하게 대답했다.

"좋지는 않아요."

정확히는 담배 연기가 피어오를 때의 냄새보다 옷에 배어든 차가운 냄새가 싫다.

"끊으라는 얘기 왜 안 해."

어제도 담배 끊을까, 라고 묻더니. 재희는 질문을 되돌렸다.

"내가 끊어 달라면 끊어요?"

"원하면."

"끊으라고 했던 사람 있었어요?"

"있었어."

"그래서 금연 시도 했었어요?"

"아니."

"그럼 원하는 대로 해요. 나는 선배 흡연 불편하지 않으니까."

담배 냄새도 향수처럼 체향에 따라 달라지는 건지 진혁에게서 맡아지는 담배 냄새는 나쁘지 않았다. 사탕의 달콤함은 하나도 느껴지지 않는 지금도. 스트레스가 풀린다고 했었다. 담배 자체를 즐긴다고도 했고. 그런 사람에게 굳이 그만 피우라는 요구를 하고 싶지는 않았다. 그리고 무엇보다.

"담배가 근사하게 어울려요. 금연하기에는 아까울 만큼."

기다랗게 잘빠진 손가락에 담배가 걸려 있는 것도. 살짝 미간을 찌푸린 채 입술 끝에 물고 있는 모습도 섹시하다.

진혁은 웃었다. 건강에 대한 설교보다 폼 난다는 말을 하는 게 탐미주의자답다.

"앞으로는 사탕 안 물어도 되겠네."

재희의 눈동자에 장난기가 반짝 스쳤다.

"난 또 사탕 좋아하는 줄 알았지."

어제 사탕 따위 안 좋아한다는 거 알아 놓고는 놀려 온다. 놀려 올 만큼 마음이 풀어진 건가 싶어 안심이 되었다. 진혁은 비스듬히 기대고 있던 어깨를 떼고 몸을 숙여 창틀을 짚었다. 세 뼘쯤 여유가 있던 두 사람 사이가 한 뼘으로 줄어들었다. 그만큼 눈높이가 비슷해졌다.

숨결이 섞일 만큼 가까운 거리에서 뚫어져라 바라보는 시선이 마치 대학 시절 그때의 진혁을 떠올리게 해 재희는 슬며시 눈을 내렸다. 그때와는 달리 불편해서가 아니라 자꾸만 떨려 와서. 시선만으로 볼이 달아올랐다. 진혁의 감정이 전해져 왔다. 때로는 언어로도 전해지지 않는 감정이 소리 없이도 전달된다. 언어보다 더 명료하게. 정확히.

"한재희."

창틀을 짚고 있는 커다란 손에서 눈을 들어 올려 진혁의 눈동자와 마주했다. 잘근 입술을 깨문 재희가 속닥였다.

"……왜요, 강진혁 씨."

"이러려고 온 건 아니었어. 그런 건 아닌데."

진혁이 입술 꼬리를 올렸다. 그러고는 말했다.

"자고 싶어."

진혁의 목소리가 입술에 닿았다. 재희는 간질거리는 입술을 안으로 말았다.

"한재희랑, 자고 싶어."

진혁의 눈동자가 시선을 돌리도록 놔주질 않았다. 맞닿은 것이라고는 시선밖에 없는데도 심장이 뛰었다. 주름이 생기도록 슬립 자락을 움켜쥐어도, 저리도록 발가락을 오므려도 뛰는 가슴이 진정되지 않았다. 쿵. 심장이 한 번 뛸 때마다 머리가 울렸다. 쿵쿵. 어지러워서, 더 이상은 진혁의 시선을 감당하기 어려워서 재희는 눈을 내렸다. 창틀을 짚은 진혁의 손이 보였다. 그녀가 좋아하는 잘생기고 커다란 손이.

진혁은 창틀을 움켜쥔 손아귀에 힘을 주었다. 안 그러면 한순간에 목덜미를 낚아채 입술을 먹어 버릴 것 같아서. 그것만으로는 끝낼 수 없을 것 같아서. 뼈마디가 보이도록 힘을 주었다. 재희의 눈길이 닿은 손등이 간질거렸다. 눈길보다 더 간지럽게 손끝이 손등을 쓸고 지났다. 손등을 미끄러져 내려간 손가락이 검지를 잡아 창틀에서 살짝 떼어 냈다. 손가락 하나 잡혔는데 한순간에 손에서 힘이 확 풀려 버렸다. 느슨해진 손가락들을 작은 손이 잡아 왔다. 손가락 네 개가 재희의 손안에 꼭 쥐어졌다. 잡힌 손이 안쪽으로 살짝 끌어당겨졌다. 그 작은 행동의 의미를 머리가 미처 인지하기도 전에 잡히지 않은 진혁의 손이 재희의 뒷덜미를 감아 당겼다.

꼼짝도 못 하게 잡혀 입술이 짓눌렸다. 사탕처럼 아랫입술이 빨렸다. 성급하게 밀려드는 혀에 놀라 눈가에 주름이 지도록 질끈 눈을 감았다. 간질이듯 혀를 문질러 오던 진혁의 부드러운 키스에 익숙해 있던 재희는 갑작스러운 변화를 따라가기 벅차 가쁜 숨만 내쉬었다.

입 안에서 혀가 빠져나갔다. 젖은 소리가 나며 입술이 떨어졌다. 꼭 감았던 눈꺼풀을 들어 올리던 재희가 눈을 크게 떴다. 침대에 뉘어져 진혁을 올려다보고 있다는 걸 인지한 순간, 슬립이 들춰지고 있었다. 방금 전 정신없이 몰아붙이던 것과는 달리 옷자락을 끌어 올리는 진혁의 손은 느렸다.

"늘 궁금했어."

아니, 느리게 느껴지는 건지도 모르겠다. 재희는 입술을 잘근거렸다. 부풀어 오른 입술이 따끔했다.

"예쁜 거 좋아하는 한재희의 속옷 취향은 어떤지."

따뜻한 손가락이 팬티 선을 쓰다듬었다. 크고 도톰한 리본이 마음에 드는지 건드려도 본다. 눈을 감아도 느껴지는 진혁의 시선에 재희의 아랫배가 가쁘게 오르내렸다.

"상상하던 거보다 더…… 마음에 드네."

수줍게 파인 배꼽을 기다란 손가락이 쓸고 지났다. 진혁은 잡고 있던 슬립 자락을 조금 더 위로 올렸다. 등과 매트리스 사이에 깔린 탓에 브레이크가 걸렸다. 엉덩이를 타고 올라간 손이 등을 살짝 들어 올리자 매끈한 천이 다시금 살결을 타고 미끄러져 올라갔다.

가슴 둔덕이 모습을 드러내는 순간 진혁의 손목이 잡혔다. 진혁은 자신을 가로막은 손을 잡아 슬립 자락과 함께 감싸 쥐었다. 그러고는 다시금 손을 올렸다. 스스로 옷자락을 끌어 올리는 모양새가 되어 버린 재희의 얼굴이 빨개졌다. 새벽 공기에 노출된 가슴 끝이 뾰족하게 모양을 드러내는 느낌에 볼이 홧홧했다.

"늘 이런 모습으로 잠들어?"

브래지어 없이 잠드냐고 묻는 낮은 속삭임에 재희는 시선을 비낀 채 웅얼거렸다.

"……답답하니까."

진혁은 처음으로 보는 봉긋한 가슴에서 눈을 떼지 못했다. 짙게 달아오른 눈동자가 핥을 것처럼 가슴을 더듬어 갔다. 동그랗게 솟은 이 살덩이가 손안에 잡히는 감촉을 안다. 따뜻하고, 부드럽고, 말캉거린다. 조금 힘을 주어 쥐면 손안에서 뭉그러지는 느낌이 미치도록 좋다.

"여기도 궁금했어."

진혁의 엄지가 가슴 끝을 쓸었다. 손가락에 눌렸다 톡 튕겨 오르는 작은 살덩이에 진혁은 입술이 마르는 것 같아 혀끝을 내밀어 핥았다. 옷 위로 만져지던 것보다 훨씬 마음에 드는 감촉이다.

진혁의 손가락 사이에 잡혀 살짝 당겨지는 수줍은 알갱이가 예민해지다 못해 아릿해 왔다. 재희는 눈을 감았다. 옷자락으로 도로 덮어 버리고 싶어 손에 힘을 주었지만 진혁은 도리어 손을 꽉 쥐어 왔다. 왼손이 드러낸 곳을 오른손이 탐했다. 옷 없이 만져지는 감촉이 마음에 든다는 듯. 전체를 감쌌다가, 손가락으로 꼭지만 살짝 굴리다 다시금 한 움큼 쥐어 본다.

몰랑하고 따뜻한 가슴을 놓아 준 진혁이 재희의 손에서 옷자락을 빼내 머리 위로 벗겼다. 재희는 저도 모르게 안도의 숨을 내쉬었다. 차라리 옷이 벗겨지는 게 덜 부끄러울 줄은 몰랐다.

청바지에 감싸인 다리가 맨다리를 문질러 왔다. 틈을 만들려는 듯 다리 사이를 파고드는 청바지의 질감이 부드러운 살갗을 쓸었다. 겹치듯 몸 위로 올라온 진혁이 재희의 얼굴 옆에 한쪽 팔꿈치를 짚어 상체를 지탱했다.

"제일 궁금한 곳은 여기야."

이마에 입술을 눌렀던 진혁이 재희의 머리카락 속으로 손가락을 미끄러트렸다.

"정말 궁금해. 어떤 생각들이 들어 있는지."

감싸 쥐듯 머리를 잡은 채 진혁은 생각의 끝자락까지 다 읽어 내고 싶다는 듯 재희의 눈을 뚫어져라 응시했다. 욕망 어린 눈빛을 받아 내던 재희가 속닥였다.

"머리카락 만지는 거 싫어해요?"

"하고 싶은 대로 다 해."

재희는 손을 올려 헝클어진 머리카락을 만지작거렸다. 깔끔하고 세련된 분위기도 좋지만 지금처럼 좀 흐트러진 모습도 어울린다. 더 끌린다. 나도 이렇게 붉어졌으려나. 타액에 젖어 반짝이는 진혁의 입술을 손끝으로 살짝 눌렀다. 입 맞추고 싶다. 재희는 혀를 내밀어 자신의 입술을 핥았다. 그러곤 소곤거렸다.

"선배 섹시해요."

진혁의 호흡이 흐트러졌다. '섹시해요.'가 '섹스해요.'처럼 들렸다. 급하게 하고 싶지 않았다. 두 사람의 처음이 최고의 경험으로 각인되길 바랐다. 그랬는데.

서둘러 상체를 일으킨 진혁이 나비 날개처럼 얇은 팬티를 벗겨 내렸다. 벗겨진 팬티가 마룻바닥에 내려앉았다. 진혁의 남방이 팬티를 덮었다. 바람처럼 가볍게 떨어지던 남방과는 달리 청바지는 묵직한 소리를 내며 나무 바닥에 부딪쳤다.

조금 힘겹다 싶게 눌러 오는 무게감과 다리를 파고드는 허벅지의 뜨거움에 재희는 호흡을 달싹였다. 가슴을 물어 오는 진혁의 머리를 감싸 안았다. 입술을 벌려 좀 더 욕심껏 머금자 오똑하게 선 가슴 끝이 혀를 간질여 왔다. 진혁은 머리가 어지러워져 꼭지를 뱉어 냈다. 브레이크를 걸기 위해 가슴을 놓아 주고는 목덜미에 얼굴을 묻었다. 이성을 찾으려고 한 행위인데 재희의 살냄새 때문에 더 아찔해졌다.

안으로 들어가는 순간, 꼭 감겨 있던 재희의 눈이 커다랗게 열렸다. 놀람과 충격으로 마구 떨리는 눈동자를 보는 것만으로도 진혁의 머리에 피가 몰렸다. 미처 깨물지 못한 신음이 새어 나왔다. 오래 있고 싶다. 재희의 안에. 그러려면 이렇게 처음부터 치달으면 안 되는데. 몸이 머리를 따라 주지 않는다. 마음대로 안 된다. 한재희와는 마음대로 하는 게 힘들다.

덮치듯 급하게 밀고 들어와 정신없이 몰아붙이는 진혁 때문에 어지러웠다. 버겁다 싶을 정도로 눌러 오는 무게에 숨이 찼다. 비틀듯 가슴을 움켜쥔 손에 심장이 터질 것 같았다. 여린 살을 짓누르며 자꾸만 부딪쳐 오는 단단한 허벅지에 호흡이 끊겼다. 가빠졌다. 몸이 흔들리는 만큼 머리가 뜨거워졌다. 생각이라는 걸 할 수가 없었다.

지나치게 강한 감각은 두려움을 동반한다. 진혁의 어깨를 잡은 재희의 손가락이 떨렸다. 이제 좀 그만했으면 좋겠는데. 자꾸만 더 세게 치고 들어와 재희는 눈물이 날 것만 같았다. 진혁의 목에 팔을 감고서 꽉 매달렸다. 그러면 어디론가 떠밀려 갈 것만 같은 이 느낌이 조금은 나아질 것 같아서. 재희는 자신을 어지럽히는 진혁에게 매달렸다.

숨을 몰아쉬는 가녀린 등줄기가 촉촉하게 젖어 있었다. 진혁은 열기가 남은 따끈하고 말랑한 피부에 입술을 가져갔다. 땀이 배어 난 살갗이 달콤했다. 도장을 찍듯 목덜미와 어깨에 입술을 찍어 나갔다.

"괜찮아?"

재희의 등에 가만가만 입을 맞추던 진혁이 물었다. 쌕쌕거리며 호흡을 가다듬던 재희가 미처 대답을 하기도 전에 진혁에게 당겨져 품에 안겼다. 등 뒤에 달라붙는 진혁의 살갗이 젖어 있었다. 끈적였다. 목 밑으로 팔을 집어넣어 머리를 받쳐 준 진혁이 허리를 감아 끌어당겼다. 엉덩이에도 다리에도 진혁의 맨살이 밀착되었다. 진혁의 허벅지가 다리 사이를 파고들며 편안한 자세를 잡으려 꿈틀거렸다.

"괜찮은 거야?"

한참을 가쁜 숨을 내쉰 탓에 입술이 말라 버렸다. 혀끝을 내밀어 아랫입술을 쓸자 민감해진 살갗이 따끔거렸다. 누군가 머릿속에 손을 집어넣어 잔뜩 헝클어트려 버린 것같이 멍했다. 거칠게 헤집어진 배 속도 아릿했다.

"……말 시키지 마요. 목소리 안 나와."

웃나 보다. 바람이 머리카락을 흔들었다. 멍멍한 머릿속으로 잠들기 전 내렸던 결심이 모습을 드러냈다. 잠이 쏟아지지만 지금 말하고 싶었다. 당분간 만나기 힘들 테니까.

재희는 팔베개를 해 주느라 쭉 뻗어 있는 진혁의 오른팔을 눈으로 더듬었다. 단단한 팔뚝을 지나 시계가 잘 어울리는 손목, 그리고 그녀의 손 하나쯤은 조금도 안 보이게 다 감쌀 만큼 커다란 손. 왼손을 진혁의 손바닥 위에 올려놓았다. 손바닥끼리 맞붙었다. 진혁이 손을 감싸 왔다. 재희는 맞잡은 손을 그녀 쪽으로 조금 당겼다. 그러고는 진혁의 엄지를 그러쥐었다. 진혁이 조금 더 꽉 잡아 왔다. 잠이 부족해서인지, 체력이 고갈된 탓인지 조금 갈라진 목소리로 재희가 속삭였다.

"나는 선배가 이렇게 손잡아 줄 때가 제일 좋아."

"안아 줄 때가 제일 좋았으면 더 좋겠는데?"

볼이 빨개진 재희가 못 들은 척 진혁을 불렀다.

"선배."

진혁은 대답으로 재희의 맨어깨에 입술을 눌렀다.

"나는 선배 담배 피우는 모습이랑 슈트 차림이 마음에 들어요. 섹시해서."

"공사 현장에서도 슈트 입어야겠네."

"야구 배트 든 모습도 근사하고. 드라이버 하나로 뭐든 잘 고치는 것도 멋지고. 이성적으로만 보이는 사람 머릿속에서 어떻게 이런 로맨틱한 서랍장이 튀어나왔을까 볼 때마다 감탄해. 재능 많은 남자가 애인이라 자랑스러워요."

칭찬의 말에 한숨이 섞여 있는 것 같아 진혁은 말없이 귀를 기울였다.

"선배, 나는. 나는, 여유 있고, 자신만만하고, 당당하고, 그런 선배의 모습이 좋아요. 노력하고, 신경 쓰고, 그러지 말아요. 그러는 거 싫어."

"한재희 아니면 그럴 일 없어. 다른 사람한테 그런 모습 보이는 일 없어."

크게 숨을 들이켠 재희가 말했다.

"나한테 말했던 것처럼, 선배도 선배인 채로 있어요. 그게 좋아. 강진혁은 강진혁일 때 멋있으니까. 노력하지 말고. 마음 쓰지 말아요……. 더 이상의 추억은 만들지 않을 테니까. 대신 잘 지내라는 말은 직접 하게 해 줘요."

진혁은 재희의 안에 들어갔을 때만큼이나 좋아서 그녀를 와락 안았다. 으스러져라 끌어안고도 감정을 조절할 수 없어 어깨를 물어 버렸다. 깨물고 싶을 만큼 좋은 여자를 진짜로 물어 버렸다.

"아야!"

"미안."

달래듯 물린 자리를 쓰다듬는 진혁을 노려보려 휙 고개를 돌리자 입을 맞춰 왔다. 안 아픈 건 아니지만 아파서 찔끔 눈물 날 만큼은 아니라 재희는 좀 투덜거리고 말았다. 이만큼이나 기쁜 건가 싶어, 그러면 괜찮은 결론을 내렸다는 생각이 들어서. 그리고 이제는 과거형으로 남을, 가장 오래된 친구이자 가족이었던 중현에게 속으로 미안, 하고 인사를 했다.

방금 깨물었던 곳을 계속해서 쓰다듬는 진혁의 눈동자에 미안함이 담겨 있었다. 재희가 세 번째라고 말해 주었을 때부터 확신하던 사실을 조금 전 확인했다. 그럼에도 중현과의 우정을 유지해도 괜찮다는 말은 하기 싫었다. 사랑이 깊어질수록 아량보다 욕심이 커져 갔다. 당연한 감정인지는 잘 모르겠다. 지금은 그저 마음이 가는 대로 따라가고 싶었다.

진혁이 재희의 눈앞에 가만히 손가락을 흔들었다.

"잠들었어?"

"생각 중."

"무슨 생각?"

"그냥 생각."

진혁이 검지로 입술을 톡톡 두드렸다.

"간지러워요."

"물어."

"응?"

무슨 말인가 싶어 고개를 돌렸지만 진혁이 턱을 잡아 앞을 보게 만들었다. 그러고는 손끝으로 입술을 간질였다.

"생각할 때는 뭐라도 잘근거려야 하잖아. 물라고."

피식 바람이 피부를 간질이더니 따뜻하고 촉촉한 입술이 엄지한 마디를 감싸 왔다. 뜨겁고 달콤하게 조여 오는 입 속이 재희의 몸속과 닮았다. 촉촉하고 몰캉한 혓바닥이 엄지의 도톰한 살을 간질이며 눌러 왔다. 진혁은 욕구로 흐트러진 얼굴을 하고서 허리를 안은 팔에 힘을 주었다. 다리 사이로 집어넣은 허벅지를 더 바짝 붙였다.

"아."

엄지가 깨물렸다. 집에서 키우는 새끼 고양이 녀석이 깨물었을 때처럼 아프다.

엉덩이를 찌르는 뜨거운 감촉에 얼굴이 달아오른 재희가 중얼거렸다. 말을 할 때마다 진혁의 엄지가 입술 끝에 아슬하게 매달린 채 까딱였다.

"선배가 거짓말쟁이라 다행이야."

의아한 얼굴로 눈썹을 추켜올리던 진혁이 금세 기분 좋은 웃음을 지었다. 그런 관계쯤 충분히 괜찮다고 쿨한 척했던 덕분에 이렇게 품 안에 넣을 수 있었다. 자신의 여자가 품 안에 안긴 채 다행이라 말해 온다.

"나는 한재희가 까다롭고, 예민하고, 이해 안 가고. 그래서 좋아. 장벽이 높아서."

"뭐야, 나 성격 이상하다는 말처럼 들리잖아요."

투덜거린 재희가 잠기운을 없애듯 눈가를 쓸었다. 수면 부족에 체력까지 방전되어 버려 잠이 왔다. 그래도 선배가 갈 때까지는 깨어 있고 싶은데.

"졸려?"

"응. 선배 가야 하지 않아요?"

진혁은 시간을 계산했다. 밥 한 끼 굶는다고 큰일 나는 것도 아니고. 한 번도 안 쉬고 밟으면 늦지는 않겠다. 그러니 조금만 더.

"궁금했어. 한재희를 안으면 어떤 기분일지."

반쯤 잠이 달라붙은 눈을 감은 채 재희가 입꼬리를 올렸다. 웃음기 담긴 목소리로 중얼거렸다.

"궁금했겠죠. 선배는 늘 궁금한 게 많은 사람이잖아요."

"발이 얼마만 한지. 내 손바닥에 올리면 얼마큼 오는지 재 보고도 싶었는데. 아까는 정신이 없어서 그냥 지나쳤어."

"아마 선배 손안에 들어갈걸? 나 230 신어요. 선배 손 크기는요?"

진혁의 손이 가슴을 그러쥐었다.

"이만큼."

"……."

"재 보자."

벌떡 일어난 진혁이 발목을 잡아 재희의 발바닥을 자신의 손바닥에 맞붙였다. 얼른 무릎을 오므려 다리 사이를 가린 재희의 얼굴이 새빨갛게 달아올랐다. 꼭 붙인 다리를 허무하리만큼 쉽게 열며 진혁이 몸을 겹쳐 왔다.

"아까 못 봤던 부분 다 보자."

흐트러진 머리를 하고서, 입꼬리를 올리는 개구진 남자가 섹시하면서도 낯설다.

"……선배 원래 이래요?"

"뭐가?"

알면서도 굳이 짓궂게 물어 오면 대답을 안 하려다가도 오기가 생긴다.

"침대에서는 이러냐고요."

"한재희랑 사귀고 처음인 게 많아져서 원래 어땠는지 나도 모르겠어. 생각 안 나."

진혁이 코끝을 살짝 깨물더니 눈을 맞추며 되물었다.

"나랑 하는 섹스는 어떨 거라고 생각했는데?"

재희는 입술을 꼭 다물었다.

"강진혁은 침대에서 어떨까, 생각해 본 적 없어? 난 있어. 많아. 한재희는 침대에서 어떤 표정을 지을까. 어떤 소리를 낼까. 한재희 안으로 들어갈 때의 느낌은 어떨까? 내가 어떻게 해 주는 걸 좋아할까?"

눈을 내리깐 재희가 말을 끊었다.

"……시간, 없다면서요."

"없어."

"그런데 이렇게……."

불쑥, 들어와 버리는 바람에 말끝이 흔들렸다. 침대에서는 원래 이런 타입인 건가. 아니면 시간이 촉박해서 그런 건가. 정신을 못 차리겠다. 재희는 딴생각은 할 수 없는 것처럼 진혁의 목에 매달렸다.

바닥에 팽개쳐진 옷가지를 주워 입은 후, 창문 밑 마룻바닥에 함부로 뒹구는 모카신을 집어 들던 진혁의 눈이 놀라움으로 조금 커졌다. 유리창으로 스며드는 아침 빛에 신발 밑창에 새겨진 글자의 음영이 또렷하게 두드러졌다. JH. 일렁이는 진혁의 눈동자가 잠에 빠진 재희에게로 옮겨 갔다. 다른 여자가 더 좋아져도 어쩔 수 없다더니. 내가 만든 거니까 놓고 가라더니. 이렇게 이니셜까지 새겨 놓고는 담담한 척 새침을 떨었다.

진혁이 조심스레 입을 맞추고, 달리듯 계단을 뛰어 내려가는 동안 재희는 눈꺼풀을 딱 붙인 채 잠에 빠져 있었다.

9

9시다. 평소 취침 시간보다 한참이나 이르다. 그런데도 만 하루 동안 겪은 다채로운 감정의 파도로 인해 3일쯤 연달아 밤샌 것처럼 힘들었다. 몸은 녹아 버릴 것 같고, 머릿속은 안개가 낀 듯 몽롱했다. 까물까물 아득해지는 순간 휴대폰이 진동했다. 코알라만큼이나 느릿한 동작으로 머리맡에 놓아둔 휴대폰을 집었다. '진혁 선배'라고 떠 있었다. 저도 모르게 입술 끝이 올라갔다.

영상으로 보는 선배는 이런 느낌이구나, 감상을 하기도 전에 진혁이 웃음을 터트렸다.

— 하하! 전화 잘못 건 줄 알았어.

재희는 눈을 흘겼다. 대부분 미소만 짓는 진혁이 소리 내어 웃는 걸 세 번 목격했었다. 한 번은 연애하기로 결정하고 악수를 청했을 때. 한 번은 한재희 인생에 등산은 처음이자 마지막이라고

비장하게 선언했을 때. 또 한 번은 진혁 때문에 화가 났었던 때를 얘기했을 때. 그리고 지금이 네 번째다.

볼까지 내려온 다크서클이 판다급이라는 건 알지만.

"선배의 웃음 포인트가 이런 건 줄 몰랐네요."

진혁이 또 웃었다.

— 어지간히 힘들었나 봐?

"신발 신고 마구 돌아다닌 누구 씨 덕분에 아침부터 청소했거든요."

진혁이 씩 입술 꼬리를 올리며 정정했다.

— 돌아다니지는 않았는데.

"어쨌든요."

— 잘 잤어?

새삼스레 물어 오자 갑자기 쑥스러워진 재희는 작게 고개를 끄덕였다.

— 몸은 괜찮아? 많이 피곤해?

눈웃음을 지으며 묻는 진혁이 마치 눈앞에 있는 것처럼 눈동자를 맞춰 왔다. 딱딱한 전자 기기 너머로 감정이 넘어온다.

"선배는요?"

아침에 눈떴을 때 [잘 잤어? 지금 출발.]이라고 와 있던 메시지와 [통영 도착.]이라고 받았던 메시지와의 간극은 단 한 번도 쉬지 않고 고속도로를 달렸어야 할 만큼이었다.

— 피곤한데 안 피곤한 기분. 보고 싶다.

재희는 아랫입술을 안으로 말아 물었다.

"……보고 있잖아요."

— 올라갈 수 있도록 일정 조율 해 볼게.

"그러지 말아요. 일하는 것만으로도 힘들 텐데. 여행으로 가기에도 가까운 거리는 아니잖아요. 무리하지 말아요."

진혁은 휴대폰 화면을 얼굴 가까이 가져왔다. 갑자기 확 다가온 진혁 때문에 재희는 순간 흠칫했다. 화면을 뚫고 나오는 것도 아닌데.

— 한재희 씨. 왜 이렇게 배려심이 많아? 그러다 한 달 내내 안 올라가면 어쩌려고. 공사 진행 하다 보면 완공일보다 늦어지는 경우가 더 많아. 그래도, 올라가지 마?

"내가 오지 말라 그러면 안 올 거예요?"

진혁의 눈이 보기 좋게 휘어졌다.

— 올라오라는 소리처럼 들리는데?

"아닌데?"

— 한재희.

"왜요."

— 보고 싶어.

"나도요."

피곤이 묻어나는 손짓으로 머리를 쓸어 올린 진혁이 낮은 목소리로 말했다.

— 그만 자.

"선배도 자요."

— 오늘도 잠 설치면 내일은 진짜로 못 알아보겠어.

"……."

밉살스러운 말에 덩달아 쌀쌀하게 대꾸하려 했지만, 웃음이 새어 나올 것 같아 재희는 입술을 지그시 물었다.

커피 냄새가 근사하다. 재희는 커피 향에 끌려 나른한 몸을 일으켰다. 팬티와 얇은 셔츠를 걸친 후 거실을 지나 부엌으로 조용히 걸어갔다. 망설이듯 발가락을 꼼지락거리던 재희가 머그잔을 꺼내는 진혁의 허리를 감싸 안고서 등에 얼굴을 묻었다. 조금 쑥스럽기는 하지만, 좋다. 응석을 부리듯 이마를 비비던 재희가 코끝을 묻고는 깊은 호흡을 했다.

"땀 냄새 날 텐데."

"나요."

진혁의 살냄새와 땀 냄새 그리고 어쩌면 재희 그녀의 냄새도 조금 묻어나는 것 같았다. 허리를 감은 팔에 조금 더 힘을 주었다.

'나도 날 텐데, 뭐.'

냄새난다면서도 찰싹 달라붙어 있는 재희를 흘깃 돌아본 진혁이 미소를 지었다. 자신의 허리에 둘린 재희의 손을 덮으며 머그잔을 채웠다. 쪼르륵. 커피 물 떨어지는 소리가 청량했다.

머그잔에서 하얀 김이 올라왔다. 막 내려진 뜨거운 커피를 즐기는 두 사람이라 재희는 아쉬운 얼굴로 팔을 풀었다.

"곧장 내려갈 거예요?"

"사무실 잠깐 들렀다가."

원하는 일이 있으면 어떻게든 가능하도록 계획을 짜고 실행하는 진혁이기에 어쩌면 올라올지도 모르겠다 짐작은 했지만, 이렇게 빨리 보게 될 줄은 몰랐다. 이틀 내내 통영에 쏟아지고 있는 세찬 비 덕분이다.

신축 현장에서 이뤄지는 기초 공사 중에는 비가 오면 작업을 중단해야 하는 것들이 꽤 있다는 걸 진혁 때문에 알게 되었다. 비가 내려도 가능한 작업들이 진행되는 동안 진혁은 밤길을 달려 올라왔다. 피곤한 얼굴을 하고서도 다정한 눈빛으로 쳐다보는 진혁과 밤새 얘기를 나누다 품속에 파고들어 까무룩 잠이 들었다가 다시금 깨어나기를 반복했다. 나른하고 졸리고. 그런데도 붕 떠 있는 기분이다. 안 그래도 비 오는 날을 좋아하는데. 앞으로는 더 좋아질 것 같다.

재희는 진혁이 쥐여 주는 머그잔을 들고서 식탁 의자에 앉아 커피를 마셨다. 진혁은 식탁에 기대선 채 자신의 몫을 비웠다. 창으로 들어오는 바람이 비를 머금고 있었다. 서울은 비가 내릴 거라고 하는데 저 남쪽 통영에서는 비가 그친다고 한다. 계속 비가 왔으면 좋겠다, 라는 생각을 하다가 진혁은 웃으며 고개를 저었다.

"왜 웃어요?"

"한재희 덕분에 어려지는 것 같아서."

그게 무슨 말이냐고 쳐다보는 재희에게로 허리를 숙였다. 자연스레 재희의 고개가 들렸다. 입을 맞춘 후 진혁이 말했다.

"프로 야구 관전하려고 여름 방학 보충 수업 빠졌을 때처럼 땡땡이치고 싶다는 소리야."

고등학생 강진혁이 열기를 뿜어내는 야구 경기장 한복판에 앉아 눈을 빛내는 장면이 그려졌다. 진혁을 올려다보는 재희의 눈이 따스했다.

"의외야. 선배는 땡땡이 같은 건 한 번도 안 해 봤을 줄 알았는데."

"경험 없다는 말처럼 들리는데?"

"나는 모범생이었다니까요. 왜 안 믿지?"

"다음에 부모님 만나면 여쭤봐야겠어."

슬쩍 부모님 얘기를 흘린 진혁이 재빨리 말을 이었다.

"뭐 하나 물어볼 건데, 부담 가지지는 말고 들어."

빈 머그잔에 커피를 채워 주는 진혁에게 "고마워요." 하고 속삭인 재희가 고개를 저었다.

"그렇게 말하면 듣기도 전에 부담되는데. 안 들을까 보다. 뭔데요?"

"우리 어머니가 〈플래퍼〉에 방문하시는 거, 어떻게 생각해?"

재희는 놀란 표정으로 눈을 깜빡였다.

"어……."

예상했던 반응이다. 진혁이 가만히 쳐다보다 설명을 덧붙였다.

"우윤이가 '엄청 솔직하고 엄청 예쁜 큰형 여자 친구' 만났다는 사실을 어머니한테 말씀드렸다고 자백했어. 나 바쁠 때는 전화 잘 안 하시는 분인데. 어지간히 궁금하신지 얼마 전부터 안부 메시지마다 '여자 친구는 언제쯤 만나게 해 줄거니.' 라는 문장을 꼬리표처럼 붙여서. 의상디자인 전공한 동문 후배라는 정보만 알고 계셔서 갑작스레 여기 찾아오실 일도, 그러실 분도 아니니까 걱정하지는 말고. 그냥 묻는 거야. 한재희 생각."

"음……. 우윤 씨 만나서 즐겁고 반가웠거든요. 하지만 다른 분들과 만나는 건 아직은 조금 부담스러워요."

"알겠어."

빈 머그잔을 내려놓으며 진혁이 궁금한 표정을 했다.

"그런데 짧은 시간 동안 어떤 대화를 나눴기에 우윤이가 '엄청 솔직' 하다고 하는 거야? 처음 보는 사람과 엄청 솔직한 얘기를 하는 성격 아니잖아."

"선배랑 우윤 씨, 누가 더 잘생겼냐고 물어서 대답해 준 것밖에 없어요."

진혁이 웃었다.

"우윤이가 한재희 좋아할 만하네."

"그런 말을 했어요?"

"언제든지 환영이니까 자주 오라고 전해 달래."

"나도 우윤 씨 맘에 들어요."

"다행이네. 씻어야겠다. 지각하겠어."

욕실로 걸어가며 "시간 절약되게 같이 샤워할까?"라고 개구지게 묻는 진혁에게 돌아온 대답은 새침한 "싫어요."였다.

금요일, 비. 토요일, 비. 오늘도 비가 내린다. 3일 연속 사락사락 내리는 비가 반가운지 골목을 지나는 우산들의 행렬이 유쾌하다. 폭염에 시달렸으니 열기를 잠재우는 비 소식이 반가울 만도 했다. 뽀드득거리며 창문을 타고 흐르는 빗줄기가 말갛다. 이런 날 마시는 커피는 유독 맛있다.

재희는 따뜻한 머그잔을 손에 쥐고서 어슬렁거리고 있었다. 딱히 목적 없이, 가끔 손끝으로 서랍장을 쓸면서. 마음에 드는 신발을 사기 위해 비에 젖은 신발을 신고서 슈즈 숍을 찾는 사람은 없다. 그래서 요 며칠 한가하다. 덕분에 생긴 여유 시간을 가을, 겨울 신상품 디자인하는 데 쓰고 있었다. 어제까지는.

오늘은 일이 손에 안 잡힌다. 오늘 온다던 진혁에게 갑작스레 일이 생겼다는 전화를 받은 뒤부터다. 섣부른 약속을 하지 않는 진혁이 올라오겠다고 했기에 당연히 만날 수 있을 줄 알았다. 약속을 지키기 위해 무진장 애를 썼을 텐데. 진 빠진 목소리에 "할 수 없죠. 다음에 보면 되지. 힘내요."라고 말해 주었다. 그런데 정작 자신의 기운이 쭉 빠져 버렸다.

휴대폰을 켜 날씨를 확인했다. 통영. 맑음. 맑음. 그리고 또 맑음. 일주일 내내 노란 해가 떠 있다. 반짝반짝. 여긴 계속 비가 오는데. 차라리 거기에 비가 올 것이지. 문득 아이 같은 투정을 하고 있는 자신을 발견하고는 멋쩍어서 콧등을 찡그렸다.

옥탑방으로 올라와 늦은 저녁을 먹을 즈음에는 비가 그쳐 있었다. 구름도 약간 걷혔다. 재희는 소파에 올라앉아 디자인 잡지를 뒤적였다. 참고할 만한 의상과 소품이 많이 나오는 영화도 좀 보고, 기운을 돋우려 새콤달콤한 청포도 타르트도 한 조각 먹었다. 그랬는데도 마음이 싱숭생숭하다. 아무것에도 집중을 못 하겠다.

계속 건성으로 넘기던 잡지를 내려놓고 창가로 걸어가 창문을 통해 보이는, 이제는 익숙해진 그녀의 동네를 물끄러미 응시했다. 지난 몇 달간 보던 풍경이다. 똑같은 풍경이지만 매일의 인상이 다르다. 저녁 무렵 어김없이 찾아오는 석양이지만 한 번도 같은 색감과 뉘앙스를 띠지 않는다. 푸름이 짙어져 군청색으로 변하는 밤하늘은 늘 비슷해 보이지만 품고 있는 달의 위치와 모양이 다르다.

구름에 가려 있던 달이 반쯤 얼굴을 내밀었다. 오늘은 흰색을 머금은 회색빛이다. 요 근래 지금처럼 애정을 가지고 달을 올려다본 적이 있나. 없었던 것 같다.

"보고 싶다."

지치고, 힘들었을 때. 어디 먼 곳으로 떠나 버리고만 싶었을 때. 그리고 외로워서 눈물이 솟았을 때, 밤하늘에 홀로 떠 있는 달을 올려다봤다. 별숲을 이루는 별들과는 거리를 둔 채 수줍은 듯 무심한 듯 자리를 지키는, 그래서 외로워 보이는 달. 그렇게 한참을 바라보고 있으면 어쩐지 동지가 생긴 기분이 들었다.

접어 버린 공부가 아쉬웠다. 남의 디자인을 베끼는 직장 생활에 염증이 났다. 업무 지적을 핑계로 인격을 뭉개던 상사 때문에 무참했다. 그런데도 부모님에게는 늘 씩씩한 모습을 보여 줘야 한다는 게 힘들었다. 힘들다고 투정 부리고 기댈 수 있는 사람이 없어서 외로웠다.

친하던 고등학교 동창들은 결혼 생활에 바빴고, 그녀를 가장 잘 이해하는 친구 중현은 지구 반대편에 있었다. 방학 때 한국에 들어온 중현을 만나 꾹꾹 눌러두었던 속상함을 꺼냈다. 마음 놓고 펑펑 울어 버렸다. 코끝이 빨개진 채 민망한 웃음을 짓는 그녀를 중현은 가만히 토닥여 주었다.

공항 리무진을 타는 곳까지 중현을 배웅하고 돌아오던 지하철 안. 별생각 없이 뒤적이던 미술 잡지에서 '큐리오시티(Curiosity)' 의 이야기를 발견했다. 화성에 보내진 탐사 로봇 큐리오시티의 몸체 일부분에 '데미안 허스트' 의 도트 무늬를 그려 넣은 작품이 장착되어 있다는 기사였다. 하지만 메인 기사보다는 끝머리에 적힌, '생일날이면 스스로 플레이 버튼을 눌러 해피 버스데이 투 유를 듣는 큐리오시티.' 라는 문장이 가슴을 건드렸다. 눈물이 왈칵 솟았다.

'외롭겠다.'

아무도 없는 황량한 곳을 혼자 빨빨거리며 돌아다니다가 문득 멈춰 서 자기 몸에 장착된 버튼을 누른 후 '생일 축하 송' 을 들으며 자축하는 큐리오시티의 존재를 알고 난 뒤부터는 그의 생일을 기억해 줬다. 좀 덜 외로우라고. 나도 힘낼 테니까 너도 힘내라고.

그리고 몇 달 뒤 여름. 부모님과 함께 짧은 휴가를 보내고 다시 서울로 돌아오는 길에 예정에도 없던 천문대에 들렀다. 천문대를 직접 본 건 처음이었다. 할 수 있는 한 가장 가까이서 달을 보고 싶다는 마음 하나로 올랐다.

천문대를 운영하는 별지기가 놀라며 말했다.

'별 관찰 하기 좋은 겨울밤을 놔두고 한여름에, 더구나 구름도 끼어 있는 날에 오셨네요. 덕분에 방문객이 없어서 혼자 망원경 차지할 수 있는 이점은 있지만, 오늘은 볼 수 있는 별이 몇 개 없을 겁니다.'

'괜찮아요. 달 보러 온 거니까.'

천문대의 돔이 서서히 열리고, 달이 잘 관측되도록 망원경을 맞춘 별지기가 재희에게 눈짓을 했다. 와서 보라고. 조금 긴장한 채 처음 접하는 천체 망원경에 눈을 가져간 순간, 재희의 심장이 조여들었다. 눈으로 담아 왔던 달과 차갑고 거대한 망원경이 보여 주는 달은 달랐다.

'······예쁘다.'

달은, 까만 우주 공간에 떠 있었다. 순도 백 퍼센트의 검은색 우주에 동동 떠 있는, 희뿌연 잿빛 달은 톡 치면 가루가 폴폴 날아오를 것 같았다. 손가락으로 쓱 훑으면 자국이 남을 것처럼 연약하고 부드러워 보였다. 마치 생크림처럼.

달은, 정말로 예뻤다. 저렇게 예쁜 달에는 사람이 못 갔으면 좋겠다. 저렇게나 고운 달에는 토끼만 살게 놔뒀으면 좋겠다. 달보다 한참이나 더 먼 곳에 큐리오시티가 있겠지. 재희는 가만히 노래를 불러 주었다. 해피 버스데이 투 유, 큐리오시티.

인상적이었던 첫 느낌을 간직하고 싶어서 재희는 천문대를 다시 오르지 않았다. 대신 이렇게 눈으로 하늘에 떠 있는 달을 바라본다. 눈으로는 보이지 않는 예쁜 모습을 떠올리며.

이렇게 달을 쳐다보는 게 얼마 만이지. 달 너머 화성은 지금 밤이려나 낮이려나. 큐리오시티는 뭘 하고 있을까. 큐리오시티 (curiosity, 호기심) 많은 진혁 선배는 지금 뭐 하고 있으려나.

"보고 싶다."

강진혁.

평소 기상 시간보다 한참 앞당겨 알람을 설정했는데 알람이 울리기도 전에 눈이 떠졌다. 재희는 연방 시간을 확인하며 커피를 들이켰다. 서두르느라 입천장을 조금 데었다.

[잘 잤어?]

집을 나와 택시를 탔을 때 받은 메시지다.

[홈페이지 관리 해 주는 업체가 속 썩이면 교체해. 한 번 개념 없는 짓 한 사람은 또 그럴 가능성이 높아.]

잠시 후 부산역에 도착한다는 안내 방송이 흘러나올 때 도착한 메시지였다.

그리고 바다 비린내가 물씬 풍겨 오는 통영 공기를 접했을 때, 진혁에게서 또다시 메시지가 도착했다.

[바빠도 쉬는 날이잖아. 그러니 내 생각도 하면서 보내.]

11시. 현장 작업자들의 식사 시간이라 이런 여유 넘치는 메시지를 보내나 보다. 재희는 얼른 답장을 썼다.

[지금 잠깐 통화 가능해요?]

즉각 전화가 걸려 왔다. 웃음기 어린 목소리가 물었다.

— 할 말 있는 거야, 아님 목소리가 듣고 싶은 거야?

"용건 있어서요."

— 문제 생겼어?

그러고는 "잠깐만." 하며 진혁이 말을 끊었다. 현장 사람에게 지시를 내리나 보다. 내용은 들리지 않아도 어투로 느껴졌다. 조금 사무적인, 그래서 온기가 담기지 않은. 자신과 얘기할 때와는 많이 다른.

— 미안. 그래서 무슨 용건인데?

"점심 먹었어요?"

— 이제 먹어야지. 중요한 것부터 먼저 말해.

"밥 먹자고요."

— 뭐?

"같이 밥 먹자는 게 용건이었어요."

— ……통영에, 왔어?

"응."

영상 통화도 아닌데 재희는 고개를 끄덕였다.

— 기다려.

전화가 툭 끊겼다. 재희는 웃었다. 어디라고 얘기도 안 했는데. 금방 다시 전화를 걸어 온 진혁이 말했다.

— 위치 말해.

급하게 주차한 뒤 재희에게로 뛰어가던 진혁이 멈춰 섰다. 바닷바람에 헝클어진 머리카락을 쓸어 넘기며 재희가 수줍은 듯이 미소 지었다. 살짝 콧등을 찡그리며 눈웃음을 짓는 자신의 여자를 보는 순간, 알아 버렸다. 시간이 흘러도 한재희는 여전한 힘으로 자신을 흔들 거라는 사실을.

마음이 내켜서 왔는데, 막상 마주하자 어쩐지 멋쩍다. 쑥스러움과 반가움이 섞인 눈으로 진혁에게 미소 짓던 재희는 다섯 걸음쯤 떨어진 곳에 멈춰 선 채 고요히 바라만 보는 진혁의 태도에 고개를 갸웃거렸다.

진혁이 어떤 반응을 보일까, 상상했었다. 보자마자 달려와서 안을까. 씩 웃어 줄까. 아니면 '바쁘신 한재희 씨께서 통영까지 내려와 주셨네.' 짓궂게 말할까. 어느 것이든 진혁과 어울려서 짐작하기 힘들었다. 하지만 이렇게 멀찍이 떨어져서 쳐다만 볼 줄은 몰랐다. 전화는 그렇게 정신없이 받아 놓고.

한여름의 열기와 소금기를 담은 바람이 머리카락을 헝클어트렸다. 귀 뒤로 넘겨 보지만 파도를 쓸고 온 바닷바람 앞에서는 소용이 없다. 재희가 코주름을 잡았다. 예쁘게 보이고 싶었는데. 엉망이겠다.

재희는 세 발짝 다가갔다. 마음이 흘러가는 대로 쫓아왔더니 이렇게 멋쩍게나 만들고.

"많이 반가운 건 아닌가 봐요?"라고 말한 뒤 주위를 둘러보는 척했다. 나란히 열을 맞춘 작은 배들이 옅은 파도에 리듬을 타고 있었다.

"나도 뭐 오늘 휴일인 데다 통영은 처음이라 와 본 거……."

단숨에 거리를 없앤 진혁이 재희를 품 안으로 끌어당겼다. 숨도 못 쉴 만큼 세차게 부둥켜안고서 깊게 호흡했다.

"한재희."

"왜요."

"한재희."

"……."

머리 위 태양이 눈부셨다. 눅진한 바닷바람이 감겨들었다. 자신을 가두어 버린 진혁의 심장 소리가 가슴을 세차게 두드렸다. 재희는 눈을 감았다.

놔주지 않을 것처럼 한참을 끌어안고 있던 진혁이 집요해서 고집스럽게까지 느껴지는 눈으로 내려다보며 낮게 물었다.

"여기까지 달려올 만큼 내가, 보고 싶었어?"

재희는 대답 대신 입술을 물었다. 언제나 그랬던 것처럼 솔직하게 말하려는데 좀 부끄럽다. 부끄러워하는 자신이 어색했다. 굳이 확인하려는 진혁을 밉지 않게 노려보고는 바다 쪽으로 고개를 돌렸다.

"……그러니까 왔겠죠."

멋쩍은지 미간을 찌푸리면서도 대답해 주는 모습에 진혁의 눈에 따뜻한 기운이 차올랐다.

"전화 끊고 달려오는 내내 믿기지가 않았는데. 눈으로 보면서도 여전히 안 믿겨."

"선배가 오던 길 나도 온 것뿐인데 엄청 별일처럼 그래요? 그러니까 더 쑥스럽잖아."

"솔직히 기대 안 했어. 그래서 더 반가워."

재희가 들고 온 캐리어의 손잡이를 잡은 진혁이 손을 내밀었다. 손안에 들어온 온기를 단단하게 잡고서 걸었다. 와 줘서 기쁘다는 말이 맞잡은 손으로 전해져 오는 것만 같다. 이상하게도 자꾸만 수줍어 재희는 살짝 시선을 내렸다. 은색 글리터 샌들 옆에서 차콜 스니커즈가 나란히 걸음을 맞추고 있었다.

"일은 잘되고 있어요?"

"응."

진혁은 고개를 끄덕였다.

설계 도면대로 시공하고 준공 검사 받고. 당연한 것들이 당연하게 진행되면 아무런 문제가 없다. 하지만 건축법보다 더 영향을 미치는 관행 때문에 가끔 골머리를 썩는다. 신축 공사를 진행할 때면 늘 그랬듯 행정 처리와 민원 때문에 시간을 잡아먹혔다. 하지만 여기까지 와 준 사람에게 굳이 할 얘기는 아니었다.

"통영에서 첫 식사로 먹어 보고 싶은 음식은?"

오는 길 내내 진혁과 관련된 생각들을 하거나, 문득 떠오르는 아이디어 스케치를 하거나, 그 둘을 번갈아 했다. 진혁을 만나는 게 목적인 데다 충동적으로 떠나온 거라 통영에 대해 알아볼 여유가 없었다.

"충무 김밥이랑 굴밥 그리고 이중섭 식당. 이렇게밖에 못 들어 봤는데. 선배가 좋아하는 곳으로 가요. 점심 먹고 다시 가 봐야 할 테니까 너무 멀지 않은 곳으로."

"굴밥은 여름이니까 패스하고. 충무 김밥이랑 이중섭 식당 둘 중 어느 거?"

"이중섭 식당."

그럴 거라 짐작했던 진혁이 웃으며 물었다.

"이름이 마음에 들어서?"

"응."

멀지 않냐고 물었을 때 가깝다고 하더니 차로 금방이었다.

진혁이 자신의 몫으로 나온 뚝배기 속 갈치 살을 발라 건네자 재희가 밥을 올린 숟가락을 내밀었다. 진혁은 만족스러운 숨을 내쉬었다. 야구부 동아리 사람들 틈에서 처음 같이 밥을 먹었을 때, 작은 얼굴을 새초롬하게 굳히고서 묵묵히 공깃밥을 비우는 재희에게 굳이 말을 걸었다. 야구 안 좋아하냐고. 네. 그럼 야구 룰 잘 모르겠네, 라고 또 물었더니 다시, 네.

딱 두 마디만 하고서 더 이상 말 걸지 말라는 듯 재희는 살짝 고개를 숙이고는 밥을 먹었다. 그러고는 냉큼 일어섰다. 그날 들었다. 그 선배 불편하고 내 취향 아니라고.

삶이 어디로 흘러갈지 알 수 없다. 빈틈없이 계획을 짜도, 최선을 다해도 문득 눈을 들어 보면 원하지 않았던 곳에 와 있다는 걸 깨달을 때가 있다. 그렇지만 때로는 기대하지 못했던 곳에 서 있는 자신을 발견할 때도 있다. 한재희를 이런 감정으로 바라보게 되는 날이 올 줄은 몰랐다. 이런 깊이의 감정이 존재하는 줄도 몰랐다. 그리고 무엇보다 이렇게 바라볼 수 있도록 곁을 내줄 줄은 정말이지 몰랐다.

"자꾸 쳐다보지 말고 밥 먹어요."

여전한 쑥스러움을 보이는 한재희가 좋다.

"몇 시간 정도는 혼자 있어야 하는데."

"나 혼자서 잘 있는 거 알잖아요."

"미리 얘기했으면 시간 뺄 수 있었을 텐데 아쉽네. 어디 가 보고 싶어?"

"동피랑."

동피랑에 가 보고 싶다는 재희를 위해 활어 시장 근처에 차를 세운 진혁은 샌들을 갈아 신는 재희를 보며 흥미롭다는 얼굴을 했다. 원피스에 운동화도 꽤 잘 어울릴 수 있다는 건 처음 알았다. 저 안에 뭐가 들어갈 수 있으려나 싶게 작은 미니 핸드백을 챙기는 재희에게 진혁은 자신의 숙소 카드 키를 건넸다.

"둘러보다 피곤하면 들어가서 쉬고 있어. 저녁 먹을 시간 전에는 올 거야. 늦으면 전화할게."

"알겠어요."

키를 받아 돌아서는 재희의 팔을 붙잡았다.

"왜요?"

'볼 것도 없고 재미도 없겠지만, 현장에 같이 가자.' 라고 하려던 진혁은 고개를 저었다. 땡볕 아래 먼지 풀풀 날리는 곳에 재희를 데려가고 싶다니. 욕심은 염치가 없는 녀석이라 만족이라는 걸 모른다. 와 준 것만으로도 고마웠던 마음이 금방 또 욕심을 내고 있다.

"더우니까 너무 많이 걷지는 말고."

"선배는 더운데 일하면서. 걱정 말고 이따 봐요."

바람에 살랑이는 재희의 원피스 자락처럼 마음이 간지럽다.

갓 잡아 올린 싱싱한 생선만큼이나 활기찬 시장 속을 곧게 걸어가자 계단이 나왔다. 동피랑으로 이어지는 언덕길이었다.

「동피랑⇒」

회색 시멘트 벽면 위의 소박한 글씨가 수줍게 방향을 가리키고 있었다. 아담한 집들 사이로 좁게 난 골목길은 해가 머리 중앙에 머물러 있는 시간에도 그늘진 곳들을 만들어 주었다.

탐사를 하듯, 산책을 하듯, 그늘과 볕이 서로 마주하는 좁은 길을 호기심 어린 눈으로 오르던 재희가 웃음을 머금었다.

"정말 뜬금없네."

연한 파랑색으로 칠한 낮은 담벼락에 노르스름한 익룡 한 마리가 날고 있었다. 짧은 팔이 귀여운 동피랑 사우루스에게 장난이라도 걸듯 익살스러운 표정이다. 사진으로 남기기 위해 휴대폰을 열었다. 그 김에 진혁에게서 연락 온 게 있나, 봤지만 짤막한 메시지 하나 없다. 서운함 대신 일에 몰두한 진혁의 모습이 그려졌다. 얼마나 일찍 오려고. 실없는 사람처럼 자꾸만 웃음이 나려 해 입술을 물었다. 진혁에게 메시지를 보내고 싶은 마음을 누르고, 슈트를 입은 남자의 얼굴로 변신한 전기 계량기를 휴대폰에 담았다.

"저기서 음료수 마실까."

음료 메뉴를 읽어 나가다 카페 이름에 무심히 눈이 닿은 순간 웃음이 터져 버렸다. '몽마르트'로 읽어 버린 '몽마르다', 방심한

순간 웃음이 튀어나오게 만드는, 귀여운 언덕 마을이다.

마을 높이 오르자 통영항이 보였다. 수평선이 너르게 펼쳐진 속초와는 달리 통영은 초록 나무로 덮인 섬들과 바다가 마치 퍼즐 조각처럼 이어져 있었다.

바다를 삶의 동반자로 삼은 도시들은 자신들의 바다와 닮아 있다. 넓고 깊은 바다를 가진 속초는 파란 색감을, 바다가 섬을 품은 통영은 청초록 빛을 띠었다. 초록을 입은 사람들이 생기를 뿜으며 복작였다. 허물없는 이웃들이 모여 수다를 떨듯 조금은 소란스럽게 조금은 분주하게. 관광지가 아닌 일상이 느껴지는 통영의 첫인상이 소담스럽다.

휴관일이라 전혁림 미술관을 들러 보지 못하는 아쉬움을 남겨 두고 재희는 진혁의 숙소로 찾아갔다. 카드 키로 문을 열고 들어서자 깔끔하게 정리된 거실과 부엌이 보였다. 진혁의 성격이 드러나는 공간을 눈으로 살핀 후 욕실 문을 열었다. 씻으면 좋겠는데. 캐리어가 진혁의 차 트렁크에 있다. 언덕길을 올라 땀이 난 옷을 다시 입고 싶지는 않은데.

[선배 옷 좀 빌려요.]

답이 없다. 조심스러운 걸음으로 침실에 들어가 티셔츠 한 장을 꺼냈다. 드로어즈를 집어 들 때는 멋쩍어 입술을 잘근거렸다.

바다에서 불어오는 바람의 감촉이 낮과는 달랐다. 창문을 열면 언제나 바닷소리가 들리는 곳에 산다는 건 근사하다. 베란다 창을 열어 둔 채 소파에 앉아 휴대폰으로 내일 일정을 체크하고, 진혁이 보던 책을 뒤적이다 연달아 하품을 쏟아 낸 끝에 재희는 잠에 빠졌다.

물기가 채 마르지 않은 머리를 쓸어 넘기며 진혁은 소파 앞 바닥에 앉아 재희를 바라봤다. 가만히 볼을 감싸도 눈을 꼭 감은 채다. 많이 피곤했나 보다. 하긴 그러니 사람이 들어와서 샤워까지 하고 나왔는데도 곤히 자고 있지. 예민한 한재희가.

서둘러 일을 마무리 짓고 주차장으로 걸어가며 휴대폰을 확인했다. 도착한 지 한 시간이 넘은 재희의 메시지를 발견하고는 전화를 걸었다. 신호음이 세 번쯤 울렸을 때 서둘러 끊고 메시지를 보냈다.

[깨어 있어?]

예상대로 돌아오는 답변이 없었다. 조용히 현관문을 열고 들어와 소파에서 불편하게 잠든 모습을 내려다보았다. 캐리어를 거실 한쪽에 두고 욕실로 들어가 먼지와 땀을 씻어 냈다. 그리고 거실로 나와 소파 앞에 자리를 잡고 앉아 그의 공간에서 그의 티셔츠와 속옷을 입고 잠든 재희를 만졌다.

간지럽다. 속눈썹도 뺨도. 손등으로 문질러 버리고 싶을 만큼 입술도 간질거렸다. 잘 떠지지 않는 눈꺼풀을 힘겹게 들어 올린 재희가 눈을 깜빡였다. 방금까지 입술을 쓸던 손가락으로 코끝을 톡 치며 진혁이 물었다.

"잘 잤어?"

"언제 왔어요?"

잠이 묻은 목소리로 중얼거리던 재희는 진혁의 손을 끌어와 가슴에 품었다.

"많이 피곤했어?"

"생각보다요."

"지금도 피곤해?"

"좀 자서 괜찮아요."

"배는, 안 고파?"

"조금."

"조금이면 참아."

무슨 말이냐고 되묻기도 전에 달랑 안겨 침대로 옮겨졌다. 풀썩. 던져지듯 떨어지자 매트리스가 진동했다. 티셔츠를 벗어 버린 진혁이 바지 뒷주머니에서 뭔가를 꺼내 시트 위로 던졌다. 툭. 허리 근처에 떨어진 건 콘돔이었다. 입술을 잘근 문 재희가 가늘게 눈을 뜨고서 쳐다보자 진혁이 물었다.

"그 표정은 무슨 뜻이야?"

"내가 뭘요."

"올 거라고는 단 한 번도 생각 못 했어. 들어오면서 산 거야."

"누가 뭐랬나."

새침하게 대꾸를 하는 볼이 발갛다. 이러니 짓궂게 굴고 싶어지는 거다.

앞으로 종종 입혀 봐야겠다는 생각이 들 만큼 몸에 맞지 않는 티셔츠를 입고 있는 모습이 귀여웠다. 티셔츠 자락을 잡자 재희의 손이 내려오다 움찔했다. 떠오른 기억에 얼굴을 붉힌 재희가 시트 위로 얌전히 손을 내렸다. 씨익 개구진 웃음을 띤 진혁이 티셔츠를 들추자 드로어즈가 드러났다. 남성용 드로어즈가 지금껏 본 재희의 속옷들보다 섹시하게 느껴졌다.

손으로 만지면서도 문득문득 실감이 나지 않는다. 한재희가 왔다는 게. 자신의 침대에 누워 있다는 게. 깊은숨을 내뱉은 진혁이 재희의 몸을 덮었다.

시키는 대로 등 뒤에 달라붙어 진혁의 허리에 팔을 두르고는 물었다.

"이러고 요리가 돼요?"

"재료 다 썰어서 몽땅 집어넣기만 하면 되는 건데 뭘."

찌개라는 걸 간략히 설명하면 그렇긴 한데.

"요리 진짜 잘하는 거 맞아요?"

"내 커피만큼 맛있어."

"반찬들도 다 만들어요?"

"그건 사 온 거."

해물이 싱싱한 곳이라 그런가. 별거 안 넣은 것 같은데도 그럴싸한 냄새가 났다. 국물 한 숟가락을 떠 김을 식힌 진혁이 재희의 입에 넣어 주었다.

"어때?"

"내 입맛에는 맞는데."

"그럼 먹자."

마주하고 앉아 진혁이 만들어 준 찌개에 밥을 먹고 후식으로 단내음이 풍기는 포도를 깨물고. 그러고는 진혁에게 비스듬히 안겨

연하게 내린 커피를 마셨다. 어깨를 쓸던 따뜻한 손이 머리카락을 만지작거렸다. 재희는 머리 위에서 물어 오는 진혁에게로 눈을 들었다.

"내일 6시 10분 차?"

"응. 그게 첫차더라고요."

"고속버스 터미널 도착?"

"응."

재희의 대답을 끝으로 두 사람은 말이 없었다. 시간이 참, 빠르다. 벌써 아쉬워서 진혁은 어깨를 감싸 안은 팔에 힘을 주었다. 밤이 깊지만 달이 환해 어둡지 않은 하늘을 응시하던 진혁이 갑자기 일어섰다. 이대로 보내기에는 아쉽다. 둘이 나누는 추억들이 더 많았으면 좋겠다.

"나가자."

"어딜요?"

"자전거 타러."

재희의 눈이 커졌다.

"나 자전거 탈 기운 없어요."

"태워 줄 테니까 앉아만 있어."

눈을 깜빡이며 진혁을 올려다보던 재희는 캐리어에서 발레리나 플랫을 꺼냈다. 몇 켤레나 가져온 건가. 정말로 신발을 좋아하는구나, 싶어 쳐다보던 진혁이 무릎을 접고 앉았다. 신발을 발에 껴주고는 아쉬운 듯 발목을 쓸었다. 부드러운 살갗에서 손을 떼지 못한 채 재희를 올려다보며 물었다.

"어떻게 해야 돼?"

신발에는 리본 끈처럼 보이는 끈 두 개가 달려 있었다. 이 기다란 끈을 어떻게 묶으라는 건가.

"내가 할게요."

"설명해 봐."

"끈을 발등에서 교차시킨 다음에 발목을 세 번 감고, 복사뼈 조금 위에 예쁘게 리본 모양으로 묶으면 돼요."

진혁의 손놀림을 지켜보다 장난처럼 말했다.

"선배 때문에 버릇 나빠지는 거 아닌가 몰라."

"그럴 것 같아?"

"응."

"얼마만큼 나빠질지 보는 것도 재밌겠네."

그럴싸하게 모양을 낸 리본을 보며 마음에 든다고 하자 진혁이 일어나 손을 잡아 왔다.

밖으로 나와 진혁을 기다리며 가로등보다 더 밝은 달과 밤 파도 소리를 감상하고 있던 재희는 진혁이 끌고 나온 자전거를 보고 눈을 휘둥그레 떴다가 좀 웃었다. 자전거 라이딩을 즐기는 사람답게 날렵한 디자인의 자전거를 떠올렸는데 뒷바퀴 위쪽에 짐받이가 달려 있었다.

"선배 평소에 이 자전거 타고 다녀요? 안 어울리는데?"

"빌려 온 거야. 내 자전거는 뒤에 앉을 데가 없어서."

진혁이 짐받이를 툭 두드렸다. 재희는 장바구니를 싣기에 좋겠다 싶은 짐받이에 앉아 진혁의 허리를 감쌌다. 자전거가 조금 더 속도를 내자 진혁의 등에 기댔다. 달린다, 싶은 느낌이 날 만큼 기분 좋은 속도를 올리고 있었다.

"여기는 바다를 끼고 길게 난 자전거 도로가 잘 만들어져 있어. 바다랑 나란히 달리는 기분이 꽤 근사해. 그래서 가끔 자전거 끌고 나가."

재희는 눈앞에 풍경을 그려 보았다.

"멋지겠네요."

"다음에 오면 같이 달려 보자."

"그래요."

선선하게 나오는 대답에 놀란 듯 진혁이 휙 고개를 돌렸다. 자전거가 휘청 흔들렸다.

"위험하잖아. 앞을 봐요."

"다음에도 올 거야?"

"잠깐 본 것밖에 없지만 첫인상이 꽤 좋았어요, 통영."

"내가 좋아서가 아니라?"

대답 대신 이마가 등을 콩 박아 왔다.

오늘 왜 이렇게 예쁜 짓을 하는지 모르겠다. 보내기 싫다.

"한재희."

진혁이 급작스레 브레이크를 잡았다.

"내려 봐."

"거봐. 선배도 힘들죠?"

얼른 짐받이에서 내려섰다.

"이쪽으로 와서 앉아."

자전거를 세우고 두 발로 바닥을 단단히 짚은 진혁이 핸들 바를 눈짓으로 가리켰다.

"여기에 올라앉으라고요? 왜?"

"얼굴 보면서 달리게."

핸들 바에 걸터앉아 얼굴을 마주 보며 가자는 말은 이해가 됐지만.

"그게 가능해요? 엄청 위험할 것 같은데?"

"떨어지지 않게 할 테니까. 올라와 봐."

발을 떼지 않는 재희에게 "조금이라도 더 보고 싶어서 그래."라는 말을 하자 그제야 재희는 진혁의 손을 의지해 쇠 봉 같은 느낌의 핸들 바에 걸터앉았다. 그러고는 엉덩이 양옆으로 손을 내려 핸들 바를 꽉 움켜잡았다. 자전거는 조금의 흔들림도 없이 재희의 움직임을 받아 내고 있었다.

"발은 앞바퀴 허브, 다운 튜브 둘 중 편한 곳에 올려."

진혁이 허브라며 앞바퀴 중심부 양쪽으로 조금 튀어나온 나사 같은 부분을 가리켰다.

"이쪽이 더 편해요."

자전거 몸체를 단단하게 받쳐 주는, 핸들 튜브 밑에서 페달 부분까지 사선으로 연결된 다운 튜브에 발을 올렸다. 생각했던 것보다 안정감 있었다. 여전히 겁은 조금 나지만.

"출발해?"

"응."

긴장한 얼굴로 고개를 끄덕이자 진혁이 한 발을 페달 위에 올린 후 힘을 주었다. 달려 나가는 속도에 재희의 눈이 커졌다.

"익숙하지 않아서 더 빠르다고 느껴지는 거야. 그리고 너무 느려도 균형 잡기 힘들어. 우리 둘이 탈 때는 이 정도 속도가 적당해."

재희는 상기된 얼굴로 눈을 깜빡였다. 자전거 핸들 바에 올라앉게 될 줄은 몰랐다. 진혁과 눈을 맞추고서 달리고 있다. 바람을 등으로 맞으며. 바다와 나무가 휙휙 사라진다. 세상을 거꾸로 달리는 건 이런 기분이구나. 좋아하는 남자와 마주하고 달리는 건 이런 설렘이구나.

진혁과 사귀면서 처음으로 해 보는 것들이 하나씩 늘어나고 있다. 언제나 머리를 거친 후 가슴으로 이해하던 재희는 가슴이 말하는 대로 무작정 움직였을 때의 두근거림과 쑥스러움과 즐거움을 알아 가고 있었다. 새로운 것들을 알려 주는 진혁의 머리 위로 레몬빛 달이 떠 있었다.

길을 확인하듯 자전거 도로에 잠깐씩 던져졌던 진혁의 눈길이 자연스레 재희에게로 되돌아왔다. 발갛게 달아오른 볼과 반짝이는 눈이 옅은 흥분을 드러낸다. 별을 보나 싶게 가끔 하늘로 향했던 눈동자가 내려와 자신을 보며 눈웃음 짓는다.

보내기 싫다. 이대로 둘이 계속 달렸으면 좋겠다.

10

빛깔이 선명한 라임을 장바구니에 담았다. 애플민트도 한 묶음 집었다. 라임에이드 재료는 다 샀고. 중현이가 또 뭘 좋아하더라. 미안함과 아쉬운 마음이 자꾸 뭔가를 챙기게 만들고 있었다.

볼록해진 장바구니를 들고 횡단보도를 건넜다. 걸음을 내디디며 습관적으로 사람들의 신발을 훑어가던 재희의 눈이 맞은편에서 오는 여자의 샌들에 닿는 순간 살짝 커졌다. 진혁을 만나러 처음 통영에 갔을 때 신었던 글리터 샌들. 그녀의 디자인이다. 거리에서 자신의 슈즈를 신은 사람과 마주친 건 처음이라 재희의 눈이 저절로 여자를 따라갔다.

'이런 기분이구나.'

가슴이 벅차오른다. 기분 좋은 미소와 함께 시선을 거두다 고개를 갸웃했다. 뭔가 이상했다. 눈을 감고도 구두 밑창에 박힌 무늬까지 그려 낼 수 있는 그녀의 디자인인데. 맞는데. 왜 위화감이 드는 걸까.

재희는 뒤돌아 여자를 쫓았다.

"죄송한데 잠깐만요."

경계심 가득한 눈으로 재희를 위아래로 훑어본 여자가 "뭔데요?"라고 조심스레 물어 왔다.

"샌들 잠시만 볼게요."

"왜요?"

"굽이 특이해서 자세히 보려고요."

"아……. 네, 뭐."

신발이 마음에 든다는 걸로 받아들인 여자가 남아 있던 경계를 풀고는 고개를 끄덕였다. 나도 슈즈 홀릭이라 그 마음 이해 간다는 표정으로.

장바구니를 내려놓고 쪼그려 앉았다. 원피스 자락이 지저분한 길바닥에 닿는 것도 모르고 반짝거리는 눈앞의 샌들을 찬찬히 훑었다. 5센티미터 굽의 장식을 확인한 순간, 입술을 꽉 물었다.

"예쁘죠? 개인 브랜드인 데다가 인터넷에서 파는 신발치고 좀 비싸긴 했는데. 그래도 디자인이 워낙 독특해서 큰맘 먹고 장만했어요."

〈플래퍼〉는 홍보를 위해 홈페이지에 슈즈를 올려놓지만, 판매는 매장에서만 이루어진다. 처음엔 번거롭다는 불만을 말하던 고객들도 자신의 발에 완벽하게 맞는 신발을 찾기 위해서는 그 정도 수고로움은 필요하다고 수긍했다. 덤으로 전시된 슈즈들도 신어 보고, 예쁜 인테리어도 구경하고.

그런데 인터넷으로 구매했다고 한다. 샌들 굽의 디테일한 모양 새와 발등을 덮은 스팽글의 품질만으로도 〈플래퍼〉의 상품이 아니라는 걸 확인했지만, 여자의 말이 카피한 제품이라는 걸 증언하고 있었다.

천천히 무릎을 펴고 일어난 재희가 장바구니를 챙겨 들며 차분한 목소리로 말했다.

"어느 사이트인지 좀 알려 주세요."

조금 더 예쁘고 조금 더 눈에 띄는. 그래서 남들과는 다른 걸 신고 싶은 게 슈즈 홀릭들의 보편적인 심리라 내키지 않아 하는 건 아닐까 싶었는데. 역시나 대답을 망설였다. 여자의 잘못은 아니지만, 어쩔 수 없이 목소리가 차가워졌다.

"같은 걸 구매하려는 게 아니라, 내 디자인을 카피해서 만든 샌들이라 묻는 거예요."

"어머."

놀란 여자가 주춤하더니, 혹시라도 자신에게 불똥이 떨어질세라 "〈한여름 밤의 꿈〉이요."라고 알려 주고는 재빨리 뒤돌아 총총걸음을 했다.

"한여름 밤의 꿈…… 이름 예쁘네."

나직이 중얼거린 재희는 횡단보도로 되돌아가 초록불을 기다렸다. 짧은 몇 초간이 한없이 길다. 〈플래퍼〉로 돌아가 노트북을 켜자. 그리고 사이트에 들어가 확인해 보자. 냉정한 얼굴빛과는 달리 머릿속이 뜨거웠다.

작업실에 앉아 노트북을 켰다. 〈한여름 밤의 꿈〉 홈페이지에 올려놓은 상품들을 하나씩 클릭했다. 글리터 샌들. 펌프스 두 종류. 3.5센티미터 굽에 진주가 박힌 로퍼. 7.5센티미터 미드 힐 로퍼. 리본 끈이 달린 발레리나 플랫. 총 여섯 개의 디자인을 도둑맞았다. 스크롤을 내려 구매 후기를 읽어 나갔다.

「조금 비싸지만 디자인이 독특하고 예뻐요.」

「가격에 비해 착용감이 별로지만, 예쁘니까 괜찮아요.」

「보는 것보다 질이 별로 좋지는 않아요. 그래도 뭐 예쁘니까.」

조금 비싸다는 가격대는 〈플래퍼〉보다 30% 정도 저렴하다. 좀 전에 확인했던 샌들 소재를 생각한다면 충분히 비싼 금액이다. 덤으로 디자인 비용은 0이니까.

〈플래퍼〉를 오픈한 지 5개월이 지나지 않았다. 그런데 카피를 하는 사람이 나왔다. 카피를 당할 만큼 벌써 유명해진 건가. 걱정했던 것보다는 별다른 어려움 없이 운영되고 있지만 그 정도는 아닐 텐데. 카피를 할 만큼 괜찮은 디자인이라는 거니 이걸 칭찬으로 받아들여야 할까.

디자인계에서는 카피가 일상처럼 벌어진다. 분명 도둑질인데 지금껏 그래 왔던 분위기라서, 디자인권 침해로 소송을 걸기에는 법적인 절차라는 게 지난한 일이라서 서로가 서로를 베낀다. 마치 내 것인 양 적당한 수정을 가하면서. 하지만 이렇게 노골적으로, 자칫하면 디자인 원작자인 그녀조차 못 알아봤을 만큼 디테일한 부분까지 훔쳐 가는 건 처음이었다.

메인 페인지로 돌아가자 핑크색으로 반짝거리는 문구가 눈에 들어왔다.

'〈한여름 밤의 꿈〉의 디자인을 불법으로 카피하시면 법적 대응에 들어갑니다!'

이쯤 되면 '샤넬st', '에르메스st' 처럼 'st'를 붙여 카피 제품이라는 걸 친절하게 표시해 놓고 판매하는 사람들이 귀여워 보일 지경이다. 더 이상 화도 나지 않았다. 대체 어떤 마인드를 가진 사람이기에 이런 행동이 가능할까. 이걸 어떻게 처리해야 하나. 재희는 손가락을 잘근거렸다.

"똑똑. 뭐 하냐? 사람 오는 줄도 모르고. 매장에 있는 거 다 들고 가도 모르겠다."

중현이다. 2년 만에 보는데도 어제 만난 사람처럼 스스럼이 없다. 언제 봐도 반가운 친구에게 재희는 일어나 환히 웃어 주었다. 그런데도 중현이 고개를 갸웃하며 물어 왔다.

"표정이 왜 그래. 나 안 반가워?"

"반갑다는 소리를 꼭 듣고 싶지. 어떻게 지냈어?"

작업실 창문을 등지고 놓인 1인용 소파에 털썩 몸을 묻으며 중현이 엄살을 피웠다.

"나야 늘 잘 지내지. 그런데 나도 나이가 드나 보다. 예전 같으면 3일이면 시차가 극복됐는데, 일주일째 밤낮 바뀌어서 골골거리고 있어."

"진혁 선배는 너보다 네 살이나 많아도 에너지가 넘치던데?"

중현의 눈이 장난기로 반짝였다.

"오— 애인이라 편드신다? 우리 재희가 변했어요."

"사실을 말하는 것뿐이야."

"너랑 진혁 선배 사귄다는 게, 올해의 내 쇼킹 뉴스 탑 쓰리에 들어가. 내가 얼마나 놀랐는지 알아?"

"얼마나 놀랐는지 저번에 말했어. 마실 거 줄까? 라임에이드?"

"오케이. 오랜만인데 네가 만들어 주는 에이드를 안 마실 수 없지."

간단한 다과를 준비할 수 있도록 리모델링한 작은 방에서 재빨리 에이드를 만들었다. 진하게 커피도 내렸다.

유리잔을 받아 든 중현이 좀 진지해진 얼굴로 물어 왔다.

"근데 정말 아무 일 없는 거 맞아? 표정은 아닌데? 무슨 일인데 그래?"

잠깐 다녀가는, 이제는 더 이상 못 보는 중현에게 걱정을 끼치기 싫어 좀 망설이던 재희는 중현의 추궁 어린 재촉에 노트북을 돌려 방금 전까지 보고 있던 홈페이지를 가리키는 걸로 대답을 대신했다. 마우스로 클릭하는 소리가 늘어날수록 중현의 미간에 주름이 잡혔다. 잇새로 낮게 내뱉는 말은 분명 욕설일 터였다.

노트북을 되돌려 놓으며 중현이 "어떡할 거야?"라고 물었다. 재희는 한숨을 내쉬었다.

"내 디자인들 등록되어 있고, 그쪽에서 카피했다는 건 누가 봐도 명백한 사실이고. 그러니 소송을 하면 이기겠지. 그런데 법을 거친다는 건 시간과 경비가 많이 소요되는, 사람 진 빠지게 만드는 일이잖아. 소송 진행되는 동안 내가 받을 스트레스도 만만찮을 테고. 그렇게 해서 이긴다고 해도 피해를 입은 만큼 충분한 보상을 받을 수 있을지도 확실치 않고. 게다가 실력 있는 변호사 구하는 것도 쉽지 않은 일이고. 우선은 저쪽 판매자한테 연락부터 해 봐야지. 이 정도로 뻔뻔한 사람이면 말이 안 통할 것 같긴 하지만."

걱정 어린 얼굴로 고개를 주억거리던 중현이 좀 의외라는 듯 말했다.

"근데, 너 생각보다 담담하다? 무슨 문제 있는 건가 싶은 얼굴이긴 했는데. 이 정도로 큰 문제일 줄은 몰랐어."

재희가 씁쓸한 미소를 지었다.

"아버지 일 겪은 후부터, 나도 모르는 사이에 사람과 세상을 대하는 관점이 조금 달라졌나 봐. 예전 같으면, 사람이 어떻게 저러지 싶던 것도 저런 사람도 있는 거겠지, 라는 생각이 들고. 당황하고 억울하고 속상해서 주저앉아 버릴 일도 좀 멀리 놓고 보게 돼. 내 일이 아닌 것처럼. 속상한 마음보다도 이걸 어떻게 해결해야 할까. 어디서부터 뭘 해야 하는 거지. 그런 현실적인 생각부터 들어."

힘들어하던 때의 재희가 새삼 떠올라 중현은 마음이 시큰했다. 누군가는 이런 경험들이 어른이 되어 가는 과정이라고 할지 모르겠다. 하지만 굳이 사람한테 상처를 받지 않아도 성장할 수 있는 방법들이 충분히 있을 텐데.

재희가 만들어 내는 그림들을 보면서 저 작은 머릿속에는 어떤 생각 조각들이 떠다닐까 궁금해하던 때가 있었다. 귀엽고 기발한 상상력과 섬세한 감수성을 가진 재희가 예뻐서 얘는 어른이 되어도 이대로 있었으면 좋겠다는 생각을 했었다. 그럴 수 있게 지켜 주고 싶은 마음이 있었다. 어른들의 세상이 흔들어 버리지 못하게.

재희에게 실질적으로 도움을 줄 수 있는 방법이 없을까 고민하던 중현이 딱, 손가락을 튕겼다.

"아! 영서 형 있잖아."

"누구?"

"우리 친척 형. 나 강원도에 살 때 영서 형 우리 집에 놀러 온 거 너도 한두 번 봤을걸? 그 형 변호사야."

"누군지 잘 생각이 안 나."

"어쨌든. 이 상황에서는 그 형이 변호사라는 게 중요한 거지. 법적인 도움이 필요하면 말해. 형한테 귀띔해 놓을 테니까. 그 형 실력 있어. 모르는 사람보다는 영서 형한테 맡기는 게 낫잖아."

"고맙기는 한데. 그러면 안 될 것 같아."

"왜?"

재희는 깊은 호흡을 했다. 그러고는 머릿속으로 연습했던 말을 꺼냈다.

"중현아. 음. 너는 나한테 가장 오래되고, 가장 소중하고, 가장 고마운 친구야. 네 덕분에 힘들었던 순간들 버틸 수 있었고, 네 덕분에 기억하는 멋진 추억들이 많아."

"무슨 말인지 알겠어."

무슨 마음인지도 알겠고. 그래서 중현은 그만하라는 듯 한 손을 들어 보이며 웃었다.

"조금만 더 하면 울겠다."

재희는 시큰해져 오는 콧등을 문질렀다. 별말 한 것도 없는데. 마음이 울컥했다.

"솔직히 별로 놀랍지는 않아. 나랑 계속 연락하며 지내는 거, 선배 입장에서는 달갑지 않겠지. 충분히. 그래도 선배 오래 참았네. 지금껏 놔둔 게 더 놀라워, 사실. 나야 좀 이기적이게도 너랑 친구 못 한다는 게 아쉬워서 눈치 없는 척 아무 내색도 안 했던 거지만."

"선배가 요구한 거 아니야. 내가 먼저 그러겠다고 한 거지."

멍하니 입을 벌렸던 중현이 중얼거렸다.

"어…… 이건 좀 놀랍다. 전혀 생각 못 했는데?"

턱을 괴고 처음 보는 사람처럼 재희를 바라보며 중현이 빙글거렸다.

"선배가 나랑은 더 이상 친구로 지내지 말라고 요구하면, 네가 얼굴 치켜들고 친구로 지내고 싶은 이유 따박따박 읊어 대는 장면은 쉽게 떠올려지는데, 그 반대라니. 상상이 잘 안 되네. 와— 선배가 아무 말 안 하는데도 나랑 친구 그만하고 싶어? 나 갑자기 서운해진다?"

"아무 말 안 하니까 그러는 거야. 나한테 아무것도 요구하거나 강요하지 않아. 내가 원하는 대로 하게 놔둬."

진혁을 떠올리는 듯 재희가 따뜻한 눈빛을 했다.

"계속 친구로 있겠다고 하면 알겠다고 할 사람이야. 이유도 안 묻고. 안 괜찮은데 괜찮은 척하고, 거슬리는데도 절대 내색 안

해. 알고 보니 완전 내숭쟁이야. 단순히 동창인 남자랑 친구로 지내는 것도 싫은 사람이 너랑 우정 관계 유지해도 아무렇지 않다는 척 거짓말이나 하고. 실은 속 많이 끓였으면서."

험담을 늘어놓는 재희의 입술이 미소를 그리고 있었다.

"어떤지 알아? 내가 노출이 좀 많은 원피스 입으면 엄청 신경 쓰이면서도 안 그런 척해. 근데 여기 미간에는 주름이 잡혀. 맘에 안 들어서. 그게 또 은근 귀엽다? 그래서 어떤 날은 일부러 짧게 입을 때도 있어."

중현이 어떤 표정을 지어야 할지 모르겠다는 얼굴을 했다. 강진혁 선배한테 '귀엽다' 는 소리가 나오나? 그 강진혁한테?

"너, 선배가 엄청 좋나 보다?"

재희는 쑥스러운 듯 콧등에 주름을 잡았다.

"응. 너한테 마지막 인사 하는 거 많이 속상한데, 그런데도 선배가 원하는 걸 해 주고 싶을 만큼 그렇게 좋아."

중현이 팔짱을 낀 채 마치 관찰이라도 하듯 이쪽저쪽으로 고개를 갸웃거렸다.

"내가 아는 한재희 맞아?"

"뭐가."

"좀, 아니 많이 달라 보여서. 너도 이러는 게 가능하구나 싶고. 뭐 어쨌든 그럼 우리 오늘로 마지막이네. 잘 지내고, 많이 행복하고. 나도 잘 먹고 잘 살게."

중현을 따라 덩달아 일어선 재희가 당황한 표정으로 중얼거렸다.

"뭐야, 벌써 가게?"

"가긴. 매장 제대로 구경도 못 했는데. 그나저나 기특해, 한재희. 언젠가 해낼 줄 알았지만, 이렇게 잘해 낼 줄은 몰랐어."

"나도 가끔은 내가 뿌듯해."

서로를 바라보며 씩 웃었다.

"구경시켜 줘. '한재희 애인님' 인테리어 솜씨가 얼마나 대단한지 구석구석 훑어보자."

"벽면 서랍장이 가장 근사해."

눈을 빛내며 벽면을 채운 서랍장을 자랑하는 재희를 중현이 아쉬운 눈으로 웃으며 쳐다보았다.

두 사람이 매장을 찬찬히 둘러보는 동안 중현은 런던에서의 생활과, 앞으로의 계획. 그리고 여자 친구에 대한 얘기를 들려주었다. 라임에이드 한 잔을 더 마신 후 떠나기 전 중현은 변호사가 필요하면 꼭 연락하라는 말을 남겼다. 예전처럼 짓궂게 머리를 쓰다듬으며. 마지막까지 고마운 친구라 재희는 눈물이 좀 났다.

침대에 비스듬히 기대 누운 진혁은 평소보다 나른하고 섹시하고 그리고 지쳐 보였다. 나이트 스탠드만 켜 놔서 그렇게 보이는 건가, 휴대폰을 눈앞으로 가까이 가져오던 재희가 고개를 저었다. 바보같이. 이런다고 더 잘 보이는 게 아닌데. 카피 문제를 어떻게 해결할까, 온종일 골머리를 앓았더니 멍청해졌나 보다.

"얼굴 자세히 보여 줘 봐요."

미소를 짓는 진혁의 입술이 점점 다가왔다. 진혁의 이마 위로 내려온 머리가 물기를 머금은 게 보였다. 눈웃음을 짓고 있는 눈가가 조금 붉어져 있다는 것도.

"선배 이만큼 술 마신 건 처음 보네. 힘든 일 있었어요?"

— 그래서 마신 건 아니고. 현장 작업 하시는 분들 회식 자리에 잠깐 꼈었지.

그래서 마신 건 아니라는 건 힘든 일이 있긴 하다는 말인데. 걱정 어린 눈으로 물었다.

"문제 생겼어요?"

— 아니.

"정말?"

— 정말.

"거짓말. 나한테 늘 힘든 건 없냐고 물으면서 왜 선배는 말을 안 해요?"

— 내가 해결할 수 있는 것들이니까. 그리고 속 시끄럽고 지쳤던 거 너 보는 순간 다 잊히니까. 얼마 마시지도 않았는데, 오랜만이라 그런지 곯아떨어질 것 같았어. 그런데 한재희 얼굴 보니 또 기운이 나네.

나른하게 눈꼬리를 접으며 웃는 진혁이 기운 난다는 말과는 달리 피곤해 보였다.

"선배."

— 네, 후배님.

그러고는 픽 웃는다. 취하면 평소보다 좀 느슨해지나 보다.

재희는 망설였다. 디자인을 도둑맞아서 속상하다고. 앞으로 해결해 나가야 할 일들 때문에 두통이 생겼다고. 투정을 부리고 토닥임을 받고 싶었다. 진혁이 '괜찮아, 잘해 나갈 수 있을 거야. 부딪쳐 보면 별거 아니야.' 라고 말해 주면 정말 별거 아닌 것처럼 느껴질 것 같아서. 하지만 자기 일만으로도 피곤하고 지쳐 있는 사람한테 안 그러는 게 낫겠다.

"선배, 손 보여 줘요."

— 손만 좋아해. 이러다 내 손한테 질투 날 것 같아.

크고 따뜻하고 단단한 손이 눈앞에 있다. 주저앉지 않게, 지치지 않게 잡아 주고 다독여 줄 사람이 옆에 있으니 걱정할 것 없다. 차근차근 풀어 나가면 되는 거지.

진혁이 눈을 떴다 감는 속도가 점점 느려졌다.

"선배."

— 응.

대답하는 소리가 웅얼거림처럼 들렸다.

"잘 자요."

'잘 자.' 라는 말 대신 웃어 주는 진혁의 눈이 감겨 있었다.

휴대폰을 손에 든 재희는 망설였다. 통화 버튼을 만지작거리는 엄지가 아프다. 의식 못 했는데 계속 잘근거렸나 보다.

어제 〈한여름 밤의 꿈〉에 전화를 걸었다. 밝게 전화를 받는 여자에게 대표님과 통화를 하고 싶다고 했다. 그러자 여자는 무슨 일이냐고 물었다.

'한재희라고 합니다. 대표님과 통화하고 싶은데, 계신가요?'

— 무슨 일이신데요?'

'대표님과 직접 통화해야 할 만큼 중요한 일이니까 대표님을 바꿔 주든지, 부재중이면 연락처 알려 주세요.'

— 무슨 일로 그러시냐고요?

'그쪽에서 카피한 슈즈 디자인 원작자예요.'

— 어머!'

뚝, 전화가 끊겼다. 다시 걸었지만 받지 않았다. 홈페이지에 떠 있는 메일 주소로 '대화에 응하지 않으면 법적인 절차를 밟겠다' 는 메일도 보냈다. 답변이 없었다. 이런 반응을 보이지 않을까, 짐작했기에 놀라지는 않았다.

"이제 어떡할까."

디자인 카피. 지적 재산권을 다루는 전문 변호사들을 검색했다. 변호사들이 참 많았다. 이 중에 누가 실력이 있는지, 시간 끌지 않고 성심껏 맡아 주려는지, 알 수가 없었다. 법이라는 것도 결국은 사람이 다루는 일이라 변호사 선택이 중요할 텐데. 자칫하다가는 법적 대응을 하지 않는 것보다 못한 결과가 나올 수도 있는데. 홈페이지에 나온 짤막한 정보만으로는 선택하기 어려웠다.

"어떡하지."

밤새 고민했는데도 더 좋은 방법이 떠오르지 않았다. 막상 전화를 하려니 너무 미안하다. 그래도 지금 상황에서는 이게 가장 합리적인 선택일 거라는 판단이 들었다.

전화가 연결되고, 재희가 미처 이름을 부르기도 전에 중현의 목소리가 들렸다.

— 영서 형한테 네 연락처 줄게. 너무 걱정하지는 말고 너답게 차분히 대처해 나가.

"고마워."

— 그럼 이제 진짜 안녕이네? 잘 지내.

11

후두둑 우산을 두드리는 빗소리가 경쾌했다. 옥상 계단을 오르는 진혁의 발걸음은 그보다 조금 더 가벼웠다. 보폭을 넓혀 두 계단씩 뛰어오른 진혁이 현관문을 노크했다. 씻고 있나. 반응이 없다. 들어와 보니 거실 불은 켜져 있는데, 사람은 없다. 급하게 올려놓고 나간 건지 식탁 위에 비스듬히 누운 장바구니에서 연초록 호박이 비죽 나와 있었다. 귀퉁이에 그림이 그려진 에코백 장바구니가 조금 젖어 있는 걸 보니 방금 나갔나 보다.

진혁은 에코백의 그림을 손가락으로 쓸며 통화 버튼을 눌렀다.

"어디로 사라진 거야?"

뛰었나. 목소리에 헐떡이는 숨소리가 섞여 있었다.

— 도착했어요. 지금 올라가.

휴대폰을 식탁에 내려놓고 현관으로 걸어가 문을 열자 재희가 옥상으로 오르고 있었다. 한 손에는 우산을 받쳐 들고, 다른 한 손에는 까만 봉지를 쥐고서. 서로를 눈에 담은 순간 계단 끝에 올라서던 재희가 멈춰 섰다. 빙긋이 웃음 지은 진혁도 가만히 쳐다보았다. 마치 아주 오랜만인 것처럼.

보편적인 연인들의 만남이 어떤 주기로 이루어지는지 모른다. 장거리 연애치고는 자주 만나는 것일지도. 그런데도 멀리 떨어져 있다는 물리적 거리감 때문인지 늘 충분치 않았다. 만남을 기다리게 되고, 만나면 설레고 수줍다. 이제 막 연애를 시작한 사람들처럼.

"왔어요?"

속삭임처럼 들리는 목소리에 진혁이 몇 걸음 만에 재희의 우산 속으로 들어왔다.

"잘 지냈어?"

"응."

머리카락에 달린 빗방울을 털어 주며 대답하는 재희에게서 우산과 비닐봉지를 가져가며 진혁이 가볍게 타박했다.

"뭐 또 사 오는 거야. 비 오는데."

뛰어와 가빠진 호흡에 가슴까지 두근거려 재희는 식탁에 휴대폰을 올려놓으며 숨을 골랐다.

"다른 건 다 사 놓고 제일 중요한 재료를 빠트렸더라고요."

"나가서 먹으면 되는 걸 왜 애를 써."

"갑자기 갈치조림이 먹고 싶어서요."

왜 살짝 눈을 흘기나 싶어 의아한 표정을 짓던 진혁의 얼굴에 미소가 감돌았다. 갈치조림을 좋아한다고 했었지만, 바쁜 시간을 쪼개서 챙겨 줄 거라곤 생각지 못했다. 진혁이 팔을 벌렸다.

"안아 보자."

"바지 젖었는데." 라면서도 마주 안았다. 그동안 받았던 스트레스가 녹아 버리는 기분에 재희는 응석을 부리듯 진혁의 가슴에 얼굴을 비볐다. 옷 속으로 파고들어 맨살을 만지려는 손을 막으며 빗물이 스며들어 짙어진 색감의 청바지를 가리켰다.

"금방 갈아입고 나올게요."

방 안으로 들어가며 재희는 "갈치만 싱크 볼에 좀 넣어 줘요." 라고 덧붙였다.

장바구니 속 물건들을 정리하던 진혁은 알람과 함께 메시지가 뜨자 무심코 시선을 주었다. 재희의 휴대폰이었다. 고개를 돌려 마저 짐 정리를 하려던 진혁이 눈에 들어온 '내용 증명' 이라는 단어 때문에 미간에 주름을 잡았다. 휴대폰을 집어 들었다.

[그쪽에서 내용 증명 전달받은 거 확인했어. 어떻게 나오는지 보고 우리 측 대응도 결정하자. 그런데, 계속 김영서 변호사님이라고 부를 거야? 그러니까 나도 한재희 님, 이라고 호칭 써 줘야 할 것 같잖아, 하하. 일 진행 상황 파악하기 쉬우라고 메시지 보내. 궁금한 사항 있으면 전화해.]

미간을 찌푸린 진혁이 통화를 시도했다.

— 금방 전화 주네. 알고 싶은 거 있어?

"강진혁, 한재희 씨 남자 친구입니다."

— 아, 네……. 반갑습니다. 그런데 무슨 일로 전화를 주셨죠?

"내용 증명이라는 게 정확히 어떤 내용을 말하는 겁니까?"

휴대폰 너머로 당황한 기색이 전해져 왔다.

— 어……. 의뢰인과 관련된 사항을 제삼자에게 알려 드릴 수는 없습니다. 재희 남자 친구분이시라면, 제가 아니라 당사자에게 직접 물으셔야 하지 않겠습니까?

신경이 곤두선 탓에 당사자가 아니면 알려 주지 않는다는 당연한 사실을 잊었다. 어금니를 질끈 물었던 진혁이 침실 문을 열고 나오는 재희에게로 시선을 던졌다.

"그러죠."

누구랑 통화한 건가, 궁금한 얼굴을 하고 다가오는 재희에게서 눈을 떼지 않은 채 휴대폰을 그러쥔 진혁이 식탁에 기대섰다. 진혁의 손에 들린 게 자신의 휴대폰이라는 걸 알아차린 재희가 의아한 눈을 하다 메시지를 읽어 내리는 무심한 목소리에 멈춰 섰다.

"……궁금한 사항 있으면 전화해."

눈을 든 진혁의 눈빛이 무슨 생각을 하는지 알 수 없게 무감하다.

"궁금하네. 왜 변호사한테서 이런 메시지가 오는지."

재희는 움찔했다. 진혁의 건조한 목소리가 타인이 아닌 그녀를 향한 것은 처음이었다.

"내 디자인을 똑같이 카피해서 판매하는 곳이 있다는 걸 발견했고, 그쪽과 대화 시도 했는데 전혀 응답 없고. 그래서 법적으로 대응하려고 변호사를 선임했어요."

"어떻게 아는 사이야?"

살짝 난감한 얼굴로 입술을 물었던 재희가 대답했다.

"중현이 친척 형이에요."

가늘게 뜬 진혁의 눈이 베일 듯 날카로웠다.

"설명해."

"선배한테도 말하려고 했어요. 생각나요? 현장 작업 하시는 분들이랑 회식했다면서 술 마시고 들어왔던 날. 그날 이런 일 생겨서 속상하다고 얘기하려고 했는데, 선배 많이 피곤해했잖아요. 피곤해서 잠들려는 사람 굳이 걱정하게 만들고 싶지 않았어요. 선배도 신경 써야 할 일들 많은데……."

진혁이 말을 잘랐다.

"한재희."

흔들림 없는 시선만큼이나 차가운 음성에 재희는 당황했다. 진혁에게서 뿜어져 나오는 냉랭함에 가슴이 뛰었다.

"설명하라고. 변명 말고, 설명."

"변명 아니에요."

두근거리는 심장 때문에 목소리가 떨려 나와 재희는 주먹을 움켜쥐었다.

"중현이 만난다고 했던 그날, 카피 사건도 알게 됐어요. 친척 형한테 부탁하겠다는 거, 괜찮다고 거절했어요. 내가 알아서 하겠다고. 그런데 변호사 선임하려고 로펌들 검색했지만 전문성 있고, 신뢰 가는 사람을 선택하는 게 쉽지 않았어요. 방금 선배랑 통화한 그분은 나 어렸을 때 한두 번 만난 적도 있고, 모르는 사람보다는 안심하고 사건 맡길 수 있으니까, 그래서 그분한테 부탁드렸어요."

기대 있던 식탁에서 일어선 진혁이 등줄기를 세웠다. 냉기마저 지운 무표정한 얼굴로 재희를 내려다보며 물었다. 감정 하나 실리지 않은 어투로 추궁했다.

"내가 왜, 제삼자한테서 네 얘기를 전해 들어야 하는데? 왜 나한테는 말하지 않았어? 언제 말할 생각이었어? 사건 다 해결되고?"

"말했잖아요. 그날 선배한테 얘기하려고 했는데 선배가 너무 지쳐 보였고……."

"내가, 한재희 선배야?"

무슨 말인지 몰라 눈을 깜빡이던 재희는 마른침을 삼켰다. 처음 보는 진혁의 모습에 자꾸 몸이 떨려 왔다. 그럴 이유도 없는데 눈물이 날 것 같았다.

"내가 너한테 단순히 선배야?"

"……왜 그런 억지스러운 말을 해요."

"네가 억지 쓰게 만들잖아. 너한테 문제가 생겼어. 그런데 중현이가, 중현이 친척 형이 네 문제를 해결해 주고 있어. 나는 내 여자한테 문제가 생긴 줄도 모르고 있는데, 타인들이 네 문제를 해결한다며 나대고 있다고. 한재희. 우선순위가 누가 되어야 하는지 아직도 모르겠어?"

손톱이 살을 파고들 만큼 주먹을 움켜쥐었지만 그래도 떨림이 멈추지 않아 재희는 원피스 자락을 비틀었다.

"중현이를 타인이라고 말하지 말아요. 더 이상 안 만난다고 친구가 아닌 거 아니니까."

날 선 대꾸에 진혁의 미간이 구겨졌다.

"다른 사람을 통해서 알게 만든 건 미안해요. 선배 걱정시키지 않으려고 했던 건데 내 생각이 짧았어요. 하지만 비약하지는 말아요. 선배 놔두고 중현이한테 카피 사건 얘기한 게 아니에요. 그쪽 홈페이지 보고 있는데 그 순간 중현이가 들어왔던 거란 말이에요. 더 이상 만나지 않을 거라고 했잖아요. 그러고 싶지 않았는데……. 나는 그러고 싶지 않았는데도 선배 마음 생각해서 그렇게 결정했던 거란 말이야. 근데 왜 자꾸 못되게 말해. 어떤 변호사를 선택해야 할지 알 수가 없어서, 모르는 변호사보다는 김영서 변호사님을 선임하는 게 가장 효율적인 선택이라고 생각해서 그랬단 말이에요."

작은 얼굴을 치켜들고 따박따박 말을 받아치는 모습이 귀여웠었다. 자신보다 한참이나 작은 여자가 한 마디도 지지 않고 대꾸해 오는 게 사랑스러워 부러 말장난을 걸곤 했다. 하지만 지금은 자꾸만 화를 부추기는 재희의 입을 막아 버리고 싶었다. 치밀어 오르는 뜨거운 화에 눈앞이 흐려지는 것만 같았다. 진혁은 짓씹듯이 말을 내뱉었다.

"효율적? 너는 효율적으로 일 처리 하는 게 나보다 더 중요해?"

"그래서가 아닌데 왜 선배는……."

"너는 지금 내 기분이 어떨지 짐작이 안 되지?"

배려한다고 했던 일이 마음을 상하게 해 버렸다. 순간적으로 잘못된 판단을 내렸다. 실수했다. 하지만 큰 잘못이라도 저지른 것처럼 자꾸만 추궁하는 태도에 억울한 마음이 들었다. 마치 타인을 대하듯 매섭고 냉랭한 태도가 서운하고 무서웠다.

흔들리는 목소리만큼이나 재희의 눈이 젖어 들었다.

"선배한테 말할까 했어. 하지만 변호사도 구했고, 그럼 어떻게든 문제는 해결될 테니까, 그래서 얘기 안 한 거예요. 걱정 안 시키려고. 나 잘못한 거 없어. 선배도 나한테 얘기 안 하잖아. 선배도 내가 걱정할까 봐, 신경 쓸까 봐, 문제 생겨도 나한테는 내색도 안 하잖아요. 선배도 그러면서 왜 자꾸 못된 소리만 하는 건데."

"나는 너 걱정시키지 않고도 내 문제 내가 해결할 수 있으니까. 똑똑한 한재희 씨. 여전히 모르겠어? 너 혼자서 문제 붙잡고 끙끙거리고 있는 거였다면 이렇게까지 화가 나지는 않아. 내가 있는데 왜 바보같이 혼자 고민하냐고 타박했겠지만, 화를 내지는 않아. 문제 해결 해 달라고 다른 놈한테 손 내밀지 않았으면, 내 여자한테 생긴 문제를 타인한테서 듣게 만들지 않았다면 이렇게까지 화가 나지는 않는다고. 효율이니, 이성적이니 그따위 걸 따지기 전에 나한테 와야 하는 거야. 설령 내가 아무런 도움이 되지 못하는 문제라고 해도, 나한테 오는 거야. 잠이 들 것 같은 게 아니라 잠이 들었더라도 깨워서, 나한테 말하는 거야. 너한테 일어난 일을 제일 먼저 알아야 하는 건 나야. 강진혁, 나라고."

뭐라고 말을 하고 싶은데, 그러면 울컥 울음이 쏟아질 것 같아서 입술을 물었다. 눈을 깜빡여 눈물을 지웠다. 이해 가도록 설명했는데도, 귀를 막아 버린 사람처럼 냉정하게 몰아붙이는 진혁이 무섭고 미워서 울지 않으려 애썼다.

"어디로, 누구한테로 가야 하는 건지. 방향 제대로 잡아."

베일 듯 날카로웠던 진혁의 시선이 재희의 얼굴에서 떠났다. 식탁 위에 놓인 자신의 휴대폰을 집어 든 진혁이 무심히 재희의 곁을 지나쳤다. 조용히 닫히는 현관문 소리가 재희의 등을 울렸다.

🦋 🦋 🦋

받지 않을 건가. 신호음이 울리는 동안 진혁은 연필로 줄을 긋고 있었다. 종이 위에 긁적여 놓은 물음표들 아래로 여러 겹의 줄이 생겨났다.

「전화를 받지 않으면? 통보도 없이 수혁이를 보내? 그래도 말을 듣지 않으면?」

고집스러운 얼굴이 떠올랐다.

받았다. 밤새 잠들지 못한 탓에 까칠한 진혁의 얼굴 위로 안도와 긴장이 어렸다.

— ……

진혁은 이마를 문질렀다.

"말하기 싫으면 듣기만 해. 김영서 변호사한테 연락해서 사건 다른 변호사한테 맡기겠다고 말해. 오늘 〈플래퍼〉로 강수혁 변호사가 갈 거야."

여전히 숨소리조차 들리지 않는다. 울었을 거다. 잠도 설쳤겠지. 진혁의 미간에 주름이 졌다.

"선임한 변호사보다 실력 있는 녀석이야. 내 말대로 해."

말을 해 올까, 잠시 기다리던 진혁이 끊겨 버린 휴대폰을 내려놓았다.

어젯밤. 재희의 곁을 지나쳐 나올 때 머리를 어지럽히던 분노 때문에 폭발할 것 같았다. 빗물이 차가웠지만 열을 식히지는 못했다. 운전석에 앉아 유리창을 때리는 빗줄기를 뚫어져라 응시하며 호흡을 골랐다. 차올랐던 분노를 가라앉히기 위해. 생각이라는 걸 하기 위해. 하지만 눈앞에 〈플래퍼〉 간판이 보이는 곳에서. 계단 몇 개만 오르면 재희가 있는 곳에서 제대로 된 생각을 할 수가 없었다. 시동을 걸어 익숙한 골목길을 빠져나왔다.

오랜만에 들어온 자신의 방 안이 낯설었다. 창문 너머 어두운 공간을 응시하며 진혁은 두 사람 사이에 오갔던 대화를 되감았다. 하지만 서로에게 던져졌던 말들을 되씹기도 전에 젖어 들던 재희의 눈동자가 먼저 떠올랐다. 눈을 깜빡였었다. 절대 눈물 따위 보이기 싫다는 듯이. 뼈마디가 드러나도록 주먹을 쥐고 있던 손에 핏기가 없었다. 눈물이 차오른 눈동자로, 하얘진 낯빛을 하고서도 선배를 걱정시키지 않으려고 했다고, 실수했지만 잘못한 건 아니라고 또박거리며 말하던 목소리가 떨렸었다.

그걸 보면서도 몰아붙였다. 같은 일이 반복되지 않도록. 한재희가 누구에게로 달려와야 하는지 두 번 다시 헷갈리지 않도록.

어떡하고 있을까. 무슨 생각을 하고 있을까. 못되고 이기적인 강진혁 때문에 중현과의 우정을 단념한 걸 후회하고 있을까. 좋아하는 감정은 하나도 남지 않은 관계라고 했다. 소중한 친구라고 했는데도, 그것조차 용납하기 싫어 욕심을 냈다. 배려해 준 마음은 이해하려 않고 서운하고 화나는 것만 몰아세웠다. 재희가 잘못한 거라고, 자신의 분노는 정당한 것이라고 생각했지만 그렇다고 마음을 누르는 무거움이 가벼워지지는 않았다. 짙은 한숨이 밤새 방 안을 채웠다.

휴대폰에서 눈을 뗀 진혁이 피곤을 지우듯 마른세수를 한 후 명함을 들고 회의실의 문을 열었다. 창가에 서서 밖을 내다보고 있던 수혁이 손목시계를 톡톡 두드렸다.

"제대로 된 설명도 없이 바쁜 사람 여기까지 강제 소환 해 놓고 10분이나 기다리게 해?"

"사무실에서 출발한 시간부터 계산해서 청구해."

수혁이 실눈을 뜨고서 진혁의 표정을 살폈다.

"목소리에 날이 섰어. 피곤해서 그러는 거야, 아님 그럴 만큼 심각한 문제야?"

진혁이 눈짓으로 옆자리를 가리켰다.

"디자인 카피 당해서 법적 대응에 들어갔어. 현재 상대측에 내용 증명 보낸 것까지 진행된 상황. 변호사 교체할 거야. 네가 맡아."

진지하게 경청하던 수혁이 진혁이 내민 명함을 받아 들고서 어이없다는 얼굴을 했다. 그러고는 한쪽 입술 꼬리를 비스듬히 올렸다.

"〈플래퍼〉 슈즈 디자이너 한재희. 뭐야, 애인님 사건 해결해 달라고 부른 거였어? 그런데 변호사는 왜 바꿔? 실력도 없는 놈이 게으르기까지 해서 수임료만 꿀꺽일 것 같아서?"

"마음에 안 들어서."

"그러니까 뭐가."

"다."

진혁의 대답에 수혁의 입꼬리가 한껏 짙게 패었다. 손끝에 끼운 명함 모서리로 톡톡 테이블을 두드렸다.

"이쯤에서 궁금증이 막 샘솟는데? 나한테 맡길 거면 왜 처음부터 그러지 않았을까? 애인님께서 형한테 말도 안 하고 알아서 변호사를 구했다는 거겠지? 왜? 둘이 또 싸웠어? 엄청 예쁘다는 여자 친구께서 이번엔 또 무슨 일로 속을 뒤집었는데?"

찌푸린 진혁의 시선이 수혁에게 던져졌다. 마주 응시하는 짓궂은 수혁의 눈동자에 웃음기가 차올랐다.

"왜 대답이 없어?"

"네가 변호사라는 거 알았으면 처음부터 너한테 맡겼을 거야."

수혁의 눈이 살짝 커졌다.

"우윤이는 만나기까지 했다면서 나는 뭐 하는지도 몰랐다고?"

"자주 못 만나. 영상 통화 할 때가 그나마 얼굴 볼 수 있는 시간이야. 그 시간에 다른 사람 얘기나 나눠?"

"멀리 떨어져 있는 애틋한 연인이 '다른 사람' 얘기로 시간 낭비 할 수야 없지. 그러니 내 직업 따위는 모를 수 있지. 이해해."

마치 충분히 수긍한다는 듯 고개를 끄덕이던 수혁이 빙글거리며 또다시 추측을 늘어놓았다.

 "그런데 말이지. 내가 변호사라는 걸 알고 모르고의 여부를 떠나서, 애인한테 사건이 생겼으면 형은 당연히 날 추천했겠지. 그런데도 애인님께서는 다른 변호사를 선임했고, 형은 나보고 맡으라네? 그렇다는 건, 형한테 말하지 않고 혼자 알아서 변호사를 선임했다는 거잖아. 왜? 둘이 싸워서 말 안 했나? 아님, 아는 변호사라 그쪽에 맡겼나? 근데 왜 형은 나한테 맡기고 싶은 걸까? ……친구로 지낸다는 옛 남친이, 설마 그 변호사?"

 말로 먹고사는 직업이라지만 참 말 많다, 싶은 눈으로 노려보던 진혁이 답했다.

 "아니. 너, 나 추궁하라고 부른 게 아니라 사건 해결 하라고 부른 거다. 그리고 재희는, 내가 바쁘니까 나 신경 쓰지 말라고 배려해서 혼자 해결하려 애쓴 거고."

 수혁이 피식거렸다. 여친 변호해 주려 어지간히도 애쓴다. "결과적으로는 신경 쓰게 만들었네."라고 들으라는 듯 중얼거린 후 물었다.

 "이 사건 나한테 맡기는 것 때문에 올라온 거야? 언제 내려가?"

 "정훈이가 대신 가 주기로 했어. 골치 아픈 것 몇 가지 정훈이가 해결해 놓고 나면 직원들 중에 적임자 하나 내려보낼 거야. 나중에 자기 사무소 갖는 게 목표인 녀석들이라 행정 처리, 현장 돌아가는 거 직접 보면서 경험 쌓으면 도움 되니까. 필요하면 나는 잠깐씩 다녀오는 걸로 하고."

턱을 괸 채 진혁이 설명하는 걸 물끄러미 보고 있던 수혁이 손을 내밀었다.

"자료 줘 봐. 뭘 얼마나 베껴 먹은 건지 보게."

"자료는 재희한테서 넘겨받아."

"자료도 없어? 뭐야. 형 여자 친구가 나한테 맡기기로 한 거는 맞아? 설마 찾아갔다가 이미 변호사 선임했으니 가라는 소리나 듣게 만드는 거 아니야?"

그러지는 않을 거다. 그런 식으로 자신을 무참하게 만들지는 않을 거라는 믿음이 있었다. 목소리조차 들려주기 싫은 강진혁이라고 해도.

"그럴 일 없어. 재희가 신경 안 쓸 수 있게, 사건 정황 파악하고 나면 최대한 네 선에서 해결하도록 해. 합의가 되었든, 법정으로 끌고 가든 가장 신속하고 효과적으로 처리해. 네가 할 수 있는 최대치로 피해 보상 받아 내. 그쪽 업계에 입소문 돌아서 두 번다시, 누구도 〈플래퍼〉는 손댈 엄두도 내지 못하도록."

수혁이 비식거렸다.

"피해자가 충분히 만족할 만한 결과를 원한다면 법을 찾으면 안 되지. 피해자 더 억울하게 만들어 버리는 게 법이라는 거 몰라? 법보다 주먹이라는 말이 왜 있겠어. 알면서 왜 갑자기 순진한 발언을 하고 그래?"

"아니까 너 부른 거야. 억울하지 않도록, 제대로 타격 입히라고."

손끝에서 명함을 빙글 돌리며 수혁이 씩 웃었다.

"돈도 안 되는 사건인데 그런 짜릿함이라도 있어야지."

채광이 꽤 좋다. 〈플래퍼〉는. 수혁은 유리창에서 두어 걸음 떨어진 곳에 서서 팔짱을 낀 채 매장을 응시했다. 하얗게 쏟아지는 빛줄기 속에 여자가 서 있었다. 벽면을 향한 채. 빛줄기조차 무겁다는 듯 고개를 숙이고 간혹 손을 들어 관자놀이를 꾹 누른다.

냉철한 시선으로 재희를 관찰하던 수혁이 문을 열고 들어섰다. 벽면 서랍장을 마주하고 서 있던 재희의 눈이 수혁과 마주쳤다. 재희의 눈이 살짝 커졌다. 햇살을 등지고 선 실루엣이 진혁과 닮았다. 수혁이 큰 보폭으로 안으로 들어섰다. 역광으로 보이던 얼굴이 드러났다. 우윤과는 달리 누가 말하지 않아도 진혁과 형제라는 걸 알겠다.

가족 중 성격 가장 안 좋은 사람. 뼛속까지 냉정하고 인정머리 없는 사람. 우윤의 표현이다.

한쪽 입술 꼬리만 비스듬히 올린 탓에 조금 냉소적이다 싶은 수혁을 살피는 눈으로 쳐다보던 재희가 입을 열었다.

"안녕하세요."

수혁이 고개를 까딱였다.

"강수혁 변호사입니다."

"한재희예요."

"나 온다고 연락받으셨죠?"

"네. 통보받았어요."

수혁이 눈썹을 꿈틀했다. '통보'라고 따박 짚어 주는 목소리에서 감정이 묻어났다. 제대로 싸웠나 보네. 수혁의 입술 끝에 달린 미소가 깊어졌다.

"선임했던 변호사는 해고했습니까?"

고개를 돌려 매장을 슥 한 번 훑어본 수혁이 덧붙였다.

"변호사 둘이나 붙어야 할 규모는 아닌 것 같은데."

못되게도 말한다. 어젯밤 강진혁처럼. 눈매만 쏙 빼닮은 게 아닌가 보네. 잘근 입 속 볼살을 물었던 재희가 쌀쌀하게 얼굴을 굳히고 대답했다.

"다른 분께서 맡아 주시게 됐다고, 죄송하다고 전화드렸어요."

좀 전에는 연락이 아니라 일방적인 통보라고 고쳐 주더니, 이번에는 해고라는 단어가 거슬렸나 보다. 재희의 얼굴을 훑어보는 수혁의 눈빛에 흥미롭다는 표정이 스쳤다. 강진혁의 애인이 '엄청' 예쁜 건진 모르겠다. 하지만 인상과는 달리 성깔 있다는 건 알겠다. 이러면 성질머리 살살 긁고 싶어지는데.

수혁은 뻔한 걸 굳이 물었다.

"그럼 이제부터 내가, 한재희 씨 맡는 거죠?"

"……네."

"카피 건 자료부터 좀 볼까요?"

재희는 작업실로 안내했다. 선임 변호사에게 전해 받은 내용 증명 복사본과 〈한여름 밤의 꿈〉 홈페이지를 차분하게 훑어보는 수혁의 눈길이 날카로웠다. 입술 꼬리를 올리는 건 습관인가 보다. 입가에 달고 있는 냉소 때문에 친구 하기에는 그다지 내키지 않는, 하지만 일 처리는 안심하고 맡겨도 될 것 같은 인상을 풍겼다. 몇 마디 나누지 않았지만, 못된 말을 잘할 것 같다는 느낌이 선입견만은 아닐 것 같았다.

갑자기 서류에서 눈을 뗀 수혁이 고개를 들고 물었다.

"나한테 뭐 할 말 있습니까?"

꿰뚫어 버릴 것처럼 매서운 눈매에 재희는 조금 당황했다. 어쩐지 자신의 생각이 읽혀 버릴 것만 같아서.

"커피라도 드릴까 물어보려고 했어요."

"강진혁 씨가 마시는 것처럼 주면 됩니다."

"……형을 이름으로 불러요?"

"지금은 의뢰인과 변호사 관계니까요."

진담인지 농담인지 감이 잡히지 않는 표정을 하는 재희를 턱을 괴고서 빤히 쳐다보던 수혁이 말을 던졌다.

"하나 물어보고 싶은 게 있습니다만."

궁금해서 물어보고 싶은 게 많은 건 형제들 공통점인가 보다. 질문을 기다리는 재희에게 수혁은 손가락으로 자신의 눈가를 가리켰다.

"한재희 씨 눈 부은 것만큼이나 강진혁 씨 얼굴도 못 봐 주겠던데. 싸운 이유가 뭡니까?"

강진혁의 얼굴이 못 봐 주겠다는 말에 재희의 눈이 흔들렸다. 재희는 살짝 턱을 치켜들고서 질문을 되돌렸다.

"변호사가 의뢰인한테 사건과 관련 없는 질문도 하나요?"

수혁의 눈이 즐겁다는 듯 반짝거렸다.

"그럼 진혁 형 동생 입장에서 물어보는 걸로 하죠. 무슨 일로 싸웠기에 형이 잠도 못 자게 만들었습니까?"

"가족인 형한테 물어보세요. 아, 형이 대답 안 해 줬나 보네요. 커피 가져올게요."

등 뒤에서 피식 바람 소리가 들린 것 같았다. 커피 메이커에 물을 부을 때쯤에서야 자신의 눈이 부은 걸 못 봐 주겠다며 놀렸다는 걸 알아챘다.

커피 물 떨어지는 소리가 빗방울이 쪼르륵거리는 모양새와 닮았다. 팔짱을 끼고 벽에 비스듬히 기대선 재희는 방금 전 수혁이 했던 말을 곱씹었다.

진혁의 얼굴이 못 봐 줄 만큼이라고 했다. 잠도 못 자게 만들었다고 했다.

"자기만 못 잤나……."

어젯밤, 진혁의 등 뒤로 현관문이 닫히고도 한참, 바보처럼 우두커니 서 있었다. 어찌할 바를 몰라서. 고요해진 공간에 들리는 거라고는 똑똑똑 부딪치는 빗소리뿐이었다. 눈물이 떨어지고 있다는 건 뒤늦게 알았다. 손등으로 닦아도 볼이 마르지가 않았다. 무릎을 접어 쪼그리고 앉았다. 그렇게까지 화를 낼 일이었나. 이렇게까지 다툴 일이었나. 며칠 만의 만남이 이런 식으로 뒤틀려 버릴 줄은 몰랐다.

진혁이 메시지를 읽어 내려가던 순간부터 차분히 되짚어 보려고 했지만, 안 됐다. 생각들이 소용돌이 같은 감정에 휘말려 힘을 잃었다. 재희는 눈앞을 불투명하게 만들어 버리는 눈물을 슥 닦았다. 잠깐 말개진 시야가 다시금 부예졌다.

연애를 하면서 우는 일이 생길 줄은 몰랐다. 좋아하는 사람의 날 선 말은 차가운 겨울바람보다 더 엔다는 것을 배웠다. 이렇게 휘저어 놓고는, 정작 진혁은 아무렇지 않은 듯 냉정한 얼굴로 가 버렸다. 그래서 더 속상하고 더 미웠다.

뜬눈으로 밤을 보냈다. '이런 몰골로 매장을 열지 않아도 되는 월요일이라 다행이다.'라고 생각하며 식탁 의자에 올라앉아 무릎을 끌어안고서 진하게 내린 커피를 홀짝이던 재희가 힘없이 웃었다. 마음은 여전히 헝클어져 있는데도 이런 생각이 떠오른다는 게 신기했다.

'아무것도 하기 싫다.'

휴대폰이 울렸다. 그렇게 가 버려 놓고는 전화를 걸어 온 건가. 무슨 말을 하려고. 지금은 목소리조차 듣기 싫은데. 그러면서도 손을 뻗어 휴대폰을 끌어왔다. '김영서 변호사님'이 떠 있었다.

재희는 얼른 통화 버튼을 눌렀다.

'안녕하세요. 어제 놀라셨죠. 제가 먼저 전화드려야 했는데…… 죄송해요.'

— 하하. 조금. 그래도 나보다 아마 남자 친구가 더 놀랐을 걸.

뭐라고 대답할 말을 찾지 못해 입술을 물었다.

— 설명 잘해 줬어?

'설명은 했어요.'

— 기분 나빠 하지? 자기 여자 친구 일을 타인한테 듣게 되는 것도 기분 안 좋은데, 거기다 대고 제삼자 운운했으니 자존심 상했을 거야. 나도 순간적으로 당황하는 바람에 사무적인 말투가 나와 버린 거라고, 미안했다고 전해 줘.

'아…… 네.'

재희는 질끈 눈을 감았다. 그런 소리를 들었구나.

— 새로운 소식 있으면 연락할게.

재희는 휴대폰을 만지작거렸다. 제삼자. 타인. 다른 놈. 진혁에게서 나왔던 말들이다. 중현과 그의 친척 형을 지칭했던 것만은 아닌가 보다. 여자 친구와 관련된 일에 타인 취급을 받은 진혁의 기분이 어땠을까.

'자존심 상했겠다.'

자존심 강한 사람이. 그래도. 그렇다고 해도……. 입술을 잘근거리던 재희가 한숨을 쉬며 일어났다. 누가 더 잘못한 건지 잘 모르겠다. 뭘 어떻게 해야 할지도 모르겠다. 면역력이 없는 일에 당황스럽기만 했다.

할 수 있는 거라도 하자. 우선은 샤워를 하고, 생각 없지만 밥도 챙겨 먹고, 그러고는 자신이 제일 잘하는 슈즈 디자인을 하자. 하나씩 꼽으며 거실을 가로질러 욕실로 걸어가던 재희가 주춤 멈춰 서 버렸다. 현관 우산 꽂이에 검은색 우산이 꽂혀 있었다.

재희는 복잡한 얼굴을 하고서 한참을 우두커니 서 있다 우산을 집어 들었다. 버튼을 누르자 우산이 팡 꽃처럼 펴졌다. 활짝 펼쳐진 우산 안에서 조그만 청개구리 한 마리가 대롱거리고 있었다. 곡선을 그리는 가느다란 우산살을 붙잡고서.

통영에 내린 거센 비 덕분에 만날 수 있었던 날. 진혁은 들고 온 우산에다 청개구리를 그려 달라고 했었다. 검정 장우산에 그런 그림은 어울리지 않는다고 하자 자신만 볼 수 있는 곳에라도 한 마리 붙여 달라며 졸랐다. 그래서 장난처럼 그려 줬는데.

'놓고 갔네.'

무심한 얼굴로 차갑게 지나쳤다. 기척을 느끼기 힘들 만큼 조용히 신발을 신고, 그러고는 문을 열고 나가 버렸다. 그래서 아무렇지도 않은 줄 알았는데. 우산을 두고 갔다. 비가 내리고 있었는데도. 마음마저 무심한 상태는 아니었나 보다.

세 번째 채운 커피 잔을 옆에 두고서 연필을 쥐었지만, 스케치북 위에 슈즈 대신 엉뚱하게도 강진혁을 닮은 얼굴만 그리고 있었다. 그리고 그때 진혁이 전화를 해 왔다. 한참을 망설이다 받았지만, 무슨 말을 해야 할지 몰라 입술만 잘근거렸다.

진혁은 강수혁 변호사를 보낸다고, 그러니 내 말대로 하라고 통보했다. 그러고는 잠시 말이 없었다. 조금 머뭇거리던 재희는 종료 버튼을 눌렀다.

휴대폰에서 눈을 들어 여전히 거꾸로 펼쳐진 채 놓여 있는 우산을 바라보았다. 통보 같은 말끝에 달려 있던 잠깐의 침묵이 자신의 대답을 기다리는 게 아니라, 내 말대로 해 달라고 부탁하는 것처럼 전해졌다. 냉정했던 얼굴과는 달리 놓고 가 버린 저 우산 때문에.

커피 한 잔을 비우는 시간만큼 생각한 후, 김영서 변호사에게 양해를 구하는 전화를 했다. 남동생 앞에서까지 자존심 다치게 하고 싶지는 않아서.

재희는 관자놀이를 꾹 눌렀다. 부글거리는 커피 메이커 소리가 꼭 자신의 머릿속 같았다. 눈이 붓도록 울어 버린 데다 수면 부족이 겹쳐 몸이 힘들다. 문득, 잠을 설치고서 통영까지 내려가려면 힘들겠다, 는 생각이 스쳐 가자 재희는 고개를 흔들었다. 못되게 굴어 놓고는 사과도 안 하는 사람을 뭐 하러 걱정해.

〈플래퍼〉와 〈한여름 밤의 꿈〉의 디자인을 비교하며 모니터를 응시하고 있던 수혁이 갑자기 피식거렸다.

"엄청 예쁘기는."

옛 남친과 우정 놀이 하면서 진혁의 애를 태웠었다. 진행하던 공사도 다른 사람에게 떠넘기고 서울에 머무르게 만들었다, 워커홀릭인 강진혁을. 꺼칠해진 낯빛의 진혁을 보며 진심으로 궁금했다. 대체 어떤 여자기에 강진혁을 저렇게 만들었을까. 얼마나 약고 영악한 여자이기에 강진혁을 저렇게나 휘두를까.

남자 마음 가지고 노는 꼬리 달린 여우를 만나겠구나 했는데, 얼마나 울었는지 눈이 퉁퉁 부은 개구리가 있었다. 눈이 마주친 순간 웃음이 터져 버릴 뻔했다.

울 만큼은 형을 좋아하는 걸까. 아니면 단순히 속이 상해서 울었던 걸까. 아직은 답을 모르겠지만 여우보다는 개구리를 만난 게 조금 더 마음에 든다.

"그나저나 〈한여름 밤의 꿈〉 운영자 이거 아주 낯 두꺼운 인간인데?"

디자인의 유사성이 어느 정도인지 파악할 필요조차 없었다. '복사하기', '붙여 넣기' 수준이다.

이 정도면 지적 재산권에 대한 법적 보호가 아무리 허술하다고 해도 법을 피해 갈 수가 없다. 그런데도 이렇게까지 뻔뻔하게 일을 벌였다는 건 한 가지 이유밖에 없다. 아는 인간.

"잘됐네."

또박또박 말 받아치는 성격만큼이나 야무지게 디자인 등록을 해 놓은 데다 증거 자료가 충분하니 생각보다 훨씬 빠르게 일을 진행시킬 수 있겠다. 저 개구리가 마음 약해지지만 않는다면.

커피를 마신 후, 자료들을 챙긴 수혁이 다시 들르겠다는 말을 하고서 떠났다.

그리고 그날 저녁 진혁에게서 메시지 하나가 날아왔다.

[이제 계속 서울에 있어.]

살짝 눈이 커졌던 재희가 입술을 비죽였다. 그래서 뭐.

12

변호사에게 일을 맡기는 순간부터 시간은 느리게 가고, 돈은 빠르게 나간다는 말을 들었다. 그리고 그만큼 피해자의 마음고생은 쌓여 간다는 말도. 하지만 수혁을 변호사로 선임한 의뢰인에게는 해당 없는 말인가 보다.

며칠 만에 〈플래퍼〉로 찾아온 수혁이 작업실 책상 위에 소형 녹음기를 올려놓았다.

"그쪽에서 만나자고 했다고요?"

녹음기에서 눈을 든 재희가 고개를 끄덕였다.

"네. 대표한테서 전화 왔어요. 일단은 변호사님께 먼저 상의하고 결정해야 하니까 다시 연락 주겠다고 했어요."

"전화한 사람, 박경선이었습니까?"

"본인이 그렇게 말했어요."

"약속 장소에 나가면 다른 사람이 나와 있을 겁니다. 박경선도 동행할 수 있겠지만."

수혁이 재희의 반응을 살피며 설명했다.

"대표 이름도 계좌명도 박경선으로 되어 있지만, 실질적으로 디자인하고 운영하는 건 박희선이더라고요. 자매끼리 아주 우애가 좋아. 동창이던데. 누군지, 기억해요?"

눈이 휘둥그레졌던 재희가 씁쓸한 표정으로 고개를 끄덕였다.

"기억나요."

희선에게 아이디어를 차용당한 후로 '내' 아이디어라는 것을 명백하게 자료로 남겨야 한다는 걸 배웠으니 모를 수가.

"이런 식으로 카피한 거 보고 아는 사람일 거라고 짐작 못 했어요?"

"디자인 창작권에 대한 인식이 예전과는 달라졌다는 걸 모르는 사람이거나, 디자인 회사 다닐 때 알게 된 사람. 둘 중 하나가 아닐까 생각했어요."

"그럼, 소송 상대가 대학 동창이라는 걸 알았으니 한재희 씨의 선택을 들어 보죠. '설마 법정까지 끌고 가겠어?'라는 생각으로 대놓고 도둑질했을 텐데. 어떡할래요? 그쪽에서 우리 측 요구 조건을 받아들이지 않으면 형사, 민사, 끝까지 갈까요? 아니면 적당히 타협할까요?"

입술을 잘근 물었다 놓은 재희가 대답했다.

"사람은 누구나 실수나 잘못을 저지르죠. 한 번쯤은 잘못을 사죄할 기회를 주는 게 맞다고 생각해요."

이게 뭔 개소리야, 싶어 수혁은 인상을 썼다. 애인의 동생 앞이라고 인정 많은 사람 흉내를 내고 싶은 건지. 아니면 죄는 미워해도 사람은 미워하지 않는다는 말도 안 되는 소리를 하려는 건지모르겠다. 입을 열던 수혁은 이어지는 재희의 목소리에 성급하게빈정거리지 않아서 다행이다 싶었다.

"하지만, 기회를 주었는데도 잘못을 인정하지 않는 사람을 용서하고픈 마음은 없어요. 전화 통화를 시도했었고, 메일도 보냈어요. 그런데도 아무런 반응을 보이지 않다가 이제야 연락을 해 왔어요. 그것도 당사자는 여전히 뒤에 숨은 채로요. 저는 아는 사람에 의해 저질러지는 범죄 행위는 더 강력하게 처벌받아야 한다고생각해요. 제가 요구하는 조건들을 받아들이지 않겠다면 할 수 있는 건 다 해 보고 싶어요."

만족스러운 대답에 수혁이 고개를 까딱였다.

"아는 사람한테 사기 치는 인간들한테는 가중 처벌이 마땅한데, 현실은 만족스럽지 못한 합의로 흐지부지되는 사례가 많죠.법에 호소한다고 도리어 피해자한테 손가락질하거든. 냉혈한이라고. 피해자가 가해자 앞날까지 배려해 줘야 해. 아이러니하죠?뭐, 어쨌든 한재희 씨는 안 그럴 거라니 다행이고."

수혁이 책상 앞으로 의자를 조금 당겨 앉았다. 그러고는 녹음기를 눈짓으로 가리켰다.

"이런 거 처음 해 보죠?"

"네."

"어려울 것 없어요, 긴장만 하지 않으면 됩니다. 자, 한재희 씨의 개인 변호사인 내가 조언을 하죠."

개인 변호사를 운운해 가며 별거 아니라는 듯 수혁이 조금 웃어 보였다. 빈정거리지 않는 웃음이 의외로 잘 어울려 재희의 눈이 살짝 커졌다.

"첫째, 만나는 장소에 들어가기 전부터 녹음기를 켜고, 자리에서 일어날 때까지 끄지 않는다. 녹음기 넘겨주면, 내가 녹음 내용 기록할 겁니다. 둘째, 사연 없는 도둑 없어요. 한재희 씨 눈물 빼려고 눈물겨운 노력 할 겁니다. 그걸 끝까지 들어 줄지의 여부는 본인 선택이고. 사연팔이가 안 통한다 싶으면, 협박으로 넘어갈 겁니다. 끝까지 말하도록 놔둬요. 우리한테 유리하니까."

수혁은 잠시 말을 멈추고 녹음기를 응시했다. 단순한 의뢰인이었다면 자연스레 덧붙였을 말이 약간 망설여졌다. 말을 해 볼수록 여우가 아니라는 확신이 들어서. 디자인 스타일처럼 여리고 사랑스러운 감수성을 가졌을 것 같아서. 어쩌면 그래서 더 필요한 말일지도 모르겠다.

"법정까지 가게 만들면 죽어 버리겠다고 할지도 몰라요. 자살은, 협박할 때 늘 나오는 단골 소재니까 그런 거에 동요하지 말고 냉정하게 듣고만 있어요."

많이 놀랐는지 눈이 동그래진 재희를 보며 수혁은 순간 부럽네, 라는 생각을 했다. 범죄에 면역력이 없는 사람들은 재희 같은 반응을 보인다. 하지만 사람의 밑바닥이 무저갱처럼 깊을 수 있다는 걸 목격한 자신 같은 사람에게는 그저 귀 한 번 파고 넘겨 버리면 되는 협박일 뿐이다.

"심각해질 필요 없어요. 범죄자가 하는 말을 곧이곧대로 듣지는 말라는 뜻이니까. 마지막으로, 한재희 씨가 원하는 요구 조건을 전부 수용하지 않는다면 소송 취하는 절대 없을 거다. 앞으로 내 변호사를 통하지 않은 어떤 식의 접촉에도 응하지 않겠다. 이 말을 잊지 말고 덧붙이고 나오면 됩니다."

"알겠어요."

"그런데."

수혁이 팔짱을 끼더니 불만스럽다는 듯 미간을 찌푸렸다.

"합의 조건이 너무 유하지 않아요? 나는 몇 가지 더 첨가하는 게 낫겠다 싶은데 말이죠. 한번 합의하고 나면 뒤늦게 후회해도 방법이 없는데."

"나는 그걸로 충분해요."

뭐, 고집 세다는 건 이미 느꼈으니까. 수혁이 어깨를 으쓱였다.

"나야 조언만 할 뿐, 의뢰인의 결정대로 따라야죠."

조심스레 녹음기를 집어 드는 작은 손을 지켜보던 수혁이 툭 던졌다.

"겁나면, 같이 가 줘요?"

의외의 제안에 놀란 얼굴을 하던 재희가 조금 웃어 보였다.

"괜찮아요. 마음이 안 좋은 거지 겁이 나는 건 아니에요."

"그런데 오늘은 커피 주겠다는 말 안 합니까?"

수혁이 등 뒤 작업실 문을 가리켰다.

"매장에 아르바이트생 있던데. 커피 한 잔도 못 줄 만큼 바쁜 거 아니면 마시고 가고 싶은데요."

당황한 표정으로 잠깐 기다리라는 말을 한 후, 커피 두 잔을 만들어 온 재희는 어색함을 감추려 눈을 내리고 커피를 홀짝였다. 관찰하듯 살피는 눈빛을 가진 사람과 마주하고 마시는 커피는 맛을 모르겠다.

"형이랑 아직 화해 안 했죠? 언제쯤 예상하고 있어요?"

이런 말을 물어 올 줄 알았다.

"사적인……."

"강진혁 씨가 한재희 씨 안부를 귀찮을 만큼 묻기에 나도 그냥 물은 겁니다. 대답해 주기 싫으면 안 해도 돼요."

지난번 한재희를 만나고 왔을 때, "어때 보였어?"라고 물어 오는 진혁에게 "눈이 부어서 어떤 기분인지 알기 힘들던데."라고 답했었다. 그때 진혁이 보였던 그 표정이라니. 연애하다 보면 싸울 수도 있고, 싸우다 보면 울 수도 있는 거지. 뒤늦게 요란스럽게도 연애한다 싶었다.

커피를 마시며 수혁은 조금 심각해진 재희의 얼굴을 관찰했다. 강진혁 생각을 하고 있다는 게 빤히 보이는 작은 얼굴이 슬쩍 이뻐 보이긴 한다. 퉁퉁 부어 있던 첫날보다 예뻐 보이는 거야 당연한 거겠지만.

재희의 입술이 살짝 달싹였다. 뭔가 물어 오려는 건가 했는데, 새초롬하게 입을 닫아 버렸다. 커피 잔을 내려놓은 수혁이 일어서며 다시금 강조했다.

"지금 심경과는 달리 막상 상대방 얼굴 보면 온갖 생각이 떠오를 겁니다. 생각이 복잡해지면, 이것만 기억해요. 박희선은 도둑질을 했고, 도둑질은 범죄 행위고, 죄를 지었으면 그에 합당한 벌을 받는 거다. 간단하죠? 복잡하게 생각하기 시작하면 다 꼬여요. 단순한 문제는 단순하게. 한재희 씨가 피해자예요. 피해자가 가해자 심정까지 고려해 주는 거, 웃기잖아."

그러고는 씩 웃으며 덧붙였다.

"난 지는 거 싫어요. 내가 이렇게까지 조언해 줬는데, 우리 편이 지는 건 더 싫고. 그러니 이기고 와요, 한재희 씨."

혼자 나오지 않을 거다. 아마 동생이든 누구든 가족을 달고 나올 거라고 했었다. 수혁의 예상은 반만 맞았다. 희선은 혼자가 아니었지만, 동행인은 재희 그녀도 잘 알고 있는 대학 동창 영미였다. 희선의 단짝 친구.

마치 동창회라도 온 듯 영미가 환히 웃으며 손짓을 했다.

"정말 오랜만이다. 반갑다."

재희는 입술 꼬리만 살짝 올리며 답했다.

"반가운 자리는 아닌데."

"어…… 그렇지. 뭐 마실래? 내가 주문하고 올게."

"내가 마실 건데 내가 가져와야지."

재희는 카페에 들어온 순간부터 단 한 번도 눈을 마주치지 않는 희선에게로 고개를 돌렸다.

"커피 한 잔 주문해서 올 거야. 그때까지 할 말 정리해 놔. 다시 왔는데도 지금처럼 입 닫고 있으면, 내가 이 자리에 계속 있어야 할 이유 없어. 너 다시 만나 줄 이유도 없고."

희선의 눈길이 날아왔다. 등 뒤로 날카로운 시선이 박히는 게 느껴졌다. 아메리카노를 주문하고, 맛있는 향을 풍기는 커피 컵을 들고서 다시금 두 사람이 앉아 있는 테이블로 걸어갔다. 의자를 빼 희선의 맞은편에 앉았다.

눈치를 보듯 영미의 눈동자가 두 사람 사이를 분주히 오갔다. 희선이 주름이 지도록 꼭 다물고 있던 입을 열었다.

"처음부터 그럴 생각은 아니었어. 일부러 네 거 베끼겠다고 작정하고 덤벼들었던 건 아니야. 진주 펌프스 구입했다면서 올려놓은 사진을 인스타에서 우연히 보고 어디 브랜드인지 알아보다가 〈플래퍼〉 홈페이지까지 흘러들어 갔던 거야. 그게 네 슈즈 숍이라는 건 좀 더 나중에 알았어."

원하는 말은 아직 나오지 않았다. 재희는 조용히 커피를 마시며 희선의 얘기에 귀를 열었다.

"힘들었어. 안 힘들었으면 내가 왜 그랬겠어? 메꿔야 하는 돈은 늘어나는데 방법은 안 보이고. 나 혼자면 그냥 접어 버리고 디자인 회사라도 들어가자고 마음먹었겠지만, 동생이랑 같이 하고 있는 일이라서 그것도 쉽지 않았어. 걔는 딱히 경력도 없고, 다른 직장 구하는 것도 어려워. 둘이 버는 돈으로 우리 가족……."

희선의 얘기가 길어진다. 하지만 그 긴 이야기 중에 재희가 원하는 말은 여전히 없었다. 희선의 말끝을 영미가 재빨리 이어 나갔다. 마치 맡은 중재자 역에 충실하겠다는 듯이.

"얘네 집이 몇 년 전부터 계속 사정이 안 좋았거든. 너도 속 많이 상했겠지만, 그래도 친구 사이에 소송은⋯⋯."

재희는 얼핏 쌀쌀하게 들리는 목소리로 말을 고쳐 주었다.

"우리는 친구가 아니라, 동창이야."

친구가 아니라서 다행이다. 친구가 아닌데도 이렇게 편치 않은데, 아버지는 마음이 어땠을까. 이제야 아버지가 왜 오랜 시간 힘들어했는지 조금은 이해가 될 것 같았다.

"'친구' 한테 도둑질하는 건 괜찮고, 도둑맞은 거 돌려 달라고 법에 호소하는 건 안 괜찮은 일이야?"

"아니, 오해한 거 같은데, 내 말은⋯⋯."

더듬거리는 영미의 말을 자른 희선이 날 선 소리로 따지듯 물었다.

"그래서, 나더러 어떡하라는 건데? 여기까지 나온 거는 합의할 생각이 있다는 거 아니었어?"

"맞아. 내 합의 조건을 일부 조율해 줄 의향은 있었어. 네가 변명 아닌 사과를 했다면 말이야."

"뭐?"

재희는 희선의 눈을 똑바로 응시하며 말했다.

"카피를 하게 될 수밖에 없었던 사정을 늘어놓기 전에 나한테 사과부터 하는 게 먼저야. 네 디자인 카피해서, 네 디자인 도둑질해서, 네 마음 아프게 해서 미안해. 잘못했어. 나는 두 마디가 듣고 싶었어. 정말 미안해. 내가 잘못했어."

"⋯⋯."

"내가 원했던 건 사과였어. 진실인지 아닌지도 모를 네 사정을 들으러 온 게 아니라 사과를 받고 싶었던 거야. 그런데 너는 사과 한마디 하지 않아. 왜냐하면, 안 미안하니까."

재희는 희선의 옆자리를 눈짓으로 가리켰다.

"네 친구하고 오는 게 아니라 동생을 데리고 와서 같이 사과했어야지. 너는 내가 널 소송까지는 하지 않을 거라고 믿었을 거야. 그러니 디자인 수정 하나 없이 그대로 카피했겠지. 합의금 조금 주면서 끝낼 수 있을 거라고 생각했는데, 내 변호사가 세세한 사항들을 합의 조건으로 내세우면서 형사, 민사 소송까지 언급하니 놀란 거지. 그래서 내 연락 내내 무시하다가 이제야 나한테 전화를 해 온 거잖아. 아니야?"

궁지에 몰린 쥐는 문다. 희선이 표독스럽게 받아쳤다.

"그래서? 내가 네 디자인 카피했다는 거 나더러 직접 사람들한테 알리라고? 합의금 받는 걸로는 충분치가 않아? 너, 내가 다시는 디자인 못 하게 만들어야 만족하겠니? 나더러 죽으라는 거야? 너 때문에 내가 잘못되면……"

아. 강수혁이 유능한 변호사인 걸까. 세상에는 희선 같은 사람이 많은 걸까.

재희는 씁쓸한 얼굴로 테이블 위에 올려놓았던 핸드백을 옆으로 옮겼다. 빨간 불이 켜진 소형 녹음기가 드러났다. 두 사람의 눈이 커졌다.

"이거 녹음되고 있어. 네가 더 험한 말 하기 전에 알려 주는 건 그래도 동창이라서가 아니라, 내 마음이 편하기 위해서야. 너한테서 나올 말들을 더 이상 듣고 있기가 싫어서. 우리가 요구하는 합의 조건 받아들이지 않으면 우리는 형사, 민사 끝까지 해."

당황한 영미가 "야!" 소리를 질렀다.

"몰래 녹취하는 거, 그거 불법이잖아! 너 그렇게 안 봤는데 정말 독한 애구나."

"불법 같아?"

영미를 향했던 시선이 다시금 희선에게로 옮겨 갔다.

"하고 싶은 말 더 있어?"

"……."

"나는 내가 원하는 요구 사항들 명확하게 밝혔고, 그대로 진행할 거야."

〈한여름 밤의 꿈〉 홈페이지에 자신들의 상품들이 〈플래퍼〉의 디자인을 불법으로 카피해서 제작한 것이라고 명시할 것. 원작자에게 소송을 당했으며 다시는 타인의 디자인을 훔치지 않겠다는 사과 글 게시할 것. 그동안의 판매 수익금을 피해 보상금으로 지불할 것. 그리고 디자인을 카피한 당사자이자 사이트의 실질적인 대표가 '박희선'이라는 사실을 밝힐 것.

자신의 합의 조건이 부당한 수준이라고는 생각하지 않았다. 수혁이 '겨우 이걸로 끝?'이냐며 못마땅한 얼굴을 했으니까.

새파래진 낯빛을 하고서 말없이 노려보는 희선을 마주 응시하던 재희가 일어섰다. 아마도 희선은 조만간 수혁에게 연락을 취하지 않을까. 그런 예감이 들었다.

녹음기를 챙겨 밖으로 나온 재희는 참았던 숨을 토해 냈다. 긴장하지 않았다고 생각했는데 긴장했었나 보다. 손끝이 살짝 떨리고 있었다. 사람은 변하지만, 변하지 않기도 한다. 4년을 한 공간에서 보냈는데도 단 한 번도 좋은 추억을 공유한 적이 없던 희선과의 관계는 이런 식으로 마침표를 찍게 되었다. 전혀 모르는 사람이었다면 차라리 나았겠지만 그래도 친했던 동창이 아니라서 다행이다.

얘기를 마쳤다는 걸 수혁에게 알리기 위해서 재희는 휴대폰을 열었다. 진혁의 메시지가 와 있었다.

[낙산 해변 거닐고 싶다.]

잘 잤어? 잘 도착했어? 뭐 하고 있어?

진혁이 보내오던 메시지들이다. 대답을 기다리며 물음표를 달고 날아오던.

그런데, 다툰 후부터 도착하는 메시지들은 마치 진혁의 혼잣말처럼 들렸다. 재희가 들어 주었으면 하는. 마음을 담은 혼잣말들.

[해안 도로에서 자전거 타고 싶다.]

[야영하면서 밤하늘 보고 싶다.]

미안한 일은 미안하다고 사과하고. 잘못한 건 잘못했다고 하고. 그러면 되는데. 그 간단한 일을 하지 못해서 재희는 애를 먹고 있었다. 속을 끓이고 있었다. 진혁도 그런 걸까. '나도 미안했어.'라는 말을 어떻게 전해야 할지 몰라서 빙글 돌고 있나. 아니면 이렇게 똑똑 마음을 두드리면서 사과를 하고 있는 걸까.

망설이던 재희는 진혁의 메시지는 못 본 척 수혁에게 메시지를 보냈다.

[방금 끝났어요.]

수혁에게 보냈는데 진혁에게서 메시지가 날아들었다.

[고생했어.]

그리고 잠시 시간을 두고 도착한 메시지에 재희는 입술을 깨물었다.

[수혁이 돌려보내지 않아 줘서 고마워.]

13

불을 끄고 문을 닫았다. 벽면 서랍장에 빈칸들이 유난히 늘어난 하루다. 조금 피곤하고 많이 뿌듯하다. 밤이 깊어 평소보다 짙게 보이는 가로등 빛을 받으며 몇 발자국 떨어진 현관문의 키를 눌렀다. 습관적으로 계단을 오르며 휴대폰을 만지작거리다 조심스레 글자를 만들었다.

[바빠요?]

감정을 담지 못하는 단어는 무심하다. 재빨리 지웠다.

[할 말 있어요. 만나요.]

따지는 것도 아니고.

[미안해요.]

실은, 보고 싶다는 말이 하고 싶은데. 저도 모르게 나온 한숨에 휴대폰 액정이 부예졌다.

왜 이런 걸까. 길 가던 사람과 툭 부딪치기만 해도 쉽게 나오는 '미안해요.' 라는 말이 이상하게도 어려웠다. 속상했던 마음보다 미안함이 더 커졌을 때, 그때 마음을 전했어야 했는데. 잠깐 망설 였을 뿐인데 시간이 더해지니 점점 더 어려워져만 간다.

엄마랑 별거 아닌 일로 투닥이고 나서 겉으로는 화가 풀리지 않은 척하면서도 속으로는 내내 엄마 눈치를 보던, 여고생 한재희 로 돌아가 버린 것만 같다. 솔직하지 못하고 서투른 한재희. 어떤 표현을 써야 마음이 전해질까. 가장 좋아하는 사람을 속상하게 만 들었는데 바보같이 고민만…….

재희의 걸음이 멈췄다. 계단 한가운데에 미동도 없이 멈춰 서 버린 재희의 눈동자가 흔들렸다. 몰랐던 사실을 문득 깨달아 당황 한 사람처럼.

언제부터지? 언제부터 진혁이 가장 좋아하는 사람이 된 거지?

얼마만큼 좋으냐고 물어 오는 진혁에게 손가락 두 개만큼, 입 맞추고 싶을 만큼, 보고 싶어서 달려갈 만큼이라고 답했었다. 그 런데 언제부터 진혁이 가장 좋아하는 사람이 되어 버린 건지 물 어 오면…… 모르겠다. 짐작보다 깊어진 마음에 놀라 붙박이처럼 서 있던 재희가 다시금 천천히 계단을 올랐다.

[보고 싶어요.]

지금 원하는 건 강진혁을 보는 거다. 마음을 담아 버튼을 눌렀 다. 아직 〈움〉에 있으려나. 가 볼까, 생각하며 마지막 계단을 올 랐다. 잘근 입술을 물며 자신의 공간으로 향하던 재희가 눈이 커 진 채 굳어 버렸다.

옥상 난간 턱에 걸터앉아 있는 진혁이 웃어 주는 순간, 코끝이 시큰해졌다. 손꼽으면 금방일 만큼 며칠 아니었는데. 그런데도 마치 오랫동안 만날 수 없었던 사람을 본 듯 애틋했다. 달려가 안기고 싶을 만큼 반갑고 좋은데. 어쩐지 발이 떨어지지가 않았다. 슈트를 입은 근사하고 섹시한 진혁에게로 선뜻 다가갈 수가 없었다.

진혁은 눈을 접으며 웃었다. 아래층에서 현관문이 열리고 닫힌 후, 조용한 발소리가 느린 속도로 다가오다 멈추었을 때 살짝 긴장했다. 온 걸 알았나. 그래서 멈춰 선 건가. 담배를 피우고 있는 것도 아닌데. 어떻게 알았을까. 멈춤이 길다. 왜지? 걱정이 돼 일어서려는 순간 다시금 재희가 움직였다. 조금씩 다가오는 걸음에 가슴이 뛰었다.

내뱉어지는 진혁의 숨결에 안도와 기쁨이 담겨 있었다. 해 주고 싶은 말이 많았는데. 그냥 재희의 얼굴을 보고 있는 것만으로 충분했다.

"하고 싶은 말 있어요."

진혁은 피식 새어 나오려는 웃음을 머금었다. 눈앞에 서 있는 게 한재희가 맞구나.

"말해."

시선을 내려 진혁의 가슴께를 주시하는 말간 눈동자에 감정이 담겼다. 재희가 눈을 들었다.

"내가 선배 마음을 상하게 했어요. 나 때문에 다른 사람에게 자존심 상하는 말 듣게 해서 미안해요."

"괜찮아."

"나는 배려를 하고 싶었던 건데, 결과적으로 선배를 서운하게 만들었어요. 혼자서 고민하고 결정하던 게 습관이 되어서 그랬었나 봐요. 이제는 선배가 옆에 있다는 거 먼저 떠올릴게요."

진혁이 고개를 끄덕였다.

"그래 주면 고맙겠어. 내 손만 좋아하지 말고, 잡는 것만으로 만족하지 말고, 나한테 온전히 의지해 주었으면 해."

"선배도 나한테 나눠 줘요. 신경 쓰게 만드는 것들. 힘든 것들."

"노력할게."

그래, 라고 말해 주지는 않는 게 강진혁다워서 밉다는 듯 살짝 흘겨보던 재희가 조금 웃었다. 노력하겠다는 솔직한 말이 마음에 드니 진혁에게 뭐라고 할 수도 없다.

"내가 먼저 잘못했는데도 선배가 먼저 와 줘서 고마워요. 계속 말 걸어 줘서 고마워요. 미안하다고 하고 싶었는데, 그래서 선배 메시지에 답하고 싶었는데. 어떤 식으로 답을 해야 할지 모르겠어서 바보처럼 미뤘어요."

부끄럽게도 눈이 젖어 들려는 것 같아 입 안 볼살을 꾹 물었다. 이러면 될걸. 이 한마디가 어려워서 한심하게 굴었다. 몇 번 눈을 깜빡인 재희가 살짝 고개를 치켜들었다.

"이제 선배도 나한테 사과해요. 나한테 못되게 굴었잖아. 나는 하나만큼 잘못했는데 두 개나 잘못했다는 듯이 굴었잖아요."

눈물이 그렁한 눈동자에서 눈을 떼지 않은 채 진혁은 손을 내밀었다. 이유를 모르지 않으면서도 어쩐지 쑥스러워 퉁명스럽게 반응해 버렸다.

"왜요."

"오라고."

내가 강아지야, 투덜거리면서도 진혁에게로 걸어갔다. 손을 뻗어 재희를 잡은 진혁이 가까이 끌어당겼다. 재희의 두 손을 손아귀에 감싸 쥔 채 물기가 느껴지는 눈을 곧게 응시하며 진혁이 말했다.

"몰랐는데, 내가 생각보다 욕심이 많은 사람이었어. 많다고 생각했던 인내심은 부족하고. 한재희랑 있으면서 나도 몰랐던 나를 계속 알아 가고 있어. 한재희의 시선이 나를 담은 것도 알고 있고, 나한테로 꾸준히 와 주는 것도 알고 있었으면서 그걸로는 부족했나 봐. 한재희한테 가장 가까운 사람이고 싶고, 가장 좋아하는 사람이고 싶은 마음이 자꾸만 커졌어."

덧붙여지는 말에 손안에 잡힌 재희가 움찔거리는 게 느껴졌다.

"나는 속초 가서 한재희 부모님도 만나 보고 싶고, 한재희가 우리 가족들도 만나 줬으면 하는 바람이 있어."

"나는……."

"대답을 바라는 거 아니야. 내 마음이 이러니 너도 이만큼 다가오라는 게 아니라, 내 마음은 이렇다고 말해 주는 거야."

진혁은 하얀 이에 깨물린 아랫입술을 빼 주었다.

"언제쯤이나 같은 속도로 걸을 수 있을까, 초조했어. 거리가 좁혀지고 있다는 걸 알면서도 네가 조금만 더 빨리 와 줬으면, 조바심이 났어. 그래서 필요 이상으로 몰아붙였어. 내가 화를 낼 일은 맞다고 생각하지만, 그래도 지나치게 반응했어. 미안해."

"……나는 선배가 가 버려서, 그게 더 속상했어요."

"그대로 있었다가는 너한테 화를 낼 것 같아서 그랬어."

"차라리 화를 내는 게 나아. 그런 식으로 가 버리지 말고. 그렇게 가 버리니까 마음이 너무 안 좋았어요."

재희의 손을 꽉 쥐었다.

"잘못했어."

"혹시라도 또 다투게 되더라도 혼자 두지 말아요."

"다툴 일 없을 거야."

"어떻게 알아. 전에 '너한테 화낼 일 있을까.' 그래 놓고는 화냈잖아요."

"한재희가 방향만 잃지 않으면 화낼 일 없어."

"어쨌든. 혹시라도요."

"알겠어."

대답을 준 진혁이 짙은 숨을 내뱉었다.

"보고 싶었어."

얼굴을 본 순간부터 가장 먼저 하고 싶었던 말이었다. 쑥스러운 기색으로 시선을 내려 "나도요."라고 속삭인 재희가 다시금 눈을 보며 말했다.

"나…… 〈움〉에 가 볼까 했어요. 오늘 선배가 안 와 줬으면 내가 갔을 거야."

"기다릴 걸 그랬네."

그동안 속 태우지 않았다는 듯 허세를 부리는 진혁을 믿지 않게 흘겨보던 재희가 갑자기 좀 억울하다는 말투로 중얼거렸다.

"그런데 방금, 화를 낼까 봐서 가 버렸다고 말했잖아. 그럼 그 때 화냈던 거보다 더 화를 낼 수도 있다는 말이잖아요. 나 그때도 무서웠는데. 얼마만큼 무서운 사람이라는 거야? 선배한테 계속 속는 기분이야."

"말이 그렇다는 거지."

난감한 기색으로 변명하던 진혁은 이어지는 재희의 말에 옅게 미간을 찌푸렸다.

"사실은 형제들 중에 제일 성격 안 좋은 사람은 선배 아니에 요? 수혁 씨가 아니라?"

"이야기가 왜 그렇게 비약해?"

"우윤 씨한테 들은 말 때문에 수혁 씨에 대해 선입견 가졌었는 데 직접 만나니까 아니었어. 우윤 씨가 거꾸로 알고 있었던 거야. 둘째 형보다 큰형이 더 차갑고 더 못됐는데. 나한테 녹취하는 거 설명해 주면서 처음이라서 겁나냐고, 같이 가 줄까, 라고 배려 있 게 물어보던데. 냉소 짓는 나쁜 습관이랑 눈매가 좀 날카로워서 차가워 보이는 거지. 수혁 씨 실제 성격은 안 그렇던데요?"

우윤이가 더 잘생겼다는 말은 인정하지만, 수혁이보다 더 차갑 고 못됐다는 건 많이 억울하다. 지금은 변호보다 침묵하는 게 낫 다는 걸 알지만.

"겪어 보면 안 그래."

"선배가 제일 못되고 제일 차가운 거 맞아. 설령 수혁 씨가 못 되게 말한다고 해도 기분이 나쁠 수는 있지만 내 마음이 아프지는 않을 거잖아요. 선배가 하는 말이 제일 아파."

진혁의 입술 꼬리가 올라갔다. 한재희에게 가장 영향을 주는 사람이라는 사실이 반갑다.

"아프게 하고 싶지는 않지만, 그래도 마음에 드는 말이네."

재희는 밉다는 듯 노려보았다. 속삭이듯 물어 오는 진혁의 말이 입술을 간질였다.

"많이 울었어?"

"……뭐 그렇게까지는 아니에요."

새침해진 얼굴에 진혁은 웃었다.

"수혁이는 그렇게 말 안 하던데."

순식간에 붉어진 얼굴로 재희는 변명했다.

"나 원래 아침에는 눈 붓는 거 알잖아요. 그렇게 안 봤는데, 수혁 씨 좀 고자질쟁인가 봐요. 그럴 일은 없어야 하겠지만, 나는 만약에 변호사가 필요한 일이 다시 생긴다면 그때도 수혁 씨한테 맡기고 싶을 만큼 든든하다고 생각했는데."

"괜찮은 인상 받은 건 혼자만이 아니니까 억울해하지 않아도 돼. 녹취 내용 듣고 나더니 '강진혁 씨, 연애가 신나시겠어.' 라던데."

재희는 비죽 입술을 내밀었다.

"그 말이 괜찮다는 인상을 받은 거라고요?"

"지켜보면 알게 될 거야."

재희의 손을 놓고 허리를 감싸 안았다. 눈동자에 서로의 모습 밖에 담지 못할 만큼 얼굴을 가까이 한 진혁이 다정하게 물었다.

"이제 하고 싶은 말은 다 한 거야?"

"그리고."

아직도 할 말이 남아 있나 보다. 속상했던 만큼. 만나지 못했던 만큼. 리스트가 꽤나 긴가 보다. 진혁은 웃었다. 밤공기도 맑고, 주택가라 고요하고. 이렇게 마주하고서 밤이 깊도록 얘기를 나누는 것도 썩 괜찮다.

"그리고?"

눈에 미소를 담아 진혁이 재촉했다. 재희와의 대화가 그리웠다. 별것 아닌, 소소한 얘기라 하더라도. 재희는 옥상 난간에 걸터앉아 있던 진혁을 본 순간부터 계속 시선을 잡아 끌던 것을 손가락으로 툭 건드리며 답했다.

"그리고, 이 넥타이 안 어울려요."

얼굴 가득 웃음이 번진 진혁이 마치 모르겠다는 듯이 굴었다.

"왜, 난 잘 어울린다 싶어서 하고 온 건데."

누구보다 옷 입는 센스가 있는 사람이 근사한 슈트 색감과는 전혀 어울리지 않는 색상의 넥타이를 일부러 매고 와서는 능청이다. 설마 이걸 하고서 사람들을 만난 건 아니겠지? 주머니에 넣고 있다가 여기 와서 맨 거겠지?

"하나도 안 어울려. 학생이 디자인한 작품이라는 거 고스란히 티 날 만큼 촌스러워요."

"그래도 난 이게 좋은데? 내 취향 좀 존중해 주시죠, 한재희 씨."

재희는 뾰족한 넥타이 끝을 살짝 잡아당겼다. 7년 전 디자인을 보는 기분이 묘했다. 어릴 적 자신의 디자인을 마주하는 게 좀 쑥스럽기도 했다. 어울리지도 않는 이 넥타이를 매고 와 준 진혁이 고맙고 귀엽다.

넥타이에서 눈을 떼지 않은 채 재희가 불쑥 물어 왔다.

"뭐라고 불러 줘요?"

무슨 말이냐는 듯한 얼굴을 하는 진혁에게 설명을 덧붙였다.

"선배라고 부르는 거 싫었던 거 아니었어요?"

'내가 한재희 선배야?' 라고 했던 말의 뜻을 알면서도 부러 그런다. 진혁은 장난기를 담아 되물었다.

"뭐라고 부를 건데?"

설마, 오빠라고 부르기라도 할 건가 싶은 눈빛으로 쳐다봤다.

"강진혁 씨."

"너무 평범해. 실망이야."

그러자 눈동자를 반짝이면서 마치 동갑내기 친구에게 시비라도 거는 듯한 어투로 이름을 불러 온다.

"강진혁."

'강진혁.' 이 마치 '어이, 강진혁.' 처럼 들렸다. 진혁의 입술이 근사하게 올라갔다. 눈꼬리에 주름이 지도록 눈웃음을 지었다.

"까분다."

재희의 머리를 헝클어트리듯 쓰다듬었다. 다시는 다투지 말아야겠다. 보고 싶을 때 볼 수 없는 일은 두 번은 힘겹다.

"나는 선배가 좋아. 더 적당한 호칭이 생각날 때까지 선배라고 할래요."

"마음대로."

깊은숨을 내쉰 재희가 좀 멋쩍은 듯 콧등에 주름을 잡으며 물었다.

"저녁 먹었어요?"

마음이 녹으니 그동안 못 느꼈던 허기가 솟았다.

"뭐 먹을까. 들어가서 생각해 보자."

두 팔로 가는 허리를 바짝 끌어안은 진혁이 일어서자 재희의 발끝이 바닥에 닿을 듯 말 듯 달랑거렸다. 진혁의 목을 끌어안자 재희를 가뿐하게 추슬러 올린 진혁이 엉덩이 밑에 팔을 받쳤다. 재희의 다리가 자연스레 진혁의 허리에 둘렸다.

옥상을 가로지르며 진혁이 물어 왔다. 빙긋이 웃으며.

"근데 안 풀어 줄 거야?"

"뭘요?"

"넥타이. 안 어울린다며?"

입술을 잘근잘근거리던 재희가 넥타이 매듭에 손가락을 걸었다. 그러고는 새치름하니 눈을 깔고서 말했다.

"넥타이만 풀어 줄 거예요. 이것만 마음에 안 드는 거니까."

"알겠어."

"웃지 말아요. 진짜야."

"알겠다니까."

진혁의 눈웃음에 입술을 꼭 다문 재희가 손가락에 조금 힘을 실어 넥타이를 끌어 내렸다. 약간 발개진 재희의 볼에 진혁의 웃음이 짙어졌다.

텐트 앞에 펼쳐 놓은 야외 매트에 누워 밤하늘을 바라보는 기분이 뭐라 할 수 없게 근사했다. 옥상이 가진 장점들을 알고 있었지만 이런 식으로 즐길 수 있다는 건 미처 생각지 못했다.

진혁이 가져온 바비큐 그릴과 순식간에 뚝딱이며 조립해 놓은 텐트 덕분에 진짜 야외에 나와 있다는 착각이 들었다.

생각보다 들떠 있었나 보다. 캠핑장에서 보는 밤하늘은 지금과는 비교도 안 된다며 달콤하게 꼬여 내는 진혁에게 얼떨결에 약속을 해 버렸다. 강진혁식 캠핑을 하려면 등산을 해야 할지도 모른다는 생각이 뒤늦게 떠올라 급히 말을 바꾸려고 했지만, 진혁은 "약속했어."라며 이야기를 끝내 버렸다.

밤공기가 유난히 맑은가 보다. 겨울이 아닌데도 별이 숲을 이루고 있었다. 달에 태양빛이 쏟아지고 있나, 아님 기분 탓인가. 오늘따라 달이 반짝거리며 빛을 반사했다.

"별들 중에 가장 예쁜 건 달이야. 달이 제일 맘에 들어."

하늘에서 눈을 돌린 진혁이 장난 어린 표정으로 정정해 주었다.

"달은 별이 아닌데?"

아, 정말. 재희는 팔꿈치로 진혁의 팔을 꾹 밀쳤다.

"이과생이었던 거 티 안 내도 된다고요."

밤하늘의 별들을 보며 물었다.

"천문대 가 봤어요?"

재희의 얼굴을 바라보며 대답했다.

"아니."

"나는 천체 망원경으로 별을 보면, 눈으로 보는 것보다 몇 배나 크게 보일 거라고 상상했거든요. 현미경처럼. 근데 그저 선명하게, 크기는 변함없고 더 선명하게 보이는 것뿐이더라고요. 반짝이는구나 싶던 게 아, 강하게 반짝이는구나, 하는 정도? 그런데도 나는 달이 아주 예쁘다는 걸 그날 알았어요. 그리고 우리가 정말 우주에 떠 있구나, 실감이 났어. 다음에 같이 가 봐요. 선배한테 꼭 보여 주고 싶어."

진혁의 손가락이 재희의 머리카락을 만지작거리며 장난을 쳤다.

"등산은 마지막이라고 선언하더니?"

재희가 살짝 턱을 치켜들며 새치름하게 말했다.

"모르는구나? 천문대까지 승용차 타고 올라갈 수 있거든요. 강진혁 씨."

다행이지, 정말. 안 그랬다면 그 멋진 경험을 가질 수 없었을 거다.

"화성은 달에서 얼마나 먼 거리에 있는지 알아요?"

"많―이 멀구나, 싶을 만큼이겠지."

재희는 혼잣말처럼 중얼거렸다.

"얼마나 멀까?"

"아마 지구에서 달까지보다 이백 배 정도? 정확히는 기억 안 나네."

"그렇게나 멀어요?"

커다랗게 떴던 재희의 눈이 애틋해졌다.

"생각보다 더 쓸쓸하게 지내는구나."

"누가?"

"큐리오시티가요."

큐리오시티가 누구냐고 물으려던 진혁이 아, 하는 얼굴을 했다. 그러고는 갑자기 몸을 틀어 재희를 와락 품에 안았다. 얼굴이 가슴에 푹 박히는 바람에 재희가 코 아프다며 볼멘소리를 했다.

"숨 막혀. 왜 그래요."

이 조그만 머릿속에서 튀어나오는 생각들이 예쁘고 사랑스러워서 어쩔 줄을 모르겠다. 우산에 개구리가 달랑거리게 만들고. 문득 떠올랐다며 이니셜이 박힌 모카신을 만들어 주고. 저 멀리 화성에서 혼자 지내는 로봇이 쓸쓸하겠다고 아련한 목소리로 속닥이는 한재희가 자꾸만 좋아진다.

"나는 한재희 머리가 가장 귀엽고 사랑스러워."

"뜬금없어."

재희의 목소리가 진혁의 가슴에 부딪쳐 웅웅 울렸다.

"한재희."

"놔줘요. 답답해."

"재희야."

"……."

머리 위로 입술이 꾹 눌러졌다. 숨 쉬기가 어렵다며 가슴을 밀어 대던 재희가 입술을 안으로 말고서 진혁의 남방을 만지작거렸다. 놔주지 않을 것처럼 꽉 끌어안고 있던 진혁이 빙글 몸을 굴렸다. 순식간에 재희의 위로 올라온 진혁이 이마에 입을 맞췄다. 콧등, 볼, 입술에 자잘한 뽀뽀들이 쏟아졌다. 재희의 웃음이 터졌다.

간지럽다며 이리저리 고개를 돌리는 재희의 턱을 잡아 살짝 누른 진혁이 입 안으로 혀를 미끄러트렸다. 장난치듯 혀끝으로 진혁의 혀를 건드려 보던 재희의 눈이 동그래졌다.

"하지 마요."

불쑥 옷 속으로 들어온 손이 가슴을 그러쥐었다. 제대로 자세를 잡으려는 듯 진혁의 다리가 재희의 허벅지 사이로 파고들었다. 이 밤에. 이 조용한 동네에서.

"안 돼요. 다 들릴 거란 말이야."

"괜찮아. 텐트 안으로 들어가면 돼."

"그래도 안 돼."

힘껏 가슴을 떠밀어 버리고는 재빨리 일어나 뒷걸음을 했다. 몸 움직이는 거 싫어하면서 이럴 때는 잽싸다. 느긋하게 쫓아간 진혁이 서너 걸음 만에 날쌔게 잡아챘다. 그러고는 슬쩍 무릎을 굽혀 어깨로 배를 받쳤다.

짐짝처럼 어깨에 매달리게 된 재희가 놀라 "으악!" 소리를 지르자 진혁이 "쉿! 이웃한테 다 들린다며?" 놀려 왔다.

재희가 속닥였다.

"내려 줘요. 무섭단 말이야."

"무거워. 바동거리지 마."

"그러니까 내려 달라고요."

"어어, 떨어트리겠다."

웃음기 가득한 목소리인데도 놀란 재희가 진혁에게 찰싹 달라붙었다. 진혁의 어깨가 들썩였다. 몸으로 전해지는 진동에 재희는 진혁의 옷자락을 꽉 쥐었다.

집 안으로 들어가 식탁 위에 내려 준 진혁은 뿔난 눈으로 쳐다보는 재희의 헝클어진 머리를 쓸어 넘겨 주었다.

"안 떨어지게 잘 잡고 있었는데. 이렇게 노려볼 만큼 불안했어?"

"실망이야."

진혁의 눈이 커졌다. 어깨에 좀 올려났다고 이런 소리를 들을 줄이야.

"실망했다는 소리를 들을 만큼 잘못한 거야?"

"텐트 가져온 의도를 내 멋대로 착각했어요. 이미지랑은 다르게 아주 음흉해."

진혁의 웃음이 터졌다. 눈꼬리에 주름이 잡히도록 웃던 진혁은 식탁을 내려가려는 재희의 허리를 감아 다시 끌어 올렸다.

"이상한 사람 만들어 놓고 어딜 가. 변호할 시간은 줘야지. 캠핑의 묘미를 체험해 보라고 무거운 바비큐 그릴에 텐트까지 준비해 왔더니 음흉하다는 소리나 하고 말이지."

믿지 못하겠다는 듯 가늘게 눈을 접은 재희가 추궁했다.

"정말로, 오로지 그 이유밖에 없어요?"

"맹세해."

진지한 표정에 미안해진 재희는 "맹세까지야……."라고 중얼거

356

렸다. 덧붙여진 진혁의 장난스러운 말에 금방 그런 마음이 사라졌
지만.

"텐트 펼치기 전까지는 전혀 그런 생각 없었어. 어쨌든 가져온
의도는 순수한 거 맞잖아?"

"……."

큼직한 손으로 뺨을 감싼 진혁이 엄지로 볼을 쓰다듬었다.

"여기서는 괜찮아?"

대답을 알면서도 짓궂게 "응?" 재촉을 해 오는 진혁을 흘긋 째
려본 재희가 조금 더 가까이 얼굴을 가져갔다. 진혁의 아랫입술이
재희의 입술 사이에 머금어졌다. 진혁에게서 흘러나온 만족스러
운 신음에 조금 망설이던 재희는 혀끝을 입 속으로 넣었다. 물기
를 머금은 입 안으로 들어가 진혁의 혀를 살짝 건드리고 나오려
다 혀를 빨렸다. 아릿해 올 즈음 고개를 들자 젖은 살갗들이 붙었
다 떨어지는 소리가 났다.

조금 전 장난스러웠던 것과는 달리 순식간에 깊어진 진혁의 눈
빛에 재희는 저도 모르게 침을 삼켰다. 진혁의 손이 블라우스의
첫 번째 단추를 열었다. 긴장감을 참지 못한 재희가 잘근 입술을
깨문 순간, 진혁이 재희의 손을 자신의 남방 위에 올려놓았다.

"벗겨 줘."

단추를 풀어 가는 손끝이 가늘게 떨려 와 재희는 입술을 물었
다. 블라우스의 단추들을 열어 내려가는 진혁의 손가락이 자꾸만
가슴을 스치는 게 의식되었다. 블라우스와 속옷이 벗겨지는 동안
에도 재희는 남방의 마지막 단추를 풀지 못한 채였다.

가슴에 머문 진혁의 눈동자가 탐스러운 곡선을 타고 흘렀다. 마치 만져지는 것 같은 느낌에 뱃속이 간질거렸다.

"정말 예뻐."

핥듯이 바라보던 진혁이 입 안 가득 머금더니 가슴 끝을 살짝 깨물어 왔다. 통증인지 쾌감인지 모를 저릿한 감각에 재희는 진혁의 어깨를 움켜쥐었다. 벌어진 다리 사이로 밀착해 온 진혁의 몸에서 열기가 전해졌다. 몸이 젖어 들었다.

진혁이 들어왔다. 진혁이 밀고 들어올 때마다 재희의 등줄기가 예민하게 반응했다. 창으로 들어온 달빛이 하얀 등의 떨림에 덩달아 흔들렸다.

14

진혁이 내려 준 커피를 마시며 회의실 안을 느긋한 걸음으로 거닐었다. 미술관에 걸린 작품 앞에 멈춰 서 감상하다 몇 걸음 옆으로 옮겨 다른 작품을 감상하듯, 재희는 〈움〉에서 완공한 건축물들의 모형을 하나씩 찬찬히 구경했다.

〈움〉을 찾아온 건 두 번째지만 이곳에서 만들어 낸 작품들을 여유롭게 살펴보는 건 처음이었다. 갑작스러웠던 첫 방문 때는 진혁을 바라보느라 미처 그럴 생각을 못 했었다.

모형은 구경하는 맛이 있다. 무엇보다 아무런 색이 입혀지지 않은 건축물에 원하는 색깔을 입혀 보는 재미가 제법 쏠쏠하다. 동일한 구조물이 색감이 달라지는 것만으로 전혀 다른 건물처럼 보인다. 눈앞의 단색 모형물이 머릿속에서 색을 입는다.

천천히 옆의 모형물로 눈길을 옮기던 재희가 미소를 지었다.

〈움〉의 이름으로 시공되었지만, 진혁의 작품이다. 진혁의 사인이 붙어 있지 않아도 이제는 진혁 고유의 시그니처로 알아보겠다. 진혁의 이미지와 닮은 듯 닮지 않은 듯, 눈길이 가고 볼수록 끌리는 작품이다.

두어 걸음 옆에 전시되어 있는 건 통영에 지어진 건축물이다. 궁금하다. 실제는 어떤 모습일지. 그리고 주위에 펼쳐져 있는 산과 바다와는 어떤 선과 색감으로 어울릴지.

"계속 혼자 둬도 찾지를 않아."

인기척에 언제 왔나 싶어 놀란 눈으로 돌아보자 진혁이 웃으며 불만스럽다는 듯 중얼거렸다.

"그럼 일하는 사람한테 놀아 달라 그래요? 끝났어요?"

"덕분에."

혼자서도 시간 잘 보내는 사람이라 신경 쓰지 않게 만들어 줘서 시간을 단축할 수 있었고, 재희가 있다는 사실에 신경이 쓰여 더 집중할 수 있었다.

진혁이 눈짓으로 모형을 가리켰다.

"재밌어?"

"아주. 실물은 어떨지 궁금해졌어요."

"시간 만들어서 통영 한번 가자."

"그래요."

"나갈까?"

직원들의 부러운 시선을 받으며 재희와 함께 손을 잡고 나온 진혁은 시동을 걸었다.

〈움〉을 벗어나 속도를 내던 진혁이 슬며시 곁눈질을 했다. 통영에 지어 놓은 건축물의 실물이 궁금하다던 재희는 카메라에 담긴 사진들에 빠져 있었다. 마지막 사진을 넘겨 본 재희가 폴더 제목들을 훑어보더니 물었다.

"작업물 말고 가족사진이나 선배 사진은 없어요?"

"집에 앨범 있는데 뭐 하러. 한재희 사진은 있는데."

봤다. 한재희, 라고 적혀 있는 폴더. 손에 꼽힐 정도의 몇 번을 제하면 사진이 찍힌 순간들이 기억나지 않는데. 어떤 순간들이 담겨 있을지 펼쳐 보고 싶기도 하고, 아니기도 하고.

"궁금하지 않아?"

'한재희' 폴더를 말하는 건 줄 알았는데, 진혁은 그의 사진을 얘기하는 거였다.

"어릴 적에는 어땠는지. 꼬맹이 강진혁은 상상이 잘 안 된다며?"

"당연히 보고 싶죠. 그런데 여기 없는데?"

놓쳤나 싶어 폴더들을 다시 확인하려는 재희에게 진혁은 "내 방에 있지."라는 대답을 하고는 고개를 돌려 반응을 봤다.

"우리 집에 가서 저녁 먹고, 앨범도 보고. 어때?"

"지금? 우윤 씨한테 가기로 했잖아요?"

"다음에 가면 되지."

망설이는 재희에게 진혁은 덧붙였다.

"부모님 두 분 다 친척 결혼식에 참석하신다고 지방 내려가셨어. 내일 오실 거야. 부모님께 인사드리러 가자는 것도 아닌데,

그래도 부담돼? 내 방은 어떤 식으로 인테리어 해 놨는지도 궁금하다며?"

대답을 기다리며 진혁은 핸들을 톡톡 건드렸다.

"그래도 약속을 했으니까 저녁은 우윤 씨한테 가서 먹어요."

"그래."

"앨범만 구경하고, 늦지 않게 나올 거예요."

"알겠어."

정원에는 다양한 종류의 꽃나무들이 심겨 있었다. 피는 시기가 저마다 달라 꽃이 없는 날이 드물겠다 싶었다. 국화꽃에 눈길이 갔던 적은 없는 것 같은데. 불빛을 받아 그런가. 담장 밑에 소복하게 핀 국화가 은근하다. 하늘이 어두워지는 속도에 맞춰 다채로웠던 정원의 색이 서로를 닮아 가고 있었다.

고개를 돌려 다시금 진혁의 방 안을 둘러본 재희가 창가에서 걸음을 물렸다.

"이제 갈게요."

책상에 걸터앉아 팔짱을 낀 채 정원을 구경하는 재희를 바라보던 진혁은 "보내 주기 싫은데."라고 가벼운 어투로 말했다. 장난말인 줄 알았는지 살풋 웃는 재희의 손에서 핸드백을 도로 가져간 진혁이 대신 사진첩을 들려 주었다.

"못 본 거 아직 많아."

순식간에 가는 허리에 팔을 감아 침대로 걸어갔다. 침대 헤드보드에 기대앉아 다리 사이에 재희를 가둔 것만으로는 안심이 되지 않는지 단단하게 안아 왔다. 그러고는 목덜미에 얼굴을 묻고 숨을 들이켰다.

얼떨떨한 표정을 하던 재희가 풀럭 올라가 버린 치맛자락을 정리하며 투덜거렸다. 자주 겪으면서도 매번 적응이 되지 않았다.

"놀랐잖아요. 공 던지는 투수가 아니라 사람 마구 잡아채는…… 아무튼, 그런 포지션이 더 어울리는 거 아니에요?"

진혁이 야구에 그런 포지션도 있냐고 놀려 오자 재희는 몸에 힘을 주어 뒤로 꾹 눌렀다. 진혁과 침대 매트리스 사이에 눌려 숨 막히곤 하는 자신처럼 진혁도 침대 헤드와 그녀 사이에서 낑낑대 보라고 주먹까지 꽉 쥐고 애를 썼지만 피식거리는 웃음만 되돌아왔을 뿐이다. 들썩이는 배 때문에 몸도 살짝 흔들렸다. 깨무는 거 좋아하는 사람인데 나도 손가락을 깨물어 버릴까, 잠깐 스친 생각 대신 사진첩을 들었다.

편한 자세를 찾아 조금 꼼지락거리다 진혁의 가슴에 느른하게 등을 기대고서는 한 장씩 사진을 넘겼다. 같이 보자고 무릎을 세워 사진첩을 올려놓았지만 진혁은 그녀의 볼과 목에 자잘한 입맞춤을 하느라 거들떠보지도 않았다.

"귀여워."

아까는 진혁의 사진들이 대부분이더니. 이 앨범에는 세 형제가 담겨 있었다. 세 살 꼬맹이의 고개가 카메라가 아니라 형에게로 향해 있었다. 초등학교에 입학하는 형을 올려다보는 커다란 눈이 마구 반짝인다. 또 다른 사진에서는 형들 둘이 사이좋게 팔 한 쪽씩 깁스를 했는데도 다섯 살 우윤은 진혁을 보면서 울고 있었다.

"우윤 씨는 아기 때부터 큰형만 좋아했나 봐."

큰형을 보고 있거나, 카메라를 응시했을 때는 큰형의 손을 잡고 있거나. 그도 아니면 바지를 꼭 쥐고 있다. 재희는 사진 속 진혁의 팔을 살며시 쓰다듬었다.

"동생이랑 싸워서 깁스하고 그럴 만큼 개구쟁이였네?"

어렸을 적에도 의젓해 보이는데. 보이는 것과는 달리 말썽꾸러기 남자아이였던 때도 있었나 보다. 사진으로밖에 알 수 없는 모습들이 많이 아쉽다. 고등학생 강진혁을 만난 순간 재희는 반가운 미소를 지었다. 아기 사진도 진혁임을 한눈에 알아볼 수 있었지만, 열여덟 살의 조금 차가운 인상의 반듯한 모범생에게서는 지금의 강진혁이 또렷하게 보였다.

"남녀 공학 다녔으면 인기 많았겠어요, 강진혁 선배님."

재희는 고개를 돌려 진혁에게 눈웃음을 지었다. 쪽 소리가 나게 입을 맞춘 진혁은 다시금 달콤한 살 내음이 나는 목덜미에 얼굴을 묻었다. 같이 보자고 하더니 품에 안은 보드라운 몸을 만지작거리는 일에만 열중이다. 사진에 나온 배경까지도 열심히 보는 재희의 볼과 목덜미를 지분거리던 진혁이 블라우스 단추 하나를 풀었다. 그러고는 귓가에 속삭였다.

"자고 가."

부모님은 내일 오후에나 오신다고. 수혁이는 늦게 와서 일찍 출근한다고. 우윤이는 더 늦게 들어와서는 아주 느지막한 시간에 일어난다고. 그러니 마주칠 일 없다고 꼬여 낸다. 입술을 살짝 깨문 재희는 그러고 싶은 자신의 마음을 모른 척 앨범을 넘겼다.

교복을 입고서 단상에 오른 진혁은 근처 여고를 다녔다면 아마 그녀도 가슴앓이를 했을지도 모르겠다 싶은 생각이 들게 했다.

'아. 아니구나.'

재희는 콧등에 주름을 잡았다. 불과 몇 달 전만 해도 진혁은 취향이 아니라고 생각했으니 가슴앓이를 하지는 않았겠다. 더구나 그때 그녀는 중학생이었으니까. 진혁의 옆에 중학생 한재희를 나란히 놓아 보았다. 잘 안 어울린다. 취향을 떠나 다섯 살이라는 나이 차가 이때는 좀 크게 다가온다.

"자고 가야 돼. 안 데려다줄 거니까."

협박 같지 않은 협박에 터지려는 웃음을 꾹 눌렀다. 순식간에 단추 세 개를 풀어 버린 진혁이 블라우스 안으로 손을 넣으려다 불만스러운 듯 중얼거렸다.

"단추가 너무 많아."

아까는 작은 진주알들이 줄지어 달린 모양이 예쁘다고 하더니. 자꾸만 방해하는 진혁 때문에 앨범에 집중할 수가 없다. 가슴을 만져 오려는 손길에 심장이 빠르게 뛴다. 사진을 보는 눈동자가 조금씩 흔들렸다.

세 개나 풀었는데도 촘촘하게 달린 탓인지 쉽게 손이 들어가지지가 않았다. 네 번째와 다섯 번째 단추까지 연달아 열어 버린 손가락이 소담한 가슴을 그러쥐고는 만족스러운 숨을 내쉬었다. 브래지어 속으로 파고 들어간 큼직한 손이 부드러운 살을 조몰락거리더니 새침하게 모양을 드러낸 가슴 끝을 손가락으로 톡 건드렸다. 사진 그만 보고 진짜 강진혁 좀 봐 달라는 듯이 톡톡.

볼을 붉힌 재희가 "하지 마. 간지러워요."라고 작은 목소리를 흘렸다. 진혁의 시선에 맨가슴이 온전히 드러났을 때보다 불쑥 옷 속으로 들어온 손이 가슴을 만져 오는 지금이 더 부끄럽다. 감촉을 즐기듯 뭉근하게 움켜쥐다 뾰족해진 가슴 끝을 엄지로 느릿하게 쓸듯이 만지작거린다.

"놔줘요."

떨림이 섞인 속닥임에 진혁은 단단하게 솟은 꼭지를 살짝 잡아당기는 걸로 싫다는 대답을 대신했다.

"자고 가면."

자꾸만 지분거리는 손을 누르며 협상을 했다.

"안 만지면."

"그럼 자고 갈 거야?"

작게 고개를 끄덕이자 커다란 손이 천천히 블라우스 밖으로 빠져나갔다.

조용히 욕실 문을 밀고 나온 재희는 종종걸음을 쳤다. 두 사람밖에 없지만 그래도 진혁의 부모님 댁이라 조심스럽다. 방문을 열려다 계단을 오르는 발소리에 고개를 돌렸다. 아래층에서 씻겠다던 진혁도 샤워를 마쳤나 보다. 미소를 짓던 재희가 그대로 얼어붙어 버렸다. 계단을 오르다 멈춰 선 건 수혁이었다.

진혁의 셔츠와 반바지를 빌려 입은 차림새가 부끄러워서 어쩔 줄을 모르겠다. 방금 씻고 나온 티를 내는 촉촉한 머리와 민낯을 감추고도 싶었다. 하지만 눈이 마주쳐 버린 탓에 모른 척할 수가 없었다. 얼른 방으로 들어가 버리고 싶은 마음을 누르며 "안녕하세요."라고 작게 중얼거렸다.

수혁이 한쪽 눈썹을 치켜들었다. 그러고는 씩 입술 꼬리를 밀어 올렸다. 재빨리 방 안으로 숨어 버릴 거라고 짐작했는데. 얼굴이 빨개져서도 인사를 해 온다. 퉁퉁 부은 눈을 하고서도 똑바로 쳐다보던 시선을 방문 어디쯤엔가 둔 채. 여러모로 사람 놀라게 한다.

"누군가 했네. 못 알아볼 뻔했습니다."

재희는 입술을 꾹 물었다. 확 달아오른 볼이 뜨겁다. 부러 짓궂게 구는 수혁이 얄미운데. 얼마 전 〈플래퍼〉까지 일부러 와 주었던 사람이라 많이는 얄미워할 수가 없었다.

며칠 전 예고도 없이 〈플래퍼〉에 불쑥 들른 수혁은 의아한 얼굴을 하는 재희에게 "지나는 길에 커피가 생각나서요."라고 생뚱맞은 소리를 했다. 그러고는 커피를 다 마셔 갈 즈음, 원하던 방향으로 사건을 마무리 짓게 되었다는 소식을 전해 주면서 덧붙였다.

'어쩌면 안 좋은 말들 들려올지도 모릅니다.'

소송건에 대해서, 재희 그녀에 대해서 부풀려지고 와전된 루머들이 아는 사람들의 입에 오르내릴 수 있다는 것. 〈플래퍼〉의 슈즈를 의도적으로 깎아내리는 상품평이 떠돌 수도 있다는 것. 수혁은 앙금이 남은 가해자가 어떤 일들을 할 수 있는지 하나씩 짚어 주었다.

'그런 얘기 듣게 되면 뒤늦게 후회할 수도 있어요. 아, 난 왜

그렇게 물렁했을까. 내가 왜 유능하신 강수혁 변호사님의 조언을 듣지 않았을까, 하고.'

옷을 수만은 없는 얘기임에도 재희는 스스로를 유능한 변호사라고 칭하는 수혁에게 미소 지었다.

'그 정도는 각오하고 시작했어요. 그래도 근거 없는 소문은 오래가지 못할 거라고 생각해요. 그리고 만약 이대로 두면 안 되겠다 싶을 정도가 되면 유능하신 강수혁 변호사님께 또 도움 청하죠 뭐.'

하지만 그럴 일은 없을 거라는 확신이 들었다. 뭐랄까. 희선은 다른 사람의 디자인을 다시금 카피할지도 모르지만 그게 재희 그녀의 것은 아닐 거다. 자신의 디자인을 건드리지만 않는다면 험담을 하는 것쯤은 아무렇지 않다. 어차피 이제는 아무런 상관 없는 사람이 되었으니까.

'또' 라니. 수혁이 비스듬히 고개를 기울이고는 놀리듯 물었다.

'내가 어지간히 마음에 들었나 봅니다?'

'네.'

'……'

말문 막히게 만든 사람은 아마도 처음인 것 같다.

'마음을 쓸 가치가 없는 사람들 때문에 시간 낭비 하거나 힘들어하고 싶지 않아요. 아무도 아닌 사람들로 인해 아파하지 않을 테니까 걱정해 주지 않아도 돼요.'

수혁이 팔짱을 끼며 상체를 젖혔다.

'한재희 씨 걱정해 주는 사람은 따로 있는데 내가 왜요. 사실

을 알려 주는 것뿐입니다.'

비딱한 말투에 재희는 웃으며 대꾸했다.

'나는 수혁 씨가 있어서 걱정 안 할 수 있었어요. 너무 고마웠어요. 덕분에 제가 원하던 방식으로 잘 마무리되었다는 거 알아요.'

'공짜로 해 준 것도 아닌데 '너무' 고마워할 필요까지는 없습니다.'

커피가 생각나서 왔다더니 커피 잔을 비우자마자 수혁은 일어섰다. 전화로도 알려 줄 수 있는 것들을 굳이 직접 찾아와 전해 주는 마음이 고마워서 재희는 매장 밖까지 배웅을 나갔다.

차를 타고 떠날 때까지 뒤 한 번 돌아보지 않는 수혁에게 살짝 손을 흔들어 주었다. 비스듬히 입술 꼬리를 올리고서는 흘깃 사이드 미러를 곁눈질하고 있는 건 아닐까, 하는 생각이 들었다. 잘 가라는 인사를 해 주고 싶은 사람이니 아니라고 해도 상관은 없었다.

그렇게 고마워했던 사람인데. 지금은 빨리 방 안으로 들어가 줬으면 싶다. 계단을 밟아 오르는 발소리가 가까워지더니 머리가 젖은 진혁이 수혁의 옆으로 올라서며 물었다.

"뭐 해, 여기 서서?"

수혁이 진혁을 슥 훑고서 대답했다.

"뭐 하긴. 강진혁 씨 여자 친구분이 인사하기에 나도 알은척했지. 내일 봅시다."

진혁의 방 안으로 들어온 재희가 원망스러운 표정으로 다그쳤다. 혹시나 수혁에게 들릴세라 한껏 목소리를 낮춘 채.

"늦게 온다면서요!"

진혁이 휴대폰을 들어 시간을 확인한 뒤 나는 죄가 없다는 어투로 말했다.

"11시면 충분히 늦은 시간 아닌가?"

"……."

"늦었어. 자자."

발갛게 달아오른 뺨을 손바닥으로 누르는 재희를 답삭 안아 침대에 눕힌 진혁이 두 사람의 어깨 위로 시트를 끌어 올렸다. 그런 뒤 재희를 좀 더 바짝 당겨 안았다.

"아까 갔어야 했는데."

"괜찮아."

"신경 쓰여서 잠이 안 올 것 같아."

"그러다 늦잠 자서 우윤이까지 마주치게?"

한숨을 쉰 재희가 그런데, 라며 요 며칠 고민하던 걸 물었다.

"수혁 씨한테 뭘 선물해야 할지 모르겠어요. 뭔가 해 주고 싶은데 취향이 짐작 안 돼. 뭐 좋아해요?"

"모르지. 신경 안 써도 돼."

무심한 대답에 진혁의 가슴을 쿡 찔렀다.

"까다로운 녀석이라 웬만한 건 다 마음에 안 들어 할 거야. 그러니 신경 쓰지 마."

"까다로워요?"

"아주. 정 마음 쓰이면 뭐 좋아하는지 직접 물어봐."

"그래야겠다. 그런데 수혁 씨는 평소에도 형이라고 안 부르나 봐요?"

"우리끼리 있을 때는 내키는 대로 불러. 아마 형보다는 이름으로 불린 적이 더 많을 거야."

연년생이라 형제처럼 친구처럼 자랐다고 덧붙인 진혁이 재희의 코끝을 톡 건드렸다.

"나한테 안겨서 다른 사람 얘기 하지 마."

진혁이 꽉 끌어안으며 중얼거렸다.

"매일 이러고 자면 좋겠다."

재희는 대답 대신 진혁의 품을 파고들었다.

눈을 뜨니 고요했다. 귀를 기울여도 아무런 소리가 들리지 않았다. 진혁에게 동생들 깨지 않게 조심하라고 주의를 주며 서둘러 나갈 준비를 했다. 블라우스 단추 채우는 걸 도와준 진혁이 재촉하는 재희를 옷장 앞으로 이끌었다.

"넥타이 골라 줘."

손가락으로 넥타이들을 죽 훑어 나가던 재희가 재빨리 하나를 집어 들었다.

"매 줘야지."

"아, 정말."

이러다 동생들이랑 마주치겠다고 투덜대면서도 맵시 나게 모양을 잡아 주려고 미간을 찌푸린 채 집중하는 재희를 위해 슬쩍 상체를 숙여 주었다.

"커피는 마시고 가자."

"가다가 테이크 아웃 해요."

"잠 설쳐서 운전 제대로 하려면 카페인 필요해."

"잠 설쳤어요?"

"한재희가 내 침대에 있다는 게 좋아서 자다 깨다 했어."

재희는 좋기도 하고 쑥스럽기도 한 표정으로 볼을 부풀렸다.

"……그럼 얼른 커피만 마시고 가요."

손을 잡은 진혁이 이끄는 대로 부엌으로 들어서던 재희의 눈이 휘둥그레졌다. 식탁에 앉아서 까딱 고개를 끄덕여 오는 수혁보다 냉장고에서 이것저것 주섬주섬 꺼내는 우윤 때문에 더 놀랐다.

'아주 느지막하게 일어난다더니!'

휙 진혁을 흘겨보자 진혁은 자신도 놀랐다는 듯 억울한 표정을 지어 보였다.

"언제부터 기상 시간이 바뀐 거야?"

"어젯밤에 들어오는데 현관에 엄청 예쁜 구두가 있잖아. 엄마 사이즈는 아니고. 작은형이 여자 친구를 데려온 것도 아닐 테고. 그럼 답은 딱 하나잖아. 알람 여러 번 울리게 해 놓고 잤어. 큰형 여친분이 오셨는데 맛있는 아침 식사는 당연히 내가 만들어 드려야지. 잘 잤어요?"

쑥스러움을 누르고 재희는 눈웃음을 지었다.

"네."

"근데, 형은 왜 어제저녁에 아무 말도 안 했어? 미리 얘기해 줬으면 맛있는 거 챙겨 왔을 텐데. 어쨌든 우리 집에 온 거 진짜 환영해요, 재희 씨."

까치집을 하고서도 환한 웃음을 지어 보인 우윤이 앞치마를 둘렀다.

재희는 실내화 속 발꿈치를 살짝 들었다. 이 집 형제들은 뭘 먹고 이렇게 자란 걸까. 굽이 예쁜 실내화를 하나 만들어 볼까. 많이 쑥스럽고 어색하지만 몰래 빠져나가는 것보다 이렇게 인사를 하게 된 게 낫다 싶었다. 그리고 우애 좋은 형제들이 함께하는 아침 정경이 마음에 들기도 했다.

손을 잡아 오는 온기에 눈을 들자 진혁이 "무슨 생각 해?" 하고 물었다. 진혁의 손에 이끌려 식탁 앞에 앉은 재희는 "나중에요."라며 고개를 저었다.

팔을 걷어붙인 우윤이 의욕 넘치는 얼굴로 물어 왔다.

"재희 씨 뭐 좋아해요?"

재희는 미안한 얼굴로 말했다.

"어…… 아침은 커피 한 잔이면 돼요."

우윤이 잔뜩 실망한 표정을 지었다.

"주스도 안 마셔요? 토스트 한 장도? 많으면 남겨도 괜찮은데."

잠이 뚝뚝 묻어나는 얼굴을 하고서도 뭔가를 해 주고 싶어서 떼쓰듯 말해 오는 우윤에게 마음이 약해지려고 한다.

"그럼 토스트 한 쪽만 부탁할게요."

"넵! 큰형은?"

"나눠 먹을 거니까 알아서 만들어 봐."

또다시 "넵!" 하고 대답하려는 우윤에게 수혁이 주문을 던졌다.

"나는 사과 주스랑 계란 프라이. 노른자 터트리지 말고."

우윤이 노려보자 '어쩔 건데.' 라는 눈빛으로 수혁이 입술 꼬리를 올렸다. 슬쩍 재희를 쳐다본 우윤이 평소처럼 '형이 애야, 내가 먹을 걸 챙겨 주게.' 라고 대꾸하는 대신 "알았어."라고 중얼거렸다.

진혁과 나란히 앉아 토스트를 베어 무는 재희에게 우윤이 블라우스와 치마가 잘 어울린다며 감탄했다.

"우리 큰형은 좋겠어. 엄청 예쁜 여자 친구가 옷도 아주 예쁘게 잘 입잖아. 어제 우리 비스트로에 왔던 사람들 중에 재희 씨가 제일 눈에 띄었어요."

"그러네. 예쁘네."

어쩐 일로 맞장구를 치나 싶어 우윤이 좀 놀랐다는 듯 수혁을 쳐다봤다. 덩달아 자신을 바라보는 재희에게 수혁이 씩 웃어 보였다. 입꼬리에 짙게 팬 미소에 재희는 살짝 긴장했다.

"어젯밤에 입었던 게 더 어울리기는 했지만."

"어젯밤에? 어젯밤에는 뭐 입었는데?"

"큰형 셔츠."

진혁이 한순간에 발갛게 변해 버린 재희의 볼을 손가락으로 슥 쓸었다. 발개진 걸 지우려는 건지 더 붉어지게 만들고 싶은 건지 모를 애매한 미소를 짓고서.

부끄러움을 덜어 주고 싶은지 우윤이 "아침에 먹는 사과가 몸에 좋아요."라며 예쁘게 자른 사과 접시를 밀어 주면서 화제를 돌렸다. 피식 수혁에게서 바람 소리가 났다.

엄청 부끄러워서 얼른 진혁과 나갔으면 좋겠다는 마음 반. 이 형제들 속에서 조금 더 있고 싶은 마음 반. 발개진 얼굴로 고개를 숙인 채 커피를 홀짝이는 재희의 발가락이 실내화 속에서 꼼지락거렸다.

15

팔짱을 끼고서 부엌 벽에 등을 기대선 재희는 모닝커피를 준비하는 진혁의 뒷모습을 응시한 채 한동안 감정에 밀려서 저 멀리 방치되어 있던 이성이라는 녀석을 끄집어내려고 애썼다. 아직 잠이 덜 깬 머릿속이라 쉽지는 않았다.

언제부터 감정이 흐르는 대로 따라갔었나, 되짚어 보면 통영으로 달려갔을 때부터였다. 보고 싶다는 마음 하나만으로 무작정 기차에 올랐다. 가슴이 말하는 대로 움직였더니 두근거렸고 즐거웠다. 그래서 진혁이 별거 아니라는 듯 툭툭 던지는 말들이 미끼라는 걸 알면서도 모른 척 물어 버린다. 달콤해서.

옥상에 누워 바라보는 밤하늘보다 캠핑장 밤하늘에 박힌 별과 달이 한결 아름답다는 걸 알게 된 순간, 진혁은 또 보러 오자고 속삭였다. 산을 오르는 힘겨움을 잠시 잊을 만큼 예쁜 달에 넋 놓고 있었다. 그래서 "응." 하고 무심결에 답했다. 아차, 싶었지만 "약속 잘 지키는 한재희 씨."라는 말에 '이렇게 좋은데. 등산 좀 하지 뭐.' 라고 생각해 버렸다. 진혁이 던지는 미끼들은 늘 기대치 않았던 즐거움을 안겨 주었으니까.

진혁의 방과 앨범에 마음이 홀려 처음으로 부모님 댁에 갔다. 그리고 자고 가라는 진혁의 유혹에 조금 망설이다 넘어가 버렸다. 마음이 하고픈 대로 했더니 뒤늦게 얼굴 붉어지는 일들이 생겼다. 미끼를 던진 건 진혁이지만 그 미끼가 달콤해서 덥석 물어 버린 건 자신이었다. 그래서 그날 아침 〈플래퍼〉까지 태워다 주며 씩 웃는 진혁에게 원망 어린 투정을 부릴 수가 없었다.

진혁의 집에서 함께 아침을 먹은 후로 우윤은 자주 메시지를 보내온다.

[새 메뉴 개발했는데 맛보러 올래요?]

[큰형이 시간 날 때까지 기다리지 말고 혼자서도 놀러 와요.]

[친구들이 〈플래퍼〉 소개해 줘서 고맙대요. 구두만큼 재희 씨도 예쁘대요.]

유쾌하고 다정한 동갑내기 우윤의 친근한 다가섬이 좋아서 쑥스럽고 부끄러운 마음을 누르고 꼬박꼬박 답장을 보냈다. 하지만 며칠 전.

[음…… 그런데 재희 씨. 언제 형수님이 돼 주실 거예요? ^^]

귀여운 이모티콘을 달고서 날아온 메시지를 확인한 뒤부터는 우윤의 메시지를 열어 볼 용기가 나지 않았다. 형수님이라는 단어 보다 꼬리에 붙은 눈웃음처럼 보이는 이모티콘에 더 빨개져 버렸다. 볼이 뜨거울 만큼 부끄러웠던 그날 아침이 떠올라서. 그때 다짐했다. 마음을 따르는 충동적인 행동을 하기 전에 생각을 먼저 하자고. 진혁에게 대답하기 전에 두 번은 더 곱씹어 보자고.

머그잔을 건네주며 진혁이 물어 왔다.

"어머니께 전화 안 드려?"

재희는 대답 대신 현관에 세워 놓은 캐리어로 고개를 돌렸다. 익숙한 여정이라 짐은 어젯밤에 다 꾸렸다. 커피 한 잔 마신 후 출발하면 된다. 하지만 그 전에 결정해야 했다. 고속버스인지 아니면 진혁의 승용차인지. 태워 줄 테니 함께 모닝커피를 마시자는 진혁의 전화에 터미널까지 배웅해 준다는 말인 줄 알았다.

재희는 대답하기 전에 커피부터 마셨다. 꿈꾸듯 몽롱한 정신을 깨워 줄 카페인이 필요하다.

"생각을 좀 해 봤는데요."

진혁은 소리 없이 웃었다. 의자에 앉는 대신 저렇게 서 있을 때부터 뭔가 얘기를 꺼내 올 거라는 걸 알고 있었다. 재희는 생각을 말해 올 때는 늘 눈높이를 맞추려고 애쓴다. 마치 마주하는 시선이 비슷해지면 대등하게 얘기를 나눌 수 있다는 것처럼. 올려다본다고 할 말 못 하는 것도 아니면서.

무슨 말이 나올지 짐작을 하면서도 진혁은 모른 척 미소 지으며 물었다.

"무슨 생각?"

"선배 제의를 받아들이는 게 나은지. 아님 평소처럼 고속버스를 타는 게 나을지."

"거창하게 제의는 무슨. 시간이 나서 태워 주겠다는 것뿐인데."

속초까지 데려다주는 게 별거 아닌 것처럼 말해 온다. 한창 일을 해야 할 월요일 아침에. 가늘게 눈을 뜬 재희가 하나씩 짚었다.

"나 태워다 줄 만큼 한가한 거 맞아요?"

"나는 뭐 일만 해?"

"집 앞에 내려만 준다고요?"

"초대받지도 않았는데 집 안으로 들어갈 만큼 무례하지는 않아."

초대받지 않았다는 말에 재희는 입술을 물었다. 미안하라고 일부러 저런 식으로 말한다는 걸 아는데도 미안해지려는 마음에 눈을 내려 커피를 홀짝였다.

지금 출발하면 점심쯤에 도착할 거다. 진혁을 놔두고서 엄마가 준비한 정성스러운 음식이 넘어갈까. 더구나 혼자서 밥 먹는 거 싫어하는 사람을. 부모님께 진혁을 소개해 드리고 싶은 마음이 있다. 솜씨 좋은 엄마가 정성껏 준비했을 점심도 같이 먹고 싶고. 하지만 과연 그걸로 끝날까. 엄마는 '결혼 계획'에 대해 조심스레 물어 올 테고 그럼 이 남자는 어떤 대답을 할까.

진혁과의 미래를 상상해 보는 시간들이 늘어나고 있었다. 계속 함께 가고 싶은 사람이지만, 함께 있으면 제대로 된 생각을 할 수 없게 만들어 버리는 사람이라 가끔은 브레이크를 걸고 현재 위치를 파악하는 시간을 가져야 하지 않을까, 라는 생각이 들고는 한다.

재희는 빈 머그잔을 내려놓았다. 커피 한 잔을 다 비우는 동안 생각을 하면 뭐 해. 결국에는 생각과 마음이 동일한 결론을 주는데. 크게 숨을 내쉰 후 재희가 물었다.

"오늘 인사드릴래요?"

고속버스에 밀려 버리는 건 아닌가 싶어 살짝 미간을 찌푸리고 있던 진혁이 기분 좋은 웃음을 지었다.

"그러고 싶어."

"점심만 먹고 나오는 거예요."

시간 늦어지면 부모님은 밤 운전을 걱정하실 테고, 그러다 보면 자고 가라는 말이 나올 거다. 진혁은 아무렇지 않게 그러겠다고 할지도 모른다.

"나 때문에 신경 쓰실 어머니께 저녁까지 달라고 할 만큼 염치 없지는 않아."

"그래서가 아니에요. 너무 갑작스러워서 내가 좀 당황스러워 그러지."

재희는 가장 좋아하는 사람을 바라보며 가장 소중한 '엄마'를 눌렀다.

"엄마. 나."

— 응, 그래. 같은 시간에 나가면 되는 거니?

"오늘은 승용차로 가요. 진혁 씨랑 같이. 인사드리고 싶대. 괜찮죠?"

대답 대신 "재희가 남자 친구랑 같이 온대요."라고 아버지한테 전하는 상기된 목소리가 먼저 들려왔다. 조용한 성격인 아버지가 엄마에게 뭐라고 대답하는지는 잘 들리지 않았다.

— 얘는, 당연히 괜찮지. 좀 일찍 알려 주지. 시장 다녀와야겠
다. 뭐 좋아하는지 모르겠네.

"까다로운 사람 아니에요. 다 잘 먹으니까 너무 신경 쓰지 않
아도 돼, 엄마."

이렇게 말해도 신경을 엄청 쓸 엄마라는 걸 안다. 그래서 "갈
치 좋아하던데."라고 슬쩍 덧붙였다. 도착할 시간대를 알려 주고
서는 속초에 가까워지면 다시 전화를 하겠다는 말로 통화를 마쳤
다.

"그럼 이제 출발해요."

진혁은 등을 돌리려는 재희를 불러 세웠다.

"한재희."

말을 꺼내려니 은근히 긴장돼 진혁은 숨을 골랐다.

"이것도 생각 좀 해 봐."

'뭐?' 하는 눈으로 재희가 올려다봤다. 진혁은 지난 며칠간 고
민하고 조언을 구했지만, 마음에 드는 답변을 얻지 못했던 질문을
당사자에게 던졌다.

"프러포즈는 어떻게 하는 게 좋겠어?"

대답 대신 동그래진 눈을 연신 깜빡인다. 예상했던 반응에 재
희의 볼을 톡 건드렸다.

"놀라긴."

디자인 취향을 알고. 선호하는 여행 스타일을 알고. 성격의 장
단점도 안다. 가끔은 무슨 생각을 하는지 표정만으로 읽힐 때가

있다. 한재희에 대해 꽤 잘 알게 되었다고 자신했지만, 프러포즈에서 막혀 버렸다.

한재희가 좋아할 만한 프러포즈를 도무지 짐작하기 어려워 우윤의 생각을 물었다가 금방 후회했다. 낭만을 먹고사는 우윤의 말을 듣고 있다가는 사다리 들고 정말 달이라도 따러 가야 할 것 같아서. 조금 망설이다가 수혁에게도 물었지만, 씨익 웃는 순간 '아, 이 자식한테서는 우윤과는 다른 의미로 산으로 가 버릴 대답이 나오겠구나.' 했다.

그래서 정훈에게 조언을 구했다. 청혼이라는 과정을 지났던 경험자에게. 하지만 정훈은 "재희 씨는 요란한 거 싫어할 성격이잖아. 조용하고 분위기 있는 레스토랑에서 반지 주면서 청혼하는 게 제일 무난하지 않을까."라며 정말 무난한 대답을 해 주었다.

한재희의 상상력을 좋아했는데. 상상력 풍부한 애인을 만족시킬 만한 프러포즈 방식을 생각해 내는 건 설계 도면 짜내는 것보다 훨씬 까다로웠다.

"당장 결혼하자는 게 아니라, 뭐 난 그래도 좋지만. 내가 어떤 식으로 프러포즈를 하면 마음에 들겠냐고 묻는 거야. 도무지 모르겠으니까 좀 도와줘."

재희는 고개를 저었다. 이럴 줄 알았다. 처음엔 집 앞까지만 태워다 주고는 그냥 돌아가겠다더니. 부모님이랑 같이 점심 먹고 가라는 말에 냉큼 프러포즈와 결혼이라는 단어를 던져 온다.

갑자기 스치는 생각에 재희가 물었다.

"혹시 우윤 씨한테도 이런 얘기 했어요?"

"했어. 유용한 의견은 얻지 못했지만."

재희는 "아." 작게 탄식을 뱉었다. 형수님의 출처가 강진혁이었구나.

사람 몽롱하게 만들어 버리는 열정을 머릿속에서 좀 걷어 내고 이성을 끌어다 놓으려고 했더니 진혁은 '결혼'과 '프러포즈'를 던져 준다. 진혁이 별거 아니라는 듯 슬며시 던진 말들이 머릿속에 파동을 일으킨다. 그러면 생각이 기운다. 그래도 좋을 것 같다는 쪽으로. 그게 싫지가 않아 진혁이 가는 방향으로 발을 맞춰 주고 있긴 하지만.

"갑자기 고속버스 터미널로 가고 싶어졌어요."

"기대하고 계실 부모님 실망시켜 드리고 싶어?"

"……가요."

"대답은?"

"생각하라면서요."

새침한 대꾸에 진혁은 웃었다. 어쨌든 미끼는 던졌다. 가만 놔두면 연애하는 기간이 하염없이 길어질 것 같아서. 구체적으로 결혼이라는 단어를 꺼내야만 그제야 '아.' 할 것 같아서. 기다리는 대신 원하는 것들을 무심한 태도로 슬쩍 내민다. 그러면 재희는 어떡할까 고민을 할 테니. 그러고는 조금 속도를 내 줄 테니까.

속도를 맞춰 함께 걷는 여정도 괜찮지만, 몇 발짝 앞에서 방향을 잡아 주는 것도 나쁠 건 없다. 현실과 몽상의 중간쯤에 살고 있는 듯한 재희와 현실에 두 발 단단히 딛고 서 있는 자신에게는 이런 거리 차가 더 어울릴지도.

진혁은 손을 내밀었다. 얄밉다는 듯 살짝 흘겨보면서도 작은 손이 마주 잡아 왔다.

한 번쯤 가 보고 싶어지는 곳이 있다. 여수가 그렇다. 호기심과 기대를 안고 갔더니 다시 오고픈 마음을 품고 떠나게 하는 곳이 있다. 통영이 그랬다. 별다른 기대 없이 우연히 선택되는 여행지가 있다. 그런 곳은 특별한 인상을 주지 못해 잊히는 경우가 대부분이다. 낙산 해변이 그랬었다. 그런데 지금 진혁은 무감해서 다시 들를 줄 몰랐던 낙산 해변을 재희와 함께 걷고 있었다.

주위를 둘러보았다. 기다랗게 펼쳐진 모래밭 끝에 푸른 소나무 숲이, 그리고 덩그맣게 놓인 그네가 보인다. 언젠가 재희의 말에 귀 기울이면서 자연스레 떠올렸던 장면만큼 낭만적인 풍경이었다. 무감했던 공간이 유감하게 변해 가는 순간이었다. 손을 잡고 함께 걸어 주는 사람 때문에.

희한하게도 재희가 조곤조곤 이야기를 해 오면 눈앞에 이미지가 떠오른다. 마치 눈으로 보고 있는 것처럼 그림이 그려진다. 그래서 묻고 싶어진다. 우리 두 사람이 함께하는 일상은 어떨지 상상해 본 적 있냐고. 어떤 장면이 떠오르냐고. 재희가 그려 내는 두 사람의 일상은 그림 같을 것 같아 재희의 이야기를 듣고 싶어진다.

발밑에 부드럽게 와 닿는 모래밭에 한 발씩 자국을 남기며 재희가 물었다.

"우리 부모님 만나 본 인상이 어땠어요?"

"한재희가 다시 보였어."

무슨 말이냐는 표정으로 올려다봤다. 진혁이 내려다보며 설명했다.

"작은 줄 알았더니 평균 키가 맞더라는 얘기야. 늘 그랬잖아. 선배가 큰 거지 내가 작은 게 아니라고."

재희는 거봐, 라는 얼굴을 했다.

"내 키가 크다고 의식되기는 오랜만이었어."

가족 중 어머니의 키가 가장 작다. 그런데 재희의 아버지는 그의 어머니보다 커 보이지 않았다. 재희의 어머니는 재희보다 조금 더 작았고. 부모님의 키를 평균 내면 재희가 나올 듯했다. 키뿐만 아니라 성격도. 말수가 적고 차분한 아버지와 수줍은 웃음을 지닌 소녀 같은 어머니를 반반씩 닮아 있었다.

"아버지랑 산책하는 동안 무슨 얘기 나눴어요? 우리 아버지 말씀 없으신데."

"나무들 얘기 해 주셨어. 잎이 없어서 무슨 나무인지 짐작을 못 하겠다고 하니까 저건 감나무, 저건 석류, 그 옆에는 사과나무. 학생들 가르치셨던 분이라서 그런지 알아듣기 쉽게 특징을 하나씩 짚으면서 알려 주시던데?"

"기분 좋으셨겠네. 은근히 자랑하고 싶어 하시거든요. 우리 엄마 요리 잘하죠?"

"한재희 음식 솜씨가 누구 덕분인지 알았지. 마음이 고운 것도 닮았고."

재희가 안 믿긴다는 얼굴로 비죽 입술을 내밀었다.

385

"듣기 좋으라고 빈말도 해 주는 성격이었어요? 우리 엄마가 마음이 고운 분인 건 맞지만, 잠깐 보고서 어떻게 단정 지어요?"

"편지함을 새집으로 만들어 주셨던데?"

"봤구나."

눈썰미 좋고, 눈치도 빠른 사람이라 잠깐 지나면서도 알아챘나 보다. 입구가 넉넉한 편지함에 어느 날 새가 둥지 틀 준비를 하기 시작했다. 우편물을 꺼내다 편지함 속에 하나둘 보이는 풀잎들이 이상하다 싶어 며칠 두고 보던 엄마가 조금 떨어진 곳에 새 편지함을 달았다. 그러고는 새가 집을 꾸미고 있는 편지함에는 '새 둥지'라고 자그마하게 이름을 붙여 주었다. 그걸 보고서 우리 엄마는 참 귀여운 사람이구나 했는데. 한 번만 보고도 부모님을 알아봐 주는 진혁이 마음에 들어 잡고 있는 손을 꼭 쥐어 주었다.

"대답했으니 이제 한재희 차례."

"뭐라고 하셨을 것 같아요?"

"모르니 묻지."

모른다고 말하는 표정에 걱정 한 톨 안 보였다.

"아버지는, 진중함이 느껴져서 믿음이 간다고 하셨어요. 그리고 엄마는."

이런 말을 직접 한다는 게 좀 멋쩍어서 부츠 끝으로 모래를 꾹꾹 눌렀다.

"나 많이 좋아하는 게 눈에 보여서 안심이 된다고 하셨고."

진혁이 웃었다.

"내가 한재희를 많이 좋아하긴 하지."

쑥스러워서 시선을 내렸다. 언제나 그랬듯 조금 앞서가는 진혁의 신발이 보였다. 머리 위에서 진혁의 목소리가 들렸다.

"같이 와서 부모님 만나 봬서 좋았어."

재희는 고개를 끄덕였다.

"이렇게 걷는 것도 좋고."

재희는 또 고개를 끄덕였다.

가족들과 점심을 먹고 난 후 아버지와 짧은 산책을 다녀온 진혁이 다음에 또 들르겠다며 일어섰다. 골목길까지 따라 나와 배웅하던 재희가 아쉬운 얼굴로 목을 끌어안아 오자 진혁은 아직 갈 거 아닌데, 라고 놀리듯 말했다. 이왕 온 김에 한재희가 추천했던, 세상에서 가장 로맨틱한 그네가 있는 곳을 가 보고 싶다는 말을 덧붙였다. 그래서 지금 진혁과 함께 양양으로 달려와 모래밭을 거닐고 있었다. 낙산 해변을 거닐고 싶다고 했던 진혁의 바람처럼.

문득 깨달았다는 듯 재희가 중얼거렸다.

"그러고 보니 선배가 하고 싶다던 거 다 했잖아? 캠핑장도 갔었고, 낙산도 왔고."

"해안 자전거 도로는 아직 안 달렸는데?"

"지난번에 자전거 탔잖아요."

"그럼 한재희는 뭐 하고 싶은데? 하고 싶었던 것 얘기해. 하나씩 다 하자."

글쎄. 데이트할 시간적 여유가 많이 없을 텐데 연애가 될까, 하는 마음으로 사귀기 시작했는데, 경험할 거라고는 짐작조차 하지 못했던 것들까지 함께하고 있었다. 그래서 특별히 원하는 게 없었다.

"하고 싶은 게 생기면 얘기할게요."

"다음에는 미리 준비해서 오자. 부모님하고 좀 더 시간도 보내고."

재희는 고개를 주억거렸다.

"그래요."

"2주쯤 후에 시간 맞춰서 여행 가자."

"좋아요."

"마음에 드는 프러포즈 얘기해 줘."

"알겠……."

재희는 흠칫했다. 무심코 알겠어요, 라고 할 뻔했다.

"이렇게 성격 급한 사람이었어요?"

"얼마나 시간 주면 돼?"

"선배 가고 나면 생각 시작할게요."

"너무 기다리게는 하지 마."

"기다리게 하면요?"

"어쩌겠어."

슬쩍 재희를 쳐다본 진혁이 덧붙였다.

"조금 더 기다려야지."

풋 웃는 자신의 손을 꽉 쥐어 오는 손이 따뜻했다. 고개를 들자 바다에 석양이 내리고 있었다. 이제 가라고 해야 하는데. 너무 늦어지면 밤길에 잘 가고 있나, 도착할 때까지 걱정스러울 텐데. 그런데도 지금 둘이 걷고 있는 낙산 해변이 너무 아름다워서, 이 아름다움을 조금만 더 나누고 싶어서 잡은 손을 놓기가 싫었다.

몇 시냐고 물어 오면서도 잡은 손을 놓지 않는다. 맞잡은 손을 쳐다본 진혁의 눈길이 재희의 얼굴에 가닿았다. 시선을 느낀 재희가 고개를 돌리더니 눈웃음을 지어 주었다.

한 번도 시선이 가지 않는 사람이 있다. 한 번쯤 시선이 가는 사람도 있다. 주었던 시선과 관심을 후회하게 만드는 사람이 있다. 그리고 우연히 마주쳤던 시선을 놓치지 않은 걸 행운이라고 생각하게 만드는 사람이 있다.

한재희와의 연애는 다를 거라는 막연한 기대감으로 시작했던 연애가 이런 형태로 만들어질 줄 몰랐다. 조심스럽게 기대를 가지면 한재희는 그 정도는 아무것도 아니라는 듯 자신을 놀라게 한다. 손안에 들어온 이 작은 손을 놓치지 않는다면 자신의 삶에 가슴이 뛰지 않는 순간은 없을 것이다.

멈추고 싶어도 시간은 흐른다. 재희는 진혁과 함께 왔던 길을 느릿하게 되짚어 걸었다. 바다를 나란히 하고 걸었던 길을 모래밭이 동행하고 있었다. 이름을 지어 주기 힘든 색깔들이 바다와 하늘을 파스텔화와 같은 질감으로 바꿔 놓고 있었다.

모래 알갱이를 스치고 지난 석양빛이 모래밭 끝자락에 머물렀다. 모래밭에 놓인 그네가 연보랏빛을 품었다. 탄성이 나올 만큼 예쁘다.

재희는 그네 대신 다른 것들을 그 자리에 담아 보았다. 어울리지 않는다. 그네라서, 저 자리에 있는 것이 다른 것이 아닌 그네라서 세상에서 가장 로맨틱하고, 가장 쓸쓸한 분위기를 연출할 수 있는 거다.

세상에는 어울리는 것들이 있다. 한재희에게는 강진혁이 그렇다.

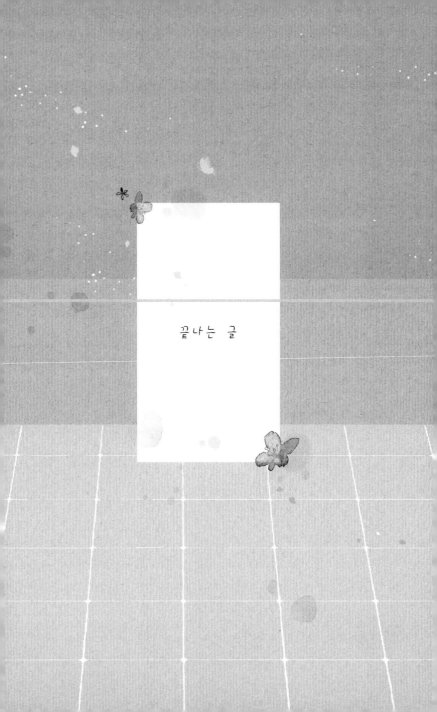

끝나는 글

창을 열면 좀 추우려나. 그래도 욕조에 앉아 빗소리를 듣는 건 운치 있는데. 재희는 반 뼘쯤 창문을 열었다. 열린 창문 틈으로 투둑투둑 빗소리가 흘러들어 왔다. 뿌연 수증기로 채워진 욕실에 신선한 공기도 섞여 들었다.

뜨거운 물에 발끝을 살짝 넣자 기분 좋은 전율이 몸을 훑고 지났다. 온몸을 담그고 욕조에 등을 기대자 따끈한 물이 목까지 찰랑였다. 욕조 턱에 올려놓은 타월에 손을 문질러 물기를 없앴다. 그러고는 타월 위에 올려 둔 패션 잡지를 집어 물에 젖지 않게 조심하며 페이지를 넘겼다. 음, 2016년을 멋지게 장식했던 구찌(Gucci)는 2017년에도 시선을 집중시킬 모양이다.

"어?"

팔랑이는 종이를 잡은 채 재희는 귀를 기울였다. 빗소리가 흘어졌다. 마치 우산에 닿아 튕겨 나가는 것처럼. 구두가 물기 젖은 바닥과 마찰하는 소리도 옅게 들렸다. 점점 진해지는 발소리. 진혁이다.

어떡하지. 기다리라고 하면 문 열고 들어올 텐데. 목욕하는 장면을 보여 주는 건 쑥스러운데. 하지만 이제 막 욕조에 들어왔는데. 일어날까, 말까. 마음을 정하기도 전에 "어딨어?"라는 소리가 문 너머로 들리더니 금방 노크를 해 왔다. 가끔씩 정말 성격 급한 사람이 아닐까 싶게 군다.

"들어가."

대답을 기다리지도 않고 욕실 문이 열렸다.

"들어오지 말라고 해도 들어올 거면서."

얼른 잡지를 욕조 턱에 올려놓고 무릎을 세워 끌어안았다.

"뭐라고 혼잣말을 하는 거야?"

"이렇게 불쑥……."

불평을 하며 고개를 돌렸던 재희의 눈이 한껏 커지더니 금세 곡선을 그리며 휘어졌다.

"오— 강진혁 씨, 멋있는데요? 비도 오는데 슈트를 입었네. 오늘 중요한 클라이언트라도 만났어요?"

"중요한 일이 있긴 하지. 슈트 입은 게 제일 섹시하다며?"

"그랬죠. 거기다 담배까지 물면 정말 근사하겠는데요? 어, 거기 앉지 말아요."

한 손을 내저어 가면서까지 말리는데도 진혁은 바지가 젖어도 상관없다는 듯 욕조 턱에 걸터앉았다. 재희는 눈을 굴렸다.

"나더러 청개구리에 고집 세다면서. 말 안 듣는 건 누구 씨도 만만찮아요."

피식 웃음을 흘린 진혁이 목욕물을 얕게 휘저었다.

"따뜻하네. 지금 막 시작한 거야?"

"응. 비도 오고 살짝 나른하기도 하고 그래서요. 옷에 습기 배잖아요. 나가요. 나 춥단 말이야."

정말로 추워서 하는 말이 아닌 걸 알면서도 진혁은 일어나는 대신 물을 떠서 재희의 어깨에 끼얹었다.

"빨리 가요."

"한재희."

상체를 숙인 진혁이 마음에 안 든다는 눈으로 올려다보는 재희에게 입을 맞춘 후 들고 있던 작은 상자를 내밀었다. 벗은 몸을 감추는 데 신경을 쓰느라, 그리고 그의 슈트 차림에 시선을 뺏겨 손에 뭔가를 쥐고 있다는 걸 놓쳤다.

리본으로 묶은 상자는 뭐냐고 물어볼 필요가 없는 물건이었다. 재희는 상자에 시선을 붙박은 채 입 안쪽 살을 지그시 물었다.

"생각만 하고 대답은 안 해 주는 한재희 때문에 계속 고민했는데. 상상력이 빈약한 나는 반지 주면서 청혼하는 거 외에는 다른 방법이 안 떠올라. 마음에 안 들어도 어쩔 수 없어. 협조 안 해 줘 놓고 투덜거리면 반칙이야."

아무 말 안 했는데 선수를 친다. 재희는 입술을 잘근거렸다. 묘한 기분이 들었다. 발가벗고 물속에 앉아서 청혼을 받을 줄은 몰랐다.

"안 받아 줄 거야?"

커다란 손바닥에 상자를 올려놓고서 얼른 잡으라는 듯이 눈앞에 내미는 진혁은 눈꼬리를 접은 채 미소 짓고 있었다. 그녀가 제일 좋아하는 슈트를 입고서 근사하게 웃으며 손을 내민다. 뜨거운 수증기에 달아올라 있던 재희의 볼이 조금 더 발개졌다.

'어떤 식의 프러포즈를 받고 싶어? 말 안 해 주면 정말 내 마음대로 해 버린다?'

몇 번이나 협박 같은 말을 했던 사람이라 조만간 프러포즈를 해 올 줄 알고 있었다. 알고 있던 건데도 어쩐지 코끝이 시큰해져 왔다. 저 손 위에 있는 상자를 집는다는 건 앞으로도 계속 이 남자의 손을 잡고 걷겠다고 약속을 주는 거다.

조심스럽게 상자에 손을 내미는 순간, 진혁이 도로 가져가 버렸다. 놀란 눈으로 쳐다보는 재희에게 진혁이 짓궂은 눈빛으로 말했다.

"반지 주면서 청혼하는 건 한재희 취향이 아니야?"

"내가 언제……."

"그럼 취향 맞춰 줘야지 뭐."

영문 모를 소리를 하더니 주머니에서 상자 하나를 더 꺼냈다. 리본이 달린 상자에 비해 얄팍했다. 양손에 상자 하나씩을 쥔 진혁이 방금 주머니에서 꺼낸 상자를 앞으로 내밀었다.

"이것부터 받아. 이건 확실히 마음에 들 테니까."

"뭔데요?"

"궁금하면 열어야지."

상자를 집은 재희가 의아한 눈빛으로 진혁을 쳐다봤다.

"생각보다 무거운데요?"

"뭘 예상했는데?"

"귀걸이 아님 팔찌."

"상상력 더 발휘해 봐."

비죽 입술을 내밀고는 포장을 풀었다. 상자 속의 물건을 확인하는 순간 잠시 멍해 있던 재희가 웃음을 터트렸다.

"뭐야, 이게."

뽀얀 수증기로 가득한 욕실에 청량한 웃음소리가 번졌다. 새침스러운 표정만큼이나 마음에 드는 웃음소리에 진혁이 마주 미소 지었다.

"웬 나침반이에요?"

"나침반 원한다며?"

능청스러운 대구에 재희의 웃음소리가 커졌다. 그런 말을 하긴 했었다.

원하는 청혼 방식을 자꾸만 물어 오는 진혁에게 "그런 건 프러포즈하고 싶은 사람이 알아서 해요. 나한테 묻지 말고. 자꾸 그러면 달 따다 달라고 할 거야."라고 했다가, 정말 고심하는 것 같아서 덧붙였다. "뭘 그렇게까지 고민해요. 그럼 나침반이나 하나 사 줘요. 나 방향 감각 없다며."라고. 그러긴 했는데. 그렇다고 정말로 이걸 선물할 줄은 몰랐다.

"이것만 있으면 어디서든, 언제든 나한테 올 수 있어."

웃음을 머금어 반짝이는 눈을 한 재희가 장난기 어린 목소리로 대꾸했다.

"그런데 나는 나침반 볼 줄 모르는데?"

예쁜 미소를 짓고 있는 입술 위로 고개를 숙이며 진혁이 "언제나 웃게 해 줄게."라고 낮게 말했다.

어떡할까. 재희는 몇 년 만에 꺼내 놓은 슈트를 앞에 두고서 고민에 빠졌다. 진혁과 시간을 맞춰 웨딩 숍을 방문했지만 눈에 들어오는 디자인이 없었다. 이 정도면 무난하다 싶었던 디자인도 재질과 가격대를 보는 순간 고개를 젓게 만들었다. 어쩌면 눈앞의 이 웨딩슈트가 더 낫겠다.

"그래도."

콧등에 주름을 잡았다. 지금 입어도 무리가 없을 만큼 유행을 타지 않는 스타일이기는 했지만, 진혁을 위해 디자인했던 옷이 아닌 걸 입히는 게 마음에 걸렸다. 더구나 결혼식인데.

다이어리를 펼쳐 일정을 확인한 재희는 웨딩슈트를 직접 디자인하기로 마음을 정했다. 그러려면 슈트와 어울리는 웨딩드레스 디자인도 해야 한다. 웨딩슈즈만 만들 예정이었는데 일이 커진다. 그래도 나중에 후회하는 것보다는 나으니까.

벨이 울렸다. 오늘 웨딩복을 선택한 후 침대와 가구 소품을 고르기로 한 터라 진혁은 캐주얼한 차림이었다.

"왜 그렇게 심각해? 웨딩복 선택하려니까 벌써부터 머리가 아파?"

"생각해 봤는데, 내가 디자인하는 게 낫겠어요."

"시간이 되겠어?"

신혼여행을 3주로 잡은 터라 다른 부분에서는 최대한 시간 절약을 하기 위해 웨딩 숍을 선택한 거였다. 그런데 이럴 줄 알았나.

"할 수 있을 것 같아요. 디자인만 해서 넘기면 되니까."

"가능하면 나도 그게 좋기는 해. 어떤 웨딩드레스를 만들지 궁금하거든."

꺼내 놓은 웨딩슈트를 알아본 진혁이 재미있다는 표정을 지었다.

"따로 디자인할 것 없이 이 슈트 입으면 되지 않아? 나는 마음에 드는데. 어때? 어차피 잘 맞겠지만 입어 볼까?"

"싫어요."

"왜?"

눈치 빠른 사람이라 왜냐고 물어 올 줄은 몰랐던 재희는 무난한 답변을 주었다.

"더 어울리는 걸로 만들어 줄게요. 치수 잴 거니까 바지랑 남방 벗어 줘요."

"다 벗어?"

오늘도 강행군을 해야 하나 각오를 하고 왔는데. 재희 덕분에 갑작스레 생긴 여유 시간이 신나는지 진혁이 장난을 쳐 왔다.

"······속옷은 입고 있어요."

작업 노트를 챙겨 테이블 위에 올려놓은 후 줄자를 쭉 폈다.

"팔 들어 줘요."

말 잘 듣는 아이처럼 양팔을 벌렸던 진혁이 등 뒤로 줄자를 돌리느라 가슴 가까이에 재희의 얼굴이 닿는 순간 와락 끌어안 았다. 별 효과가 없다는 걸 알면서도 재희는 화난 표정을 지어 보였다.

"애처럼 이럴 거예요?"

"난 안아 달라는 줄 알았지. 안 그럴게."

안 그런다더니!

"치수 한 번 재는데 아침 시간 다 잡아먹겠어. 이제 움직이지 말아요."

잴 때마다 치수가 달라진다고 투덜거리며 숫자들을 적어 나가 던 재희가 바지 기장을 재기 위해 무릎을 접고 앉자 이번엔 머리 카락을 만지작거렸다.

"이건 괜찮잖아."

능청을 떠는 진혁을 한 번 흘겨 주고서는 줄자를 쥔 손을 길게 뻗었다.

"할 거 많단 말이에요."

"그러니까 나는 저 슈트 입겠다니까?"

"사진 보여 줘요?"

"무슨 사진?"

"그거 입고서 웨딩드레스 입은 모델이랑 새신랑처럼 다정히 포즈 잡았던 사진이요. 그래도 그 슈트를 입고 싶어요? 그럼 그러든지."

설마 이런 말을 들을 줄은 몰랐던 진혁은 기분 좋게 눈을 휘다아, 하는 얼굴을 했다. 슈트 디자인의 모델이 누구였는지가 뒤늦게 떠올랐다. 마치 질투 때문에 저 슈트를 입히기 싫어하는 척하는 재희가 사랑스럽다. 진혁은 장단을 맞췄다.

"한재희가 질투를 담은 말을 해 올 줄은 몰랐는데?"

"즐거워요?"

"빈말이라도 듣기 좋으니까 더 해 줘."

멍석 깔아 주면 하기 싫어진다. 그래도 살짝 청개구릿과인데. 재희는 줄자를 돌돌 야무지게 말았다.

"다 됐어요."

재희의 볼을 쓰다듬은 진혁이 니트를 도로 입으며 물었다.

"커피 타 줄까?"

"응."

진혁이 커피를 내리는 동안 식탁에 앉아 연필을 집어 든 재희가 문득 물었다.

"선배는 아이가 몇 명이었으면 좋겠어요?"

"둘. 만약 둘 다 남자애면 셋. 한재희 닮은 여자아이는 꼭 있었으면 하니까."

재희가 고개를 들어 놀리듯 물었다.

"나 닮은 아이가 갖고 싶을 만큼 내가 그렇게 좋아요?"

"나 닮은 아이 갖고 싶은 건 마찬가지 아니야?"

장난스러운 표정으로 고개를 저었다.

"아닌데? 나는 우윤 씨처럼 상냥하고 유쾌한 성격의 남자아이가 갖고 싶은데? 우윤 씨는 아기 때부터 말썽 안 피우는 착한 아기였을 거야."

진혁은 비식 웃었다. 재희가 좋아하는 그 우윤이 세 형제 중에 가장 요란한 사춘기를 보냈다는 건 짐작도 못 할 거다. 아무도 비교하는 사람이 없는데도, 형들과는 비교조차 안 되는 성적 때문에 꽤나 힘들어했다. 자신이 좋아하고 잘하는 일을 찾을 때까지 오랜 시간 방황했다. 따지고 보면 그만한 성장통은 누구나 겪을 수 있는 거였지만, 그래도 나름 힘들었는지 지금도 자존감 낮았던 때의 습관이 남아 있다. 그래서 형들보다 자신이 더 잘생기고 더 성격 좋다는 말을 진담처럼 농담처럼 강조하고는 했다.

객관적으로 평가하자면 진혁 자신이 가장 말썽 부리지 않고 가장 애먹이지 않고 자랐는데. 자신을 닮은 남자아이라면 넷도 거뜬히 키울 수 있을 텐데. 한재희가 그걸 몰라준다.

"정말로 나 닮은 아기는 기대 안 하는 거야?"

재희는 어이없다는 얼굴로 고개를 저었다.

"당연히 농담인 걸 알면서 왜 그래요. 나는 네 명 낳고 싶어."

진혁의 눈이 커졌다.

"가능하면 여자아이 둘. 남자아이 둘. 나는 혼자여서 형제들 많은 집이 언제나 부러웠거든요. 우윤 씨랑 수혁 씨 볼 때마다 느껴요. 형제들이 있어서 든든하고 의지가 되겠구나. 어떤 일이 생겨도 힘들지 않겠구나."

진혁은 조금 전 자기를 닮은 아이라면 넷도 가능하다고 생각했던 걸 부정하려는 듯 고개를 저었다.

"그래도 넷은 많아. 키울 때 힘들 거야."

"선배 닮고 나 닮은 아이들이라면 많이는 안 힘들 것 같은데?"

"우선 첫째가 어떤지 보고 나서 다시 얘기하자."

"그래요."

고개를 끄덕인 재희는 선을 긋기 시작했다. 지금 더 중요한 건 진혁의 슈트니까. 스케치북 옆에 재희의 머그잔을 내려놓은 진혁이 의자를 빼내 팔걸이에 한쪽 팔을 얹고는 비스듬히 앉았다. 그러고는 다리를 길게 뻗어 재희의 발을 툭 건드렸다.

"오늘 끝낼 거예요. 방해하지 마요."

"나한테 너무 소홀한 거 같아. 나보다 결혼식이 더 중요해?"

요즘 들어 계속 듣는 불평이라 재희는 스케치북에서 고개를 들지 않은 채 대꾸했다.

"내가 지금 누구 슈트를 디자인하는 중인 것 같아요?"

맞춤옷보다 더 잘 맞는 한재희가 있는데. 그깟 옷이 뭐가 대수라고. 예상치 못하게 생긴 시간을 이렇게 흘려보내기는 아깝다.

"심심하다고."

"그럼 자전거 타고 한 바퀴 돌고 와요. 비 오는 날 자전거 타는 거 좋아하잖아요."

실내화가 또다시 발을 툭 건드려 왔다.

"같이 타자."

"이제부터 대꾸 안 해 줄 거야."

"이런 날 자전거 타는 기분 근사한데."

"……."

"생크림 얹은 딸기 타르트도 사 줄 건데."

"……."

"한재희."

"……."

"좋아해."

사각거리던 연필 소리가 뚝 멈추었다. 여전히 고개를 들지 않은 재희에게서 낮은 목소리가 흘러나왔다.

"……나도요."

— fin

외전

1. 설계하다

  토요일 오전인데도 동네 주민들이 주 고객층인 슈퍼는 그다지 번잡하지 않았다. 청바지에 윈드브레이커 차림의 진혁이 익숙한 동작으로 카트를 채워 나갔다. 양송이버섯을 집은 후 야채 코너를 벗어나 과일이 쌓여 있는 곳으로 향했다. 숯불에 익혀 먹을 파인애플을 한 통 골랐다. 후식으로 먹을 산딸기와 블루베리도 샀다. 통통한 소시지 세 팩을 집어 카트에 담은 진혁이 정육 코너로 방향을 틀었다. 주머니에 손을 넣고서 걸음을 맞추던 재희가 중얼거렸다.

  "혼자서도 잘하면서 굳이 같이 오자고 그래요? 손님들 도착하기 전에 집 좀 정리하겠다니까."

  "깔끔한데 정리할 거 뭐 있다고. 모르는 녀석들도 아니잖아. 집들이라고 생각하지 말고 그냥 우리 집에서 밥 한 번 같이 먹는다고 여기라니까."

낯가림 같은 게 뭔지를 모르는 사람다운 말이다 싶어 재희는 볼을 부풀렸다.

"내 친구들, 불편해?"

"불편하다는 게 아니라 신경이 쓰여서 그러죠."

"잘해 왔잖아. 너무 애쓰지 마."

재희의 볼을 쿡 찌른 진혁이 바비큐용으로 두툼하게 썰어 달라고 부탁한 삼겹살과 목살을 받아 들고서 빠진 게 없나 리스트를 확인했다.

재희는 선배에서 남편으로 바뀐 진혁을 말끄러미 쳐다봤다. 이번이 네 번째 집들이였고, 메뉴는 집들이 공식 메뉴로 정해진 바비큐였다. 재료만 사 오면 특별히 준비할 게 없을 만큼 간단한 메뉴인데도 도심 속에서의 바비큐라는 운치 때문인지 손님들의 반응이 아주 좋았다. 게다가 캠핑에 익숙한 진혁이라 준비하는 것도, 치우는 것도 손쉽게 해치웠다. 최소한의 노력으로 최대한의 결과를 끌어내는 능력이 뛰어난 사람이라는 걸 새삼 느꼈다.

"계략적이야."

"계획적인 거지."

혼잣말처럼 중얼거렸는데 금방 정정해 왔다. 그리고 싱그럽게 웃으며 유혹해 왔다.

"이왕 나온 거 데이트하고 갈까?"

"짐이 이렇게나 많은데? 가는 길에 아이스크림이나 하나 사 먹어요."

"한재희 씨의 달콤한 감성은 디자인할 때에만 나오나 봅니다?"

"주로 그렇기는 하죠."

장난스럽게 맞장구를 친 재희가 덧붙였다.

"대신 로맨틱한 아이스크림 사 줄게요."

아이를 꼬시는 것도 아니고 아이스크림 사 줄게요, 라니. 그래도 '로맨틱'이라는 수식어를 붙인 아이스크림이 뭔지 조금은 궁금했다.

"어떤 거?"

"키스 더 티라미수."

진혁의 눈이 미끄러지듯 아래로 향했다. 입술에 꽂힌 노골적인 눈길에 쑥스러워진 재희가 "그만해요."라며 고개를 돌릴 때까지 핥듯이 바라보던 진혁이 개구지게 웃었다.

진혁은 슈퍼 앞에 세워 놓은 자전거의 앞 바구니에 야채가 담긴 봉투를 넣은 후 메고 왔던 백팩을 나머지 장거리로 채웠다. 재희의 바구니에는 파인애플과 산딸기를 담아 주었다.

"더 나눠 줘요."

"꽃도 살 거라며. 그만큼이면 충분해."

재희가 자전거에 올라 페달을 밟자 진혁도 출발했다. 적당히 속도를 내며 나란히 달리다 '키스 더 티라미수'라고 적힌 아이스크림 가게 앞에서 브레이크를 잡았다. 양이 꽤 많아 컵 하나에 스푼 두 개를 받아 와 햇살이 잘 드는 담벼락에 나란히 기대었다.

"많이 안 달아서 선배 입맛에도 맞죠?"

"괜찮네."

쌀쌀함 속에 꽃향기를 품은 봄바람처럼 쌉쌀함 속에 달콤함을
품은 티라미수가 맛있다.

봄이다. 바람도 햇살도 봄을 머금었다. 봄 햇살에 따뜻하게 데
워진 안장에 다시금 올라탔다. 집으로 향하는 길에 연핑크 튤립과
라벤더색 수국을 한 다발씩 사느라 한 번. 청포도 타르트를 사느
라 또 한 번 자전거가 멈췄다.

담이 예쁜 골목길을 앞서가는 재희의 자전거 바구니에 담긴 꽃
잎들이 바람에 살랑였다. 낭만과는 거리가 먼 소시지와 삼겹살을
등에 메고 달리는 길이 데이트하는 것처럼 즐거워 진혁은 속도를
올렸다.

계단을 내려가는 친구들의 발소리가 이어졌다. 자동차 키를 챙
긴 정훈이 옥상을 빙 둘러봤다. 옥상에서의 바비큐 집들이는 기대
이상으로 재미있고, 인상적이었다.

"우리도 옥상을 이용할 수 있는 곳으로 이사 가고 싶게 만드네
요. 잘 먹고 잘 놀고 가요, 재희 씨. 남자들끼리만 모인다고 은지
가 투덜거리던데. 다음에 우리 집에도 놀러 와요."

"그럴게요."

무채색을 닮은 자동차들이 연달아 출발한 뒤, 마지막 자동차가
골목길을 돌아 나가자 재희는 큰 숨을 내뱉었다.

"그렇게나 긴장했어?"

"조금."

"고생했어."

"선배도요. 그래도 재미있었어요. 앨범에서 봤던 소년들이 성인으로 변한 모습은 몇 번을 봐도 신기해. 친구들이랑 있을 때 선배 편하고 즐거워 보여요. 오늘 같은 날 아니더라도 친구들 종종 초대해요."

"한재희랑 있는 게 더 즐거워."

그건 마찬가지라 재희는 잡은 손을 꼼지락거렸다.

사람들이 빠져나간 옥상은 조금 어수선했다. 초대되었던 손님들의 수에 비하면 그리 크게 정리할 건 없었지만. 익숙하게 뒤처리를 하는 진혁을 도운 재희는 샤워를 하고 나오자마자 풀썩 침대 위에 뻗었다.

"오늘은 여기까지만."

"확실히 체력이 약해. 같이 할 수 있는 운동 진지하게 찾아봐야겠어."

재희는 빙글 몸을 돌려 진혁을 마주하고서 눈을 크게 떴다.

"오늘만 해도 자전거 타고 슈퍼까지 왕복했는데? 게다가 무거운 파인애플까지 싣고서. 그리고 이제는 야구공도 제대로 맞힐 만큼 실내 야구장도 자주 가는데 무슨 운동이에요?"

동그랗게 눈을 뜨고서 항의하는 얼굴이 귀여워 놀리듯 되물었다.

"제일 느린 속도로 놓고서, 공 열 개 날아오면 어쩌다 하나 맞히는 실력 말이지?"

"어쨌든. 내가 약한 게 절대 아니라고요. 체력의 기준점을 선배로 잡으면 안 된다니까."

등에 베개를 받치고서 침대 헤드에 기댄 재희는 협탁에 올려
둔 인테리어 잡지를 펼쳐 들었다. 그러고서 얼른 대화 주제를 바
꿨다.

"빨리 씻고 와서 우리 집 어떻게 만들까 의논해요. 아까 문득
떠오른 거 있어요."

얼렁뚱땅 넘어가려는 모습에 피식 웃은 진혁이 옷을 챙겨 들었
다.

"잠들면 안 돼. 지난번처럼 자고 있으면 깨울 거야."

"마음대로요."

열린 방문 너머로 물줄기 쏟아지는 소리가 들려왔다. 얼핏 소
나기를 닮은 소리다. 재희는 잡지를 내려놓고 방 안을 찬찬히 둘
러보았다. 결혼을 하면 아주 많은 것이 달라지는 줄 알았다. 그런
데 연애를 할 때와 그다지 크게 바뀐 게 없었다. 하루의 시작과
끝을 한 공간에서 함께한다는 것. 눈 닿는 곳마다 진혁의 물건이
있다는 것. 그리고 싱글 침대 대신 두 사람이 누워도 넉넉할 만큼
커다란 침대로 바뀌었다는 것. 그 외에는 아직 잘 모르겠다.

"언제쯤 실감이 나는 거지?"

어쩌면 여전히 〈플래퍼〉의 옥탑방이라는 공간이 변하지 않았기
때문인지도.

결혼에 대해 구체적인 얘기가 오가기 시작했을 때 진혁은 제일
먼저 집에 대해 언급했다. 두 사람이, 그리고 시간이 지나면 가족
이 공유할 공간을 신중하게 선택하고 싶다는 생각이 일치했다. 그
럼 집을 결정하고 난 뒤 결혼을 할까, 라는 재희에게 진혁은 먼저

결혼부터 하자고 했다. 그리고 그녀의 공간에 진혁이 들어왔다. 남편이라는 새로운 이름을 달고서.

눈앞에서 커다란 손이 휙 지나가는 바람에 재희는 움찔했다.

"이번엔 무슨 생각에 빠진 거야?"

옆자리로 파고들며 물어 오는 진혁에게서 물기 어린 공기가 전해졌다.

"선배는 결혼하니까 연애할 때와 다른 게 많아요? 같은 공간을 공유한다는 것 말고."

"많아."

"어떤 거?"

"테이크 아웃 한 커피 들고 오는 대신 직접 내린 모닝커피로 한재희 잠 깨우는 거. 늦잠 자는 척하면 한재희가 조심스레 깨우는 거."

"……자는 척하는 거였어요?"

"응. 커피 향에도 안 일어나고 누워 있으면 안쓰러운 얼굴로 조심스레 손등 도닥이면서 '선배 일어나요.' 라고 속삭여 주는 게 좋아서."

속였다고 한마디 해야 하는 건지, 깨워 주는 게 좋다니 앞으로도 속아 주는 척해야 하는 건지 모르겠다는 표정을 보며 싱긋이 웃은 진혁이 덧붙였다.

"밤중에 문득 보고 싶을 때 아침까지 참아야 했는데 그러지 않아도 되고. 아침마다 센스 있는 와이프가 골라 주는 옷 입고서 출근하고. 일찍 집에 오고 싶어서 집중력도 높아졌고. 그 외에도 많지. 하지만 감정적인 부분에서는 뭔가 안정된 느낌이 든다는 거 외에는 아직 잘 모르겠는데? 나는 여전히 연애하고 있는 기분이라서."

같은 감정이라 재희는 나도, 라고 중얼거렸다.

"그런데 아까 떠올랐다는 아이디어는 뭐였어?"

기억해 두었던 페이지를 펼쳤다. 옥상을 사용할 수 있는 빌라 꼭대기 층, 혹은 좁더라도 마당이 있는 빌라 1층. 두 사람이 의견 일치를 본 사항이었다. 그리고 내부를 어떤 공간으로 만들지 시간이 날 때마다 아이디어를 공유하고 있었다.

"거실에 벽난로 놓는 거 어떻게 생각해요? 전기로 난방 되는 거 말고. 여기 이 페치카처럼 나무를 사용하는, 운치 있는 이런 디자인."

"벽난로 괜찮지."

"설치하는 거는 가능해요?"

"꼭대기 층은 연기 배출만 신경 쓰면 되는데, 1층은 무리야. 우리 조건에 맞는 빌라가 없으면, 낡은 단독 주택 구입해서 리모델링하는 것도 고려해 볼 만해. 층간 소음도 해결되고, 마당과 옥상도 생기고."

"그것도 좋은 생각이다."

"그럼 된 거지?"

어깨를 감싸 안고 있던 손이 노골적인 의미를 담아 옷 속으로 파고들었다. 재희는 커다란 손을 꾹 눌렀다.

"아직 의논할 거 더 있단 말이야. 우리 침실은 넉넉했으면 좋겠어요. 아기 침대 놓고 또."

"잠깐, 잠깐."

입술을 노리고 얼굴을 가까이 해 오던 진혁이 재희의 턱을 잡아 눈을 맞췄다.

"몇 살 때까지 아기랑 같은 방을 쓸 계획인데?"

"어…… 그것까지는 생각 안 해 봤어요."

"우리는 우리 방. 애들은 애들 방."

재희의 눈이 휘둥그레졌다.

"아기를 따로 재우자고요? 너무 어린 애를 다른 방에서 재우면 불안할 것 같은데?"

진혁이 팔을 뻗어 협탁 위에 놓인 소형 스케치북과 연필을 집었다. 재희의 아이디어 스케치북을 몇 장 넘기고는 직사각형 하나를 그린 뒤 사각형의 3분의 1 지점에서 선 하나를 죽 그었다. 공간이 둘로 나뉘어졌다. 그러고는 가운데 부분은 얇게, 나머지 부분은 도톰하게 선을 덧붙였다. 직선이 미닫이문으로 변신했다. 넓은 방에는 커다란 창이, 작은 방 벽면에는 아담한 창문이 달렸다.

"이러면 해결되지. 아이들이 조금 더 크면 완전히 독립된 방을 만들어 주고."

안방을 마주하고 또 하나의 방이 만들어졌다.

"아이들 방 하나 더 있어야 하지 않을까요?"

슬쩍 입술 꼬리를 올린 진혁은 아이 욕심이 많은 재희에게 타협점을 제시했다.

"나중에 필요해지면 여기 서재를 아이들 방으로 바꿔 주자."

이왕 연필을 잡은 김에 이층침대도 그려 넣었다.

"애들은 이층침대에 대한 로망이 있으니까 이런 걸 넣어 줘도 좋고."

똑같은 내복을 입고서 이층침대에 나란히 붙어 앉아 티라노사우루스를 들고 있던 두 형제의 사진이 떠올랐다.

"그럼 선배랑 수혁 씨가 이층침대 쓰고 싶다고 부모님 졸랐던 거예요?"

"그랬던 거 같아."

"2층은 누가 썼어요? 두 사람 다 위쪽에서 자겠다고 다투고 그랬어요?"

"하도 투닥거리니까 한 달씩 돌아가면서 쓰라고 정해 주셨어."

"잠들 때까지 동생이랑 얘기도 하고, 좋았겠어요. 벽난로가 있는 거실도 그려 줘 봐요."

슥슥, 연필심이 종이를 가르는 소리가 경쾌했다. 한 면이 온통 유리창인 거실 한쪽에 벽난로가 설치되었다. 말만 하면 뚝딱 집 한 채가 만들어졌다.

새삼 반한 것처럼 진혁을 곁눈질로 보던 재희는 "잠깐만요."라며 진혁의 손에서 연필을 받아 왔다. 그러고는 진혁 쪽으로 몸을 기울여 벽난로의 몸통 중간에 커다란 네모를 그려 넣었다. 스케치북 밑을 손바닥으로 받쳐 주는 진혁 덕분에 선이 흔들리지 않고 곧게 나아갔다. 네모 칸 안에 장작 두 개와 불꽃을 그려 주었다. 그리고 창문 너머로 눈송이를 그렸다. 설계 도면이 함박눈 나리는 겨울 풍경을 담은 집으로 변신했다.

따뜻한 눈으로 재희를 바라보던 진혁이 "오늘은 이 정도면 충분해."라며 재희의 손에서 연필을 뺏어 스케치북과 함께 협탁 위에 내려놓았다. 그러고는 쪽 소리가 나게 입술을 눌렀다 뗐다.

"이제 나한테 집중해."

바로 눈앞에서 빤히 눈을 맞춰 오면 어쩔 수 없이 가슴이 떨린다.

"종일 같이 있어 놓고는 뭘 더요."

쑥스러운 얼굴로 중얼거리는 재희를 양손으로 감싼 진혁이 낮은 목소리로 말했다.

"아까 그렇게 말해 줘서 좋았어."

"아까 뭐…… 아."

집들이 손님들 중 초면인 사람이 있었다. 해외 지사에서 돌아온 지 얼마 되지 않았다는 강윤은 처음 만난 진혁의 친구들이 대부분 그랬듯 대학 시절을 언급했다. 강진혁을 런웨이에 서게 만든 분을 만나게 되는 날이 올 줄은 몰랐다고. 그렇게까지 좋아했던 사람이 아내가 된 소감이 어떠냐고 진혁을 놀리기도 했다. 다들 진혁이 성격에 안 맞는 모델까지 해 줄 만큼 한눈에 반해서 쫓아다녔다고 오해했다. 지금도 진혁이 일방적으로 더 좋아한다고 믿고들 있었다.

진혁에게 물었다. 왜 친구들의 오해를 풀어 주지 않냐고. 진혁은 대답했다. 한눈에 반한 건 아니지만, 눈길을 사로잡은 건 맞고, 시선의 방향이 일방적이었던 것도 사실이었으니까 굳이 설명해 줄 필요를 못 느꼈다고.

하지만, 재희는 그런 오해가 마음에 들지 않았다. 그래서 강윤에게 말했다. "시작은 선배가 먼저 했지만, 지금은 선배가 절 좋아하는 만큼 저도 좋아해요."라고. 순간 옥상에 정적이 감돌았고, 사람들의 고개가 모두 그녀에게로 향했다. 진혁의 시선 역시도. 그리고 조금 뒤 "오—" 하는 장난기 가득한 탄성이 터졌고, "강진혁, 좋겠네."라는 놀림 소리도 뒤따랐다.

"요 근래 볼 빨개진 모습 중 가장 사랑스러웠어."

재희는 콧등을 찡그렸다.

"나 어색해하는 거 뻔히 보면서도 같이 쳐다만 보고 있고. 얄밉게."

"순간적으로 나도 놀라서 그랬어. 그렇게 말할 줄은 몰랐으니까. 그리고 당황한 표정이 예쁘기도 했고."

낯가림하는, 새침한 한재희가 친구 녀석들이 모인 곳에서 고백과도 같은 말을 던질 줄은 상상도 못 했다.

"친구들 앞에서 내 자존심 챙겨 주고 싶었어?"

어감이 좀 이상해 재희는 미간에 주름을 잡았다.

"그렇기도 했지만, 선배 자존심 살려 주려고 과장한 건 아닌데?"

미세하게 커진 눈으로 물끄러미 응시하던 진혁이 진지해진 목소리를 내었다.

"내가 좋아하는 만큼 좋아한다고?"

"응."

"내가 얼마만큼 좋아하는지 모르면서."

"나보다 더 좋은 거 있어요?"

침묵으로 답을 주는 진혁의 입술을 손끝으로 쓸었다.

"거봐. 그래서 선배만큼이라고 한 거라니까."

진혁의 눈동자가 넘쳐 나는 감정으로 일렁였다.

"한재희랑 자고 싶어."

입술을 살짝 문 재희가 속삭이는 진혁의 목을 감싸 안았다.

"나도."

2. 짓다

　주머니에 손을 꽂고서 한참을 물끄러미 응시하던 수혁이 흠, 신음 비슷한 소리를 내고서는 팔짱을 꼈다. 미간에 주름을 잡고서 반대쪽으로 고개를 삐딱하니 기울였다. 그러고는 가늘게 눈을 접고서 유리창 너머를 뚫어지게 쳐다봤다. 하지만, 각도를 달리해 바라봐도 달라지는 건 없었다. 우윤은 '천사'라고 메시지를 날려 왔지만, 날개가 달렸는지 굳이 확인하지 않아도 천사와는 상당히 거리가 멀었다.

　한동안 침묵하던 수혁이 입을 열었다.

　"좀……."

　말을 채 꺼내기도 전에 진혁이 팔꿈치를 툭 건드려 왔다. 수혁은 아프다 싶게 팔을 쳐 오는 진혁에게 흘깃 시선을 던졌다. 무슨 말이 나올지 짐작하니까 저런 반응을 보이는 거겠지 싶어 수혁의 입술 꼬리가 한층 기울기를 더했다. 형의 경고에도 수혁은 기어코 하고 싶은 말을 내뱉었다.

"못생겼네."

그러면서도 수혁은 유리창 너머의 아기에게서 눈을 떼지 않고 있었다. 시선 끝에 미간을 구긴 채 자신을 노려보는 진혁이 잡혔다.

"애기들은 다 포동하고 뽀얀 줄 알았는데. 발갛잖아? 얼굴도 보름달이고."

못난이 애기들마저도 귀엽다는 생각이 들게 만드는 건 찰떡처럼 통통한 볼살과 뽀얀 피부다. 그런데, 태어난 지 만 하루를 넘기지 않은 벌거숭이 조카는 아무리 봐도 못생겼다. 나란히 누워 있는 아기들도 별반 다르지 않은 걸 보면 신생아는 워낙에 그런 건지도 모르겠다.

갓 태어난, 말 그대로 신생아를 보는 건 처음인 수혁은 솔직히 놀랐다. 우윤의 '천사'나 어머니의 '인형'이라는 표현을 곧이곧 대로 받아들일 만큼 두 사람을 모르는 게 아니라 크게 기대하지는 않았다. 그래도 이렇게나 못생긴 아기를 만날 줄은 몰랐다. 엄마 아빠를 안 닮고 대체 누구를 닮은 건가 싶다.

냉정한 눈길로 예서의 주위에 누워 있는 신생아들을 훑은 수혁이 나름 긍정적인 말을 덧붙였다.

"그래도 뭐 못난이들 중에서는 젤 덜 못난이 같긴 하네."

유리창에 매달려 온갖 찬사와 감탄을 쏟아 내던 가족들과는 달리 연신 못난이라고 중얼거리는 수혁에게 진혁은 나직한 목소리로 경고했다.

"재희한테 제대로 미움받고 싶지?"

수혁이 피식 바람 새는 소리를 냈다. 화성 탐사 로봇 큐리오시티는 수명이 얼마나 되는지 아냐고 짓궂게 물었다가 "진짜 못됐어."라는 말을 들었다.

"못생겨서 놀란 건 나뿐만은 아닐 텐데? 강진혁 씨, 형수도 없는데 좀 솔직해지시지?"

진혁은 난처한 표정을 지었다. 솔직해지자면, 조금 당황했다. 육아 서적에서 본 신생아들의 얼굴은 모두 발간 데다 각질 같은 태지도 군데군데 붙어 있었다. 포동포동한 볼 대신 이마에는 주름이 져 있었고. 세상으로 나와 스스로 호흡하는 법을 배워 나가야 하는 아기들은 그렇게 비슷비슷한 모습들을 하고 태어난다는 걸 알고 있었다.

그럼에도 재희와 자신의 아기는 조금 다르지 않을까, 막연한 기대를 했었다. 하지만 갓 태어난 예서는 얼핏 아들인지 딸인지 구분하기 힘들 만큼 완벽하게 신생아의 모습이었다.

"조금만 지나면 하얘지고 살도 단단해질 거야. 그리고 재희 태어났을 때랑 똑같다고 어머님이 그러셨어. 자꾸 못난이라고 그러면 나중에 우리 딸 못 안게 할 거다."

"무서워라."

빈정거리는 수혁을 슬쩍 노려본 진혁은 유리창 너머의 딸에게로 관심을 돌렸다. "응애." 힘찬 울음소리를 들려주었던 예서는 세상에 나오느라 힘들었는지 내도록 잠에 빠져 있었다.

"그래도 성격은 벌써부터 재희를 닮았어."

"어디가?"

"새침해."

새침하다고 말하는 진혁의 얼굴에 미소가 번졌다.

"엄마처럼 새침한 숙녀가 될 건지 벌써부터 애를 태워. 눈이 가장 예쁘다고, 까만 눈망울이 정말 예쁘다고 양가 부모님은 말씀하시는데, 나는 아직도 못 봤어. 몇 번이나 보러 왔는데도 계속 잠만 자고 있어. 잠든 모습도 사랑스럽기는 하지만."

눈을 꼭 감은 채 깊은 잠에 빠진 아기를 보며 진혁은 세상에 나온 지 만 하루도 되지 않은 딸에게 마치 연애라도 걸듯 다정하게 속삭였다.

"많이 힘드니? 그래도 한 번만 쳐다봐 주지."

얼마나 맑은 눈을 하고 있을지 정말 궁금한데.

"아빠랑 잘 사귀어 보자."

아빠라는 소리를 자연스럽게 말하는 진혁을 바라보는 수혁의 눈에 명명할 수 없는 감정이 스쳐 갔다. 한동안 물끄러미 부녀를 쳐다보던 수혁이 시간을 확인하고는 어깨를 툭 쳤다.

"애가 형 말귀 알아들으려면 한참이니까 병실이나 안내해 줘. 형수한테 인사나 하고 가게."

아쉬운 얼굴로 아기에게서 눈을 뗀 진혁이 주의를 주었다.

"자고 있으면 그냥 가."

수혁이 한숨을 닮은 웃음을 내뱉었다. 아직도 콩깍지가 안 벗겨진 건지 어지간히도 유난이다 싶었다.

"우윤이는? 영업 제쳐 두고 온종일 붙어 있을 줄 알았더니?"

"여자 친구 바래다준다고 좀 전에 갔어."

"같이 왔어?"

"응. 너는?"

살짝 눈을 찌푸린 수혁이 "뭐가?"라고 되물었다.

"어머니가 궁금해하시던데. 사귀는 사람 있다고 말만 하더니 도무지 알려 주는 게 없다고."

"그렇지 않아도 마주치기만 하면 선보는 거 피하려고 애인 있다고 둘러댄 거 아니냐며 수시로 닦달당하는 중이야."

"그래서, 만나는 사람이 있긴 있어?"

"있기야 하지."

"소개해 주기에는 아직 일러서 그래?"

"이르다, 라……. 나도 겨우 만나 주는 여자인데, 부모님 얘기 꺼내면 어떨 것 같아?"

약간 놀란 듯한 눈으로 쳐다보는 진혁에게 흘깃 시선을 던진 수혁이 비스듬히 입술 꼬리를 올렸다.

"내 연애에 관심 가져 주는 사람이 왜 이리 많아? 우윤이도 내년에 결혼할 생각이라며? 그럼 나 하나쯤은 연애만 하고 살아도 되잖아?"

글쎄. 아마 예서가 태어나기 전이라면 수긍했을 수도 있었겠지만, 지금은 잘 모르겠다. 그럼에도 진혁은 별다른 말은 하지 않았다. 어떤 형태의 삶을 만들어 갈지를 결정하는 건 오롯이 스스로의 몫이니까. 사랑하는 여자를 놓치지 말라는 마음을 담아 수혁의 어깨를 툭툭 두드려 주었다.

조심스레 병실 문을 여는 진혁을 따라 들어서자 재희와 눈이 마주쳤다. 순간 수혁은 조금 놀랐다. 오늘 아기를 낳았다는 사람이 생각보다 훨씬 멀쩡해 보였다. "피곤해하면 즉각 나와야 된다."고 주입하던 진혁의 말이 아니더라도 환자 같은 상태일 거라고 막연히 짐작했다. 그런데 조금 붓고 많이 피곤해 보이기는 했지만 평소와 아주 많이 다르지는 않았다.

머리를 쓰다듬어 주는 진혁과 눈을 맞춘 재희가 수혁에게 웃어 보였다.

"와 줘서 고마워요. 아기 만났어요?"

"만났죠."

수혁의 눈에 장난기가 비치는 순간 재희가 얼른 입을 열었다.

"원래 신생아들은 그래요. 젖 먹고 그러면 금방 살도 탄탄해지고 포동해진대요."

인간이 만들어 낸 언어로는 표현이 가능하지 않은 감정들이 있다. 그 감정들의 최상층에 재희는 갓 태어난 아기를 품에 안았던 순간을 추가했다. 평생 기억될 것 같은 순간이 지나고, 벅찬 흥분이 진정되고 나자 아기의 생김새가 보였다. 막연히 상상해 보던 모습과 많이 달라서 한순간 당황했다. 예쁜데, 예쁘지가 않았다. 그 순간, 예서가 웃었다. 그저 배냇짓일 뿐인 웃음에 재희는 한눈에 반해 버렸다. 찰나나마 못생겼다는 생각을 했던 게 미안해질 만큼 예쁜 딸이지만, 다른 사람들 눈에는 다르게 보일 수 있다는 걸 알고 있었다. 특히나 수혁에게라면 더더욱.

예상치 못한 재희의 말에 수혁의 눈에 놀란 빛이 스쳤다. 아내에 관한 것 외에는 언제나 객관적이고 냉정한 시각을 유지하는 진혁이 딸의 못생김을 알아보는 게 그다지 놀랍지 않았다. 하지만 재희가 저런 말을 해 올 줄은 몰랐다. 이제는 어떤 사람인지 알겠다 싶으면 예상치 못한 면을 보여 준다.

"귀엽던데요?"

어떤 말이 나올지 몰라 갓난쟁이 딸을 미리 변호했던 재희의 눈이 커다래졌다. 수혁의 '귀엽다'는 다른 사람들의 '인형 같다', '천사 같다'라는 말보다 강력하게 다가왔다.

"귀여워요?"

"원래 강아지든 새끼 고양이든 꼬물거리는 건 좀 못생겨야 더 귀여운 법이죠."

뭐, 그렇긴 하다. 그래도 귀엽다니까. 이 정도면 수혁에게서 들을 수 있는 최대의 찬사라는 생각에 재희는 기분 좋게 고개를 끄덕였다. 어쩌면 수혁은 자신의 아이한테도 '천사' 같은 수식어는 붙이지 않을지도.

"그런데 안 힘들어요? 유난 떨기에 난 또 의료진이 대기하고 있는 줄 알았지."

졸지에 유난 떤 사람이 되어 버린 진혁이 참는다는 표정으로 입술을 꾹 다물었다.

"피곤하고 나른하고 약간 아프고. 그렇기는 한데, 생각했던 거에 비해서는 견딜 만해요. 엄청 겁먹었거든요. 첫아기인데 나 정도면 순산이래요."

순산이라는 말에 몇 시간 전이 떠올라 진혁은 미간을 찌푸렸다.

"힘들어서 울어 놓고는."

"그럼 생명이 탄생되는 건데 그 정도도 안 힘들어요?"

"어쨌든, 세 명도 많다고 결론 내렸어. 둘째까지만 낳는 걸로 해."

"그런 걸 왜 혼자 결론 내리는데?"

입술을 비죽 내민 재희가 눈동자를 굴렸다. 진통이 시작되고서 아기를 품에 안을 때까지의 몇 시간 동안 핏기가 가신 허연 낯빛을 하고 있더니 기어코 이런 소리를 꺼낸다.

"낳은 사람이 괜찮다는데. 아기가 예쁜 짓 하기 시작하면 아이 또 갖자고 진혁 씨가 먼저 말 꺼낼걸요?"

"몸 아픈 거 회복하는 게 우선이니까 다른 건 나중에 얘기해."

"아픈 게 아니라 피곤한 거라니까요."

아웅다웅하는 두 사람을 번갈아 바라보는 수혁의 눈에 얼핏 부러움을 닮은 빛이 스쳐 지났다. 수혁은 우습다는 말투로 두 사람 사이에 끼어들었다.

"기운 넘치는 거 같으니까 지금 얘기하고 가죠."

재희가 궁금한 얼굴을 하고서 고개를 돌렸다.

"동창 중에 잡지사에서 근무하는 녀석이 있는데 모델한테 〈플래퍼〉 슈즈 신겨서 화보 촬영 하고 싶답니다. 촬영도 슈즈 숍에서 했으면 하고. 생각해 보고 할 의향 있으면 말해 줘요."

놀란 표정으로 입술을 벌렸던 재희가 얼른 대답했다.

"난 당연히 좋아요."

"그럼 그쪽에 연락해 놓죠."

"예서 태어난 축하 선물이에요? 고마워요."

"나는 중간에서 연결시켜 준 것밖에 없는데 고마울 것까지야. 그럼."

가 보겠다는 말을 하려던 수혁은 병실 문이 열리는 기색에 고개를 돌렸다. 이 시간에 누군가 했더니 환한 웃음을 띤 우윤이 들어왔다.

"어, 작은형 왔네?"

"영은 씨는 잘 갔어요?"

"네. 재희 씨가 아기한테 만들어 줄 신발들이 벌써부터 궁금하대요."

"우윤 씨 아빠 되면 신발 선물 해 줄게요."

"우와, 정말요?"

수혁은 마치 친구처럼 대화를 나누는 두 사람을 팔짱을 낀 채 지켜보았다. 형수라는 호칭이 어색하다는 재희라 형제들끼리만 모였을 때는 서로 이름을 불렀다. 가끔 쑥스러워하는 모습이 보고 싶어 형수님이라고 부르며 극진하게 존댓말을 쓸 때는 예외였지만.

처음에는 '옛 남친과 우정 놀이 하며 진혁을 애태우는 꼬리 달린 여우'가 아닐까 생각했었는데, 알고 보니 시동생들과도 친구가 될 수 있다고 생각하는 몽상가였다. 어쨌든 보기에는 좋았다.

지금 같은 관계가 언제까지 유지될 수 있을지는 모르겠지만.

"푹 쉬는 게 제일 좋다는데. 사람들이 자꾸 드나들어서 그러지도 못하죠?"

우윤의 말에 수혁이 빈정거렸다.

"그중에 제일 많이 들락거리는 게 누구실까?"

"예서가 자꾸 보고 싶은데 어떡하라고."

"그래서 내일도 또 오려고?"

"조용히 병실 문 열고서 재희 씨 잠들어 있으면 다시 조용하게 문 닫아 줘. 나는 별로 방해 안 돼."

진혁이 검지를 입술에 가져갔다. 기척도 없이 한순간에 잠이 들어 버린 재희에게로 세 남자의 눈길이 모여들었다.

잠이 든 재희를 두고서 병실을 빠져나온 진혁과 우윤은 당연히 엘리베이터를 타고 내려갈 줄 알았던 수혁이 따라오자 놀림거리를 찾았다는 얼굴을 했다. 우윤이 수혁의 어깨를 어깨로 툭 치며 놀렸다.

"안 그런 척하더니. 형도 우리 예서의 매력에 푹 빠졌지? 그렇지?"

"병원이다. 시끄러."

3. 완공하다

　기대감에 들뜬 탓인지 알람이 울리기 전에 눈이 떠졌다. 자신의 팔을 베고 가슴께에 얼굴을 묻은 재희에게서 고른 숨소리가 들렸다. 조심스레 팔을 빼내는 동안에도 재희는 미동도 없었다. 어둠에 눈이 익자 어슴푸레하게 보이던 얼굴이 조금 더 또렷해졌다. 이마에 입술을 가져갔다. 입을 맞춰도 잠에서 깨지 않을 것 같다.

　기척을 내지 않고서 침대를 벗어난 진혁은 조용히 침실을 빠져나왔다. 뻐근한 왼팔을 몇 번 돌린 후 기지개를 켜고는 부엌 창문의 커튼을 열었다. 이른 아침이 시작되려는 하늘이 맑갰다. 야구하기에 알맞은 날씨였다.

　커피를 마신 후, 어제 사다 놓은 식재료들을 냉장고에서 꺼냈다. 가장 손쉬운 샌드위치부터 만든 뒤 후식용 과일을 먹기 좋게 잘랐다. 그리고 김밥에 들어갈 속 재료들을 준비하기 시작했다. 번거롭기는 했지만 어려울 건 없는 작업이었다. 재료만 준비해 놓으면 재희가 예쁘게 말아 줄 거다.

일정한 크기로 자른 햄과 오이를 단무지 옆에 나란히 내려놓던 진혁은 예서를 깨우는 재희의 목소리에 침실로 들어갔다. 침실 안쪽 아이들 방과 연결되는 미닫이문이 반쯤 열려 있었다.

"잘 잤어?"

"언제 일어났어요?"

"한 시간쯤 전에."

"왜 그렇게 일찍?"

엄마를 부르며 팔을 내미는 채우를 안아 올린 재희가 진혁에게 다가와 코를 킁킁거렸다. 채우가 신난 표정으로 엄마를 따라 했다.

"고소한 냄새 나는데?"

"김밥 재료 준비하고 있었어."

"오랜만에 야구한다고 엄청 신나나 봐요?"

"신나. 거기다 우리 가족이 다 같이 가는 거라서 더."

엎드린 채 아직 잠이 덜 깬 척하는 예서를 곁눈질하며 재희가 또박또박한 소리로 말했다.

"그런데 그 신나는 야구를 못 하면 어떡하지? 예서가 계속 늦잠 자면 경기가 끝나 버리잖아요."

작은 몸이 꿈틀했다. 그러면서도 일어날 생각은 하지 않았다. 아이에게 다가가는 진혁을 재희는 고갯짓으로 말렸다. 아빠가 자꾸만 응석을 받아 주니 버릇이 없어지는 거다.

재희는 부드러운 목소리로 아이를 깨웠다.

"강예서, 아침이야. 이제 일어나야지. 오늘은 다 같이 아빠 야구하는 거 구경 가기로 했잖아. 엄마가 맛있는 도시락도 싸 줄 건데?"

일어나기는커녕 눈을 꼭 감아 버린다. 재희는 심호흡을 했다. 무슨 일이든 "싫어."라는 말로 시작하더니 그걸로는 부족한지 괜한 고집을 부리는 일이 점점 늘어났다. 도무지 영문을 알 수 없어 대화가 통화지 않는 그런 똥고집들. 어젯밤 별일 없이 잠들어 놓고는 아침부터 애를 먹일 작정인가 보다. 벌써 몇 번째 깨우는 건지 모르겠다.

"강예서."

"싫어."

재희가 잘근 아랫입술을 무는 순간, 진혁이 얼른 딸을 안아 올렸다.

"아빠는 우리 예서 보려고 일찍 일어났는데. 예서는 잠자는 동안 아빠 안 보고 싶었어?"

연애라도 걸듯 속삭이는 목소리에 아이의 얼굴에 미소가 번졌다. 그래도 눈가에 주름이 가도록 질끈 감은 채다. 웃음소리가 터져 나올세라 꼭 다문 앙증맞은 입술에 쪽 입을 맞춘 진혁이 이마를 맞대고서 속살거렸다.

"예쁜 눈동자 좀 보여 줘."

예서가 키득거리며 아빠의 목을 꼭 감싸 안았다. 재희와 눈이 마주친 아이가 샐쭉한 표정으로 고개를 돌리더니 진혁의 어깨에 얼굴을 파묻어 버렸다.

어이없다는 표정으로 눈을 굴린 재희가 고개를 젓고는 채우를 추슬러 안고서 침실을 나갔다. 저 새침데기 여우의 버릇이 점점 더 나빠지는 건 진혁 때문이다.

채우가 배 속에 있을 때는 엄마 배를 쓰다듬으며 동생에게 말도 걸고 하더니. 아기가 태어나고 얼마 지나지 않아서부터 질투를 시작했다. 당연한 감정이다 싶어 의식적으로 더 신경을 써 줬다. 시간이 좀 지나면 나아질 거라는 기대를 하면서. 그런데 나아지기는커녕 어쩌다 동생이 자기 인형만 건드려도 못되게 홱 뺏어 갔다. 양가 가족들의 사랑을 듬뿍 받고 있으면서도 동생 때문에 엄마를 뺏겼다고 생각하는지 유독 엄마에게만 심술이다.

코알라처럼 매달린 딸을 안고 나온 진혁이 씩 웃었다. 한 소리 하고 싶었지만, 기분 좋게 나들이하자 싶어 한숨을 삼킨 재희가 팔을 내미는 진혁에게 채우를 건넸다. 아이 둘이 아빠 팔에 얌전히 안겨 있었다. 엄마랑 있을 때는 동생은 내려놓고 나 혼자만 안아 달라고 심술을 부리면서. 좋아하는 아빠 앞에서 내숭을 떠는지 새치름한 표정으로 가만히 있었다. 대체 누굴 닮은 건지 모르겠다.

두 아이의 얼굴에 번갈아 가며 뽀뽀 세례를 하던 진혁이 아이들을 식탁 의자에 앉혔다.

"재료는 준비되어 있으니까 김밥 좀 말아 줘. 애들 밥 먹고 나면 내가 옷 갈아입힐게."

"선크림 발라 주는 거 잊지 말아요."

"알겠어."

"자기도 바르고."

대답 대신 진혁은 재희를 바라보았다.

"왜 그렇게 봐요?"

"좋아서."

미처 반응을 보이기도 전에 예서가 "나도 아빠가 좋아."라고 냉큼 말하자 채우도 귀여운 발음으로 "나도, 나도."라고 누나를 따라 했다.

예서가 좋아하는 유부 초밥을 몇 개 만들고, 채우가 좋아하는 자동차 모양 식판에 밥을 담아 주었다. 방금까지 샐쭉해 있던 아이가 유부 초밥 하나를 손에 쥐고서는 "엄마, 맛있어요."라고 눈웃음을 쳐 왔다. 조금 얄미웠던 마음이 금세 풀어져 버렸다. 언제 이렇게 컸나 싶은 대견함과 벌써 이만큼이나 커 버렸구나 하는 아쉬움이 뒤따랐다.

예서가 태어났을 때 처음 알았다. 아기가 정말로 '응애.' 하고 운다는 걸. 정확히 '응, 애.'라고 울던 아기의 소리가 어느 순간부터 조금씩 달라졌다. 그리고 쑥쑥 자라기 시작했다. 이러다 금방 유치원에 다니고, 초등학교를 들어갈 것 같다. 그러면 그 나이 때의 또 다른 사랑스러움이 있겠지만, 지금이 너무 예쁘고 좋아서 이 순간들이 조금만 더 길었으면 하는 마음이 들고는 했다.

"삼촌도 우리랑 가면 좋겠어."

진혁과 재희의 눈이 마주쳤다. 아이가 말하는 삼촌은 수혁이다.

더 자주 만나고, 만날 때마다 눈에 드러나게 예뻐해 주는 건 우윤인데, 희한하게도 예서는 '못난이'라고 부르는 수혁을 더 좋아했다. 몇 달 전까지만 해도 수혁이 "못난이."라고 하면 "나 못난이 아니야!"라며 울먹이던 아이가 지금은 자기를 귀여워해서 하는 말이라는 걸 알고는 "네!" 하고 대답한다. 비딱한 미소를 지으며 조카를 못난이라고 부르는 수혁과 신나서 네, 하고 쪼르르 달려가는 예서는 보는 사람을 웃게 만드는 묘한 조합이었다.

수혁 삼촌이 왜 좋냐고 묻자 "좋아, 그냥 좋아."라고 우문현답 같은 대답을 했다.

"삼촌은 아주 바빠서 오늘은 같이 갈 수가 없어. 다음에 삼촌 오면 그때 물어보자."

"응. 나 다 먹었어요."

식탁 의자를 내려온 예서가 아빠가 밥을 다 먹을 때까지 옆에 서서 기다리더니 손을 잡고서 욕실로 들어갔다. 칫솔질하고, 세수하는데 뭐가 저렇게 즐거울까 싶을 정도로 아이의 웃음소리가 흘러나왔다. 마지막으로 밥을 다 먹은 채우를 식탁에서 내려 주자 아빠와 누나가 뭘 하는지 엄청 궁금했는지 불안정한 뜀질로 욕실을 향해 달려갔다.

파래가 섞인 김 한 장을 놓고 그 위에 밥을 펼쳐 진혁이 썰어 놓은 재료들을 하나씩 올려놓았다. 돌돌 말자 금세 김밥 한 줄이 생겼다. 아이들을 위해 김의 3분의 1을 잘라 내 작은 크기의 김밥을 만들어 가던 재희가 문득 고개를 들었다. 갑자기 조용하면 불안하다.

채우는 아빠가 입혀 준 야구 유니폼을 입고서 인형을 가지고 소파 앞에 앉아 놀고 있었다. 그리고 귀를 기울이자 현관 쪽에서 진혁과 예서의 말소리가 들려왔다. 무슨 말인지 알아듣기는 어려웠지만.

진혁은 장난감처럼 보이는 분홍 운동화를 나란히 놓아 주었다.

"싫어."

예서가 팔짱을 끼고서 휙 등을 돌렸다. 짧아서 제대로 껴지지도 않는 팔과 나 삐졌어, 라는 표정에 진혁은 웃음이 터지려는 걸 힘겹게 참았다. 인사 잘하고, 대답 잘하는 모습도 예쁘지만 솔직히 지금처럼 심술 내거나 새침 떨거나 삐친 표정을 지을 때가 훨씬 더 귀여웠다.

아이의 응석을 마냥 받아 주고 싶어진다. 재희는 아이의 버릇이 나빠진다고 걱정하지만, 청개구리처럼 "싫어."를 연발하는 시기 역시 성장하는 과정 중 하나라 굳이 심각하게 받아들일 필요는 없다고 생각했다. 그리고 귀여운 애교 수준이지 정말로 버릇이 없지는 않았다. 그랬다면 수혁에게서 진즉 한 소리가 나왔을 거다.

"그럼 어떤 거 신고 싶어?"

냉큼 신발장을 열고 노란색에 리본까지 달린 장화를 꺼내 왔다. 예서가 그린 물고기 그림들을 재희가 그대로 옮겨 장화에 그려 준, 예서가 가장 좋아하는 신발이었다.

"이거."

지난번처럼 털 부츠를 꺼내지는 않아 다행이라고 생각하며 흘 깃 부엌 쪽을 쳐다본 진혁이 현관문을 열었다. 마당 한쪽에 자리한 앵두나무의 빨간 열매가 반짝하고 빛을 반사했다.

"봐 봐. 해님이 있지? 비도 안 오는데?"

비 오는 날 신는 게 장화라는 것쯤은 안다는 듯 예서가 작은 얼굴을 추켜올렸다.

"그래도 신고 싶어요."

뭐, 꼭 비 오는 날만 신어야 하는 건 아니지만.

"더워서 땀방울이 막 생길 텐데?"

"그래도."

"물고기는 비가 오는 걸 더 신나 할 텐데?"

"그래도."

아이와 말장난을 하는 진혁의 눈동자에 미소가 그득했다. 중요한 것도 아닌데 억지로 운동화를 신으라고 강요하고픈 마음은 없었다. 어느새 이렇게 커서 취향이 생기고, 자기 의견을 말하나 싶어 그저 대견할 뿐이다.

"아빠가 도와줄게."

"내가 할래."

꼼지락꼼지락 손가락을 놀려 단추를 채우는 것도. 앞머리에 별 단추를 꽂는 것도 모두 "내가, 내가."를 외친다. 혹시라도 도와준다고 할까 봐 멀찍이 떨어져서는 혼자서 한참을 꼬물거린다. "싫어."와 함께 손잡고 온 "내가."다.

"그럼 넘어지지 않게 아빠 잡고서 예서가 신어 볼까?"

"네."

아이의 손이 어깨를 짚어 오는 무게에 진혁은 가슴이 뭉클했다. 앙증한 발이 장화 속으로 쏙 들어갔다. 장화를 신게 해 준 게 마음에 들었는지 함박웃음을 지은 아이가 "아빠가 최고로 좋아." 라고 사랑 고백을 하더니 물어 왔다.

"아빠도 내가 최고로 좋죠?"

진혁은 선뜻 대답을 하지 못하고 혀끝으로 입술을 축였다. 아이들이 사랑스럽다. 재희와 함께 만든 아이들이라 더 사랑스럽다. 그리고 이 사랑스러운 아이들 때문에 가끔은 거짓말쟁이가 되고는 한다. 특히나 예서가 엄마랑 자기 중 누가 더 좋냐고 물어 올때면.

"나도 예서가 최고로 좋아. 하지만 이건 우리 둘만 아는 비밀이야."

속닥이던 진혁과 함박웃음을 띤 채 열심히 고개를 끄덕이던 예서는 머리 위에서 들려오는 재희의 상냥한 목소리에 움찔했다.

"뭐 비밀이라니까 나도 못 들은 척해 줄게요."

혹시나 채우도 들었나 싶어 고개를 돌리자 다행히도 바다에 떨어트린 곰 인형을 줍느라 몇 걸음 떨어진 곳에서 분주했다. 한결 안심한 눈으로 재희를 향해 눈웃음을 치던 진혁은 재희의 시선이 노란색 장화에 닿는 순간 재빨리 예서를 안아 들고 마당으로 달려 나갔다.

"도망가자."

놀라 입을 벌리던 아이가 까르르 웃더니 목마를 태워 주자 엉덩이를 들썩이며 신난다를 연발했다.

"엄마 삐친 거 같은데, 엄마도 최고로 좋아한다고 해 줄까?"

기분이 좋은지 예서가 "응!"이라고 냉큼 대답해 왔다.

"한재희— 최고로 좋아해!"

장난을 걸어오는 진혁을 가만히 보다 고개를 저은 재희가 신발장에서 스니커즈 한 쌍을 챙겼다. 땀이 차면 갈아 신길 여분의 양말 한 켤레도 더. 그리고 채우의 신발을 신겨 유모차에 태웠다. 아빠와 누나의 놀이보다 며칠 전 생일 선물로 받은 곰 인형에 더 관심을 가진 채우는 연신 알아듣지 못할 언어로 곰에게 말을 걸고 있었다.

재희는 자외선 강한 봄 햇살을 피해 야구 모자를 깊숙이 눌러 썼다. 목마를 태운 딸의 손을 꼭 잡은 진혁이 얼른 나오라며 눈짓을 했다. 실내 야구장에서 야구 배트를 휘두르는 모습은 여러 번 봤지만 정식으로 유니폼을 입은 모습은 대학 시절 이후로 처음이다. 채우가 조금 더 크면 가족 모두 엘지트윈스의 유니폼을 입고서 야구장을 가고 싶다던 진혁은 얼마 전부터 사회인야구모임에서 활동을 시작했다.

어설픈 솜씨로 배트를 휘둘러 고무공을 맞히고서는 기뻐 방방 뛰는 예서를 보면 야구의 매력에 빠지는 건 금방일 것 같다. 야구보다는 야구 유니폼을 입은 아빠에게 더 반한 것 같지만. 야구 유니폼을 입은 모습에 두근거리는 건 마찬가지라 아빠를 바라보는 예서의 눈에 별이 반짝이는 게 충분히 이해 갔다. 마운드에 올라 멋지게 투구를 하는 진혁을 그려 보는 재희의 입술에 미소가 머금어졌다.

"앵두 먹고 싶어요."

진혁이 내려 주자 앵두나무를 향해 노란 장화가 달려갔다. 외손녀가 태어난 기념으로 외할아버지가 마당에 심어 준 앵두나무의 초록빛 잎사귀 사이사이마다 빨간 열매가 달려 있었다. 흰 꽃이 지고 난 자리에 핀 새빨간 열매가 눈부시다.

아버지가 채우를 위해 심어 주신 블루베리나무는 언제쯤 열매를 맺어 주려나. 아이가 얼마만큼 자라면 손을 뻗어 블루베리 열매를 만질 수 있으려나. 앵두나무와 블루베리나무 옆에 나무 한 그루를 더 심으면 조화로울 것 같은데. 어떤 나무가 어울리려나. 오늘 밤, 아이들을 재우고 나면 얘기를 해 봐야겠다. 딸과 아들. 둘이면 충분하다는 진혁을 어떤 말로 설득해야 하나, 고민하며 재희는 진혁에게 미소를 지어 보였다.

봄 햇살을 닮은 미소에 진혁은 가슴이 뛰었다. 그런 생각이 스쳐 간 때가 있었다. 재희와 비껴가지 않았다면, 재희가 자신을 바라봐 주었다면. 그랬다면, 스물두 살의 한재희와 스물일곱의 강진혁은 어떤 식의 연애를 했을까. 어떤 형태의 가족을 꾸렸을까. 7년이라는 시간이 아쉬워서 문득 스쳤던 생각이었다. 하지만 서른넷의 강진혁이라서 한재희를 놓치지 않을 수 있었다는 생각이 든 순간 소모적인 상상은 멈췄다.

"아빠, 아빠."

예서가 앙증맞은 손 가득 빨간 앵두를 따 와서는 아빠 먹으라며 내밀었다. 아이를 안은 진혁이 한 바퀴 휭 돌자 아이의 말간 웃음소리가 정원 가득 번졌다.

원하던 대로 재희를 쏙 빼닮은 예쁜 딸. 유모차에 앉아 외계어로 곰 인형과 진지하게 대화를 나누는 아들. 그리고 이렇게 사랑스러운 두 아이가 있는 풍경이 가능하도록 만들어 준 재희. 한재희가 예쁘게 웃어 주고 있다. 모자챙 그늘에 가려져 보이지 않았지만 자신을 향한 눈동자에 분명 사랑을 담고 있을 거다.

삶이 설탕을 뿌린 것처럼 달콤하다.

작가 후기

저는 그린다는 느낌으로 글을 씁니다.

흰 도화지에 색연필로 스케치를 하듯 각각의 장면들을 디테일하게 눈앞에 그려요. 그렇게 그려진 그림을 글로 묘사합니다.

이번 글은 유독 더 그랬습니다. 그래서인지 소설을 한 편 썼다기보다는 그림책 한 권을 엮은 기분입니다.

사막처럼 쓸쓸해 보이는 화성에서 홀로 생일을 맞이하는 탐사로봇 큐리오시티의 이야기를 우연히 읽게 되었을 때 코끝이 시큰해졌습니다.

천문대에 올라 달을 관찰한 적이 있는데요. 망원경 속 까만 우주에 동그마니 떠 있는 하얀 달은 무척이나 인상적이었습니다.

큐리오시티와 달. 이 둘이 있어 〈사귀다〉를 시작할 수 있었고,

글을 시작하고 마무리 지을 동안 달이 친구가 되어 주었습니다.

마지막 출간작에 더 이상 새 글로 인사를 드리지 못할 것 같다는 후기를 썼는데, 8년 만에 다시금 후기를 쓰게 되었습니다.

다시 글을 쓰게 될 줄은 저 자신도 몰랐었기 때문에 연재를 앞두고 생각이 많았습니다. 고민 끝에 걱정과 쑥스러움을 누르고 연재를 시작했는데, 반갑게 맞아 주신 독자분들 덕분에 연재를 하는 내내 마치 연애를 하는 것처럼 설레고 기뻤습니다.

후기를 쓰는 지금, 연재를 앞두었을 때처럼 떨립니다.

취향에 맞는 글이라 재미있게 읽으셨다면 좋겠습니다. 취향이 아닌 글이었음에도 재미있었으면, 하는 욕심도 내 봅니다.

글을 수정하는 과정에서 배우고 생각하게 된 점들이 많습니다. 편집부 분들께, 무엇보다 심은지 님께 고맙다는 인사를 드리고 싶습니다. 세심한 배려 덕분에 시작부터 끝까지 즐거운 마음으로 작업할 수 있었습니다.

한국에서 후기를 쓰게 될 줄은 몰랐습니다. 기분이 묘하네요.

며칠 후면 다시 떠나야 하는 한국의 봄날이 아쉽습니다.

봄꽃처럼 화사한 나날들 보내시기 바랍니다.

미요나 드림.

"사귀다"

초판 5쇄 찍음 2022년 5월 3일
초판 5쇄 펴냄 2022년 5월 11일

지은이 | 미요나
펴낸이 | 정 필
펴낸곳 | (주)뿔미디어

기획·편집 | 심은지, 이영은

출판등록 | 2002년 9월 11일 (제1081-1-132호)
주소 | 경기도 부천시 소향로 17, 303(두성프라자)
전화 | 032)651-6513 팩스 | 032)651-6094
E-mail | dahyangs@naver.com
블로그 | http://blog.naver.com/dahyangs
비북스 | http://b-books.co.kr

값 9,000원

ISBN 979-11-315-7846-9 03810